亀谷健樹
詩禅集

コールサック社

亀谷健樹　詩禅集　目次

第一詩集　柩（一九七一年）

序文　無舌語　16
I　奥羽の阿仁に偏在する
またぎ抄
雪　17
背　18
波　18
道　19
血　19
山　20
風土に就いて・三篇
入棺　20
火葬　21
骨壺　22
臼　22
ある百姓の死　24
虫が鳴くと　24
貨車構内　25
庚申　27
道祖神　28
寓話　30
II　鼠と私
音　32
鼠　34
日々是好日　36
一匹の鼠　36
III　おふせがみに書いた作品
時間について　38
思想について　38
宗教について　39
象徴について　39
民衆について　40
鉦　40
行食　42
寒行　43
IV　業にかんする詩篇
どぶろくに呑まれた話　44
銭　45
鈴　46
囲　46
柩　47

第二詩集　しべぶとん（一九九一年）

Ⅰ　阿仁の山水
白津山　50
小阿仁川　50
大野台　51
太々良峠　52
大沢の里　53
丹平河原　54
大覚野峠　55
本城渡し守り　56
Ⅱ　蝦夷の末裔
またぎ抄・三篇
風　57
業　58
屍　58
しべぶとん　59
寒　59
三　月　60
風　鈴　61
砂　場　62
鶏　に　63
Ⅲ　昭和の証言
耕地整理　64
がんがら缶　64
後生車　65
陽　炎　66
都市について　66
背中について　―庚申講余聞―　68
この一日　―昭和五十五年の正月に―　69
寒修行　69
梅　雨　70
旱《かん》　魃《ばつ》　71
廃　村　72
でかせぎ　74
Ⅳ　縄文の一滴
顔　75
頸　76
眼　77
骨　78
髪　78
巣　79

滝　80
自作自解　系譜と証言　81

第三詩集　白雲木（二〇〇一年）

寺に棲む　84
つらら　84
雪　竿　85
春の舌　86
穴　87
草　88
根　89
境　91
玄　92
亡　93
花　94
虚　空　タイ紀行　95
印度の旅　96
インドの女　98
獅子吼《ししく》　100
みちのくに　またも　はる　101
えづめ（嬰児詰）　103
さんだわら　104
梵　鐘　106
涅槃図　108
花の水　109
白山水　110
白雲木　112
あとがき　114

第四詩集　水を聴く（二〇一〇年）

I　四季を遊化

岩偶のわらい　116
山　門　117
玄　関　118
粥　119
化　粧　120
花風呂　122
水を聴く　123
ふんどし考　124
菊を焚く　126

大銀杏　127
達磨図　―禅の末孫の風景―　128

Ⅱ　草花と問答
ゆきわりそう　130
ざぜんそう　130
さるすべり　131
白　蓮　132
紫陽花《あじさい》　132
白鷺草《しらさぎそう》　133
鬼百合　134
曼珠沙華《まんじゅしゃげ》　135
秋ざくら　136
千　両　137
野あざみ　138

Ⅲ　生死の風光
はつまご　139
ほおずき　140
雪の子　142
地ふぶき　143
ゆきばな　144
厠《かわや》　145
土　146
砂　147
おなじ天の下で　149
廃車置場　150
かざぐるま　151
あとがき　154

第五詩集　杉露庭のほとり（二〇一五年）

Ⅰ　詩禅一如
水の息　158
杉露庭《さんろてい》のほとり　159
茶事独服　162
茶毘《だび》残光　164
華の念　165
生と死のはざま　167
開　浴　169
うらぼんえ　170
吊り橋　171
新地蔵歎偈　173
ナナカマド　174

銀杏の夢 175
行 乞 176
風 土 178
托鉢行 179
寒 180
雪景色 182
豪 雪 184
雪 泥 185
心字池 187
坐 188

Ⅱ 行脚偶成

万灯火 189
小又峡 190
大太鼓 191
またぎの湯 192
牛の樹 192
らかんさん 194
反魂譚 195
牛と虻 198
パーキング・エリア 199
光と影 200
カンボジア紀行 202
スリランカ 204
天地交響 —ラヴェッロ国際音楽フェスティバルに寄せて— 205
雷龍の国 206

Ⅲ 家郷遊化

朝 市 209
かざはな 212
永遠の夕映えを背に —詩人、泉谷連子を見舞う— 213
鶏・五題 215
あかんぼう 219
あだこ《子守》 うだ《唄》 221
あだこ うだ —つづき— 222
にぎりだまっこ 224
ひがんばな 225
からだせんさあ 226
牛馬の花 228
鉦 229
光の輪 230
水琴窟 231

むしおくり　232
水まんだら　233
どぶろく　236
天に駒跳ね　地に人の唄　237
あとがき　239

第一エッセイ集　ひとひらの禅（二〇〇一年）

《序に代えて》いのちの脈動　242
I　而今《にこん》を生きる
草を取る　243
こころとは　244
ゆとり　245
洗　心　246
観世音　247
粗末にする人　248
本来の耳　249
五感の車からおりて　250
大愚の人　251
盗人の仏心　252
II　ひとひらの禅
ただ坐る　253
坐禅の十徳　254
もう一人の自己　255
息は踵でせよ　256
一事入魂　257
あるく禅　258
三默道場　259
むきだし　260
組　む　261
一足半歩　262
III　季節の中で
魂の餌　263
早暁の出会い　264
一殺多生　265
雪　竿　266
自然のサイクル　267
動中の禅　268
鵜　飼　269
停　電　270
豊熟を待つ　271

いのちと通いあう　272
Ⅳ　現代の生死
正月に、遺言を書く　273
死んで生きて、生きて死ぬ　274
老母の声　275
心耳を洗う　276
惚れる　277
大　黙　278
小さい棺　279
熊　280
息をひきつぐ　281
ありがとう療法　282
Ⅴ　仏心のありか
宿世の緑　283
一行三昧　284
笑　い　285
人間家族　286
人車一如　287
料理道　288
仏像について　289
板画の寂しさ　290
おにぎり募金　291
遺意経　292
Ⅵ　日々是好日
浄空禅院　293
百六十羽養鶏　294
仏音声　295
鳴鐘悟道　296
鐘　声　297
花の水　298
蚊　299
野　点　300
おもいやりの花　301
われ、いま、なにを　302
第二エッセイ集　生死のひとしずく（二〇〇三年）
《序に代えて》生死の鐘　304
Ⅰ　禅の風光
山水経　305
幼児のざぜん　306
恩　雪　307

さるすべり 308
雪国の人 309
ひとつぶせんつぶだあ 310
心の温かさ 311
知と行 312
挨拶 313
白鳥にまなぶ 314

Ⅱ 生死のひとしずく

胎児のなげき 315
小さな骨箱 316
ただ坐る 317
坐 318
雨ニモマケズ 319
自然のサイクル 320
死を看取る 321
寺に棲む 322
沈黙と合掌 323
鎌原観音堂 324

Ⅲ 旅の水の味

底抜けの風光 325
母なるガンジス 326
御飯の七粒 327
果喰箱 328
天童寺 329
チベット僧 330
仏足紋様 331
洗浄 332
山頭火 333
随流去《ずいりゅうこ》 334

Ⅳ 日常底に立つ

森林浴 335
都合をはずす 336
人の情け 337
春のにおい 338
おかゆのご利益 339
有難う 340
康楽館 341
三角布施行 342
悪口 343
昔話集 344

Ⅴ 行持する倖せ

有明の月 345

涙をあつめて 346
こころの掛け橋 347
寒修行 348
明るい仏たち 349
キャリーする 350
特派布教 351
托鉢行 352
こころのハーモニー 353
糞掃衣 354

VI 父母の恩徳
寂静の世界 355
観音信仰 356
笛の主 357

第三エッセイ集 やすらぎの埋み火（二〇〇六年）
《序に代えて》ほとけ顔 360
息の章
「息」 361
随 縁 363
さくら 364
竹 365
寂静の音色 366
暗やみ体験 367
わたしをかえせ 368
横笛と自然 369
詩心の復活 370
魂の行く末 371
置き土産 372
立の章
「立」 373
モッショウセキ 375
輪 376
もったいない 377
達磨窟 378
未知の味 379
龍門石窟 380
らくだの鈴 381
莫高窟 382
得度式 383
頭陀袋 384

行の章

「行」 385

歩行禅 387

掃除の五徳 388

水琴窟 389

梵　鐘 390

北帰行 391

植樹祭 392

雨ニモマケズ 393

グリーンプラン 394

平和の泉 395

龍山寺 396

住の章

「住」 397

わらい岩偶 399

慈眼愛語 400

飛騨の里 401

受け皿 402

待つ姿勢 403

鎮魂のことば 404

位牌を抱く 405

お彼岸とは 406

竿　燈 407

鑑真像 408

坐の章

「坐」 409

ねはん雪 411

随聞記 412

蜂の骸 413

はだしと時計 414

生き地蔵さん 415

こども禅 416

老成の世界 417

水源地 418

外国人第一座 419

知性と長寿 420

臥の章

「臥」 421

小さなカメ棺 423

デクノ坊 424

求道者 425

第四エッセイ集　みちのくの風骨（二〇一二年）

布施の章
「布施」 428
達磨を生きる 430
あっけらかん 431
撃ち方やめい 432
慰霊碑 433
茶室開き 434
断法のつぐない 435
冬越しの金魚 436
いのちの味 437
僧堂体験 438
てふてふの生態 439
道しるべ 440
太平の詩 441
愛語の章
「愛語」 442
梅花十徳 444
鶯と水 445
さぎ草と聖者 446
五島美術館 447
土空予科練《つちくうよかれん》 448
鳥の歌 449
和して同ぜず 450
長生きの法 451
N響の名演 452
フジコ・ヘミング 453
酵母やもろみに歌を 454
佛の声 455
利行《りぎょう》の章
「利行」 456
ぶなを植樹 458
閑寂の庭 459
秋田内陸線 460
茶庭の石組み 461
サンライズ観光 462
ため息 463
あきた弁の詩 464
霊場恐山 465
掛け物 466

生きる喜び　467
食《く》い初《そ》めの式　468
千年を貫く禅　469
カンナの花　470

同事の章

「同事」　471
遺　影　473
カヤの実　474
千年杉　475
禅の源流　476
スリランカの宗師　477
浄土の原風景　478
鎮魂の曲　479
アンコール遺跡　480
古都ウドン　481
禅体験　482
黙照光　483
大震災と日本人　484
奉仕活動と水仙　485

解　説

禅道に生きる詩人　山形　一至　486
『亀谷健樹　詩禅集』を味読して
——余人のなせぬ独自性の風光と音色を
鳴らす仏教禅詩人の消しえぬ魅力
石村　柳三　493
詩の道と禅の道との一体感のなかで
——その道は果てなくいまも続く——
磐城　葦彦　502
「而今《にこん》」の精神で永遠の今を生きる人
鈴木　比佐雄　508

年　譜　516
いっぷく　526

第一詩集　柩（一九七一年）

序文　無舌語

この小詩集について、できるだけ飾らずにしゃべりたい、心に思うあからさまを述べたい。故に無舌語とした。はったりやおべっかの達者な、舌ばかり発達した現代人とは無縁の独白である。（本当は別に書く必要もない、くだらない事柄だ）

禅とはカオスである。大いなる混沌である。音も形もなく、すべてをまきこんでしまう悠久のカオスの、まっただなかに、常に身心をおきたい。

詩を書く時「小さな完成より大いなる混沌」をねがった。へたでもいい。己れの内部にあるいのちの原流、生死の渦の轟きを文字にしたかった。さらにすすめて、生とか死とかの差別を越え、一切が空に帰する時点に生ずるほんものの詩。もはや発想、形式、言葉、など、水泡のように消えてしまった詩の海のなぎさの風景――そんなユニークな、混沌たる作品など、さかさまになっても書けないが、一生涯にせめて一篇なりともと、ねがった事は確かである。

とはいうものの実の所、愚劣な禅僧たらんとする野《や》衲《のう》にとって、詩などどうでもよかった。しかしいつしか二十五年余も書き続け、つまらぬ作品を世に曝す破目になったのはどういうわけか。

主な発表詩誌、現代詩研究、獏、密造者など。この三誌の同人仲間は、詩才のとぼしい私を、本当にけなしたり、おだてたりしてくれた。おかげでまだ詩筆を折らずに、のうのうと生きておる。

吉田朗氏から、詩集出さないかと、おかどちがいと思われる誘惑があった時、正直におれの詩など誰が読んでくれるものか、と苦笑した。死ぬまでに一冊の詩集を出したい、と常々おもってはいたが、生来のなまけぐせと、月並みな作品の羅列では、ばかばかしいと、何となくそんな気になれずにいた。

だが私もいつ死ぬかわからぬ。元気なうちに今までの作品を整理しておこうかい、と軽い気持で盆すぎにとりかかった。おかげで久しぶりに魂の奥の室で、拙作のおもいで深い奴らと心ゆくまで遊ばせてもらい、なんとも楽しい初秋の夜であった。

亡友あんべひでお氏が「和尚が詩集を出すときは、

経費のうまいやりくりを伝授するよ」と親切なハガキをくれたのを忘れずにいる。だが今は聞くすべもない。刊行したら早速、でんわをかけて知らせよう。

作品は四つの系列にわけた。〈奥羽の阿仁に偏在する〉〈鼠と私〉〈おふせがみに書いた作品〉〈業にかんする詩篇〉など。この大別した題の下に、作品名とそのページ数を付した。故に目次は省略する。

作品の選択、並べかた等に、上手下手とか、創作年月とかは一切考慮せず、問題性のある作が、浮んできたもようである。私自身の好きなように配列し、表紙、レイアウトも勝手きままにやったから、何とも変な詩集になった。これも類型を嫌う己が性にしたがったまでで、やむをえない。

ようするにこの詩集は、一箇の人間が、生きて、ものに触れ、感じて、文字にあらわそうとした、一片の反古紙の堆積、言葉の柩にしかすぎない。読んでつまらぬと思ったら、即刻ごみ箱とかストーブの火の中に、投げ棄ててほしい。

朝、本堂室中の間に独座して後、私はいつも柱にかかった次の漢詩に心眼をこらす。良寛の詩を天龍枯木という人が書いた木簡だが、この詩のもつ幽幻の美に驚歎する。たった拾の漢字がかもしだす詩情、何百年も人知れず、韻々と詩魂を吐露し続ける太平寺の室中。今この禅寺の二十九世の住持であることに、私は故しれぬよろこびを感ずる。ここに披露して、ともに詩の極の世界に遊行したいと念ずるものである。

花　落　風　猶　香　　花落ちて風なお香ばしく
鳥　啼　山　更　幽　　鳥啼いて山さらに幽かなり

Ⅰ　奥羽の阿仁に偏在する

またぎ抄

雪

身構えた　またぎの

銃口と
ふりむいた山兎の
ふたつの　眼の
　あいだを　よぎる

こな雪

無尽

背

またぎに顔はない
つねに猟銃の息づく毛皮
まっすぐ　むこう
雪野をゆく
かんじきの跡

　ふぶきに入り　ふぶきを脱け
あくまで白に化身することをこばみ
一切に背をむけ
夜のごとく鈍重な足どりの　彼奴

波

一発で熊を仕とめる
これがまたぎの本領

四六時中熊を追い
熊の月の輪に　おもいを凝らす
いま　はやてのごとく迫りくるもの
けんめいに照準を定めんとするもの

　ひたひたと寄せてはかえす

いのちの波
　またぎはついに熊になりきり

轟然

道

脚をしばられ
吊るされた　二羽の野鴨の
死の頸が揺れ揺れ
またぎの腰に優しく

張り倒されるような吹雪の底

血

きしみながら凍りはじめた
夕ぐれの峰

銃声

烈しくはばたき
中天に舞いあがった　雉
とおもうまもなく
毒針のよう　まっさかさま

拾いあげた雪のくぼみに
一滴の血が

　そこだけ　生の穽みたいに
　たまらなく火照り

山

無始劫来
深雪の底を　ひそかに流れやまぬもの
獲物を追うまたぎの
烈しい息づかい
雪崩の跡の蕗のとうに　陽ざし

　それらすべて
　さんざめきながら
　　生々流転

こよい　森吉山は
漆黒の天に
吠える

風土に就いて・三篇

入棺

棺のなかは、初冬の涸れた川
そのほとりに、うずたかくつもった落葉
落葉にうずもれた
みちのくの、阿仁の
村落

ひそかに、時間がくずれおち

寂寥
森吉山をかりの枕に、わたしはぶざまに横たわる
わが父祖が、くち果て、どさりと倒れたように
柩のそこに、冬日もささず
あらゆるひとびとの、呪いと諦めの枯葉にうずまり
因習のにおいとぬくもりのなかにふかぶかとひたり

もはや
ごつい手足から
腐れはじめたようだ

火　葬

火葬場につくと、棺箱のふたをとられる
さいごの別れというが
すでにわたしの貌は、工場地造成のぶるどおざあで
のっぺりと地ならしされ、どうしようもない

やまばとやふくろうたち
もう呼びかけないでくれ

わたしは網にかかった獲物のように
かまの奥にやんわりとひきこまれる

みどりやせせらぎを、頑強にしめだす

二重の鉄扉

点火されて、たちまち炎えさかる
むじなも蛇も杉の根っこも、みんないっしょくたに

火の叫喚

胴体をえぐられる
風土

やがて、ひきだされたわたしは
こんくりいとの破片が夕闇にしろく散らばるだけの
茫々たる公共用地

だがひとびとはたんねんにさがし、ひろいつづけるだ
ろう
なおもくすぶりやまず、かたくなに光りつづけるもの
を
それは、やっと露出した、怨念というやつか

骨壺

縄で紋様をえがいたのは
ついさっき、といった顔つきの陶工に
さいけでりっくなでざいんの
壺をひとつ
二千年後のものずきな史家の、おんために
焼いてもろうた

骨壺

無表情に、血をしたたらす

蓋をとると
阿仁川の川水が、音たててながれこむ
すこし捨てて
草花を活けようか

四季の大野台《だい》を、あっさりと活けよう

無為の暦を、たんねんに剝ぎ
やがて、わたしの骨を入れる日
花々は、いつのまにか引潮のように消えさり
からっぽの壺

はじめてしのびよる
太古の
風声

臼

すんなり腰のくびれたのは
おんな臼
ずんどうのごついのが
おとこ臼

おんな、おとこ
どうだっていい
いずれ虫喰いがはじまる

おやじが出稼ぎにいった家
選挙違反をやらかした家
嫁がかけおちした家
そんなあちこちの土間に
新らしいやつ
古いやつ
どっかり据えられた
おおつもごり

餅つきがはじまる

へんてつもない
けだものの心臓のひびき
鎖みたいにひきだされ
音のなかに沈む音たち

杵《きね》よ
あいどりの手よ
めまぐるしい四季の
かわりようだ

臼よ
噴火口のひろがり
朝やけと地鳴りと風のにおい

やがて、とりあげた
臓物のように湯気のたちのぼる
柔らかいかたまり
すばやく
天の一枚坂にころがす

いま、ちぎりちぎられ
まろくかすかに息づく
これは何と名づけたらよいか。

ある百姓の死

夕闇の苗代の畦にうでぐみして　暗然と
おのれを千々にきざんでいる時だけでは
ない　歩いたり　冗談いって笑っている
あいだも　足もとから腐ってゆく　こと
など　誰しもわからないのだ
親父自身だって　種籾を両手にすくい今
年の豊作を念じているとき　すでに魂の
木が　ひそかに枯れ急いでいるのを　よ
もや知るわけもない
立ちがれ病とか下ぐされ病というやつは
いかにも春風たいとうたる苗代を　しら
ぬまに　かぐろく執拗に蝕んでゆく
数日まえ　新聞を読みながら「ことしは
百姓の首くくりが多いな　馬鹿な奴らだ
百姓は秋のとりいれまで勝負がわからな
いのだ　いまからてめえの手で　てめえ
の首を締める阿呆があるか」と笑いとば
した親父
どこも痛くも　痒くもないから　すっか
り枯れて　脳の神経すべてが藁きれみた
いになるまでわからぬ
昨夕　この苗代はさいごのけいれんをお
こし　麻痺は水面のすみずみにゆきわた
った
朝の光のなかに　息子たちは　腐れてし
まった親父をつめたく見おろす　やがて
むぞうさにひき抜かれ　とおく崖下に放
り棄てられた

虫が鳴くと

虫が鳴くと　ほんとうは
おらがさかさに吊るされているのじゃねえか
　ずうっとまえから泡をふいて

おらが米コ三升盗んだとて
親方はおれをしばって
欅の木に　ぶらあんと

おれは死んでるのかい
いいや　このとおりぴんぴん
しろいまんまをたらふくかっくらう

んでも　吊るされた顔を
鴉がつっつくし
したたる血を山猫にしゃぶられてるんし

きょうは農休日なんで
えいがかんさ行ってきたんだけど
おらはたしかに吊るされてる

大昔からあいもかわらず
ひるもよるも　虫どもが
きちげえみたいに鳴くこのごろ

しっかりしとくれ
つるされてるならば
縄をたたききってしまうんじゃ

親方の家のなんどにかけこんで
かさなってるかかあもろとも
ぶちころしてしまうんじゃ

でも　おらはいまたしかに
炉ばたで
ぷかありぷかあり　たばこふかしとる

貨車構内

なぜ　ここにあるのか。
だれが運んできたのか。
ぼくは　どこから来たのか。

ぼくはなんの感慨もなしに　連なる。
どこで繋ぎあわせられたか
それすらも記憶に無いままに。
ぼくが執拗につかまっているのは　なに？
ぼくにしがみついているのは　だれ？

雨の日　どこからか　合羽の男たちが
現われる。ぼくの肉の錠前をはずす。扉
をあける。そして　なんのことわりもな
しに　ぼくの内部にはいりこむ。
かくして　ぼくの「経験」はつぎつぎと
運び出される。
〈あらゆる「経験」は　保存のきく　腐
りようのない　しろものだ。そしてまた
場所を変え　移されることによって　ま
すます繁殖しようとする　どんらんな生
きものだ〉

からっぽのぼくの内部に残されているのは
男たちが　かえりしなにいたずらした
白いチョークの　らくがき。
かれらの　泥の足跡。
そのうえ　なお
ぼくは耐える
みずからの重量に
のめることのできない苦しみに。
深夜　ぼくはまた
だれかに　どこかへ牽引されていく。
そのとき　ぼくははじめて
饒舌になる
ことばが　火花のように散る。
だがひっきょう　ことばは　音でしかない。
肉の内部に　ぶきみに共鳴する音。

それはやがて
いみのない叫喚となり
ぼくは　にんげんの
視界の果に消える

庚申

おめえには、見えねえがもしれねえども
部落のはずれ、大赤松のした
あの村ざかいを庚申さまあ守ってくださる
やまえの神やびんぼう神がのお
どぶろくこ飲ませ、だまそうたって、庚申さまあ石の
　かおじゃ
たくさん石がならんでるべし、あれあみんな
庚申さまあ、にらみつけとるかおじゃ

烏が糞たらしても、犬っこしょんべんひっかけても
庚申さまあ、わらいもしねえ
いまの亡霊どもあ、ゆだんもすきもねえからな
おらだち、だからかのえさるの日
七人のどうやくど、いも虫のようあつまっての庚申講
野良しごとによごれた手足をはずし
たんすのそこ、とっておきのをつけてよお
ばばちゃにコデかけてもろうた、おらのしわくちゃづ
　ら
こよいはしゃっきり、渋紙みてえでよお
さあて、ゆくべしゆくべし
庚申講とおまえっこ
まどろにさんざめくあの家じゃ

しとぎっこ、そなえたか
おみぎっこあげたかや
よういできもうしたら、鉦をたたいておがみこと
　ウンケイ　ハアヤ　ジイサ　ハアヤ　オン　ソワ
　カ
オン　コウシンデ　コウシンデ　マイタカ　マイ
　タカ　ソオワアカア

部落のわかい衆、ねんねんへるばかり
みんな町ばの、あぶらくさいのんどに呑まれてしもう
　た
としょりと庚申さまだけ
どぶろく飲めば、石のかおもあかくなるものでよお
さあて、花ふだ御開帳

庚申さまあ、いちばんすきじゃもの
この世はざぶとんいちまいの上
おおなみこなみのざんぶりこ
夜どおしかけて、花っこちらし
いちばん鶏、鳴けば
またもおらだち
泥田はいまわる
でくのぼうじゃ

道祖神

〽オノ神ノオ祝イニ
稲辺ノスミノカメナラベ
男ノ子モ十三人
女ノ子モ十三人
さあ、集まっとんじゃ
　飲んどんじゃ

〽あかおにあおによされおに
ぢごくごくらく
カマのそこぬかせ
ぢごくごくらく
えんまさまこわい

さあ、どぶろく飲んでや
　たらふく飲んでや

〽つのの肉身《からだ》の虎皮の
業の結び目解けてゆく
おどるたんびに解けてゆく
手こ打ってほいほいおにおどり

〽そこらいっぱい散らばった
月のひかりにおにの骨
死ぬに死なれぬおにの骨
手こ打ってほいほいおにおどり

月はかききえ一陣の

くろい風でも吹いてきや
またもみるみる鬼形相《かたち》
手こ打ってほいほいおにおどり

●

さいの神
村ざかいの番人
ここは部落のいりぐちだ
んでね、部落のでぐちだ
いいや、入るときゃいりぐち、出るときゃでぐちや

いまも
アダの家《え》さ、てでなしご生まれたど
ガジョの家で、中風たかれくたばったど

やあ、おまえ
またきたのがあ
おや、おまえ
もうゆくのがあ

声をかけてもしらんぷり
狐みたいにとんでった

●

むかしのむかし、おおむかしな
犬っこにんげんに飼われるまえ
鶏っこあさぞら輪をかいて
血のでるほどに鳴き吠えしてた
そんなころから立ってるん
村と町との境い目に
この世とあの世の境い目に
さいの神さん立ってるん
そしてしゃ、いまもな
チッとしょうべんひっかけて、はしっていった犬ころ
や
わらづとにつつまれた、ずんべらぼうの鶏っこに
ひょいひょい、なにげなし聞いとるのじゃ

おまえ

どこから来たのがあ
おまえ
どこさ行くのがあ

寓　話

牛にとって、いつも帰るところはなかった
霊的な巣はどこにもないのだ
牛はいくども皮を剝がれた、そして
しだいに魂の臭みがうすれていった。

劫初
大虚空
どこからか異様な光がさしこむ
そこを、ときどきすばやくよぎる
ちいさな翳

人頭牛身
むやみに疾駆するだけだ
無漏の繫み
空華のほとりをめぐって
ふとい呼気と蹄のおとだけが、むげんに冴えた。

やがて、火と水と風が生じ
ちいさな種子の地球はみるみる膨れはじめた
それから、昼と夜のように
数えきれぬほど生き死にはくりかえされた
繁茂する、さまざまな因果の雑草
それらはすべて
はげしい相剋
やわらかな相生によって
人頭牛身
いつか当然、ひき裂かれねばならぬもの

ともあれ、いま
にんげんは人間の巣にかえり
うしは牛だけの貪婪さで啼き
無明のよだれを垂らす。

●

なぜこんなに、とおく来たのか
飼主はうしろでに手綱を曳き
無言であるく
まもなく、みるくいろした石垣がみえた
あわい冬日を背に、たくさんの同類ともども門をくぐ
　る
ひろく、あかるい部屋にとおると
衛生衣のおとこが、胴体を
神のような手つきでなでまわした
「こいつの罪はまだぴくぴくしてやがる」
それからぶりきの番号札を、因業みたいにぶらさげる
鼻環のさきに、すてきな飾り
なんかたのしくて、むしょうにはしゃぎまわりたくて
ながながと啼く
そのうちに一頭ずつ手綱を曳かれ
ゆるい傾斜を二階にのぼっていく
と、目の光るおとこが、妙に敵意をしめして構える

間髪を入れぬ
打撲　!!

●

ふしぎに乾燥したなまあたたかさ
とめどなく浮きやまぬ感触
あらゆる時は死にたえ、わずかに永劫の夜のいきづか
　いだけがする
ここではすべての区別がない
だが星みたいに抱きあうこともない
ときたま、風のぐあいで
死霊がぶつかりあう、にぶい音
そこだけが執念のように一瞬、あおくともる。

この大幽暗は
ものがいっぱいつまっている現象か
まったくの空虚であるのか
それとも現実をうらがえしにしたせかいであるか
確かなことは、ここに生のすべてが

注ぎこむ、そしてたゆたうだけだ
ふいになんのはずみか
一条の滝みずのごとく霊界を落下しはじめた。

どこにゆこうとするのか
どこに安息の巣があるというのか
中有のうらがわを
あてどなくながれてゆくと一台の小型とらっくにで
　あった
なにげなし、荷台に眼をやると
ああ、太い鈎にぐいっとひっかけられた大枝肉のかた
　すみ
あざやかな烙印番号

しかも、なんということだろう
きみょうに業苦のにおいがしない肉屋の店頭
即今
にんげんの手によって
千々に刻まれ
売りさばかれる

はて。

Ⅱ　鼠と私

音

ものを喰らう
噛む音
齧る音
太古からつづく音

春たけなわの日暮れがた
先祖の墓の草取りにでかけた
無心に　野蒜や浅葱や蕗の薹などむしっているうちに
わたしは　ふと気づいた
墓場のところどころに　小さな穴があけられているの
を

しかも　石塔の台座のあたりに数おおく
死人から霊魂の飛び去った跡か
いや　つまらぬ幻想はよそう
鼠穴だ
野鼠の通路さ
すると　謹厳で無表情の墓石の下は
野鼠の巣窟！

すでに　わたしの来世の位置は
契約ずみだ
ここいらへんにわたしの亡骸が埋められる
わたしの寝棺の上に　近親者が
小さな木の鍬で土をかけるだろう
その後は人夫のスコップで無雑作に――
やがて
わたしはまったく地上と絶縁する
わたしのぶざまに彫りあげた顔や
腸のようにぬれぬれとよじれた来歴は
じょじょに腐れはじめ　土に還る
ただいよいよ耀きやまぬのは業の痕跡か

そんなあるとき
かれら野鼠たちの　無遠慮な訪問の日があるだろ
う
かれらは　たちまち
わたしの半分溶けかかった鼻や唇を
醱酵した腸や腰肉を食いあさるだろう
かつて涙をたたえた両眼は
かれらの後肢で蹴られ　とおくころがり
ついに　つぎつぎと眼窩から入りこむ
それから　なお不倫に泡だつ脳味噌を
蟹の甲羅のみそをしゃぶるみたいに
先をあらそい啜りつくすだろう
すべてはかれらに
小さな満足をあたえるのだ
わたしの肋骨のがらんどうは
あたらしい野鼠の棲み家
しばしの拠点
野鼠たちが
くるおしく鳴きながら　つがい　共喰いする修羅場

先祖の墓場の草むしりした
その日から
わたしの頭のどこかで
異様なものがうごめきはじめた
カリカリ　カリカリ　と骨をかじるような音
四六時中
ものを嚙む音
啜る音

　朝の食卓に対いながらも
　わたしはそれを耳にする。

鼠

かみくずみたいに
鼠のむくろが道のまんなかにすてられると
春は　つるりと剝けて
たちまち埃だらけになる

あさの光線には
眼をほそめてたぶらかす
冷酷な狡さがある
鼠の魂は　くもなくひきずりだされるのだ
みんな　そしらぬげに
顔をそむけてとおるし
ばしゃ馬は　糞を垂れながら
かいかつに踏んづけてゆく

　これはだれが棄てたのだろう

昨夜も　もうれつな共食いに屋根裏がきしんだ
もしや鼠の大群におそわれるのでないか
このざらざらした幻想の尾に触れ
太古より　にんげんはねずみを憎む

鼠はたえまなくなにかを齧じる
だれしも　おのれの肉を食い散らされる気がして

たんねんに毒餌をつくるのかもしれぬ
ねずみおとしは　いつの時代にもよく売れるのだ
　しかし　どうしてこんな往来のまんなかに

とらっくやばす
うしうまや　にんげんの足に
原型をとどめぬほど
踏みしだかれる

魂まで　ぞうきんのように
ひらべったく変われば
鼠はこんりんざい
ねずみにうまれかわるのをやめるというのか

だが　こいつの魂は
たしかこのあたりを浮遊しているだろう
もしかわたしの内部に
花粉のように忍びこむかもしれぬ

わたしはいつのまにやら
鼠の形相をていし
さかんな生殖作用と
未来をかたっぱしから齧じりはじめるかもしれぬ

ともあれ
そそけだつ毛が
いささか残っているやつを棄てに
こどもは川にゆくのをよろこぶ

しっぽをにぎり
天にほおりあげようと
ちからいっぱい
振りまわす

だが　無明をかぎりなく墜ちてゆくのは
　わたしの魂ではなかったか。

日々是好日

ねずみとりを買ってくる
わたしは　僧
ねずみとりに餌をしかける
わたしは　僧
おちた鼠に嗤いかける
わたしは　僧
ねずみとりの鼠を川に漬ける
わたしは　僧

鼠はあくまでも鼠であり
わたしはなぜあくまでも僧であらねばならぬか
わたしのこころのあおみどりに漂う　鼠
腹をしろく膨らました　鼠
数をまして溢れるほどの　鼠

わたしの喉はいっぽんの綱だ
やつらの魂が匐いのぼってくる

そいつをやんわりくちにふくみ　おとをたてて噛みくだく
家族と笑顔でよもやまばなししながら

やがてまた　夜がくると
ねずみとりに器用な手つきで団子の餌をしかける
わたしは　僧。

一匹の鼠

朝の食事どき
どこかでひそかに齧じる音が
——また始まった
と見あげるおれの胸ぬち
いちめんの水仙畠を
驟雨がさっとよぎってゆく

まるまるとふとったのは、おまえではない

死は、つねにどんらんきわまるものだ
残雪におおわれた墓石の下
前世のおれの死骸の、穴という穴
水気のあるやわらかいのはすべてしゃぶりつくされた

だが、しじゅう時間をかじっていなければならぬ癖
つねに満腹であらねばならぬ癖を
おまえはどうして持つようになったのだろう

春彼岸の、あの日も雨
燐がほそく、おれの足もとから燃えあがる
重たい骨を背おってあるくのを
疲れきってどさりと投げだしたのは
いつだったのか
せわしげにゆききする、優しい尻尾を嘘のように眺め
　ていた
つまるところおたがいは
雪国の毛ぶかい沈黙の下に、むきあって
かすかに息づくだけの
二匹のけだもの

生きることは
かぼそい喉で地下水を汲みあげるばかりか
あたりほどりの根を、見つけしだい噛み切ってしまう
　こと
この盲目的な習性は
涙をいっぱいたたえたおまえの
優雅なふるまいからは、うかがうすべもないのだ
町のあちこち
雪解水のしたたりおちるよどみに
おまえの末期の鳴き声がうかぶ
殺さねば噛みころされる、これはいかにも蒼い伝説で
　はない
いまに世界が鼠の糞に埋めつくされる、とわが父祖は
　せっせと毒餌をつくってきた

雨が晴れたらしい
薄靄のたちこめる底
幾千万の小さな魂が髭のようにふるえる
わけもなくかたまっては散らばり

ときたま
挑戦的に光る

いま、夕食のたくあんを噛む
ふと、かすかな音が
——おれの頭骸骨のどこかを確かに齧じっているな
　やつめ
　また始めやがったか

そう、すでに二十万年のむかしから
どの頭にも
一匹の鼠がひそむ。

Ⅲ　おふせがみに書いた作品

時間について

枯枝に
ひょいと雀がとまり
私は天の底に、端座

飛びたちぎわに
白い糞が糸をひき
三界をつらぬき

ああ、この朝
私の魂の奥で
小枝がゆれやまず
また、しずけさがもどる

思想について

腹がへってたまらぬ
　無始劫来

死んでしまったおれの腹がへるのか
生きている豚の腹がへるのか

宗教について

つねに　死に神さんが
わたしの吹き口を
しめしてくれるので
こよい　ねぶたながし
笛のね　まことにすみとおり

わたしを吹いて
どこからきたのか
わたしは吹かれて
どこへゆくのか

象徴について

腹のまんなかに
へそのあるのが
ふしぎな日

いつのまに
蛙のはらから
盗んできたのか

それとも
でんでこ鬼たちの
目じるしか

ひねもす
へそをつけて
あるき

へそをつけて

愚痴をいい

たまに
あわれな　へそとへそとを
すりあわせ

民衆について

ぶた買いが
豚をぶた小屋からひきずりだすとき
豚の楽器は
いっせいに鳴りひびき
高潮し、やがて
すべてが砕けちったあと
するどく原始の闇をふきだす

豚は、豚であることをやめるのだ

わがぶた買いどもが
よってたかって、両耳を
わし摑みにしたとき
豚は、はがねの下肢をふんばる

　精悍な猪のように
　　襲いかかる姿勢

一瞬
ぶた買いは息をのむ
これはなににむかって
嚙みつこうとする眼か

鉦

かああん
かああん

間遠に
葬列の鉦が　鳴る
梵界をじゅうぶん共鳴させ
あらゆる関係をむぞうさにほぐし
ものたちをねむらせ
たえずめざめさせながら

　かあぁあん
　かあぁあん

あなたの暖皮肉が
ひょいと　永遠にかくれんぼして
ときおり　ひとびとの記憶の裏側で
ちいさな笛を吹きはじめる

それらはすべて流転する　むなしい
ものでしかないのに

鉦の音は
ものの本質に　つぎつぎとぶつかる
そのしろい泡は
感覚のうえをながれ
非情のはてにきらめき

　かあぁあん
　かあぁあん

みるみる五十億年前の星座にしたたり
やがて地球がもえおちる時をふきしぶき
無辺際に　ふるえる
鉦のひびき
ひびきやまぬ　ひびき

鉦を敲き
葬列はすすむ
つつじがさかりの大野台を
落日にてりはえ

ひたひたと満ちてくる
鉦の音色

うなだれあるくわたしと
ひつぎのなかのあなたと
その無量の距離は　うしなわれ
いまはたがいに
いだきあいながら
ただよう
笹の二そうぶね

かああん
かああん

行食

弥生式土器が出土したのは
太古から米作地帯であった
なまなましい確証という。
時間をかぎりなく落下してみると
人類史は
けっきょく腸管でしかなかった。
古代のひと粒の米の
おもさについて
ストンサークルの炉にしみついた焼肉の
においについて
われわれは今なお、ごうりも違わず味わえよう。

朝の食膳に箸をとると
餓鬼はたちまちわたしの周囲にみちあふれる
いとおしい無縁仏たちよ
その脂じみたざわめき。
朝の光が、ひょいと逆流などすると
みるみるふくれあがり、無量劫鳴りやまず
どよもしつづける
欲界の巨いさ。
ましてよいかおりの、たくあんづけを嚙むと
冬晴れの遍十方を、きんきんとこだまする

不可思議さ。
ただひそやかに味噌汁を吸い味わおう
しだいに満ちてくる、己れの温もりは
まさしく天地いっぱい
ほのぼのと香ばしく。
いましも
あけはなたれた天窓からまよいこんできて
ささげ持つ応量器に触れ
無礙に溶ける雪花の鮮やかさ。

寒　行

父母未生以前
おまえはすべてをうしなったという
だが　水甕の氷をたたきわって
今日の面をあらうこと
寒行の鈴を鳴らして
貧しい部落をめぐりあるく
このいっとき
見ひらいている己れは
いつ　あがないもとめたものか
あの日　得度式
キラリ　剃刀を
くるみいろした頭におかれた
瞬間　おそろしい力で
摑まれ　いずことなく
持ちさられたものはなにか

寒にはいると
まいあさ　おお
おお　吠えあるく
わしはいっぴきのけだもの
雪みちに　あかつきの
月のひかりが潮のようにたゆたい
いっさいの影はない
鈴のねが　もののいのちをひきだし

むげんに鳴りひびかせる

山門をくぐり　帰坊すると
きまって、網代笠をかかげ
大銀杏に相見する
わしはなにをうしなったか
いや　うしないつくしたはて
なおも無明のおくそこから
たえずゆりうごかしてくるもの
手をのばし　触れようとして
触れえざるもの

凍った顔のひもをほどき
黒衣を身心もろとも
脱ぎすてると
たちまち凄まじい木霊に晒される
己れと諸堂宇　境内の風光
すべては融けあってさんざめき
ついには
天の器に
あふれるような

寂

Ⅳ　業にかんする詩篇

どぶろくに呑まれた話

婆さまが流しで
ひるまのあとかたづけしてたら
ふちなし眼鏡が　にゅうと
かまくびつきだした
　酒しらべにきたが
　あがらせてもらうよ
婆さまびっくりぎょうてん
むねのとけいはこっぱみじん
魂のやつ　さっそくにげじたく
風船玉みたいにとびだした

あか鬼あお鬼の酒やくにんではあるが
あわてふためき病院さ
ほいほいかつぎこんだは
ぬけがらの案山子にすぎぬ
しなびた魂　どこさいった?
犬もくわねえ魂　どこさいった?

だが婆さまのおかげが
ひとつある
まんねんどこの床下に
つくってたどぶろく甕こ　ぶじだった
通夜のときふるまったら
みんなの人だちもうしてたよ
——こんなにうめえの飲んだことねえ

婆さま死んで　どぶすけ生きて
どぶすけ婆さまを呑んでしもうた

銭

このまえ
百姓のばばが死んだ、そのときの
お布施なんだが、けさ
わしのあかんぼうが生まれて
夜どおしくろうしたお医者に
まず一升買い
にやにやぶらさげてゆき、帰ってきたら
桑のわくら葉みたいな顔
してふっつり動かない、あかんぼう
の棺おけ買おう
とふところに手をいれたら
ちょうど、お布施の残り
で間にあった

鈴

あじろ笠をかむって、托鉢
にあるくのはほどこしをうける
ためでなく、与えてあるくこと

わしの衣
わしの声
わしの肉
わしの魂
を与えつくして、鈴だけがかぎりなく
詠いつづけてゆく
だが、すずしいその鈴のねも、たとえば
ふいに籔からとびだした犬
に喰われてしまうときが
きっとある

囲

おまえを鼠といい
おれを和尚といい
おまえが髭をのばした
神さまのような眼つきで
おれが尻をはしょった
むかしの泥棒みたいな手つきで
ぶらさげたねずみとりの
内と外

こんな囲がなにになろう
とおまえは
火薬みたいにはじけとおしだし
おれは生きものを殺すと罰があたるぞ
と業の重みにつぶされそうだし
なんとも
因果なことよ
とはいうものの

ずぼり川に浸けたねずみとり
如是畜生頓生菩提
やれやれやっと
死んでもらったわい

などとほくそえんだは早合点
鼠は死の囲
和尚は生の囲のなかにあり
なんとか嚙み切らねば
とかぎりなく狂う
このありさま

柩

わかいころ人を殺した　おとこ
だそうだが、きのうおんなの腹の上で鼻いびきひとつ
したとおもうたら、はや
火葬場の柩のなかに
ちんまり黒く焦げかかっている、おとこ
にお経をあげている、わしはけさ
ねずみとりにはいった鼠
を川に漬けて
殺した

第二詩集

しべぶとん

（一九九一年）

Ⅰ　阿仁の山水

白津山

小阿仁盆地のあちこち
稲わらに点火すると
白津山の錦繍
見事に炎えひろがる

むかし
大佛の首を抱えて
山を下りた

いま、水田の首なし胴体を
背負って
山に入る

おれたちの
こめづくり二千二百年は
こめにたたられ
脱腸のように垂れさがった
徒労の歳月でしかなかったのか

こみあげる嘔吐に
奥羽の山系はつぎつぎと落葉して

白骨となる。

小阿仁川

流れるのは
人や田んぼ、天であり
だんじて川ではない

ただ素朴な鏡として
いまも時間の重さに耐え

春彼岸
小鬼たちが、峰みねを駆けめぐると
川は
たちまち吐息に満ちあふれる

ねこやなぎの岸や
向い山の万灯火が
ゆったりと流れ

川は
黙って観ている

万灯火にむらがり寄ってくる
祖霊の跫音を。

大野台

おおむかし
阿仁川は
大野台の胎内を　かぐろく流れた

その時、魚の群は
暗い淵にどれほど白波をたてたのか
天空に、奇怪な鳥たちは
どんな啼き声を、太古にひびかせたであろう

いま、草の台地に横たわる
おれはまるで、水死体

かって、金沢ふきんは砂金鉱だった
ここから三十キロ上流の
阿仁金鉱が水に洗われ
微粒となって沈澱し、地の骨となり

森吉の山頂から吹きおろす
初冬の凪は
すすき野をくしけずり
もはや露出した

おれの生死は
ここ、永劫の河の底で
あらたな光りを、放つ

太々良峠

二ツ井から
太々良《たたら》峠の坂をのぼりきると
にんげんの血や肉を
やっとかなぐりすて
すべての言葉をうしなう
眼下にひろがる
阿仁の里へ
いだてんはしりに
おれは清流を自在な
いっぴきの鮎と化し
まもなく白い腹を曝すが
流れながれて
つぎの村では
梅の花のひとひらともなり
天地いっぱいの香りをただよわせ
そんなあたりまえの
生死をくりかえし

貧しい寺にいたって
すべての殻がもえつき
樹液をすすることもなく
あっけらかんと佇つ
石の地蔵
ただ四季
それぞれの
風に吹かれ

大沢の里

大野台を
舐めつくした風雪のはて
とてつもないふきだまりに
埋れ火のような村落のあかり
点々

　きのう、針金のうさぎ罠を
　ちかくの植林地に仕掛けた

おまえは限りなく毛変りしながら
縄文時代から一目散に走りつづけてきたのか
おまえは野面を真一文字にここへきて
まともに掛ったのか

首根っこを摑むと
裏山の斜面にまきおこる雪崩
ついに轟々と山あいにこだまし

　いま、鉄鍋に煮えたぎるのは
　うさぎの形骸ではない
　炉を囲む男たちの因業さ
　わずかに神の粗朶が燃え
　ときどき嗤うようにはじける

土間のすみに立てかけた戸板にしたたる鮮血
毛皮とはいうまい
かたくなにへばりつく
こいつの魂は
里に打ちたてた、むしろ旗

しかし
とうとうと押し寄せやまぬもの
根こそぎさらっていこうとするもの

　村をとりまく化生の森が
　またも歯ぎしりする。

丹平河原

垂れさがる　五月
めくれかかった河原を
ばさりと一刀両断

馬力大会は
たけなわだ

数百の耳
空を切り
幾千の蹄
大地に突き刺し

重たい風土を曳きずりやまぬのは
輓馬の悲しい業というべきか

人が馬の血に流れこみ
馬が人の肉に織りこまれ

鮮烈に花開き溢れでるもの
ひたすらふんばり
泥土にまみれ
手負いの獣のごとく
今日を駆け抜けた
一群

やがて
馬たちは標本にもどり
人びとはふたたび能面を著けて
八方に散り　去ったあと

砕石工場に
もう火がともった

阿仁は
ひそかに
削がれ
確実に　砕かれてゆく。

大覚野峠

暗紫色の峡谷を
がらす切りで真ふたつに
裁ちきった構図

こんくりいとの斜面が広がる
移動しやまぬ緑たちは
突端におののき
隠花植物の胞子が
途中で息絶えてしまった

山の喉笛はぶったぎられ
原生林の根をえぐる
さびた泥水
もう岩蔭に
ちいさな虹をかけて
ほとばしりでる真清水はない

鳥が飛ぶ
この上空にさしかかると
きまって影を失しない
真逆さまに
嘴をへしおり羽を虚空にさしのべ

蛇や虫やけものたちが
太古から自在にゆききした道
向う側に憑かれたように
渡らねばならぬとは
ひんぱんに疾駆するはがねばこに
たちまち轢かれてはらわたを曝すとは

呼びやまぬ
山の声

秋の夜ふけ
田沢湖からの帰りしな
曲りくねったあすふぁると
路面にふたつの影

らいとの投網から
逃げまどう四つの眼
兎の親子を
あくまでも摑まえ殺そうとする
にんげんとは。

本城渡し守り

「おーい」
此の岸から　呼びかける
なんどか
せいいっぱい　声はりあげ
やっとほったてごやの苫屋
あらむしろ押しあげ
のっそり熊の毛皮が
あらわれる

ながい竹の棹ついて
小舟をあやつり
生死の流れを
渡ってくる
渡し守り　老いたひげづら
キリストに似て

のりても無言
阿仁川のさざなみに
迷いの　手をひたすだけ

〝水と接するに　水〟

両岸に張られたロープを
鉄環　さながら後生車
カラカラさわやかに
彼の岸へ

やがて到着した

川辺に　乱れ咲く
月見草の
花にまみれて
佇つこと　しばし

ふと
左手の御嶽《みたけ》
どっこらしょと
腰をあげ　ちかよってくる

〝嶽に向うては　嶽〟

Ⅱ　蝦夷の末裔

またぎ抄・三篇

颪

春のまたぎは
地におちた　わくら葉
川瀬を切る　岩の影
小屋に憩うまたぎは
甕にしこまれた　どぶろく
灰に埋もれた　火種

つねに

山に対するに　山

川に対するに　川

残雪
熊が出没したとの報らせ
やおら腰をあげると
またぎは忽ち颪と化す
きらめく峰の　白い法被を

つぎつぎと剝ぎとってゆく
すさまじい風の　黒衣《くろこ》

業

ぶなの根っこを
どんとくべ
いぶりながらも　灰は真赤

銃身をみがく　独りの影

柱時計は　いつしか停まった
太古から
いろり火は
しんそこ　あったまる
猟銃は
いつも死骸のつめたさだ

やがて
獲物を追い
狂おしく引き金をひかねばならぬ
またぎの
業とは

屍

野たれ死にとか
子や孫の　熱いよびかけに囲まれての
往生ではない

小屋の大熊の毛皮に
老またぎは
坐亡

まるで　冬山の切り株根っこだ

おとずれる者もなく
獣や鳥　虫たちに
かんぷなきまで食い荒されよう

その魂は
中有に釘付けにされ
地獄にさえ
墜ちられないのだ

しべぶとん

寒にはいると
わしはしべぶとんを用いる
よるはどっぷり
杉根っこみたいにぜんごふかく

五千年の稲の堆積は
わがししむらを
両のてのひらに水を掬するがごとく

やがて
萌えでるものがある

雪と土の息がまじり
むげんにひろがりやまぬもの

＊しべぶとん　藁布團のこと

寒

墨染の衣をまとうても
骨はにぶく光り
網代笠のおくに
しゃれこうべはなおも息づき

地の底からの誦経が

夜あけの道の
うすい血をかきわけてゆく

路地をまがると
ふいに亡者がとびだし
けたたましく吠え
衲はたまらず
経文のかいだんをころげおちる

いずれ、中天のせいひつのながれに
浮きしずみする無数の骸のなかの
ひとつでしかなくなろう

ただ無辺際
ひろがりやまぬ鈴のねと
ふぶきを追うて
まっすぐむこうの足跡だけが生きいきとして

歳々年々
めぐりくる

寒の正体はなにか

衲の喉首を
じわじわと締めあげてくるもの

だが
立春といれちがいに
またもひらりと
とおく溶けさる気配
幾人かの新亡をみちづれに。

三月

三月は
死にそこないの貌つきだ
水をぶっかけると
息をふきかえし
白い野山を

つぎつぎと立ちあがらせ
三月の
背中がむずかゆくなると
やもたてもたまらず
用意する
いろいろな種子の袋を

川辺や
雑木林に
風が無心に運んでゆき

三月が
たまにずっこけると
里の庭に
香りのない花が一気にほころび

森吉の山を
そろそろ野焼きしようと
頬被りをとる

ひょいとうしろをふりかえると
三月は、おお
見事に首を縊っている。

風鈴

如来さまが、すわる
羅漢さまが、すわる
和尚が、すわる
若者たちが、すわる

真夏のひるひなか
戸外はまるで火の車
おともなくころげまわる
すさまじさ

ただ、もくねんと

木佛、金佛、生き佛
ほとけさんをぶっとおして
ひとすじの血が
光りながらながれゆく

太平寺の露縁に
ひょいと吊るされた
ふうりん

風がないのに

ちりりん

花のつぼみが
ひらいたみたい

砂場

なにしてるの
　この砂山のそこに
　鬼がいる
　だから
　うんと砂を盛りあげているんだ

青葉の、けだものくさい
におい
すでに、こどもたちのやわらかい魂に
するどい
爪
太古よりつきまとう
しつような
跫音

よし、せんせいもてつだおう

　やがて、昼寝のじかん
　こどもたちは
　ミソダマのように眠りこける

六月の陽のひかりが
飛沫をあげてあふれでる
ひっそりかんの
園庭

砂山が
かすかにくずれる
とめどなく
チリチリと
くずれ

鶏に

〈なにがこの世で悪だろう、または悪の根を
さらに太くする養分はどこから湧くのか〉

それはまるで
救いだった

おまえの　最後のはばたき　叫びと
狂おしいほどの死を怖れる眼は
おれをはりつけにした
そのくるしみから脱れるために

白昼
幼児たちの見ているなかで
おまえをしめ殺す
にんげんとしての　冷徹な
意識をうしなわずして

これが
あのときの手
この手がおまえの頸を捩ったのか
この手がおまえの頭を剪りおとし
胴体を逆さに吊したのか
くるみの枝に　形よく

いっぱい散らばった
美しい四季の羽根

それはいま
初冬の凪とともに
来歴をすべりおちてゆく
おれは　藁火を掻きたて
たんねんに毛あぶりをする
まるで山河をもてあそぶように

肉を剝ぎとり
骨をきざむ
古い時代より受けつがれた悲しい手練

生きるためとは
仮借なき霊魂の取立人となることか
あるいは
ひとつの死とは　新しい胞衣の椅子をかちとるためか

夜になると
おれはおまえの　もも肉をしゃぶりながら
皆にこういうだろう

「秋鶏のうまさは　また格別だねえ」

Ⅲ　昭和の証言

耕地整理

村の小川が
消えた

水がこない

ねずみ取りにおちた　鼠を
ぐいと　漬けて殺す
水がない

がんがら缶

ねずみとりに落ちた鼠を
なんとかせねば
と　川にゆく手は古いという
ねずみとりごと
がんがら缶に入れ
車の排気管にくっつけ
キイをひねる

しばし　ねじれた無聊をくゆらし
ゆえもなく　立ち小便したり
とどのつまりは　車内で昼寝
がんがら缶の　カーテンしめて

ふいに
まっさかさま　堕ちてゆくのは
おれの魂ではないか
ここちよい
夢から　さめぬまま

後生車

鶏小屋の餌どいに
むらがり　ころころ太った鼠
をかたっぱしから呑みこんで
でっかくなった　青大将
をさんざん　なぶり殺し
棒にぶらさげ
河にゆく途中の　あくたれ小僧
は猛スピードの車
に一瞬
ほほずきみたいにつぶされ
轢いた　とんぼめがねの若い男
が首吊りした大欅
を切り倒し
もろもろの生の囲いから
運び去って
柩をつくろう
などと　もくろむ私

は　いずれ墓場の底で
きれいさっぱり
鼠にしゃぶりつくされよう

　　はるらんまん
　　たれがまわすか
　　ごしょぐるま

陽　炎

鼠だけではない
鳥やけもの　犬や猫もみんなだ
そいつを口に入れると
死ぬ

竹とんぼの巨きな奴
轟々と舞いあがり
散華のよう　野や畑へ
華麗にそいつをまき散らし

おれたちは
バケツをぶらさげ　鼠の死骸を
拾いあるく
陽炎にほだされ　唄がけのひととき
いっぱいになると
川に投げ棄てる

忘れたころ
下流のさかなや　にんげんが
あいついで　白い腹を
晒しはじめた

都市について

世界の掌に
毛が生えたのは

いつだったろう
とおい昔は
花粉のようにやわらかかったのに

ある日
わたしたちは
見しらぬ河のほとりに
素裸でねそべっていた
しずかで
ねむたくてとろけそうだった
とつぜん
巨きな黒い影がかぶさってきた
わたしたちの
まっしろな肌は
はげしくひっ掻かれる
すべての夢と花がしおれた
果汁のような精神のながれが
たちまち凍りはじめた

〈世界の掌よ、いつからこんなにごわごわした光る毛が生えたのか。どうしてガラス屑みたいな狂気を持つようになったのか〉

それはいつも
けものくさいにおいを放ち
おしつぶされた幾万の呻きにおびえ
夜は蒼じろい炎につつまれていた
のみならず
毛のひとつひとつが
するどい切尖となり
火を噴く銃口となり
にんげんの首をしばる
つめたい縄と化してしまった

今日も
あかるい日射しのなかで
いちめんの、鋼のような毛が
颪にふかれ
ぶきみな唸りをたてる。

背中について
――庚申講余聞――

腹がへって
腹の皮とくっついた
背中だもの
きれいに剝いで
ちいさな太鼓を
つくったら
祭がきて
獅子踊り
小太鼓たたいて
おどりくるう
あまりたたかれ
破れた太鼓
捨てられた
ところは庚申塚
草ぼうぼう
三尸《さんし》の虫の

住むところ
マイタカ、マイタカ
ソオワアカア
白い道
ひとかげもなく
風光る
亡者みち
百姓きらった
若い衆
背のきみも
つらのかわも
みんなうしない
影ばかり
三尸の虫の
告げぐちか
ひっそりかんの
むらのなか
ただいっぴきの
虫の声。

この一日
―昭和五十五年の正月に―

日暦を一枚、一枚
めくってゆくように
うまれたての一日が
重たい業の影を
曳きずりながらも

生きたい。

この一日は
二度とやりなおしのきかない
勝負の一石。
二度とひきかえすことのできない
ふぶきの一本道。

寒修行

よあけ
北ぐにのぼうれいたちは
いまもなお、ふとうめいがらすの囲いを
十重、二十重に張りめぐらす

かつて
跳びはねた兎のむれ
馬ぞりのあついいぶきにあふれた日々は
あすふぁるとのぶあつさに
ぬりこめられて久しい

ぶらくは
いつもねそべったまま
まき散らされた、ぼうふざいみたいに

あの脱穀のうなり
炉のけむりのにおいは

もう堆肥場にものこっていない

寒三十日
むらをへめぐる鈴のねは
あらゆるものにあったかく
とけいをとかし
ろくじぞうをはしらせ

いきている大銀杏の根
しんでいる猫ののどをつなぐ
鈴のね
ずっとおくそこから
ふかしぎ光のように
とめどなくふきあげ
したたりおちる
雪花とともに。

梅雨

山津波に　根こそぎ倒れた
公孫樹は　原初の手の骨に似て

きょうも　雨

壊れ棄てられた
野の草花の呻きは消え
馬のにおいすら失せた蹄鉄小屋に
ランプの芯を切ると
夕映えが　どっとなだれこむ辺り
じょうじょうと鳴くのは
青く光るものは

ムカシコ　アッタケド
蛇コ　鳴イデダケド
蚯蚓《ミミズ》コニ眼《マナグ》アッタケド
アル時《ジキ》

蛇コ　蚯蚓コドコ　ダマシタケド
ケ奴ノ　鳴キ声ト

蚯蚓コノ眼ト
トリガエッコシタケド
ソシタラ
蛇コ　見エルヨウニナッタケド
蚯蚓コ見エネグテ
鳴イテバカリエダケド

燈がともると
無数の眼や声が重なりあって
寄ってくる
気配

濡れて佇つ
悲とは
なにか

旱《かん》魃《ばつ》

ふいに　無数の蛾が
なだれこむときがある
　おれたちの　肉の底に
それから　一切の関係は
ひそかに狂いはじめた

　うらがえしにされた森
　ひびわれた稲田は　ふとい静脈さながら
　あらゆるよじれた視線
　にくしみのことばだけが
　焦げた喉をふきしぶき

洪水のあとの
ひでり
はてしなく
炎える暦日

昨日《キニヤ》ノヨル
マタ　田ノ水ゲンカアッタケドヤ
アコノ藁小屋コデ
首縊リ　ブラサガッテラケド
能代デ雨乞イノ護摩焚イダド
イマノ神サン　知ラネフリダド
オラノ嬰児《ビッキ》サヤル
乳モ出ナグナッタジャ
ソレシカ　コノ冬
ドウシタラエエノゲエ

ひたすら
待つことがすべてだ
天の一角の変化を
ひねもす舌を垂らして待つ

聴こえるのは
ただひとつ残った釣瓶井戸にむらがる
嬶《あば》や童《わらし》どもの　喚きごえ

　生きるとは
　なにほど　奪いあうものか

その絶えまない滑車の　無明のひびきも
いつかひっそりとだえて
奥羽の村落は
むれた肥溜のにおいに脹れる

廃村

かつて　貝の矢じり
土の器に秘められた　くらし
いま　ちりちりとひびわれ
剝げ落ちはじめた　自然石の墓
谷間にたそがれが満ち

やがて　鴉の叫喚が山をおおいかくす
片隅に　みみずの死骸に似た
廃屋の村

男たちは
家々の入口の戸へ
釘を打つ
棺の蓋を閉じるみたいに

さあ　火葬のしたくだ
てぎわよく積みかさねる
因習と呪術女《いたこ》
そっと組みこまれた
子守唄と昔《むかし》っこ

女たちのひそかな嗚咽《おえつ》は
神の森を　むなしくしめあげ
いらくさの屋根に
肥溜のようにこもる

骨太の棟木だけが
組みあわせた数珠の手の
形の陰をおとし

鉦が鳴りはじめた
松明で　火が点ぜられる
たちまち天の脚を舐める業の炎

童らはしゃぐ声だけが
山峡の薄い胸板に　こだましやまず

いまは　すべて
大きく口をひらいた初冬の闇に呑みこまれ
谷川のせせらぎが
夜風とむげんに戯れるだけだ

でかせぎ

よるの九時
むらのおんなたち
ちぶさにしおみちてきて
腰のかんつばき
なみまにただよい

でんわのだいやる
お父《ど》のひげづら
ちいさなくしゃみ

こえ
天をとび

とおきょう
あきた
火のようにからみあい

むなげとわきが
がらになく
ぬれぬれして
こえとこえ
つなぎあわせるのは
だれ

あきたべん
いわにくだけてしぶき
ふきあげる
どうしようもない
ものとは

そとは
ゆきふりつみ
しばれる
こよいも
せきの水
せんまんねんかわらぬ
とめどない

地のむつごと

Ⅳ　縄文の一滴

顔

顔を探して
一日　山野をほっつきあるいた

村落の家々にお邪魔しても
いろんな鏡を見てまわっても
生まれるまえの世や
死んだあとの世にでかけて
かずかぎりない顔と出会ったが
わたしの顔ではない

くたびれて　やっと吾が家に帰り
うがいしてたら
なんと　梅の花みたいに
ゆらゆら浮かびあがってきた
やっと　わたしの〈生〉を
じっくり確かめて
ごしごし洗う

たとい　地の涯まで逃げても
顔は追いかけてくる
むりやり　わたしの肉身に
へばりつく

湯舟の中で
いつも話しかけるのだ
顔よ〈死〉とは
貴重なこの借り物を
そっくりそのまま
どなたかにおゆずり渡すことなのか

あちらを訪ね
わたしは顔の罪を

告訴する

こちらに寄って
わたしの顔と　手を切れない
めめしい愚痴をいう

だが　夜になると
のみを立て　木槌をふりあげ
おどけた羅漢面の　わたしを
彫らずに
いられないとは。

頸

鶏よ
囲いのなかの
おまえはしあわせだった
しゃばせかいを
ひらひら飛びまわるおれだが
卵ひとつ
うめやしない

鶏ののどのおくには
涸れた滝がある

おまえを囲いから
引き出そうと、首を摑むと
にわかにほとばしりでる
太古の生のしぶきを
おれはもろにかぶる

このがんじがらめの業から
のがれようとはげしくもがき
羽毛が散り
性器が砕け
心臓が破れ

それにしても
てんぷ梨の木の下の
仕置場
ふしぎにいつも陽だまりで

いつのころから
鶏を食ったのか
食わねばならぬにんげんとは

くしゃみひとつして
おれはゆっくり
火の頸に手をかけ
一気に
ねじる。

眼

かおに大火傷
があるので、うすぎたない布で四六時中
頬かむりし、ガキばかり
むやみに妊みおとす　女
の眼と
生殺しにした　蛇
にあくどく　むされて発狂したという　男
の眼のそこには
おなじ　ひかり　がよどんでいた

秋灯下
抱きあった　男と女　の肌につきささる
とおい　雷鳴
からみあった　男と女　の骨
が崩れはじめる
の上に　さすひかり
の上の
眼

骨

でかせぎさきで
あたまの芯がはれつしたおとこの
骨箱をひらく

またも、ふぶきが
むらをさかなでしてよぎり

こいつの骨は
あまりごつくて、骨壺にはいらず
死んでも
いばって、はこにあふれ

すすけたひとかけらを
掌にのせる

このくらいで見舞金、十円ぶん
みんなかきあつめても七万円しかもらえぬ

しかも、なんでこんなに
あぶらくさいのか

おれは
骨をかじる
カリカリ
野良犬のようにかじる

こいつの
とおきょうを
しゃぶりつくさねばならぬ。

髪

おやじとむすこは
とりいれもそこそこに
かんさいへでかけた

おっかあはひとりで、ゆきおろし
あしがすべってまっさかさま

めざといゆきのざんこくさ
ここぞとばかり
どっとなだれこむ

ほりにほって
いちばんさきにみつかったのは
髪
死に顔をおおた、ふくよかな女のさが

やっとおわった、葬式

土葬の
髪の毛は
きみょうにのびる

棺からあふれ
むらからまちへ
よるからひるへ

ついには
おおさかの、こんくりーとの根に
からみつく
くるおしい
髪。

巣

墓場にゆくと
石塔の立ちならぶ
あちこちのあきまに
あな
ねずみあな

おらが
死んだら

ぜったい火葬にしねえでけれ
と　口ぐせの老婆
このごろ
よるひる　頭が痛《や》むという

カリカリ
と　はや
齧じりはじめたのか。

滝

くるしみにあうと
ひとは
山水《さんすい》に逃げこむ

目をとじて
こころの奥の
滝のおとに
耳をかたむけ

としつきをへて
ひとは　ゆったり
滝壺におりていく

天の掌に　おのれをあわせ
すさまじい大爆布をあび
億万年のなかの
一滴の水
と
化す

自作自解

系譜と証言

第一詩集『柩』を出してから、ちょうど二十年になった。その間、書いた詩篇が、ほこりにまみれている。さらに『柩』を、遺偈のつもりで出したのが、いつのまにか六十歳のハードルを越えるなど、身にあまる〝いのちの余滴〟をいただいてしまった。

それで詩品たちのほこりを払い、日の光りを当ててやりたい、のと、還暦をすぎた〝おかげさま〟の気持ちをこめて、この拙詩集を世におくる。

○

最近の詩は、次回にまわし、全体を四章に分けた。また制作順ではない。章の主題ごとに区分けした。中には『柩』以前の作品もあるが、捨ててしまうのは申しわけない気がして、少々手を加えて載せてある。どれもこれも、私にとっては、かけがえがない。その時どきの心象風景であるから、なおさらだ。

あらためて読んでみると、われながら泥くさいな、とおもう。この泥くささが、私の持ち味かな、と。だから縄文とか蝦夷などの、系譜につながると、今さらに根の深さを、痛感する。どうしようもない。

○

阿仁部に生まれ、いずれこの地に果てる身の、地域環境の影響が、作品に如実にあらわれている。いかに北奥羽の山水に、身心ともにまみれているかがわかる。〝生死すなわち風土〟といえよう。

○

昭和を生き抜いたものとして、同時代の証言者の役を、詩人もになうべき、というのが私の詩的主張である。時代のゆがみを鋭く告発し、証言しなければ現代の詩人といえない。それは単に人間の立場からでなく、永遠とか生命とか大自然から、自己を通してなされるべきであろう。故に当然、詩的感性とか批評性の強い作品となる。

また戦前・中・後の、はげしい時代の変様に、翻弄されるばかりであってはならぬ。その場、その時の、自己とくらしを、できるだけ記録しておきたい、つまり記録性も、私にとっては詩を書く時の大事なエレメントである。だから、今は消失してしまった風習とか、生活形態などが、そのまま題材となった。

〇

ふりかえってみて、スローペースだが、よくもここまで書き続けてきたものとおもう。やはり有形無形の恩徳に、ささえられたお蔭であろう。今はただ「有難い」――この一語に尽きる。あらゆる関係者に。

合掌

平成三年一月・寒行清適

亀谷　健樹

第三詩集

白雲木

（二〇〇一年）

寺に棲む

千年も寺に棲む
と真夜中など
魂の巌の上の老松
が音もなく裂けはじめ

滴りおちる樹液を
時間のようにまとって
枯れはじめる
坐相はいつも
後ろむきで

ふっと風のように遠ざかってゆく
と思うと
わいわい押しよせてくる
熱い草いきれの底

息づかいのおさまった石の思想

骨だけの牛馬の啼き声
虚空にしがみつく無数の胎児など

見えたり　隠れたり

吹き寄せられ
ときに舞いくるう
わしの業のはなびら
千年のかげの
かげに

つらら

すべての
としよりの
くどき
わらしの[*1]
なきごえ

でかせぎに
のこされたものの
こえというこえが
じわじわとしばれ[*2]て
つららとなり

つららに
くび
くくられた
むら

むらは
はんとし
つるされたまま

＊1　幼子のこと
＊2　きびしく冷えこむ意

雪竿

雪がふりつもり、墓地は石塔の頭まですっぽりかくれてしまう。むらの、冬を越せそうもない病人のいる家では、あらかじめ枯葉の散る墓所に、ながい竹の棒を立てて、穴をほる目じるしとする。

くるおしく
とほうもない風雪
犬のように待つのだ
ましてあの世の入口の
めじるしとして
頑固にたちつくさねばならぬ

わが父祖は
雪につぶされて死んだ
声にならぬ叫びの　ふぶき
宙をかきむしる無数の手を
こごえさせ

ただ　むらの臓物に根ざした
からたけのしぶとさ

風にはおどけて口笛をふき
雪には背のびしてたわむれあそぶ
いっぽんの竹の棒のさきに
生は　ぴらぴらと
とりの餌にすぎず

いつのまに　雪野をわたり
そっとしのびよる　死よ
けさはそしらぬげに飛びたった
ひょいと　しろい糞を
ひっかけて

春の舌

ふきのとうや　木の芽だけでなく
草や土まで
喰いたくなるとは

てあたりしだい
腹につめこんでも　まんぷくにならぬ
なにかがある

そこしれない飢えは
どこからくるのやら

口をならし　くらいついているのは
もちろん　このおれではない
ひろい畑地の　ここかしこの
ねずみのあなのたぐいだ

とにかくよるひるとわず
たえず嚙みつづける
音だけが
ゆったりとすぎてゆく

いま　庫裡《くり》の　ふろ場のしたの穴から
ながいあおだいしょう
食わねばならぬと　のらりくらり
なるほど　すきっぱらなので
あおく　とうめいなはらわた

ありとあらゆるもの
これから　くったり　くわれたり
とほうもなく
みどりをためこんでゆくのだ

穴

庫裡《くり》の風呂場の軒下に
穴がある
ゆうれいの通り口にしては、かっきりしすぎ
ねずみの穴にしてはこころもとない
出口でもなし
入口でもない

　　ほとけの胎内は
　　あかるくも、くらくもなく
　　入口、出口もなしというが

春陽、残雪をくしざしの
まひるどき
穴からとつぜん、五尺ほどの蛇が這いだした
軒端にのんびり、陽なたぼっこ
さてはふろばの下がこいつの棲《す》み家《か》か
夜になると
うちの親父が第一番に湯あみし
真下に大へびがとぐろを巻く
つまりは、どっぷり漬かる
龍湯《りゆうとう》
はたまた
やまたのおろち、見参《けんざん》

親父は
口をひらくたびに
死にたい、という
中風にあたって死にきれぬまま
二十年の歳月を曳きずり
ながい冬ざれを、またひとつ越した
庫裡の縁の下の、主《ぬし》は
ひさかたのおでまし
境内にまかりいでたのが運のつき
通りがかりの、野びるのような若者の
しなやかな一撃で
ながながと
天日に白い腹をさらす

その日
　れんぎょうが一輪、ひらき

穴は
頑《かたく》なに口をあけたまま
ときたま、けだるい吐息がもれていたが
軒端の雑草が、八方から塞《ふさ》ぎこみ
にんげんの背の、たかさともなり

ほどなく
おやじは、草をかきわけ
ゆったり
穴のおくに消えた。

草

ほんものの
草を食べたいと
詩人は、寺に来た
しかし
寺にあるのは
ちがうな
と、詩人は

さらに山を登ってゆき
その後
ふっつり、消息が絶えた

詩人を追うて
和尚も、草に憑かれ
ひねもす山野をさまよう
ほうけもの
春は
たらの木のとげのるつぼにおぼれ
夏は
火山灰地をよぎる風のうめきを
犬みたいに追いかけ
まさに
水の茎、石の根をかきわけ
草の影をもとめあるく

ときに、初秋の風に舞いあがる
修羅の葉をいぶかり
大寒の朝は
松の枝にきらめく、菩提の花にだまされ
気恥かしげに
生々世々
骨を鳴らしながらあるく
詩人と和尚の、まぼろし
草よ、草よ
と、はてしなく求める声のみ
韻々とこだまする
山峡
――草に食われたかもしれぬのに――

根

夜明けの山羊が
くるおしくゆきたがるのはなぜか
屠殺場へ曳かれる
にがい牛とちがって

首綱をひきちぎるほど
跳んでいく
墓場

裟婆は
いっぱい草でうずまっているのに
むさぼりやまぬ
その根をたどれば

草を食む山羊は
乳房がふくらむ
しぼりたての乳を
たらふく飲んで
ぐっすり眠る赤ん坊の
口もとなめてた白猫
ちっちゃい鼻の上に
そのままごろんと横になり

昼寝からさめた猫
悠々閑々

大きくあくびしながら
戸外に出たとたん
くるまの鋭い叫び

小さな魂ふたつ
もつれあい
実相のものかげに
ひょいとかくれんぼ

嬰児では火葬もかわいそう
小さな棺は
鳥の羽のようにかろく
土足で踏まれれば
早く生まれかわるというて
大地の皮をめくっただけの
ところに埋め

三尺ほれば
極楽浄土なのに
一尺そこそこでは

中有《ちゅうう》の宙ぶらりんよ
やがて腐れる
眼《げん》耳《に》鼻《び》舌《ぜつ》身《しん》意《い》
小さな穴という穴から
種子がはいりこみ
むやみやたらに芽が生え
茎がのび
恩愛《おんない》の花ならぬ
刺のある草
妖しく炎え

今朝も山羊がきて
のんびり啼いては
無心に喰う

境

本堂の裏は
いつでも
闇
その扉をたたく
けたたましい
音

きつつきだ
この世とあの世の石戸とか
生き死にの
あ・うんの切れ目など
見えるはずがないけれど
ひたすら　啄《つつ》かねばならぬ
通り道を　つくらねばならぬ

きつつきは　夜明け前
業の火花のように　はげしく
ときには　三千大世界の雨だれのように
石をうがち

いつか　その穴に
消えてしまう

玄

いぬは
なぜ、ほえるのか

月がまんまるだから、とか
望楼のけたたましい悲鳴にこたえ
なくのではない

おおかみの始祖にたちかえり
はるから、ふゆへ
もりから、いわやまへ
とてつもないじかんを
いっきにかけあがり

辺土のおくの
かぐろい、ふかい穴の
玄妙ふかしぎな
なにかによびかけるのだろう

すると、ごみ箱をあさるなかまだけではない
あらゆるいきもの、やまかわ、くさきが
天地をゆるがし、よびかわすのだ

まよなか
生者は、まよいの闇をむさぼり
死霊は、すくいの光をもとめ
ひそかにさまよう、けはい

そのとき
ながく影をひきずりながら
秘境をゆく行列の
またひとつ、くわわるひとだまへ
いぬは、なんとかなしく
わかれをつげやまぬのか。

亡

からすが、啼く
また、むらびとが死んだ
つづけさまに、十一人も

たしかに、あの世の入口の窓が
ふいにひらかれ
いっさんにむかえにくるとは

今日も、新亡の野団子《のだんご》をくわえ
卒塔婆のいただきにとまると
黒い羽色がとけ、夜陰がひろがり

生は、死のうらがえしだ

生きている人の、屍臭を嗅ぎ
天界のまよい道を縫うて
あざやかに飛んできた

おそるべき野性よ

古代、風葬のならわしのとき
屍をついばんだ習性が
いまにつづくか

霊性などと、からくりをつかわず
町の病院の近くの森で
日が没するとき
からすのむれの叫喚
まもなく、霊柩車が
うら門から、ひっそりと出ていった

けさ、本堂の裏の大杉で
おかしな声音《こわね》の、からすが一羽
うちの梵妻がつぶやいた
「こんどは、どなたの番でしょうか」

花

山門をくぐると
水仙の香りにむせてしまう
花が花を
たべている
ともぐいのわたしたちを
また、だれかが
うまそうに噛む音だけの

＊

羅漢堂の板戸の
小さい穴
きつつきの仕業だが
覗くと
無辺にひろがる
くらやみ
重たく迫る、海

波間に
つつじの花が
なみだのように
点々
むざんな叫びだけが
なんとうつろに

＊

鐘をついて
水子地蔵さんに
かけいの水をかける
この世のかわいた女人の胎内に
ただ、ふりそそぐだけの
ものがなしさ
あすふぁるとにとじこめられた
胎児の
声にならぬ泣きごえ
夕闇のそこ
水芭蕉の行列がゆく

うすみどりの中の、白いろうそくの灯が
たゆたうのもつかのま
鐘の音とともに
大野台の野づらをわたる
風と化し

＊

あとに残るのは
とおい花の形骸
香りの
痕

虚　空

タイ紀行

ワット・ポー
涅槃佛寺院の回廊に
一列にならぶ　唐金の鉢
信者は　カランカランと
小銭を入れて　まわる
堂内にあい和す
赤いフレユーの花のおしゃべり
マンゴーの実の　太古のうた

アユタヤ遺跡の　山田長政の墓
石のかけらを盛りあげたのみ
背後の老大樹が　うっそうと繁り
生きかわり　死にかわりして
墓守の老婆が　線香をくばる
別れの時　かわした握手のなんという温かさ
ことばにならぬ　眼と眼の会話

バンコックの　すさまじい雑踏
人と車の混沌
黄衣の僧が　黙然と
初夏の風をともなって　あらわれ
運河をゆく小舟のように　立ちさる

これらすべて
ワットアルン
暁の寺の　大塔の頂針から
時と所と位を絶して
虚空に
響きやまぬもの

印度の旅

童

成田空港
北ウイングの
棺桶の小窓から
こはるび　さんさん
この世からあの世へ
つぎつぎと翔びたつ
しろがねとんぼ

十六番ゲートで
前三世紀に出会った
ルンビニーの誕生仏か
小走りにこちらへ
印度の童子

マンゴーの花のような掌を合せ
なぜか　私に　ほほえみかける
その指先から　朝つゆが
脚下から　夕もやが
構内を　草原さながらに広がり

ふいに
ころりと寝ころぶ
その顔よく見れば
みずぼうそうの　涅槃佛

母親に抱きかかえられ
あの世からこの世へ
いま帰ったみたいに
掌をふるあどけなさ

インド航空の機影は
まさに悠久のうちわ
生死をいったりきたりする
そのかなめに立つ
夕陽を背負った
童子よ

牛

またお会いしましたね

四千年前
沼に影をおとす
榕樹《ガジマル》の巨木でしたね

いま　ベナレス河畔のよごれた小路を
ものうい聖者の眼をしてあゆむ
あなたは
白牛

もしか三千年後は
にんげんの欲
なお噴きだしやまぬ
古井戸の傍の
願文石柱《がんもんせきちゅう》でしょうか

すべては
ベーベル樹の花の香りと
よどんだ水の辺に

犬

ベナレス空港の

搭乗ゲート
白い犬が
そっと私のそばにうずくまる

ウオン
と　犬
ナムスティ*
と　私
瞳と眼があって
たちまちとけあい
いのちの河へ

にんげんのとけい
霧と化して　天に
いぬのくびわ
野の　花にかえり

いま　ジャンボ機は
轟音をたてて離陸する
おおきくあくびした
犬の舌から
にっぽんへ

*ナムスティとは、こんにちは、ありがとう、などのあいさつ語

インドの女

身

ブーゲンビリア
ハイビスカスをまとい
頭上に　土の瓶
つねに水をたたえ
ゆらゆら運ぶ
全身これ
マンゴーの樹みたいで

天からサリーの花の肉
そして　大地へ
かぎりなく
したたりおちるもの

額

ひたいを割る
真紅の線は
既婚のしるし
男との初めの夜の
傷痕ではない
カースト＊の闇をひきさく
叫びだ

未婚の髪には
四季の花
地より噴きでた
そのままを飾り

ひたいの中央に
赤か黒の丸い点
くっきりと

霊界より
つねにこの世を操りやまぬ
血の糸

炯炯《ケイケイ》とわたしをつらぬく
第三の
眼

＊カースト・印度の階級制度

足

インドのおんなは
ひたすらあるく
右手に籠

左手に赤ん坊を
抱きかかえ

太古より
子を産み
はたらき
そして　地にかえる

おんなに　かおはなく
土ぼこりにまみれた
二本の足
はだしの裏に
神々を刻みつけ
ただ　ひたすら
緑蔭と
水をもとめて

獅子吼《ししく》

ヴァイシャリの
アショカ王石柱の
絶頂の獅子は
なぜか東方に向かって　吼える

佛教東漸《とうぜん》の告知か
いや　常に呼びかけてくる声
私を確かに呼び寄せるもの

母の乳房を求める嬰児のように
磁場に引きよせられる鉄片みたいに
なんという不思議か
いま　ここに佇つ

果てしなく広がる
悠久の大地
わずかな木立を通して

生きながら　沈まんとする太陽
まさに炎える印度の佛法
そのるつぼに　私は投げこまれ
形骸《けいがい》　たちまち燃えつき

獅子の口から
無尽法界《むじんほっかい》に拡がる
私のなかの
わたし

みちのくに　またも　はる

ねこやなぎ

いきしにの
わすれものしたから
もどってきたんじゃ

さんぜんせかいの　くもを
やっとくぐりぬけてな
げんかんをはいると
だれもおらず
ひどく　くらい
ひとすじの　かわのながれだけ
ひかり

きしべに
ちいさな　ずだぶくろがたくさん
てんから　つるされてる
からっぽで
においすらなく

かぜがふいて
ずだぶくろが　ふれあうと
りんりんとなり

うわべの　けを

さかだておった

しらうめ

まがりかど
まちのうらどおりの
ぶろっくべいの　かど

よふけ
ふたつのくるまが　ぶつかり
ひとつの　たましいが
にくからころげおち

へいをこした
うめのきの　えださきの
よめにもあざやかな
いちりんの
しろいはな　となり

まがりかどの
まがったさきは
とほうもなく　くろい
うみに　のめりこむ
がけ

ちりそめた　はなびらが
つぎつぎとかどのむこうへ
ながれゆく
ふしぎさ

でも
うみの　おおなみが
まがりまどを
いまにもこえてきそうな
けはい

まんさく

とけいを
しのばせて　おざるかな

ゆきが　ゆきをとかし
つちが　つちをはらみ

だだっぴろい　おおのだいの
しわくちゃづらに
てんてん
きいろの　なみだ

なみだのあとに
みどりのはっぱが
いっぱい

そんな　すべては
ぶるどおざあに
かたっぱしからふみつぶされ

ことしゃほうねん

まんさくどころか
とけいなんぞも
こわされちまった

えづめ（嬰児詰[*1]）

縄文のむかしから
ねぶたい、ねぶたい[*2]
よるのみならず
ひるひなかも
ねぶたい

えづめのびっき[*3]
さながら
にんげん藁苞《わらづと》に
ゆらり、ゆらり
ふかしぎな手に
ゆられとおし

世のなかの
かぞえきれない、いくさは
えづめのなかで
おしっこもらし
泣きわめくようなもの

ときには、この世
きれいなおべべ[*4]着せられ
花咲くみたいに
わらいほうけたり

だが
しょんべんくささは
ちっともかわらず
なんとも
ねぶたい、ねぶたい

そのうち
しらぬまに
えづめごと
焼き場に、はこびこまれ

火こ、つけられても
うつら、うつら
ねぶたいじゃあ。

＊1　えづめ＝子守り用藁編篭
＊2　ねぶたい＝眠りたい
＊3　びっき＝赤ん坊
＊4　おべべ＝着物

さんだわら

水子地蔵さんに
だっこされた赤ん坊
雪ふりつみ
うずもれ、こごえながら
微笑んでいる

このむらで
いつか、間引きされた乳のみ児を
薦《こも》に包み
雪野をゆく、はなし

阿仁川のほとりに出て
さんだわら[*1]にのせ
そろりと流す
菓子コと、花コなどといっしょに
——ほっかいどうさ、こんぶとり[*2]に
　いってこいな——

頬かぶりの阿母《あば》の
ひとすじの、なみだ

とおい鶏
するどく啼き
寒暁は
おとたててひびわれ

あるいは
生まれてすぐ死んだ子
墓地の通り道のまんなかに、浅く埋め
みんなに踏んでもらうとか
家の大黒柱の根元にほおむり
——はやくうまれかわってこいな
　こんどは、あたりまえのひとさまになってな——

ことばにならぬことば
因習のはざまに、へばりつく
願かけ札みたいで

そんな小さな、いのちたち
無明からつぎつぎとさしのべられた
ほそい手たち
かぞえきれない指たちのてっぺんに
わたしがいる

地蔵さんの足元から、おしあげられ

だっこされた赤子を
指をくわえて見あげるのは
このわたしではないか

〝南無水子《みずこ》子育《こそだて》地蔵尊〟

けさ、どなたかが
雪を払ってお供えもの
さんだわらに
ミルクとあめをのせ
こんぶに、梅のかたい蕾の一枝添え

だが、どうしようもなく
さんだわらの供物もろとも
永劫の河を流れてゆく
赤子の、わたし。

＊1　米俵の蓋
＊2　間引きをいう。阿仁川に流された赤子は、日本海に出て、北海道まで流れてゆくと考えられた。

梵鐘

白い狼のように　ほほかむりし
白い穴をくぐり
白い天の階段を　のぼりつめ
鐘楼にいたる

ふぶきにまみれた
大鐘と撞木《しゅもく》は
静止した寒の振子か

ひきづなをにぎる
法衣の背に
にんげんをやめた樹木たちのまなざし

暁の　鐘の声に
ゆき　ふりつみ
そのうえにまた　かねのね
空々寂々《くうじゃく》

こんとんたる
結界《けっかい》＊1を埋めつくす
だが　撞くたびに
はじける
かすかな音
万物の種子
ものの芽
白光にあとおしされ
つぎつぎと　躍りでてくる

楼上に　お札を貼ると
おきあがり　おしょせてくる
この気配は

「立春大吉《りっしゅんだいきち》」

中有《ちゅうう》＊2をわたりゆく
精霊たちの泣きごえも　あったかで

「鎮防火燭《ちんぼうかしょく》」

白い炎を
ひとつひとつ消してゆくと
穢土《えど》＊3よみがえり

穢土も浄土も
夢の亦《また》ゆめ
一場の夢さめ
ただ　いんいんと
無辺際にひろがりやまぬ佛音声《ぶつおんじょう》

なぎさのように
私の足元をあらうと
私がわたしでなくなり

北の地の
大いなる　吐息ともなって
白くたゆたう

＊1　結界＝僧・俗を区別する柵

＊2　中有＝死後、次の生を受けるまでの間
＊3　穢土＝けがれに満ちた、現世

涅槃図

五十数年前
この寺の桜並木は、音もなく枯れ急いだ

天應鶴壽大和尚
わずか二十二歳で住職したが
いつかしら、胸に小さな祠がふたつ
春の宵など、とつぜん灯がともり、鳴動し
日常を引き裂いて、ほとばしる業火
弟子のわしがまだ幼年
故に、師資相承《ししそうじょう》＊1できずして
佛祖の法脈が断ち切れる悲しみを
仰臥しながら、虚空に刻む
病床八年
師父は、夜な夜な雪を担いで
古井戸を埋めようと
溶けても沈んでも、天の井戸に投げこむ所業
徒労のくりかえし
無為の足跡
まさに、独り能を舞い納めた翁
能面を庭石に投げ、黴塵にくだき
花と化したごとくに

その日、庫裡の裏手の、隔離病舎の仮ずまい
顔に白布を、身に袈裟を置き、掌を組み
森吉の嶽のごとくに横たわる
母者が、哭きながら
枯木のような脚を撫でさする
涅槃佛＊2の足元に侍る、老尼と同じ仕草で

五十余年をけみした太平寺の、世代墓の一基
師父の白骨に根ざす八重の老桜
年々歳々、はな散りしぶき
花の骸のゆきつく果は

古い涅槃図
ことしも本堂の須弥壇《しゅみだん》上に掲げ
無常の風に曝されよう

やがて、わしは一片の白い花びらともなり
母者の涙の川を流れゆき
不生*3の滝にいたるのか。

＊1　師資相承＝師から弟子へ、受けつぐ
＊2　涅槃佛＝沙羅双樹の下で、入滅の釈迦
＊3　不生＝生じることも滅することもない境界

花の水

うちの老僧の
遺偈《ゆいげ》*1
　住ス二太平ニ一二十三年
　諸堂ノ営修此處ニ成ル
何ゾ厭ハン半身不随ノ身
　石火光中空ズ二日日ヲ一
この七言絶句を
師はどれほどくやし涙でゆすいだことか

——半身は　佛になれど　ことごとに
　　あとの半身　業をつくりぬ——
むかし書いた
師の色紙の一首
その業《ごう》の炎に飛びこむ
私は一匹の虫にすぎず

師僧よ
七十年の身心は
たちまち灰に帰した
だが、二十年余の自称〝中風たかれ〟は
脳髄のどまんなかに
小さな核となり
白骨となっても居すわる
この視床痛《ししょうつう》をいやすとて

師よ
どれほど杯をあおったことか
朝二合
夜三合
四季の花みたいに
境内を埋めつくす〈あらまさ〉の一升びん

〝葷酒《くんしゅ》*2山門に入るを許さず〟
山門脇の車道を
軽トラでゆっさゆっさ
酒は大手をふって
師の腹中に乱入し

こやしとなっては
にんにく畑に
早春の活《かつ》を与える

いまはただ
先師の霊前に、供える

こっぷ一杯の
酒は花
花の水
のむは、のむは。

＊1　遺偈＝禅僧が末期に臨んでのこす偈
＊2　葷酒＝臭気強いネギ、ニラなどの野菜と、酒

白山水

巖石を割って
湧きでるのは
深山の清水だけではない

九月十四日
朝刊をひらくと、活字のあいだから
テレビをみると、画面のおくから
清冽にほとばしる、けはい

その日
おふくろは、ひたすら睡りつづけた
白山の初秋の風
さやかにわたる谷間のしとね
琴のように横たわるだけの
ときに、山の音と、せせらぎを
ふしぎにかなではじめ

ふと、風にまろぶ
わくら葉のような、くちびるがうごいた
耳をちかづけると

　みずコ、のませてくれじゃ
　みずコ、のませてゃ
　みずコ、のみて

おしゃかさまの入般涅槃《にゅうはつねはん》の故事に似て
みたび、水を乞うたのは
なぜだろう

魂のもえつきる
さいごのほとぼりのゆえか
はたまた
七十七年のひびわれた生身の
かわきによるものか

太平寺の丈室のまんなかに
乳房をもつ、大樹がたつ
いつもさびしい影をおとして

しわくちゃの掌をひろげた影の
その樹の根株から
せんせんと流れいでやまぬのを
わたしは器に汲み
わりばしのだっしめんにたっぷりひたし
ちいさく老いた魂の、くちもとにはこび
生死をうるおす

八幡さまの森

きょうは宵宮
しだいにたかぶる祭ばやしが
はなむけのように、
枕辺にうちよせられ

午後十時三十五分
病室の窓というまどから
かずかぎりない秋桜、不意になだれこみ

おふくろは
ろうそくのもえつきるごと
おおきく、ひとつ、あえぎ
白山水のたゆたう底に
ゆらりと
沈んでいった。

白雲木

大本山總持寺の
長い参道の石畳をささえているものを
ふいにおもう
両側の樹木の新芽は
天の肌から玉ばしるいきおい
ゆきかう人びとへ、地の気をいざなう

山門をくぐると
衲《わし》はいつも、肉身をするりと剝《む》かれ

御本山の後堂寮《ごどうりょう》＊1に
老師を拝問
影絵から抜けだしたような行者《あんじゃ》＊2
案内《あな》いされた和室

庭の泉水が、たえずそそぎやまず
そのまっただなかに、老師は

　　そそりたつ巌松無心
　　梢をわたる風声を聴く

欅の小卓にうかぶ
金沢の和菓子と、黒楽茶碗
ただ黙念といただく
　「白雲木をごぞんじかのお」
ぽつりと、老師

かまくらのみねみねに、白雲のたゆたうごとく
あきたのご自坊、松原の補陀寺の裏山にも
しろい、しろい花が、いのちのちいさなばくはつをか
　さね
一挙にさきひろがるという

ひかえのくらがりからにじりでた行者が
おぼんにのせて、そっとさしだした一枝
　「白雲木の花ですな」
と、衲

老師と衲のあいだ
あいだをうずめつくす
ひややかな唇に似た、はなばな
はなにくわれっぱなしの、ながいじかん
むきあう骨の、かげぼうし

やがて、しだいに
白雲木は、葉の落ちた風情と化し
するどい枝えだの先から、ほとばしりはじめ
むげんに天地をうるおしやまぬもの。

　＊1　後堂寮＝重要な役職者の、部屋のひとつ
　＊2　行者＝老師の身の回りを世話する者

あとがき

いまから三十年前に、第一詩集『柩』を、十年前に第二詩集『しべぶとん』を出す。いまこうして第三詩集を出せる幸せをかみしめている。生きているだけでも不思議なのに、また自家やくろう中を味わってもらえるし、自らも味見する。

むかしは、詩とはなんぞや、とずいぶん迷ったものだ。そしてわたしの詩の世界はなにか、を探しあぐねた。今もそんなに変ったわけではないが、このごろやっと、道が見えてきたおもいがする。

つまり〈いのちの探求〉である。これは宗教の眼目でもあり、禅でいう指月ともいえる。でも宗教詩、という分野にはおさまりきれないだろう。わたしの日常茶飯事によこたわるものだ。そこで〝にんげんの詩〟の、あらたな展開をこころみたつもりである。

だがしかし、奥羽山系のふところに抱かれた禅寺、その住持であるからこそ書けた詩といえよう。

いまごろになってはずかしいかぎりだが、この小著を太平寺二十七世の師父と、亡母に、またわたしを養育し、徹底した策励をたまわった二十八世の先師に、献供したい。

この〈いのちの継承〉は、血脈、法脈のみならず、他に、はかりしれない玄妙不可思議さと、もろもろのえにしによるものだ。

おわりになったが、青樹社の丸地守氏には、てあつい出版のお世話と、装幀の労をとっていただき、こころから御礼を申しあげる。

また詩誌「密造者」同人や、秋田県現代詩人協会の皆さんには、詩的交流を通して感性と、持続性を育んでいただいた。あらためて謝意を表したい。

合　掌

平成十三年　清風明月を払う、浄灯下

亀谷　健樹

第四詩集

水を聴く

（二〇一〇年）

Ⅰ　四季を遊化

岩偶のわらい

おおむかしの人は
森吉の山を
あおぎみるとき
獣のように　わらったのだ
阿仁川の
せせらぎにひたっては
かじかにまけず　なきかわす

いま　わたしの生のみなもとで
なおも　おおぐちをあけ
わらいころげる
白坂遺跡の
岩偶《がんぐう》

縄文時代
日の出とともに　おきだし
夜のとばりがおりて　ねむる
おおきな樹木と
かたりあい
ちいさな野の花と
むつみあう
風や火　水のたましいたちと
てをとりあってすごす
きらきらした時間

そして
星ぞらにたかわらいし
雷雨におののくさけびが
こだましやまぬ　北の大地

うしなわれたまま
五千年もたつ
声の忘れものを
あたらしい年の朝市で
わたしは　見つけた

山の幸　畑のみのりを
ざるいっぱいにひろげ
道ゆく人によびかける
ひとりの婆さま
岩偶の化身　さながらの
縄文のわらい
そこぬけのあかるさ

と
あばれまくる
ふぶきの天が
みるみるうちに
静まり　晴れあがってきた

山門

ゆるい坂道をのぼると
禅寺の　山門
空《くう》　無相《むそう》　無作《むさ》の
解脱門《げだつもん》で
三門ともいう

にんげんは
煩悩無尽なれど
門をくぐると

暁の光りが　闇夜をかさぶたと化し
妄念が　はげおちる

欲のふかい野衲《やのう》なんぞ
何度くぐっても
落ちるかさぶたの下から
つぎつぎとむきでてくる
悪業ごときものに手を焼く

だから　真実

風になりたい

風となって　寺を出で
苦患《くげん》の人や
新亡の胸《むな》ぬちを
飄々とわたりあるき

舞いもどっては
山門のかたわらの
仄《ほの》かなあじさいの　花界に
三世の腫瘍《しゅよう》もろともに
抱《いだ》かれよう

玄　関

山門をくぐると
右手に　庫裡《くり》
玄関の脇にさがる
ぶあつい欅《けやき》の板木《はんぎ》
〈用事のある方は
　この木槌で
　三打したまえ〉

菩提樹の花が
月の光りに散りしぶくだけの　夜半

板を打つ音　三下《げ》
ややしばらくして
また三下

あの世へ
旅立とうとする新亡《しんもう》だろうか
はたまた
あの世から
帰ってきた魂なのか

あらゆる境という関を

颯々《さつさつ》と越え
木音は　尽虚空《じんこくう》に拡がってゆく

それにしても
四十五億年のむかしから
蒼い時空にぶらさがる　生縁《しょうえん》とは

今なお　それを
透きとおった木槌で
長打三下しやまぬのは
誰か

粥

朝の勤行《ごんぎょう》のあと
障子を開けはなつと
大杉のさんざめきが　どっとなだれこむ

雲版《うんぱん》が　丁々と打たれ
山内　粥座《しゅくざ》のしらせ

長廊下を渡りゆく僧衆《そうしゅう》
渓《たに》のせせらぎにまじりあい
木の葉のながれゆくすがたで

朝もやをまとい
残月を頭《こうべ》にいただき
飯台《はんだい》に　つぎつぎと列座す

食事の合図の魚鼓《ほう》
ほくほくと　とぼけぎみ

打槌一下《たついいちげ》
食前の偈《げ》をとなえると
応量器《おうりょうき》の湯気が　ほほえみのようにたち

ひとは
なぜ　食べるのか

食べなければならないのか

いな　佛は「恭敬《くぎょう》して食《じき》を受けよ」と
食べるのではない
施しを　黙々といただくのみ

天　日月風雨のめぐみ
地　の根　かぎりない食材のひこばえとなり
人　はみな　もろもろの料理を競いあう
それらすべての皮を剝《む》き
肉をそげおとしたはてが
ここにある
一椀の
粥

ごまじおと　みそをまぶし
味をととのえて啜《すす》る
そして　梅ぼしとたくあん
ひたすら　ほとけをかむ
にんげんをかむ

かむおとの波　虚空にひろがり

残りのおかゆ
ひとさじを
なにげなし　すすると
ガリリ

さては　カンボジア　大虐殺の丘の
小石が　まじっていたのか

化粧

ゆきつもどりつの
三月は　気まぐれ
今日また　地ふぶき
崖の欅の陣がまえを
難なくすりぬけ
ひとけのない村の街道を

生きもののように　はしる

寺の山門にいたり
たちまち中天に舞いあがり
春の微光と化したのは　なぜか
あとに　かすかな雪おんなの　髪のにおい
おくれ毛を　木の枝にのこして

上杉　下屋布岱　共同墓地
一角の墓所を　掘りかえす仕事
みなおしだまり　休みなしに精出す
家宅もろとも　関東に移住する一族とか

雪面をひっかき
凍土をえぐること　数刻
五尺の地底から
掘りだされた　骨
数片とともに　まばゆい　とき色の
けしょうびん　一箇

他の埋葬品は
すべて　土くれと化したのに
地中のじかんと格闘し
なおも変らぬ　淡紅の　液のたゆたい

あの世でも　化粧してほしいと
柩の中にしのばせた
残された血縁の
なみだながらの　ゆめの絆か

口金をとり
白骨にそそぐ

おんなのさがの　きらめき
みるまに　春色よみがえり
尽十方《じんじっぽう》に　桜花のごとく散りしぶき
またもや名残りの　地ふぶき
どおっと　墓掘りの穴と　骨壺の中へ
このうえ　雪漫漫のふるさとまで

関東に持ってゆくのか
和尚は　法衣の袖をまくり
ふしぎに光る白磁の壺に
おとたてて
天地の蓋をした

花風呂

無の花をたずねて
どれほど　さまよいあるいたことか
道はなく
ただ水を渡り　野をめぐる

浮き世のもろもろに疲れ
生きているのか　死んだのか
おのれがだれなのか　わからぬまま
こころの花盗人となりはてて

やっとたどりついた
山すその禅寺
雲水に　どうぞ　とあんないされた
庭の一角に
杉まさめの　てっぽう風呂

みわたせば　枯山水《かれさんすい》
間垣のおくの梅の古木に
歴代住持のねがいが　ちらほらと
まわりを囲む大杉は
衆生の苦楽をこやしとして　天を衝《つ》く

中庭に　老骨といえども
やまざくらの樹　花まんかい
沸きたつ滝つぼのごとくに

その花蔭で　ひなびた沐浴《もくよく》でも
おはいりなされよ　とのこえに
ではえんりょなく

いただきますかな

さながら刑場の首みたいに
どっぷり湯につかる
あるいは　花御《み》堂の誕生佛のように
はらはらと　はなびらあびて

四季もろもろのいのちとともに
散りゆき　やがて萌えでて　葉をふやす
わが身こそ　無の花であったのか

　ゆあみして　はな流転《るてん》する　おとを聴く

水を聴く

橋をひとつ　渡ると
杉木立に抱かれた　庵《いおり》
庭の公孫樹が　どっかと坐し
中天におおあくび
御嶽《みたけ》がのっしのっしと
あるいて来る
青葉若葉の雑木林から
ふきだす樹液
霞と化して　山肌をよそおい

こんくりいとじゃんぐるに永く住み
疲れはてた旅びとは
おもいあぐねて
庵の禅僧を　訪《おと》なう

五月の池は
青磁の鏡
対座する　ふたつの影を
いざなうようにゆらめき
閑寂のじかんは
白雲のごとく去りがたい

「水琴窟《すいきんくつ》を造ったがのお聴きなさるか」

老師にあないされ
さるすべりの根元
大地まるごと　耳を澄ます

ふかい土の底の　水がめに
一滴　また　一滴
ひそかに共鳴する　山川草木《さんせんそうもく》の
みなもとのおんがく

「この森の奥は山毛欅岱《ぶなたい》なんじゃ」

指さすかなた
旅びとのふるさと　奥羽のやまなみ
はかりしれない時を
伏流しきたり
いままさに　太古が
したたりおちる

水のいのちを
無心に聴く

ふんどし考

野の師父は
もえるこの夏
ふんどし一番
うちわをつかい　清風をおこす

風性　この世に満ちあふれん
なにゆえ　うちわなのか
と問われ
師父　もくねんと
ただ　あおぐのみ

あわだつ蟬しぐれに
どっかと坐り

にんげんのおもりを　ふわりとおおう
ふんどし一張《ちょう》

野の師父は
いつもひげづら
死出《しで》のきわも　蓬髪《ほうはつ》ぶぜん
三途《さんず》の川のほとり
風にふかれ　ひとり立つ

新亡はすべて
死にしょうぞくを　奪衣婆《だつえば》に
剝ぎとられ
川のほとりの大樹の木の股の
懸衣翁《けんいおう》にわたされ
枝に掛けられる
さらしの経帷子《きょうかたびら》
業《ごう》のおもさ
枝の垂れぐあいで
三途の川のわたり瀬
きめられる

野の師父は
死ぬも生きるも　はだかんぼう
善業悪業　積むべくもなく
ふんどしの　かけはしわたり
この世とあの世を　いったりきたり

野の師父の
ゆかたをはおり　あゆむうしろ姿
まさに　牛のごとし
夕闇へのっそり
六尺ふんどし垂れおちて
ひきずる白幡《しろはた》　弟子にふんづけられ
にやりとふりかえり
やおら　手洟《てばな》をかみ
ぼつり　つぶやく

おれのはらわた
やっと　どろにまみれおったな
さてと　土にかえるか

菊を焚く

野のはてから　石段を
のぼってきて
たてつづけにはじける
もろもろの種子

すれちがいに　山の寺から
風にふかれ
経帷子《きょうかたびら》をまとった
花の魂のうしろすがた

楼門のみぎ　ひだり
しゃばに眼をむく　仁王さま
阿《あ》　と口をひらき
吽《うん》　とつぐむ
一呼吸のあいだに
なんとおおくの
いのちのすれちがいか

すれちがうとき
そしらぬげに　とりかわされる
なにかがある

花も人も　生き死にをくりかえし
なごやかな鐘の音《ね》とか
人をうつ銃声のこだまが
かぎりなく天の涯に
ひろがりやまぬのだが

境内の　修羅場《しゅらば》
咲いて　咲ききって兵士のようにたおれる
黄菊　白菊

世界のどこかで
ころしあいがつづく
おなじそらのしたで
枯れた菊や落葉のしかばねを
兵士もろとも

火をつけて　焚く
けむりとにおい
地べたを這い

大銀杏

朔風《さくふう》が　横なぐりに野を払い
切っておとされた
初冬の暁闇

朝霧をかきわけ背のびする
大銀杏《いちょう》
両腕をぞんぶんにひろげ
指のあいだから　もろもろの所業が
散りしぶき　はては
地の吐息に　ふきあげられて
中天に舞いあがる

あの世から帰ってきた
わらべたち
嬉々として　生死《しょうじ》の葉っぱをもてあそび
あそびたわむれ

魂の里は
ひときわ黄金色にいろどられ
さながら
娑婆《しゃば》即寂光土《じゃっこうど》の境

やがて　霜がおり
銀杏の実も
諸悪が積もり腐りはじめるように
微妙な変化が

異臭を放ちながら
淡い禅味をもたらす
祖霊のささやかな置土産か

喜怒哀楽のすべて　かなぐり捨て
あとはさびしい骸骨となるも
にぶく光りながら
昂然《こうぜん》たる　大銀杏

玄冬に
白骨の双手《もろて》をさしのべる
いさぎよさ

達磨図

――禅の末孫の風景――

冬の天の涯に
暁の鐘声がたゆたい
山川草木すべて
肩の荷をゆったりとおろす刻
本堂に灯燭をともす
無明のおとし穴から
ぞろぞろ這い出す
さまざまな生たち

おともなく
西序室中のふすまを開けると
あの世からこの世へ
しめると　この世からあの世へ
死たちの自在な通路

床の間の
禅の初祖　達磨図《だるまず》に　朝参

二祖慧可《えか》は
左の臂《ひじ》を切りとり
禅定の達磨の前に
どさりと置き　入門を乞うた

衲《わし》は

盗んだ時間のかけらの上をあゆみ
傷ついて血みどろの脚を
ぐいっと差し出す

しかし
八方にらみの達磨の眼光
いまだ放下著《ほうげじゃく》*1ならずと

さては　と單上《たんじょう》の坐蒲《ざふ》*2に
おもむき　どっかと腰をおろす
帰家穏座《きけおんざ》　底《てい》*3
色《しき》すなわち　これ空《くう》
空ならずとも　いま手脚を組み
色なる息をととのえ
日月の境をさまよう
朝明けの　一条の光にむかって
啼きながら翔ぶ

いちわの鴉に似て
白刃のごとき　警　策《きょうさく》*4
ふいに経机の
香華ことごとく乱れ散り
掛図は吹きちぎれて消え
今まさに
達磨とひとつになった　暖皮肉《だんひにく》

一灯下《とうか》
ただ　しょうぜんと坐す

＊1放下著　一切の執着を捨て去る
＊2坐蒲　坐禅用の円い蒲団
＊3帰家穏座底　本来自己に備わっている佛性に立ち帰って安住する。
＊4警策　坐禅に用いられ、いましめ励ます為の樫の棒

Ⅱ　草花と問答

ゆきわりそう

ゆきぼんぼり
てんてんのうすあかりを
みちしるべに

あるく
あるく
よみじを　たどる
わしは　はだしで
なんとおおくの
ふゆのしにしょうぞくと
すれちがうことか

かわりに
ゆきかう
あわいべにむらさきの
五弁花《ごべんか》のみずこたち
めくるめく
りんねの　はて

ふりかえると
ぼんぼりはみな
ゆきわりそうの　ほほえみ

ざぜんそう

すわる
ただだまって　すわる
ゆきどけみずの
せせらぎをまとい

きぶつ　かなぶつ
いきぼとけ
ぼさつ　らかんも

あっけらかんと　すわる

はなのずいを
せぼねのように　たて
むしんにまわる
まわるほどにすみきる
独楽《こま》のはな

さんかくのわらべぼっちを
おずおずと　かむり
くらいむらさきの仏焔苞《ぶつえんほう》に
ふっくらと　かこわれた
おのれのやみとは

やみの　おくから
ざぜんそうの
めんだま
ぎらり

さるすべり

水子地蔵さんの傍に
枯れた風情《ふぜい》で立つ
さるすべりの　老木

晩春のゆうべ
枝先の　ごく小さな宿に
あの世からのかすかな魂が
つぎつぎと　灯る
水子たちが
それぞれの　ちちははに
あいたい　あいたい
と帰ってきたのか

やがて
ともしびが淡く消えてゆく
露のあさ
おきない千の手

濃いみどりの万の葉の
指さき　ひとつひとつに
生きたいが　かなわなかった
かなしい
眼

白　蓮

「なにしに　きたの」
「わからん」

旅の人はみな
独り来て
独り去る
くらい背をみせて

旅のわたしは
ゆったり歩をはこぶ

そのあしあとに
白い蓮が
つぎつぎと花ひらく

可憐な葉っぱたち
小首をかしげ

「これから　どちらへ」
「しらんな」

紫陽花《あじさい》

地蔵尊のうしろ
妖しくうかぶ
大株の　あじさい

垂れさがる花のぼんぼり
それぞれに窓があり

うつしだされる
娑婆《しゃば》のうらがわの
さまざまな　相《すがた》

夜ごと　花は七変化の彩りで
浮き世の数しれぬ罪とがを
染めなおすには
とてもおいつかぬ

むらさきの
朝のひかりにたゆたい
こんもりとふくらむ
お化粧の刻
だが　いくつかは
枝にしがみついたまま
すでに　くさりはじめ

よく観ると
とこしえの旅への
さびしげな後ろ姿

枯れたあたまは
また花の　形骸《むくろ》をすべりおち
ふくよかな時間が
あしもとの土に
めばえる

白鷺草《しらさぎそう》

老僧から
ごくらくの一株や
と根分けしてもろうた
しらさぎそう

夏の朝
幻の一羽
寺の坪に舞いおり
草色の尾先を

始めにあらわし
優雅な頸を下に向けて
かすかにゆらめく

天の涯をなぞるがごとく
地の底をわたりきたる
玄妙の鳥

それから数日
つぎつぎと人の世に
姿をみせて遊化《ゆげ》し
病む者の心を癒《いや》し

やがて
光と闇をいくたびか経て
ふたたび飛びたつこともなく

みごとな飾りの頭から
ひそかにくち果て
落ちてごくらくの根の
土を彩る

鬼百合

ごつごつした　石のきざはし
一段ずつのぼりつめた
頂きの　千手観音堂に
ぽっと　明かりがともる
と
この世の板戸のむこうがわで
ひぐらしが
ひそやかにうたいはじめた

しだいにこえは　こえをよび
全山にこだまし
仏音声《ぶつおんじょう》のるつぼのひろがり
滝の水は　中天に氷り　花を咲かせ

峰の松は　ゆったりと歩をはこぶ

そのとき
観音堂の灯明にうかぶ
あちこちの　鬼百合の
花の蕊《しん》の手が
きそいあうように　伸びはじめた

菩薩は　鬼の
千の手と化して
人の世のあやまちを
ことごとくただしやまぬのか

びょうびょうと啼く
ひぐらしの声に和し
葉の付け根に
黒紫のむかごが　無数に生じるとは

曼珠沙華《まんじゅしゃげ》

おとことおんなが　まじわり
生まれてまもなく
間引きする
嬰児《えいじ》を
笹舟にのせたい　おとこと
花として咲かせたい　おんなと

まよなか　墓場の通り路に
こっそり埋め
みんなに踏んでもろうて
早く生まれかえってこよと
掌を合せ
足早に立ち去る　おんな

秋彼岸の夜
墓地のあちこちから
声をかぎりに母をもとめる

捨て子ばな

かぼそい泣き声が
真赤な雄蕊《おしべ》の　細い手となり
八方に伸びてからまり
ゆきかうものの　悪業《あくごう》を
解きはなつという ひがんばな

やがて　しなだれ
はな枯れおち
なお　ちいさな球根が
おんなの里の土くれに
しがみついていた

秋ざくら

病む人を
見舞いにうかがう

阿仁のコスモスを
山河まるごと　抱きかかえて

独り咲き
独り散る花が
雲霞《うんか》のように　寄りつどい
そのひとつひとつが
生れかわり　死にかわり
かぎりない出逢いをくりかえす

病室は
花の氾濫《はんらん》
老のかなたから吹き来る
松籟《しょうらい》のまろやかさに
おじぎをくりかえす律儀さ

いまは　花も人も
倒れ伏しながら
自らの土から発する
微光を受けて

ふしぎに　きらめきやまず

老いて　病む人は
花ともどもに
生死《しょうじ》の　波間を
無心にただよう

千　両

太平寺の
羅漢堂の
泣きらかん

すべてのぼんのうの火を　抱えこみ
さとりをいきづく　らかんなのに
らかんとして　生きねばならぬ

かなしみは

法衣をつきやぶり　ふきでた
濃いみどりの　えだはとなり　地をおおう

いくせんの　ながれおちる
なみだが
こごりて
千両の実が　たわわに

雪光りのたゆたう
あかつきの供華壇上

香煙のゆらぐなか
朱いなみだの実　ひとつ
永劫の流域にこぼれおち

川ぞいの詩人の家に
あかんぼうが　うまれた

野あざみ

霜枯れの道をゆくと
一里塚のように
野あざみが咲いていた

いつか　山あいのむらの
かやぶきやねに
たちのぼる　しろいほのお
とむらいがおわり　野辺おくりの立ちぎわ
わかいむすこの　座棺にしがみつき
婆さまがあたりかまわず　泣きさけぶ
「おらをおいて
　おめえはどこへえぐのだ」

ぶっちぎれたきずなが　風になびき
ゆきとかえりの　道がなくなるのか
ひとのであいと　わかれのえにしは

あざみの葉と花に似て
生きて抱きあうと
葉のふちのとげで　傷つけあってにくみあい
死ぬとむくろの根から　ひこばえした
茎のさきの花包が
そそけだち　八方に散りしぶき

たそがれの墓所
ほのかなあかりのゆらめき
あの世のいりぐち　かぐろい穴のそこに
あらなわでほとけをおろして　すえる
しめやかに野ぐわをつかい
土を柩におとしていたとき
泣きどおしの婆さま
やにわにそのあたりのあざみの花を
むしりとって
逆縁のうらみをむすこに投げつづけた

あれから　とむらいの鼓鉢《くはち》が
どれほど打ちならされただろう

いままた　あざみの花が
晩秋の風にのって
とぶ

Ⅲ　生死の風光

はつまご

うまれて
百十日目の　こうしゅう
くいそめの式の　主人公

ちいさな食器にもられた
ごほんやおつゆ　おかずを
ちいさなくちに　はこぶしぐさのおとなたち

ただ　じょうぶにそだってほしい
はしでつまみ　かわりばんこ

苗木に　そっとこやしをほどこすように

これから　どれほどの糧《かて》を
しょうがい口にすることか
そして　かむことか

ちいさなこぶしをつきあげ　てをひらき
七月のみどりのかぜをよぶ
けいとうや　はなしょうぶ　あやめのゆらぎ
うらの杉林　大木のきそいあいを
おおらかにまねする身ぶり

そのつぶらなひとみで
おうものは　なにか

つぎつぎとたちあらわれる
えぞのまつえいのかお
かわりゆくものへの　つきせぬきょうみ

ふっとみせる　天童のほほえみは

いろんなであいをよろこび
あらゆるもののいのちと
まじわりゆくおもしろさであろう

つややかな貝のような
ふたつのみみを　そばたてるふぜい
すでに　ほとけのいきづかいを
おしゃかさまから七十九伝する
血脈のこどうを
きこうとするのか

急に　するどいなきごえ
おしっこか　おちちのさいそくか
このじじいは
さっそく　どっこいしょと
だっこ

だが　じじいのあぐらにまんぞくせず
けりあげ　のけぞる
このちからづよさは
どこからはっするのだろう

ふしぎだらけの
うちの　はつまご
晃宗

ほおずき

めざめてけさも　孫をだっこ
くらしのくらいじかんに
じんわりさしこむ
あかんぼうのほほえみ
こぼれおちる　わらいばなを
ひとつひとつ　花かごにいれ
今日は　どなたにさしあげようか

＊

おんぶすると
うーんと手足をのばし　のけぞる
しゃちほこばって　棒みたい
かねつき堂でちいさな撞木の　はつまごは
どんなにんげんのねいろを
ひびかせるのだろう

＊

おふろに入れよう
ちゃぽちゃぽすると
てあしをぶるん　とふってよろこぶ
だきかえておしりも　たんねんに
ゆみずのおとは　阿仁の瀬のこもりうた
森吉のやまなみも　みんな湯あがりのかお

＊

ベビーカーにのせ
とりいれまっさい中のあぜみちをゆく

紅白のコスモス　赤とんぼの
うつくしい襲撃
ときにおびえ　ときにわたしをみあげ
払子《ほっす》＊みたいにもみじてをふり
かきわけつきすすむ
わが法孫よ

＊

ほおずきの原　いちめんの群落
ぷらんぷらんと
ほおずきちょうちん
ひとつを採り　ふくろをむくと
億万年の朱いいのちが　ふいにとびだし
口にふくむと　虚空のわらいごえ
あかんぼうもわたしも
花も石も草も木も　どっとわらった。

＊払子　禅僧の導師が用いる法具

雪の子

雪もよいの朝
悲母観音の　水瓶《すいびょう》からしたたる
天の甘露にやどる
水玉のなかの胎児たち
あかつきの雲のしとねに　いだかれて

雪がふってきた
兜率天《とそつてん》＊の　そこしれない穴から
空の階段をおりてくる　人形《ひとがた》
すがる雪竿は　お乳のにおいして
ふりかかる風花《かざばな》　散華《さんげ》のごとくに

雪がとだえた
新しいいのちを　だっこする
ふわりとかろく
ずしりとおもい　牡丹雪
御嶽《みたけ》の山はわらい

造坂《つくりさか》の川がうたう
ひろがる阿仁盆地で
白鳥はかんだかく　啼いた

雪の夜のまどろみ
みどりごのまぶたは　雪びさし
これから　つむったまなこは
どれほど観ることだろう
浮き世の　光と闇を

雪　ふりつむ
あきた　あにの里

赤ん坊よ
二つの足を大地に根ざし
二つの手を竜の爪として
天上にとどくほど
地ふぶきとたわむれあそぶ
厳しい冬をよろこぶ
雪の子となれ

＊兜率天　内院と外院があり、内院は将来佛となるべき弥勒菩薩が住するといわれ、外院は天衆の住む所とされる

地ふぶき

冬のよねしろがわは
よこたわる屍体
川洲《かわす》の　よしとかやは
しわくちゃの掌のように　ひろがり
かぎりなく川面《かわも》を
なでさする　ふぶき

からすの大群は
またぎの里の　いろあせ
ちぎれとぶ幟《のぼり》とともに
まいあがり
ほんろうされ

野衲《わし》が生まれるまえに
吸いこんだ息の　まきぞえか
かわぐちや[＊1]　おがた[＊2]などの
村落まるごと
まきあげられ

野衲が死ぬまぎわに
吐いた息の　いきおいか
がにざわやまや[＊3]　おおのたい[＊4]など
ひょいとうらがえし

いま　中天にひっかかり
もうれつに啼きやまぬのは
なぜか
いずれ　もりよしダムのふかみにおちて
にほんかいにながれゆくだろう

そんな地上の
もろもろのおとのとどかぬ
上空五千めいとる

れいか四十度の　凍雲の
うえの　まばゆい無辺際の
ひかりのせかいに
たゆたう
胎児の　野衲

　地ふぶきは
　へそのおの　そよぎ

＊1　かわぐち　＊2　おがた　＊3　がにざわやま
＊4　おおのたい――ともに近郷の地名

ゆきばな

あのかたの
みたまをおおくりするのに
この花こそ　ふさわしい

いま　阿仁盆地に
天地まんまん　清浄の
ゆきばなを供えよう

かざばな　あわゆき　ぼたんゆき
それぞれが咲き
そして　散りしぶく
むげんのはなびら

もりよしの樹氷の林のおくから
たえず　黄泉《よみ》の風
ふいてきて

あにがわの清流を
すやきの壺にそそぎ
早春のいぶきまるごと
活けた花　そよぎ

　ゆきばなと　かぜの
おにごっこ

もう　いいかい

花に
かくれるところは　ない
まあだだよ

風は　花と
まろびあい
かけめぐり

もう　いいかい

花は
空《くう》にきえるか
地にしたたるか

もう　いいよ

ゆきばなとなった

あのかた
銀行の角のアーケード　下
花売りばさまの　ほおばる
にぎりめしにもまつわりつき

ひらひら　中有《ちょうう》*を
舞いやまぬ

＊中有　衆生が死んで次の生を受けるまでの期間

厠《かわや》

中国　千万の人民が
ひっきりなし
ゆききする道ばたに
時の移るを
頑《かたくな》に拒む　形の
かわや

土壁が崩れかけているも　よし
〝江山花柳〟などの風流
みじんもなし
土ぼこりの巻きあがる
荒野のまっただなかに
のっそり　影をひく

ただ　石壁の正面
墨痕鮮かに　大書
「男」
「女」

にんげんの
こんなすみわけは
いつから始まったのだろう

入口の戸も
屋根も　無い

入るときは　べつべつでも
中は踏み板二枚の
ぶっとおし

用をたしながら
天　地　人と語りあえる
とほうもない　おおらかさ

おっ
綿の花が　飛んできたな

ほやほやの小山
冠《かんむり》かぶった

土

牛馬とか
機械ではない

大陸の　老いた人
若い男女
子どもをまきこんだ数人が
大きな鋤《すき》の
つなを曳く

本来　土を耕すのは
にんげんだったのだ

朝を喰らい
夜を吐き
苦と汗にまみれながら

黄砂と格闘し
黒土に改良しやまぬ
しかも　種をまき
いのちの糧を育てる人たち

雨をよろこぶ　竹

風をかなしむ　松の
ふぜいなど　無用の長物
金銭に迷いながら
さかんに哄笑しあい

けんめいに
而今《いま》を曳く

砂

銀川市街へ
容赦なく襲いかかる　砂
街は　にんげんの胴体の半分
砂に埋もれたかたちに
まるで　手を虚空にさしのべ
「水をくれ」「水をくれ」

と喘ぐさまの　わずかな緑
西安から敦煌《とんこう》へ
双発プロペラ機で　低空旅行
丸窓から見えるのは
むさいげんの
砂の原風景

ふいに出現する青白い　水影
オアシスだろうか
いや　塩水湖だ

渇して飲めば
〈砂漠には悪鬼、熱風あり〉
〈遇えばたちまちみな、死して全き者なし〉
と　玄奘三蔵

果てしなく広がる風紋
砂丘の造型の見事さ
でも　法師は

〈空に一飛鳥なく〉
〈地に一走獣なし〉
この世の地獄よ　と

だが　ひたすら正法を求め訪印し
多大の佛典をたずさえ
死中に活を得ながら
再びこの地を経て帰国したのは
なにゆえか

砂漠には　なにか蔵されている
酷薄な母乳のようなもの
その不可思議さに　触れもせず
渡り雁のように
「カオ」「カオ」と啼きながら
ひたすら帰東の
無為《むい》なる
機上の人

おなじ天の下で

晩秋の　みがるになった公孫樹
真下《ました》に　ニッポンの童子たち
ふりつむこがねいろの時間を
ほうりなげ　かけあう声のあかるさ

おなじ天空のかなた　砂と岩のせかい
アフガニスタンの難民の童女たち
食糧支援の車に
無言のままけんめいにむらがる
まるで礫《つぶて》の早さで

みちのくの庭先
ござを敷き　豆打ちしごと
かたわらにちょこんと　おさなご
草木や赤とんぼと　夢中でおしゃべり
豆たたきの音
のんびりと真昼間《まひるま》をきざみ

おなじ地平の
パキスタンの国境
冬ちかい　破れ天幕《てんと》の出入り口
たむろする母親にしがみつく　みどりご
とおい空爆の地ひびきに
ベールのかげでおののき
いっぽんの草を噛み

おなじにんげんの
ちいさなひとみに　ながれこむのは
つみかさねた列島の四季のいろどりか
はたまた
砂漠にくりひろげられたキャタピラの状景か

だが　いま両手をあげ立ちあがる
ひとり　またひとりの童たち
きっとたぐりよせやまぬのだ
さんざめく森の平安を
そして　あるきだすだろう

天真の風をまとい
一歩ふみだすごと
つまさきに　かぎりなく
野の花
つぎつぎと　咲きつらねる
この山里から
アフガンの岩窟《がんくつ》へ

廃車置場

坂をのぼると
かつて　くらい森　石のほこらがあり
さいの神　という
悪霊や疫病のもぐりこみに　眼を光らす
しかし今は　神さまも
おしつぶされそうな　くるまの山
廃車置場

みんな　這いつくばり
汚れた腹を　天にさらし
積み重ねられても
大あくびしたりして　悠然とすごす
おおらかさ

おもいだしたように　生死の風がふいてくると
あちこちで　さんざめく気配
今までどうだった　これからどうなるか
などから解放された　きままなハンドル
白や黄の野菊が　こわれたウィンカーや
すりへったタイヤを　そっとなぐさめ
にっぽんの道を　走りにはしった
かっては名車といわれ　あるいは
ぽんこつといわれたのも
夢のまた　ゆめ

見ひらいたままの二つのライトに
露のしずくがたまり　弦月に光りを返すのみ

ここは　くるまの墓場ではない
むざんな計器類の中で　時計だけが
ぶつかったとき　捨てられたときから
あらたな時間を　きざみはじめる

スクラップ車専用のトラックが
ひっきりなしに出入りする
この世とあの世をゆききするのがすべて
それすらもいつか動かなくなる
その時　荒野のすすきは　白い炎と化して
くるまの終のすみかを　焼き尽すだろう
すべての形骸は　いずれ微塵にくだかれ
鋳《い》られた鋼の　寄せ木細工に　組みなおされ
くるまは　なおも狂おしく
走らねばならないのか

かざぐるま

芝の増上寺
大門を入り　右側の境内
つきぬけるほどたくさん
ちいさな　ちいさな
地蔵の群がならぶ

そのうしろに
かならず立っていて
くるくると　かざぐるま

四季の風
東西南北の風
どんな風をも　無心に受けて
ただ　まわる
まわるは水子の
いのちの羽根か

＊

地下鉄　銀座線の車内
向い側にうつむいてすわる
ヤングレディの
ストッキングのししゅう
鮮やかな　かざぐるま

ふいに停電した一瞬
スカートの下から
幾千のかざぐるまを
てにてに　水子たち
車内を駆けめぐり

＊

北ぐにの　とある産婦人科医院
処置台の脇の器に
どすぐろい　ひとかたまりの
うごめき

あの一瞬
女は虚空を摑み
医師もナースもつららとなって垂れさがり
無明の海
生の源《みなもと》に　沈んでゆくしかないもの

ただ　液状のへそのおが
ゆらめきながら
時の垣根を越え
天の網をくぐつて
はてしなくひろがってゆく

＊

古牧《こまき》温泉　祭魚洞《さいぎょどう》公園の
水子石仏の賦《うた》
　この世に生を享べかりしに
　いまなおみ佛のみ国に
　さまよい給う水子の……

ななかまどの　血に染まった池
時おり水面《みなも》にするどくきらめくもの
あれは　水子の
秋の日ざしのうすぎぬを裂く
声にならぬ　叫びか

もしくは
あのときのメスが　無数のメスが
十字に組まれ
かざぐるまとなって
懺悔《さんげ》のように飛来しやまぬのか

＊

晩秋
阿仁の四海山太平寺
本堂とあい対して
水子子育地蔵尊

かけいの水が　とめどなく
手水鉢《ちょうずばち》をひたし
地蔵さまにだっこされた
はだかの童子像に
ひしゃくの水をかけては
手を合せる　若い男女

尊前に安置された
小さな柩
この世から　あの世へ
吹いてゆく　因の風
あの世からこの世へ
吹いてくる　果の風
白い包みをほどくと
ひらひらと　風の手にひかれて散る
かわききった　胞衣《えな》

こんどは丈夫な赤ちゃんで
と拝む　殊勝な
かげぼうし　ふたつも

また風のなか

＊

みちのくに
初雪ふりつもり
地蔵さまと
石の童子たち
おどけたふりして　雪のたかしゃっぽ
これからしんしんと
地の底に　しずむばかりなのに

花立てに誰が挿したか
古菊　一輪
もはや　かざぐるまと化し
風がないのに
カラカラと
まわる

あとがき

昨年十月に、太平寺二十九世の法灯を弟子にひきつぎ、住持職から東堂にかわった。気がついたら身辺、ほとんど作務と詠讃歌と現代詩関係だけが残っていた。

第一詩集は「柩」だが、いまだに生きながらえているのも、妙な話である。

そんな生来の不精者だが、これまで書きためたのを、日の目を見ないで終らせるのはしのびないと、詩集「白雲木」に、積み残されたのとその後の作品を、とりあげた。

どれもこれも、さまざまな当時の想念が立ちあがってきて、捨てがたい。

なによりも、第四詩集を編むなど、冥利に尽きよう。内容は三章に分けた。あいかわらず禅寺の和尚のつぶやき、いな、うそぶきというべきか。とにかく普通の詩的評価では、律しきれない作風とよく言われる。

《蟹は甲羅に似せて穴を掘る》といわれるが、自らをかえりみてまさにその通りだ。僧として、またぎの里の近くに生活する行住坐臥だが、四季折りおりを月並みの感性で、禅の境涯を言葉に表現できないか、を模索したのみにすぎない。

だが見渡すかぎりこの分野は、まことに索漠として人影が皆無に近い。

これは今もって、禅を宗教的な面だけでとらえ、古風なよそおいのいわば遺産にすぎないとする方が多い。〝詩と禅〟を対立的にとらえているからだとおもう。ただ詩魂に、新しいも古いもあるはずが無い。また詩の源泉に立ち帰るならば、東洋の詩偈が〝詩と禅〟の崇高を極めた時代があったのも確かだ。でもいまの生活者からは、遠い過去の文化財の感がある。

故に非力をかえりみず〝現代の詩禅〟を、試みたというより、寺に棲む日常の生活から、自然にその道をたどった。

仕事柄、古今の漢詩に接する機会が多いが、格調とか幽玄さなどおおいに学ぶべきであろう。これを解りやすくした、新しい時代の詩骨を表現したいが道遠しである。

この度も、前詩集と同じ青樹社の丸地守氏に、装幀を始め出版のお世話をしていただいた。心から御礼を申しあげたい。

また現代詩を通しておつきあいの方々、有縁無縁の支えと励ましに、深甚の謝意を表してやまないものである。

合掌

平成二十二年　閑日月

亀谷　健樹

第五詩集

杉露庭のほとり

（二〇一五年）

Ⅰ　詩禅一如

水の息

かけいをつたって
つくばいに
したたりおちる　水
水の源は　いずこであろうか

闇をとおり　光をとおり
男と女の　肉身をとおり
水子の親の　なみだをあつめ
竹の筒から　ながれおち
石の器にあふれる　水
そして
天にたちのぼる　気配

草ぶかい　石灯篭のほとり
あじさいのいろどりが
千変万化しながら
いざないめいて　おしよせるも
ひょうひょうと　あいてにならず
救いを求める小さな声に　耳を澄ます
水子子育地蔵尊

オンカーカー　カビサンマーエーソワカ

左に　水子をいだき
右てのひらは　おもてに垂れる
慈悲の相
あしもとに　指をかんでまとわりつく赤子
賽の河原で
くずれる石を　ひたすら積んではかけよる
いたいけな　幼な子たち

オンカーカー　カビサンマーエーソワカ

大津波のとき
水ののどの奥ふかく吸われた子

つかのま　すぐ吐きだされた子
ほんのわずかな　はずみ
生と死の　かしゃくないおにごっこ

三月の海の
かくれんぼは　おわらない
いまだ　みつからない子らは
いまどこで　どうしているのだろうか

オンカーカー　カビサンマーエーソワカ

地蔵真言は
地から湧いて　海を渡り
菩薩にまとわりつく子らを
ほほえみのように　つつみこむ

水に　もとより
善し悪しは無い
今は　ただ
柄杓に汲まれた　水の息

奇蹟のあそびばと
永遠のかくれがに
まんまんと　いのちの水を
そそぐ

杉露庭《さんろてい》のほとり

すいきんくつ

柴折戸《しおりど》を開け
五月闇の中に踏みこむ
飛び石の迷い道をたどり
うめもどきの諦めの花にかくれる

ちいさなひつぎがひかっていた
うまれて　たったいちにち
なきごえもたてず
つめたくよこたわる

むすめの　やすこ
ひつぎにおさめるとき
あかんぼうにしては
「おおきなあしだごと」と
さすりながら
おとこなきにないた
なみだが　さみだれのように
やまなかった

水琴窟《すいきんくつ》のしずく　したたり
親にさきだって　みまかり
五十回忌もおわったのに
どうして涙があふれやまぬのか
こぼれおちた涙が
どうして冥界にこだまするのか

常滑《とこなめ》の土をこねり
太古の火で焼いた甕《かめ》の
虚《うろ》にひびく
不思議な土と火と水の
おんがく
千変万化のにんげんの悲喜こもごもが
ここにきわまり
限りない
無明の
調べ

にじりぐち

つくばいで　穢手《えしゅ》を清め
口舌《こうぜつ》をうがいし
心字池で魂をゆすぐ
枝折戸《しおりど》を押して
待合いの円座に腰をおろす
傍の花入れに　桔梗《ききょう》が一輪
野の風をまねきよせる

時いたり
にじりぐちの障子が

かすかに開かれた

いしゃにがんをせんこくされた
しゅじゅつのひ
やみのいりぐちをてさぐりでも
ひかりのでぐちへたどりつけるよう
しんぞくのめんめんと
こんじょうのわかれかと
むごんのてをにぎりあい
いどうだいしゃによこたわる
あけはなたれた
しゅじゅつとうのとびら
いきしにのでいりぐち
すべてをなげすて
からだひとつ
めにみえぬなにかにゆだねる
　さんずのかわのほとり
死に神から
連れもどされた　身をかがめ

にじりぐちから
茶室に入る
あっけらかんの　無の風流
まさによし

さっそくの呈茶碗は
円相の銘
すべて天地にお任せの
まどかなるやすらぎにみち
いっぷくの　茶の
なんたる妙味

かれさんすい

日高の銘石を
三尊仏の様式に据え
枯山水をめぐらす

蓬莱島の亀の眼は

なにを見定めようとするのか
松仙渡りの鶴のはばたきは
どこへ向うのか

ふたつになる
まごの　まお
とおいもり　いけをへめぐり
きのねとうろうを
もちあげ　とびだした

いやしのふろからあがると
おむつをいやがる
はだかんぼう
かれさんすいのうずまきを
ぐるぐるかけまわり

まつやたけの　つゆしずくを
のみたらなかったのか
いまなお　おっぱいを
ことぶきごのみの
つるかめみたいにすいやまず

こよいまた
枯山水のせせらぎは
眼には見えねど
子々孫々の言の葉と
流れやまぬ日月を浮べ
ただよう先には

五重石塔の
火袋《ひぶくろ》に
ぽっとあかりがともり
まごの真生《まお》の
新たな夢が　影をつらぬく

茶事独服

苔むした飛び石

茶室までを　わたる
奇体に踏みはずす面白さ
虚《きよ》の跡に　すべての見識を
おきざりにして

つくばいに棲むもの
汚濁《おじょく》にみちた日常の
口をゆすぎ　手をあらう
柄杓《ひしゃく》にみちてくる清冽《せいれつ》は
天の甘露か　地の化生《けしょう》か

枝折戸をくぐる
なにほどのことかあらん
だが　まさに一期一会《いちごいちえ》
庭の日高石　さるすべりなど
すべて自在な　いきづかいとは

待ち合いの風流
一輪挿しに　四季を読む
待つしばらくの間にも

枯れいそぎ　足もとに
朝露と夕霧　もやいだす

格子戸の　にじり口
草履《ぞうり》を揃えて席入り
名　聞利養《みょうもんりよう》は　大小両刀のごとく
はずし　外壁に立てかけ
捨てて捨てて捨てはてても

水屋の桶に　しずく
水琴《すいきん》の調べ　床の間に
山百合と吾木香《われもこう》の投げ入れ
もろもろのいのちを点すとも《とも》
山河大地の　照りかえしか

香を焚き　茶を点前《てまえ》する
和敬 清寂《わきょうせいじゃく》など絵そらごと
ただ　己れを啜《すす》り
今日を　いっぷくする
なんたる　無用の用ぞ

荼毘《だび》残光

青嵐すぎて
つつじたけなわのどまんなか
五体投地の形した　火葬場

いま　カマの中の柩は
無為の日の　花にどっぷり埋もれた
遺体は　いつのまにか
ひょいと　かくれんぼ
この世とあの世を
いったりきたりしはじめたのか

火入れの　松明《たいまつ》もって
無明のなかをさがしにいったが
灼熱の遊化《ゆげ》ざんまい

さがしあぐねて　帰りきたれば
カマの口ひらき
そろりと出てきた
終《つい》の臥床《ふしど》
まださめきらぬ業のかけらを
ながい箸で　ひろう

「どら　さけ《酒》っこづけ《漬》の　ののさん《和尚》　はくじゅ《白寿》の
あじ《味》こ　どうだべがな」
骨のひとふし　口に入れ
カリッと　噛む

不肖《ふしょう》の弟子は
花が水をすいあげるごとく
本師から滴々相承《てきてきそうじょう》の佛道を
くみあげ　味わい得たのか

九十九歳の老僧は
酒を求めて　三世をかけめぐった
ときおり　黙念と　打坐しやまぬ
そんな足腰の要《かなめ》
滑脱《かつだつ》の境涯をひろわねば

しだいに　胸の城郭へ
これまで　どれほど
飲んべえを連れてきたか
いかほど　花見の宴で
飲みつぶれたか
いまは修羅の気配なく
城門は　大きくあくびしたまま

頭部に移るも
かんじんの　しゃれこうべ
どこに消えうせたか
風《ふう》性《しょう》さながら影かたちもない
のどぼとけを　探しまわるが
ひっきょう　何の用があろうぞ

「のの《和尚》さん　どこさえ《行》ったのだがや」
「どこさもえ《行》がね　ここさえ《居》るど」

声なき　こえは
骨壺の中ではない
とっくりの底　ぶな林
野の花蔭　など
もろもろからの
つぶやき

華の念

参道のあちこちに
曼珠沙華《まんじゅしゃげ》の
しびとたちが奏でる　無明のおんがくが
三門にすいこまれてゆく
なまぬるい娑婆の風をともない

楼門の両脇に
仁王両尊
佛の敵を寄せつけぬばかりか

華の〈阿《あ》〉
もののいのちのうぶごえが
天にとどろき
華の〈吽《うん》〉
すべてのかたちを無に帰して
地の口を閉じる

ながい石段をのぼり
おどりばで　ひとやすみ
来しかたをふりかえると
戦さの屍をかこむ野の花が
華かずらとなって　ここにつらなり
しかも　これからもなお
はてしなく上へと
のぼりつづけねばならぬ

たどりついた法堂《はっとう》
大般若祈禱会を告げる
大梵鐘のこえ
大般若経六百軸の金文《こんもん》は

すべて『空』を説くも
太古よりこのかた
欲と憎しみの業《ごう》にもようされ　傷つけあう
華に嵐の時代

しかし経巻を轉飜《てんぽん》の風によって
あらそいのりんねは
華びらと化して
宙に舞いあがり

裏山の苔むした池のほとり
かって　炎をふき　天《あま》がけた
龍の棲むという
いまは　いちめんの白蓮華

そのあしもとに
龍吐水《りゅうどすい》の
華にまみれた泥がたゆたい
無辺の三界六道に
ひろがりはじめる

生と死のはざま

山《さん》　門《もん》

うまれてくるまえも
ほい　しんだあとも
このもんを　なんぼ　くぐったべがや
ほじけねく[*1]　いきでるどきも
なんぼ　いったり　きたり　したべがや

さんもんの　うえで
かんのんさまあ　せんねんも
きどごね[*2]　しているど
ゆめこ　さまさねよにな

＊1　不本意に
＊2　うたたね

浴《よく》　司《す》

うまれて　きたどき
うぶゆこさ　ひでもらい
あのよさ　えぐどき
ゆかんして　もらうどや

ばっだばらぼさつ[*1]　わかした
ばんげ[*2]の　ゆっこ
あんまり　いいあんばいで
うまれたのに　しぬごど
わすれて　しまったじゃ

＊1　跋陀婆羅菩薩（浴室を司る）
＊2　夜間

東《とう》　司《す》

とし　とったれば
しょんべん　もらしたり
へこ　たれだつもりが
ふんどし　よごしたり　するばて

よのなかの　なんもかも
くって　だして
だして　くって

ありがてえもんだ
くえば　はだらく　ちからとなり
だせば　はなや　きの　こやしとなるど

うすさまみょうおう＊1
おっかね＊2　かおしてるども
いぎる　ことの
やばちい＊3　からだ
いぎでる　このまま
ひかる　ほとけに
してけるどや＊4

＊1　烏枢沙摩明王（便所を司る）
＊2　怖い
＊3　けがれた
＊4　して下さるそうだ

奪衣婆《だつえば》＊1

しれ　きものこ　きせられて
あのよさ　しびととなって
さんずのかわこ　わたるどき
おにこに　つかまれでも
こそでこ　すぐとれるよな
きょうかたびら＊2
あげほぎゃ＊3　したのが
あんまり　おおく　つみあげられて
だつえば　かくされて　しまったじゃ

さんずのかわの　わたしもり
ばばあ　めがぐし　されてるまに
しびとだち
ひょいと　また
このよさ　もどって
こえば　ええなあ

＊1　三途の川の岸辺で、亡者の衣服をはぎとり、衣領樹の

上に待つ懸衣翁に渡すという、老女の鬼
＊2　経帷子
＊3　供えられた

開浴

浴場の入口に
跋陀婆羅菩薩《ばっだばらぼさつ》を祀る
浴司《よくす》を勤め
水を観じ　悟りを開いた菩薩
おんまえに　僧はみな
五体投地して　唱えたてまつる
『沐浴身体《もくよくしんたい》　当願衆生《とうがんしゅじょう》　身心無垢《しんじんむく》　内外光潔《ないげこうけつ》』

もくねんと
湯舟につかる
初めて　この世の光りをあび
産湯《うぶゆ》をつかって以来
どれほど
じかんやけいけんを
洗いながしたことか
きおくのひだをひろげ
ただ　目をつぶる
縁のつながる　精霊が
泡のように　たちあらわれ
きえさる
だれしも　みな
独り　生き
独り　死に
独り　来たり
独り　去る

よふけ
ふろにひたって　つぶやく
「おとは
　しぐれか」

さんとうかの　いっく

まっくらやみのなかを
ひとしきり
ふるな　とおもったら
とおりすぎた
しぐれ

おとは　たえなるおんがく
そして
えいえんの　ちんもく

むらくもが　すぎ
さしこんできた
つきのひかり

りょうてのひらで
うける
それも　いっとき

すぐ　きえた

ながれる
すべて　ながれさる

開浴は
まいにち
生まれかわりの　産湯《うぶゆ》
あらたな明日を
無心に　むかえるために

うらぼんえ

ひょうたん　天にぶらり
ひょうたん　水にゆらり
ひょうたん　地にごろり

ひょうたんの般若湯《はんにゃとう》

それを呑むと
「かならず生きて帰ってくるぞ」
いうた和尚も　信じた応召兵も
ともにあの世へいったきり
洒《しゃ》々落《らく》々も　六十年すぎた

〈うらぼんえ〉
むかえ火たくと
きなくさい風に　ぶらり
なおやまぬ　せかいの火種
飲みこんで　ごろり

とおい銃声に
また　ゆらり

吊り橋

山腹の　しわしわ道をたどり
風鈴のかすかな村落をぬけると
ふいに　吊り橋

此の岸と彼の岸
いろとりどりの　苦楽のつるが
しがみつく絶壁

橋のたもとに
山寺の　ちいさな門
ここはさしずめ
三途《さんず》の川のほとりか

境内に　苔むす松のひとふり
その下に　老僧
懸《けん》衣《い》翁《おう》のごとく
迎える

どなたもな　死んでここに来らば

奪衣婆《だつえば》に　経かたびら脱がされ
それを松の枝に掛ける
罪業の　重い軽いの　しなり工合で
深い瀬と　浅い瀬と　橋を渡る
冥土への三つの途の　どれかが決まるのじゃ
そなた　なにもかも抱えこみ
重そうじゃのう

老僧は　無類の般若湯好き
檀家の男衆　今から
手加減ねがってか
とぶろくのてみやげ　あとをたたず

おお　また花の水持参か
須弥壇《しゅみだん》の生花のみならず　わしの魂の
水涸れおってな　ありがたい
それに　たいしょうにもな

老僧は　これまで三度も寺を移した
どの寺でも　朝

如来さまに　佛飯を供える
それがいつも　カラになった
いっぴきの青大将が喰うらしい
ここへ移って来る時

お前とも別れねばならぬな
他の者に見つかると　かならず殺されよう
気をつけろよ　といってきたのに
三里の道をおいかけ
また出てきおった
いとおしく　ときどき
どぶろくのうわずみ一献や

吊り橋ができて
へびのゆきき　ひとの生まれかわり
あの世いきなど　すべて
おそろしく早くなった

でも　このまえな
若い衆がへべれけになり

帰ろうとしたら
吊り橋が忽然《こつぜん》と消えて無かったとさ
川を渡ろうとして
橋がなかったら
こちら岸で
また　飲みなおすしかないわいな

やはり
三途の川の吊り橋か

新地蔵歎偈

風がないのに　風ひかり
もえたつ色の　曼珠沙華《まんじゅしゃげ》
首がないのに　首のかげ
地蔵はひとり　辻に立つ

ひっきりなしの　くるまの往来
十字路は地獄の一丁目
わかい女と乳母ぐるま
突如　左折のトラックに

巻きこまれたばかりか
ハンドル狂い　鬼の手となり
三途《さんず》の川にひきずりこんだ
たそがれどき

白のワンピースが　死に装束
まさかこの身が　ざくろになるとは
夏帽子はたちまち　するめいか
一瞬　ほうりだされた　赤んぼう

みしらぬ人の手から手へ
泣きごえたちまち　でんでんたいこ
ゆきかう通りの人びとに
あわれさかなしさ　触れまわる

母乳の里に　あぶら浮き

吾子《あこ》を見守る　まさざしも
だっこする手も　すでに失せ
地蔵にもはや　化身する

右手の錫杖《しゃくじょう》　みどりごの
育ちの天を　きよめたい
左手宝珠《ほうじゅ》　さしのべて
地での幸せ　念ずると

賽《さい》の河原に　ことよせて
積まれた小石　くずれはて
くるまの風に　あおられて
よだれかけみな　ちぎれとぶ
地ひびきたえず　おそろしや
地蔵はついに　たおれふす

ナナカマド

荒野のおくに　廃村
残されたナナカマドの大木
初秋　ナシの形した赤い宝石つらなり
鋭いかみつくような葉っぱ
木枯らしにつれ　散りはて
散りはてて　草肥となり
草肥は土を食べ　水となり
水はあつまって　川となり
川は海の　ふところでやすらぎ
虚空に　立ちのぼる

嘴《くちばし》の朱いクマゲラが好む
ナナカマドの果実は
かって　煙がたちのぼる
七つのカマドに残る
埋《うず》み火
それも　時間が
骨をついばむように
ひとつ残らず
灰となり

風にふかれ
空じた果
玄冬をむかえる

銀杏の夢

黄金色のはっぱを
身ぶるいして　すべて落とすと
いちょうはまるで骸骨だ

氷雨をまとい　朝日をあびると
六道のりんねの底からは
光りかがやく目じるしか
ゆらゆらと　立ちのぼってくるもの

かたわらに
如意輪観世音菩薩が
石のじかんをまどろむ

ほほづえをつき　左に首をかしげ
昨夜　県道でひきころされた
猫の子をあわれむ
しもばしらが　つぎつぎと立ち
親猫がかたっぱしから踏みつぶした

右手には如意宝珠
ころがりだすと
泣きじゃくる赤んぼうが
小春日和にじゃれあそぶ
犬ころみたいに　わらいだす

左手の思惟《しゆい》の相
補陀落山《ふだらくせん》をなでさするというも
さしづめ　あきた北空港一帯
あの世から飛来するたましいの
いっさいの苦楽をぬく
すっからかんにして　送迎バスへ
途中したたるごとく

別れゆく　影のないものたち
六本の手には　ほかに
数珠や蓮華　法輪をもち
生まれくるものの　迷いを
どれほど　すくいやまぬのか

いちょうの樹の下に
くされゆく　はっぱたちの
ゆめのまた夢

行乞

残り菊が　お日さま恋いしやと
泣いでらっけ
まるはだかの　けやきのあしもとを
葉っぱこたちの　ぬぐだまり

〈歳末たすけあい托鉢〉
本堂向拝前に勢ぞろい
手っ甲きゃはんにあじろ笠
般若心経　持鈴をふる

ことしも生きでらなぁ
しかも　しゃきっとしてあるぎ《歩》
山頭火できるんだもん
なんと　ありがでえごど

むらむらを　めぐれば
かどぐちにたつ　あば《阿母》たち
米こやじぇんこ《銭》　盆こさのせ
おらだち《僧列》に施しする　ひなが《背》こに
まかふしぎな　後光さしてるぞ

《財法二施《ざいほうにせ》　功徳無量《くどくむりょう》》
ぼん《坊》さんの頭陀ぶくろ
しびと《死人》の首たまさ

かけてあったど
中の六文銭と　血脈こ
羽こはえ《生》で　ごくらくさ
とんでえ《行》ったので　からっぽ

いま　生みたての　ほやほやの
じぇんこ《浄財》　なんぼでも入れでたんせ
アフリカの　難民のわらし《童》こだち
ひよこみだいに　口あけて待ってるんて

《檀波羅密《だんぱらみつ》　具足円満《ぐそくえんまん》》

としとれば　ぎゃん《妙》に
なんにもいら《不要》ねぐなる
かね《金》もしんしょ《財産》も　あの世さ
持っていがれね　ほごりかす《埃滓》だ
ほごりかすでも
鈴のねにのって飛べば
雪花だべが　天童散華だべが

としょり《老》ののさん《僧》
あじろ笠　ふかぶかと
いわ《巖》がん《頭》けの一本松みだえに
根っこまるだしで　のっしのっし
行乞の風にふがれてゆけば
むらの衆のみならず
阿仁川のあねちゃ　森吉山のあんちゃ
大野台のはげ頭　みんなえびすがおじゃ

《乃至法界《ないしほっかい》　平等利益《びょうどうりやく》》

してな　ずっとこんたふうに
あるぎに　あるぎ
はるかイラクの
バグダッドのまちさえ《行》って
托鉢したらば
おがまれるさき
はちのすに　されるべよ
そしたら

さばくのはての
いちりんの　仙人草《サボテン》になって
咲いだら　え《良》がべや

風　土

大般若会《だいはんにゃえ》
黒衣の僧たちにより
六百の経巻が転翻《てんぽん》される
わきあがる　般若の風
「ノウボ　バギャバディ　ハラジャ
ハラミタエィ　タニャタ」

風が　まちやむらを
阿修羅《あしゅら》のように　わたりゆく
土のひふに　しがみついた　災厄を
むしりとり　はぎとり
しかも　いつくしみにみちた

ふかしぎな　風
「シッレィ　シッレィ　シッレィ
シッレィ　サイソワカ」

業風が　ふきすさんだ被災地に
だいずや　なたねをうえよう
そだったまめと　あぶらに
毒がないとは　いかなるしくみか

さらに
うつりかわる　にっぽんの
はる　なつ　あき　ふゆ
おどろくべき　いれかわりの　からくり
陽のてのひらで　縁をととのえ
雨のしたさきで　穢土《えど》をあらい
雪のあしぶみで　沃土《よくど》となる
《吉祥なる人　吉祥なる風
吉祥なる土　さいわいあれ》

大般若の風

白い天の花ふらせ
魔障《ましょう》を　のぞきさり
春がきて　山川草木は
いっせいにあわだつのだ

息づきやまぬ
土に　四季やどり
人が　耕しつづける
風土とは

托鉢行

寒に入ると
山門を出で
荒縄みたいに横たわる　集落を
鈴を鳴らし　経を誦し　あるく
網代笠の黒衣

寒中の行乞は
太平禅寺　歴住の和尚を
よみがえらせ　ともに
列をなして　すすむ
まだあさいねむりの　家々の窓に
ほおずきいろの　あかりを
つぎつぎに　ともす

なかに　たおれふす
枯菊の形した
無人の家
しずまりかえった　佛壇に
経は　香煙のようにしのびより

だが　雪原をめくりあげる　地ふぶき
ふきとばされそうな　笠と誦経
持鈴のねだけが　無明をとかしながら
娑婆《しゃば》をわたりゆく

ふと　一軒の門口に立つ

女人の影
施米を　ささげ持つ

近くにすすみゆき
〈財法二施《ざいほうにせ》　功徳無量《くどくむりょう》　檀波羅密《だんばらみつ》
具足円満《ぐそくえんまん》　乃至法界《ないしほっかい》　平等利益《びょうどうりやく》〉
施財偈を唱えつつ　頭陀袋に
ただ　さらさらと　いただく
弥生《やよい》からの　歳月をかさねた
佛供米の　あらたないのち
光をはなつ

はかりしれない　施しの功徳《くどく》を
大震災の殉難霊と
まだ見つからぬ諸精霊に
ささげたい
生きとし　いけるものみなに
地のそこ　海のそこにねむる
すべての霊に
ささげたい

一碗の　米
その一粒にこもる
生々流転の糧《かて》を

寒

龍頭《たつがしら》の白幡《しろばた》たかく揚げ
蒼い冬空を裁ちきるように
葬列が
切り通しをすぎ、墓地へさしかかると
たちまち地吹雪がおこり
襟にさらしの、人の群をなぶりはじめた

　寒にはいって、天と地の
　そこしれぬせめぎあいか
　それとも
中国からこの地に嫁して数年

ふるさとでは、教師であった女と
あきたの大工の男との、言の葉は
ことごとく大陸と列島をさえぎる
日本海の浪しぶきと化し

ついに、夜半
酔って正体もない男の頭を
こんくりいとぶろっくで

愛し子までもうけた仲なのに
その上、くうにゃんの紐で
にっぽんの首をしめあげるとは

　その夜、ゆきは
　もっさもっさとふりつぎ
　海峡や村の灯を、うめつくす

とおい日
ふたつの国の兵士たち
ともに憎しみ、殺しあわねばならぬ

時代があった
その封印された無明の空から
今もなお、ときとしてしたたりおちるもの

　軒ばのつららが
　とほうもなくのび
　三界をつらぬき

ただ
ひととひととの憎愛のきわみ
今はみちのくの、立春のぬくもりの底で

留置場の女と
野辺おくりの、男の骨に
なんといとおしく
まいあがり、ふりつむ
生と死の
風花か

雪景色

形

寒暁
本堂室中にすわる孤影
一炷香をともし
脚を組み
息をととのえ

かって
杉木立の尽きたところ
野兎のふりむいた眼と
銃口の間をよぎる
雪　さんさん

引き金をひいた
右手指は
いま　法界定印《ほっかいじょういん》をむすぶ
修羅の気配は
堂内に満ち

生死をつらぬくというも
うさぎ鍋に　舌つづみをうつ
この身心をもて
いまを生きつづけねばならぬ
にんげんの業《ごう》

まして
野兎の耳をそばだて
雪のいきづかいで坐る
にんげんの形とは

またも
とおい銃声

光

あかつきの梵鐘

阿仁盆地にひびきわたり
田んぼのあちこちに
旅立った白鳥の
餌さがしの声のかけら

鐘楼のかたわらに
如意輪観世音菩薩の石ぼとけ
ほほづえの指先から
まろびでる
光の法輪

法輪　轉ずるところ
南のあかんぼうがわらい
北の羅漢さまがおどりだし
国境の兵士があくびした

地球の闇を消しながら
鐘に和し
森吉の嶺をのぼりつめ
あっけらかんと
大樹氷となる
十方の娑婆世界に無碍光《むげこう》を放ち

滴

茶庭に
観音　文殊　普賢の
庭石　かたりあい
水琴の声　だんまり
床の間に　石蕗《つわぶき》　まどろみ
炉に　埋み火　はにかむ

もろもろのいのちを点《とも》すも
冬将軍は　のっしのっし
伽藍もろとも
茶室をかこえこむ
冬日射しさんざめく　まひるま

香を焚き

釜の湯を汲み
点前《てまえ》すると
古里の山水は
たちまち一碗の侘《わ》び茶
なんたる妙味ぞ

主客の沈黙たゆたい
あらゆる迷い　解きはなち
雪まんまんの底の
おのれという
一滴

豪　雪

「雪につぶされそうだて」
須弥山《しゅみせん》の天部にてがみを書く
だがそのへんじ
「四天王の足の下の邪鬼《じゃき》は
それぞれ尊像をのせるが
つねにわらっているぞや」

四海山太平寺本堂
邪鬼を踏みつける
護国四天王の立像あり

東方を守る持国天《じこくてん》
剣と甲冑をそなえるが
天変地異に呑みこまれ
杳として行方しれずとは

南方を守る増長天《ぞうちょうてん》
長い矛《ほこ》をかまえるも
文明のおそるべき狂気で
五穀たちまち毒薬になるとは

西方を守る広目天《こうもくてん》
弁舌たくみに文筆をにぎるも
すべて〈批判〉の火の手つよく

逆に焼きつくされるとは
北方を守る多聞天《たもんてん》
真理の法灯高くかかげるも
宙をとびかう言葉のあらしに
経典ことごとく塵あくたとは

だが　この苦界
わらいとばす天《あま》の邪鬼《じゃく》なれば
屋根の雪おろし終えた老骨
宙にはしごをかけ
天に談判する意気ごみ

雪捨て山つもりつもって
ついに雲上にとどき
天からそりで滑ろうと
先をあらそうもまた一興

今日も雪ふりしきり
埋もれたならば雪安居《あんご》

ひねもす坐禅三昧
ついに打定一片《だじょういっぺん》　天筆となり
墨痕《ぼっこん》りんりの龍頭《りゅうず》観音の大幅
地獄天堂ひとつなりと
豪雪を
観世音足下の龍ならば
邪鬼ともども
忽ち和雪に導く
龍となる

雪泥

だれもいない
あっけらかんと　ひがんあけ
はるび　さんさん

鐘楼のあしもとに
雪泥

ふきよせられ　つもりつもった
まよいのかたまり

あの日　癌告知され
死のおののきがふくらみ
こごおり　そばたった　きわみ
ゆえしれぬ無明が
とほうもなくひろがりつづける

これまでの名聞利養《みょうもんりよう》など
掃きだめのごみあくたにすぎず
手術室への扉が
つぎつぎと　あけられ
そして　しめられ
ほそい原野に横たわって
まもなく　白い夢

斜面のスキー滑走跡みたいに
メスが真一文字に入る
上行結腸が切りとられ

しだいに　くろずみ
かぐわしい泥と化して
よどみ

すべて　変わりつづけるのだ

生も死もなく
業の　のこりかすだけが
梅のかおりのよう
はるかぜに　境内をまろびゆく

かわいた雪泥は
徒労のはての　あやもようを
春の土にきざみこみ

やがてまた　どうしようもない
凡夫《ぼんぷ》の
雑草の　めばえ

心字池

心という字の形の　池
泥の中に　煩悩が
のたうちまわっているが
水面は　実に澄みきっている

筧《かけい》の竹の筒を伝って
滴り落ちる
水は　浄水となるのだろうか

手水鉢《ちょうずばち》の傍の棕櫚《しゅろ》の枝が
風雪に屈して折れ
凍った池に　突き刺さっていた
だが　いつしか
あとかたもなく　消える
天然の　水の
なんと不思議な　千の手の仕業《しわざ》か

数匹の金魚が　棲みはじめた
ながい冬の　吐息が和らぐも
池のたまりの底に
じっと潜むさまは
まるで赤い化石だ

冬将軍が去り
氷雪が溶け　池の真ん中に
ぽっかり穴が開く
春の女神の裳裾《もすそ》が　触れたらしい
久しぶりの陽光を食べに
金魚たちは
透明な壺の口へと　動きだした

霞立つ朝
池の傍の　日高石に
一羽の白鷺が
のどかに舞い降りて　たたずむ
突然　餓鬼が手を伸ばすように

穴の中に
嘴《くちばし》を突っ込んだ
—池から　朱い影が　すべて消えた—

しばらくして　白鷺は
飛天女らしく　雅《みやび》やかに
麗しく　舞いあがる

残雪の池に　それでも
光の泡がただよい
心は　とけて
青みどろとなる

坐

暁《あかつき》の鐘を撞《つ》き
上堂　室中に灯をともす
『佛や祖師の教えでもっとも肝要なのは
　ただ坐禅である』
大智禅師の発願文《ほつがんもん》は
身心をつらぬきやまず
これに徹せんと　暁天坐《ぎょうてんざ》の足を組む

澤木興道老師「うちかたやめえ」
徳武文爾師家「竹をみならう」
梅田信隆禅師「流れにしたがう」
たぐいまれな師との出あい
怠惰なおのれを打つ
警策《きょうさく》の音　いまもなお

おさないころ
父　鶴壽和尚の　あぐらにどっぷり
母千代の　乳をたらふく
阿仁の山水と　たわむれあそぶ
なににもまして
三十歳でみまかった和尚の枕元に
遺意《ゆいい》であったか
新調したばかりの　坐蒲《ざふ》ひとつ

まんまるの禅
ふくらみの禅

六十年の歳月をへるも
なおわが生死の　根っこであり
おんぼろの老骨をうち立てる土台

瑩山さまの
《坐禅は　はかりしれない功徳がある
　ことごとくすべてに　施しやまぬもの》
おおいなる
円融無礙のどまんなか
今日も愚直に
打坐す

Ⅱ　行脚偶成

万灯火

まとおび《万灯火》　つい《着火》たかな
じっちゃ《爺》も　ばんば《婆》も
きて　あだ《暖》れ

春彼岸の墓所
煙たちこめ
かって　じっちゃやばんば　焼いたにおい

それぞれの石塔の前に
稲わらを組み
水木を立て　くくりつけた
わらにんぎょう
一挙に火をつけ
中天のひがんを焦がす
それを目じるしに
魂の群が　ゆらゆら
寄ってくる気配

こどしまだ
わすれもの　とりにきたのだが
このひ《火》こさ　まんず
あだ《暖》ってけろや

先祖のざわめきも
いっときのもてなし
たなびくけむりは　一条の帯となり
名残の雪に
くっきりつみかさなる　かぐろい灰

童《わらし》たちは
焼けのこりの　わら束の
首根っこを振りまわし
とおくへ　ほうりなげる
じっちゃ　ばんば　もろともに
火の玉　ながく　尾をひき

あの世さ　たどりつくべがな

小又峡

太平湖の
泥のそこふかく　むらの柩
いまも釘を打つ　幻のあかげら
沈んだ因習を写した
湖面を　まふたつに割り
月の輪熊　およぎゆくはては

小又峡の甌穴《おうけつ》は
草の精　花の精　樹の精がこりかたまり
目ん玉をくりぬき
流れのくぼみとなる　そこから
とほうもない闇をくぐり
はるか下流の穴から　ほうりだされ
河原の石たちと　日なたぼっこ

渓谷ぞいの　小径をたどると
千畳敷　ガマの渕で

生身を喰われ　あげくのはて
化けの沢で
四季の彩りに染めあげられた
もののけとなり

シラネアオイの紫を口にくわえ
イワカガミの　鈴を鳴らし
イワナとたわむれながら
三階の滝をなんなくさかのぼる

滝の上に
ぼうようと巨きな影
白雲のもすそをひき
りんねの瓶子《へいし》をかたむける

ついには　その一滴となり
永劫の旅が始まる

大太鼓

熱帯樹林の朝明けは
悲鳴のこだまから始まる
インドネシアの密林
つぎつぎと手足を
もぎとられる痛み
残る樹木のおびえは
とおくにっぽんの大太鼓の皮面に
はげしいおののきをもたらす

モンゴルの大地に遊ぶめんよう
今は流浪の貧をせおう山羊の群
地中の草の根までも食いつくす
緑ゆたかな草原は
枯れはて砂漠と化し
砂嵐が人のくらしをおしつぶす

雷鳴をもたらす太鼓

世界一の大太鼓よ
樹たちのふるえをいのちの鼓動にかえよ
草たちのかわきに梵音のスコールとなれ

いま四張りの大太鼓
それぞれにまたがる囃子方
巨大な音響がひろがりゆく
羽州街道のみならず
この宇宙の果てまで
争いのない世界の祭りの
始まりを告げよ

またぎの湯

奥阿仁の　春告鳥となり
打当川の　鰍《かじか》となり
森吉のぶなの血脈　錦となり
山神の吐く息　樹氷となり

しとめた　月の輪熊の　眼
沢水に　顔をつっこんだ　マタギの背
いれかわり　たちかわり
この世とあの世を
いったり　きたり　ときには
魂が　ともに湯あみする
生々流転《るてん》

されば　すべて
四季の授かりもの
森の　生き死にが
露天風呂から　溢れやまず

牛の樹

むかし
牛をさがして　山にむかった

いまは
牛の胎《はら》の闇に手を入れ
種つけを繰りかえして増やす

むかし
牛は草原にあそび
日や月のあゆみと共にすごした
いまは
牛舎につながれ　管理棟の
スクリーンに　すべてうつされる

むかし
乳しぼりは　両手でゆったりと
餌は干し草を　ぞんぶんに与えられた

いまは
乳しぼりも給餌も
搾乳機とベルトコンベヤーが動き
にんげんは見まもるだけだ

とはいっても
むかし　むかし
静寂と夕陽をまとって　牛飼いは
牛に　どっかとまたがり
笛を吹いて家路についた

〈二〇一一年・三月一一日〉

いまのいま
こつぜんと人影の失せた牧場
まさに三途の河のほとり
捨ておかれた牛たち
衣領樹《えりょうじゅ》*にしばられ
泳いで彼岸に渡るすべもなく

娑婆の掟か
水も草も与えられず　啼く力もなく
息をする空さえ　ひびわれ
解体され　肉や骨にもかえれず
ましてや　霊魂として存在するなど

金輪際　かなわぬ
眼に見えぬ　すさまじいくさりで
がんじがらめ
永劫につなぎとめられ
衣領樹よりさらに　因果を絶した
牛の樹とは

＊衣領樹　三途の川のほとりにあり、新亡の善悪を計量する樹

らかんさん

あのよと　このよの
さかいを
むぞうさに　おしひらき
かえってきた　けはい
（らかんさん　ひかった）

とりあえずの　ひなんじょ
しきものに　どうぐ　すこし
くわけされた　まどり
となりとの　ならくの　ふかさ
（らかんさん　すわった）

つかれはてた　かおの　うらに
それぞれ　かなしみを　ひめても
じょうだんや
うかればなし
（らかんさん　わらった）

とりかえし　つかぬが
いまだ　みつからぬ
つれあいや　こどもを　かたる
とめどない　おもいで
（らかんさん　ないた）

しみついた　せしゅうむ
さいのかわらの　がれき
つんでは　くずれ

くずれては　つみあげ
　（らかんさん　ころんだ）

しぬも　いきるも
つねならぬ
ひきとりてのない
いたい　あんちしょ
　（らかんさん　ばんにん）

ひっそりかんの　ひかるうみ
ふだらくの　かねのね　はるか
あさひを　のみ
ゆうひを　はき
　（らかんさん　あそんでる）

反魂譚

墓　標

大いなる沈黙のなかに
埋葬された遺体
三人の自衛隊員が　土をかけ
合掌して　あの世におくる
他に誰もいない

身元不明の
『四八三』と墨書した立柱
仮埋葬場に
番号だけの墓標が
三〇基ほど並ぶ　たそがれ
四月の海辺の
なまあたたかい吐息が
とめどなく満ちてくる

ときおり風にのって
よぎる　八重桜の花びら
今なおけんめいに探しつづける
遺族の　必死な望みだろうか

お詣りする人とて無い
市役所の誰かが供えたらしい花束も
雨にうたれ　枯れいそぐ

沈黙のなかに
沈黙がかさなり
日一日と重くなり
数字の墨痕も
ほとんどかすれた
魂の　表札

風　葬

無常の業風に
生を絶たれた　数多くの遺体
被災地近くの火葬場で
処理できないため
寝棺に入れ　埋めるしかない

死ねば土に還るというものの
火で焼かなければ
ホトケにならぬと
ひとはいう

土の掌のぬくもりを嫌い
白い骨になりたい
青磁の壺に入れられ
霊苑の石室にやすらぎたい
そんな願いは
巨大な海浪や業火に呑みこまれ
焦土の藻くずと化した

しかも　今なお
荒れはてた巷のどこかに
隠れつづけねばならぬ
九八〇〇余の行方不明者

声をかぎりに呼べども
応えることなく

ふだん着で　葬られた
ナマボトケとは

幽魂

誦経《じゅきょう》しながら
歩くしかない
廃墟のただなかを
うねりくねり歩くしかない
大津波に襲われた町なかを
持鈴を鳴らし
歩くしかない
網代笠の僧たち

天変地異の荒行か
疾風怒濤の洗礼か
ただおそれおののき
ひたすら三界万霊の
安穏を念ずるのみ

いまだ所在不明の死者たち
かくれ場所からの　声なき声は
と耳をそばたて

この地に果て　さまよう幽魂を
あやまたず　六道の辻々を
導きやまぬ鈴を振り

諷経《ふぎん》するしかない
行脚《あんぎゃ》しめぐるしかない

衆僧の声も枯れはて
疲労こんぱいしてすわりこむ
と地の底　海の底から
ひそやかに立ちあがってくる気配

つぎつぎと
立ちあがってくる気配

牛と虻

六月の
病み呆けた　天
パーキング・エリアにたむろする
一台の家畜輸送車

そこだけが妙にあかるく
白黒だんだら模様の牛たちが
いまわの声で　啼きかわす

　屠殺場にむかう　途上

構内は
満開のたまあじさい
ふいに　ほろほろとこぼれるように
とびだした　虻
トラックの方にひきよせられ

たゆたう　陽だまり
しばらくまわりをとびかい
つのや　かおに　じゃれついたり
しっぽとたわむれあそぶ

　牛の前生は　花盗人か

床板に　牛のよだれが垂れおち
生死のようにねばつくが
三途の川の　流れははやい

やがて　トラックがはしりだし
いくつかのトンネルをくぐりぬけ
とおくへ　消えさった

梅雨しとどの夕べ
引きかえしてきたトラックの
荷台に
牛たちは影かたちもなく
ただ天井に　数ひきの　虻

ひょいと飛びでて
あじさいのぼんぼりの
消えそうな　灯のなかに

たまゆらの　雨宿り

くされはじめた群落の　闇のおくに
虻のぬれ翅の　かすかな羽音
世界のすべての音を　すいこみ
牛に　たむけするのか

パーキング・エリア

道がある

ひっきりなしに
ゆききする　くるま
よるひるとわず

いだてんどころではない
森をきりさき　河をひととびする
はがねの　ばけもの

けものみちにそれて
しばらくは　りょうがわの
さくらやつつじが　かんげい
ほおずきややまぶどうは　天のしずく
ゆきばなが　しあげの化粧

門があり　楼閣には
十字架やまんじが　ぶきみに光る
くぐると　ひろばは　えんけいげきじょう
声だかに　バイブルと　コーラン
しのぎをけずり　たまに火柱がたつ
キョーテンは　うずたかく　つまれたまま

ともあれ　そこに入ったものが
出てきた　けはいはない
かげすらみかけない

風がつたえるには
ひろばに　やじるしがあり　そのさきに
大小の穴が　いっぱいあるという

そこに　くるまもろとも
にんげんだけでなく
いきとし　いけるもの　すべて
にこやかにほほえんで　おちてゆく
あらゆることばは　ちんもくとともに
おちてゆく

たまに　かみさまだろうか
れすとらんの　かおりと　灯のやすらぎで
穴を　おおいかくそうとする
でも　泡みたいに　すぐやぶれてきえる

そこから　わずかに
あふれるものは
鉄からにじみでて
泥から　したたる
錆のようなものだ

はては　文明のはるかな余白に
あっけらかんと
じかんをきざむ　音だけの
パーキング・エリア

光と影

山梨の初狩
瑞岳院僧堂への道
うっそうとした森の
木もれ陽　小鳥のさえずりに
迎えられる
ここは　けもの道
娑婆っ気は　みるみる落葉と化し
滝にいたる　せせらぎにうかぶ

山腹の杉林に
合掌造りの庫裏《くり》兼本堂
飛騨高山の農家を移築した
ぶえんりょな山谷風が
自在に出入りする
板の間は清浄

たそがれ
ここに電気は無い
「弁道法」の講義を聴く
講本読みは　夕陽だけがたより
時の流れが文字の影を濃くする
読めなくなると　灯燭ひきよせ
禅の風光はほどよく浮き彫りされ
おもいもよらぬ諦念をもたらす

さても　われわれは
なんと明るさをはんらんさせ
昼と夜の堰《せき》をこわし
闇に渡る橋を流してしまったことか

〈王三昧《おうざんまい》〉の扁額《へんがく》がかかる
坐禅堂の正面
黄昏《こうこん》打坐《たざ》の黒衣《こくえ》の僧たち
堂内にランプ
非思量底《ひしりょうてい》の影のゆらめき
今を息づく　なんたるよろこび
佛々祖々の命脈《めいみゃく》を吸い
一処不住《いっしょふじゅう》の古風を吐く

時いたって　開枕《かいちん》
木橋枕《もっきょうちん》に頭をのせ　面《おもて》は西に向け
右脇腹を下に　眠る
潜龍のごとく
ただ　夜の穴に　おちるのみ

ようやく　薄明《はくみょう》
雲堂の天窓にうつる崖の石組み
山川草木の源《みなもと》の目覚めか

朝の光に　刻々と移りゆく
絶妙な彩りと　影の連なり
木版《もっぱん》が鳴る

雲衲《うんのう》は
まっさらな光と影をまとい
有情《うじょう》 非情《ひじょう》もろともに
在るべき処に
滴りはじめた

カンボジア紀行

天と地の境

アンコールワット寺院の
尖塔のてっぺん
さらに　つったつ
ガジュマル*の穂先を見た

古式蒼然たるヒンドゥ教神殿の
どこをどう縫うて伸びつづけたのか
蔦《つた》の突端

千古の根を絶やさず
にんげんの石造りの　伽藍《がらん》をつらぬき
天と地の境をつらぬき
噴きあげ　ひろがる
みどりの叫び

＊ガジュマル　常緑高木、榕樹

クメールの微笑

アンコール・トムの遺跡に
観世音菩薩の　石のかんばせ
巨大な四面佛
ふかい瞑想にひたりつづける

胴体は無い
頭部に　名もしれぬ
枝葉のかんむり
えもいわれぬ風韻をまとう

かって　この国に
虐殺の大たつまき
血なまぐさい風が吹きあれたのは
まことの現象であったか

いま　永世中立の願いを
虚空にはなつ
クメール*の微笑

時を越えて
樹海から溢れでる
そこしれない　慈悲と
やすらぎ

*クメール　カンボジアの主要民族

ウドンの風

廟への石段はきつい
古都　ウドンの丘
息をはずませお詣りの観光客に
つきまとう　貧しい子どもたち
手にさまざまな　うちわ

あおぐことによって　得られる
どれほどの　今日の糧か
中に　地雷で片足をうしない
松葉杖をつきながらの少年も

道ばたの
カンボジアさくら
プロンメリアの香りをまじえ
けんめいに風をおくる
今日を生き抜くため
小さな額の汗のしたたり

―おとなは誰も　チップをあげなかった―
徒労の子どもたちは
千手観音みたいに
手を振って　見送りつづけていた

スリランカ

〝インド洋に落ちた一滴の涙〟
といわれる、島
涙はやがて、宝石と化し
優しい時間に磨かれて、光る

コロンボのホテル、客室に入ると
ベッドの枕の上に
そっと置かれた、三枚の花びら
この花弁は
もしや、地路、空路、海路の目印か

赤い花
トンネルをくぐりぬけると、草原
キャンディアン・ダンスの真最中
いのちの太鼓と笛の調べに
勇壮で、たおやかな
花や樹やにんげんの乱舞

白い花
階段をのぼりつめると、虚空
白い上衣の子どもたちと、黄衣の人
やすらぎの灯火をかかげ
象の背のブッダの歯と、無数の動物と
天をめざしての行列

青い花
島をつかむ無数の手のような、航路
北インドから渡来のシンハリ王朝
南インドから侵入のヒンズー教
イギリスの植民地と、独立

今はタミル人武装勢力も
ことごとく紅茶畑の民衆の
緑に染めあげられ

すべては
慈悲と寛容のいろどりか
夕映えの寂かななぎさに
ただよう、三枚の花びら

ニグローダの樹の下の風光
禅定の魂から、したたる
和のなみだ、一滴の
無辺のひろがり

天地交響

―ラヴェッロ国際音楽フェスティバルに寄せて―

炎える夏の
そこだけが　さわやかな緑地帯
野外音楽会ステージは
城壁を円型にくりぬいた形

うっそうたる大笠松の重なり
天蓋のごとく　客席をおおう
会場の周りを　色とりどりの
テチュニの花たち
小さく手をふり　遠来の客を迎える

ときいたって
虚空から降りきたった尺八僧
吟遊詩人風に　登場
すずやかな〈遍路〉の　鈴のねに始まり
「散華荘厳」の声明《しょうみょう》
「みだれ」の箏《そう》の調べは
日本の幽玄な　光と影をかもしだし
横笛と尺八のおりなす風韻
天上から　イタリアの小禽《ことり》が
妙なる囀りで応えるとは

小鼓や和太鼓　木魚が奏されると
近くの教会の鐘が
待ちかねたように
霊性《れいせい》交流の声を響かせた

昨日の驟雨《しゅうう》のあと
無明の緞帳《どんちょう》が巻きあげられ
慈愛の日射しが
和の奏者をつつみこむ

人間が創りだす音でなく
山河大地から湧きだす楽の
源《みなもと》から紡ぎだされた
東洋の音楽

閑散となった
国際音楽野外演奏会場
天と地が　なおも響きやまぬのか
雅《みやび》の風葉
ひそかに舞いながら
終演を彩る

雷龍の国

花

ブータンに　墓は無い

人が　死ぬと
屍《しかばね》を　野にさらして
大いなる嘴《くちばし》に　啄《ついば》ませる
鳥葬　ではない

骸《むくろ》を　母なる河の
ゆたかな流れに　添わせる
水葬　でもない

遺体を　荼毘《だび》に付し

白骨を　丹念に砕き
灰と土を　こねあわせ
小さな　佛塔型の　団子《だんご》をつくり

草の露の　滴る木陰
いまだ残雪の　崖下
岩穴の入口などに
ひっそりと　ならべる

雨や　風の　息吹《いぶき》に触れ
光と　闇に　さらされ
とほうもない　時間の舌に
なめつくされ
無に　大地に　溶けゆくのみ

　傍らに　ポンポン桜草が
　咲いていた

にんげんの　痕跡を　とどめず
ヒマラヤ山系にのみ　残る

　つつましい
　花芯　となる

歩

三月の　日射しを　はねかえす
佛塔の　五重のいらか
金龍の　鱗の　かがやき
側壁に　真言車《マニ》　多く
生涯まわしつづけるという
老女の　ほほえみ

塔のまわりの　回歩道
黙念と　真言を　念じ
小さな　マニ・ラコルを　手にして
ひたすら　まわりあるく
参拝者のむれ

早暁から　日没まで

あの世に　つづく　道を
時計の　運針となって
刻々とあゆむ

六道四生の　輪廻の　世界
生まれかわり　死にかわり
往きつく　涯もなく

ただ　夕陽を光背とした
十一面観音の
導きのままに

龍

ブータンの　山は高く
そそりたつ故に
日の出は　遅い
そして　ゆったりと
かがやきを増す

水は　神の銀嶺から
深い谷間に　すさまじく落下
大きな落差で　雷雲をおこす

この小国の　道をはしるのは
地下の火の素《もと》　油を使わず
天の雷雨により　水力を餌とする
龍の子孫

ウルタンから　ブナカまで
曲りくねった狭い峠道
夜昼なく　ゆきかう
無数の蒼い　目玉たち

ときに　崖をころげおちるのは
自我と欲望にさいなまれた
鋼《はがね》の阿修羅《あしゅら》か

和

ブータンの国王は
龍は　経験を食べ
成長すると　説く

さまざまな　誤ちを犯した世界は
ヒマラヤの山麓に
真龍のすみかを　みつけた

佛塔の内部
両側の丸柱に
六道輪廻《りんね》を　はみでた
上り龍と　下り龍

マンダラの　空《くう》を息づき
虚仮《こけ》の世間を変える
和の祈りの　風となって
八方に　とぶ

Ⅲ　家郷遊化

朝市

道ばたに　よっこらしょと
むしろをしき
天のものを　ならべる
地のものを　ならべる

そのうち
ぐったりと　居ねむり

はなの穴から
森のものの怪《け》が　出たり入ったり

なげだされた
ばばちゃの手足
山菜よりも
ふくいくと　息づいている

＊

竹かごの　枯葉まじりの　くり
ざるにもられた　平飼いの　たまご
今朝とりたての　えだまめ

秋のひざしが
やわらかになではじめると
つぎつぎと　めをさまし
くちぐちに　かたりはじめる　けはい

山や里の
ものみなにつられて
おばちゃがたも
買い手と売り手
うりかいそっちのけ
年をとるほど
よもやま話が
いよいよ旬《しゅん》のいろどり

＊

野に咲く　はなという花
季節のほほえみが
ところせましと　ならぶ

闇夜がとけ
白露が　したたる

世界中で　いちばん美しいもの
そして
もっとも清らかで　香りたかい

いつもこのまま　枯れてしまって
枯れた花を　川にながしてしまうの
おらもそのうち　流されるだけや

はな売りばさま
すすきの原をわたる

風のように　わらう

＊

森岳の　じゅんさい
潟《かた》の　しらうお
何万年も生きつづけ

太古　にんげんが
水から生じたときの　なかま
ぬめりの縁が　いまも器にもられ

ひとびとは　朝市にきて
あがないもとめては
地水火風空の　ふしぎなぬらめきを
舌にのせる

＊

地鶏の秋びなが
大丸籠に囲われ
でんとおかれた
朝市の一角

ほろびのしらべがただようなかで
つぶらな眼たちの
うまれたての　なきごえ
はなやかな　るつぼ

おなじみの
庭さき鶏飼いばっちゃが
ふくよかな魂を
神さまみたいに　選びはじめる

ふいに　一羽
あきないの手をすりぬけ
生死をかけぬけようとしたが
たちまち野良犬に　咬まれる
さいごの悲鳴
虚空をゆるがし

百千万の鳥のさえずりが
そこぬけに　ふってきた

かざはな

生みたての卵のような
元旦の陽の光を背負うて
どさりと　年賀の文《ふみ》の束
いちまい　いちまい　めくっていると
ふいに里の果実の香りと
つややかさに満ちた
賀状一葉
詩友　佐藤セイ子からだ

愛らしい童女の絵は
まさに　もぎたてのリンゴ
地ふぶきの鞭《むち》に耐えた　幹

台風の刃《やいば》をかいくぐった　枝葉《えだは》
そして　お日さまを
たっぷりのみこんだ
まんまるの笑顔

童女が　鼓《つづみ》をうつと
いっさいの花が　たちまち満開
笛を吹くと
荒野の生きもの　すべてが踊りだし
峰の松　川原の石ころまでが
うたいだす

平成十五年十月十一日
大きな瞳の詩人は
久遠《くおん》のかなたに
ひょいと　かくれんぼ

生死をつきぬけたすすき野の道を
まっすぐむこうにあゆむ
ふっくらした　うしろ姿

きっと　みちすがら
めざめたばかりの　黒百合や沈丁花《ちんちょうげ》に
はなしかけ
天真の絵を描き
わらしっこや　ゆきんこの詩など
そらに　まきちらしているだろう

けさ　はらはらはらはらとふる
かざはな
両掌《りょうて》に　受ける

永遠の夕映えを背に

——詩人、泉谷連子を見舞う——

なにか、そこしれない磁石に
引きよせられるように
秋田市、みその病院、表玄関の
ドアを押した
院内は、ひんやりとして
水族館の透明な廊下のたたずまい
シスターが、やさしくほほえみ
深海魚のようにゆきかう

そのお一人に案内され
個室の入口に立つ
「こんにちは、かめやですが」
詩人は、ひっそりと
ベッドに腰かけていた

やがて
美しい森が、ゆるりと動いて
近づいてくる

眼が見えない、耳も聞こえない
話すことも、書くことも、ほとんど出来ない
四季おりおりの
草や樹や、虫、獣、鳥、魚と

自在に語りあい、詠いつづけてきた
ひとりぼっちの詩人

おもわず私は、詩人の両手をとり
にぎりしめた
マシュマロみたいなふくよかさ
いのちといのちのかよいあい
生きて今、めぐりあい
こんこんと溢れやまぬ、宿縁のよろこび

てみやげの
さくら餅のひとつを、持たせる
両手につつみこみ
「いただきます」と頂戴し
香ばしい作りたての、阿仁の味を
童女《おさなご》みたいにほほばる

手さぐりで、お茶道具を出され
急須からそそがれた玉露の
なんというまろやかさ

りんごを取り出してきて
なれた手つきで、皮を剝く
作品（雪明かり3）の中に
「林檎の皮をむきます　最後まで切らさずにむいて
　橋の欄干から川面《かわも》まで届くと
　　願い事がかないます」
ふかく秘められた、詩人の願い事は
りんごの皮むきが途中で切れ
ついにかなわなかったのか

切角の、りんごのおもてなしをうけながら
ぽつりぽつりと、会話
「たいへいじの、ぼんしょうが、きこえてきますよ」
八十キロも遠い秋田市の、この病室まで
太平寺の鐘の音が、いんいんとひびいてくるという

そしてまた
「まいあさ、かんしゅぎょうにあるかれるのは、この
　おみあしですか」

私の足のふくらはぎに、そっと触れる
詩人はあるこうとしても、あるけない
雪道をあるきたい
新雪に足跡を、きざみつけたい
作品（雪明かり2）にいう
「足跡をつけながら、足跡を消されながら　私もまた、他の足跡を消しながら歩いて行く」
あるくことこそ、生きている証しなのに

おいとまを告げると
別れを惜しみながら
病室の入口に出て、見送って下さる
私が一期一会《いちごいちえ》の扉にかくれてからも
見えないままに、ほほえみをたたえ
立ちつくす
さくらの樹
永遠の夕映えを背に
ながい影をひいて

―備考―
作品「雪明かり」は、泉谷連子遺稿詩集『ピアニッシモの春』に所載

鶏・五題

雛

古代蝦夷《えみし》の雪にまみれた
米代《よねしろ》の河畔
はるか北米の潮風に送られてきて
刻を告げる　おんどり
むかし　比内達子森《たつこのもり》のふもとで
虫を食《は》む　めんどり

このちちははの原種の
れんめんたる愛の営み
春びながつぎつぎと躍り出た

奥羽山系

大野台からの湧き水
わらともみがら
平飼《ひらが》いの土間
陽の光がこぼれ
ここかしこの　くぼみ
野性を冷やしたり
魂の安らぎを得る穴ぼこか

小さいふくよかな　身を保つ
二本の脚は　さらに
突如として襲撃する獣の牙から
逃げまわらねばならず
止まり木の夜と　祈りの時を
必死に摑む　幼い爪

にんげんの偽りの育てに甘んじながら
つぶらないのちは　なおも夢みる
天地の際《きわ》の
暁にはばたく日を
未知をつきさす

鶏声のひろがりを

囲

みちのくは　五月
さめやらぬ未明を
切り裂くような
鶏たちの叫喚

寺の下の田んぼの一角
けだるい金網に囲われた　一群
まわりにひしめきあう
精霊のまなざしを感じたのやら
あるいは
狐やむじなが　侵略の穴を掘る
ひそかな音を聴きつけたのか

囲《かこ》いのうちと　そとは
内海と外海

兇の津波には　ひとたまりもない
やがて
数羽の無残な死をおきざりに
大混乱の潮はひいた

だが　青みどろの底で
鶏たちは　あいかわらず
囲われている安らぎに
どっぷり　浸る
この秋　にんげんに喰われるため
森吉の山水をすすり
阿仁の里をついばむ

嘴《くちばし》

暁とともに
給餌器にむらがり　食う
餌のみでなく
草や虫や土砂
神々すらも

くちばしは　今なおはがね色に　尖《とが》る
太古からの　脚の鋭い爪とともに
生き残りをかけた武器のなごり

雨もよいの日
思想の変わりを確かめようと
なかまの尻穴をつっつく
血が流れると
とつぜん　寄ってたかって
執拗に追いかけまわす
赤い利権のうまみを知り
聖戦の血をこのむのか

ついに　よりによって
鶏たちの帝《みかど》がやられた
内臓の領地がひきずりだされ
修羅の地図が書きかえられる

垂れさがる　黄砂ぶくみの梅雨空
なにごともなかったように
餌をついばむ大雛たち
そこだけが
妙にあかるい　新緑の
昼下がり

冠《かんむり》

ひよこは　生まれると
選別される
メスとオスに
オスは　なんのためらいもなく
戦車のいけにえだ

たまに　奇跡的に生き残った
見事な冠《かんむり》のおんどりが
大きくはばたき　暁の刻を告げる

めんどりたちは
ひさしぶり　愛の言の葉まきちらし
先を争い　すり寄ってゆく

それもつかのま
聖者のふりした男が　ぼそり
「おまえの理想は固くて食えない　餌代にもならぬ」
炎のとさかの長い頸を
一気にねじりあげ
現代の木に
吊す

おんどりの世紀は
ひとひねりで
おわった

翼

おおむかし
鶏は　夜になると
樹の上でねむった
はばたいて飛ぶ　つばさがあったから

いまや　鼠や蛇がしのびこんで
卵を盗むのを　追いかけたり
罠《わな》にかからず　滑走するのが
せいいっぱいだ

羽根は　飾りものではない

文明に囲われ
脂身《あぶらみ》の少ない肉にされず
雛《ひよこ》を横どりされないよう
鋭い眼と嘴と翼を　復活したまえ

鳥族のほこりを　神託によらず
大樹に巣づくりして
ヒマラヤの鶴のように
天空を翔《か》けよ

あかんぼう

ヒトは　なぜ　こきゅうするのだろう

ゆきの　やまや　さとの
すべてのものが　いきづき
すういき　ダイヤモンド・ダスト
はくいき　樹氷となり
天地の　あ・うん　そのままに

あかんぼうが
はじめて
くちをひらいた

＊

ヒトは　なぜ　たつのだろう

いちめんの　ささだけに
三界のゆき　ふりつみ
はいつくばって
おもさに　たえる

しばれる　あさ
やわらかな　ひがさしてきて
せなかにつもった　しろい業が
きらめきながら
つるりと　すべりおち

あかんぼうが
はじめて
すっくと　たった

＊

ヒトは　なぜ　あるくのだろう

ゆきのはらに
あしあとは　ない

みねみねの　すそのとか
ぬまのみずもを　さかなでして
ふいてくる
じふぶきの
千の手にあとおしされ
あかんぼうが
はじめて
ゆらり　あるきだした

＊

ヒトは　なぜ　わらうのだろう

かぎりなく　ふる　ぼたんゆきの
ひとつひとつに
やさしい　めんだま

あちこち　むいたり
おどけながら　おりてくる

あかんぼうが
りょうてを　ひろげ
けたたましく　わらった

*

ほかにも　かぞえきれない
だれしもの　おもちゃばこを
ひっくりかえすような
ふしぎな　ゆきあかりに
もようされて

あだこ《子守》　うだ《唄》

ちっちゃ《小》なて《手》っこ　ひらひらと
まるでさがな《魚》の　むなびれだ
よっつ《四》のおお《大》うみ《海》　とお《遠》がった
あに《阿仁》がわ《川》のみず　さがしあで
じゃんご《田舎》のてら《寺》さ　ついだがや

ふっくらあし《足》こ　なでたれば
ふくじゅそ《福寿草》のくぎ《茎》　みだいによ
つもったゆき《雪》こ　おしのけて
しがま《氷柱》のかぎね《垣根》　かきわけて
このよ《世》さひょいと　でてきたが

おら《私》をみつめる　まなぐ《眼》こは
あに《阿仁》のやまおく　しぎあな《坑内》の
ふかいやみから　ひきだされ
おてんとさまが　わらってら
どでんびっくり　したんだべ

はなしかけると　うんにゃむにゃ
じじかる《からかう》たんび　うんごむご

ことばこでない　ことばこだ
せんねんすぎ《千年杉》の　はなしこだ
くも《雲》こみず《水》この　こえだべが

おめ《前》のてのゆび　めんこいな
だどもつめ《爪》こは　すぐのびる
えぐ《悪》ねもの《人》だば　ひっかけや
ええ《善》ひと《人》なれば　つめかくし
もも《桃》このてこで　なでてやれ

ちちこのみたい　おしっこだ
ないたらちょす《あやす》と　すぐわらう
ひとのくち《口》こは　ふたつある
たべるいりぐち　でるでぐち
うえのくちこで　ふくわらい

ゆきこのあとは　さくらこだ
のろずけ《ふくろう》ほうせ　くるからに
じっちゃ《爺》ばっちゃ《婆》も　ねんねこや
ねんねんころり　ねんころり
めんこのじょっこ　たからまご

あだこ　うだ

—つづき—

ねんねこや　ねんころり
めんこのじょっこ　ねんころり
なず《夏》のひるまは　あせ《汗》かいで
ふいになきだす　なんでだべ

ねんねこや　ねんころり
めんこのじょっこ　ねんころり
からすこっそり　やってきて
ゆめをつっつく　えぐ《悪》ねもの《者》

ねんねこや　ねんころり
めんこのじょっこ　ねんころり
ゆめばっかりか　ねむりまで

からすかあかあ　く《食》てしまた
ねんねこや　ねんころり
めんこのじょっこ　ねんころり
じっちゃ《爺》ごしゃいで《怒》　みせしめに
からすただいで《叩》　ぶらりんこ

ねんねこや　ねんころり
めんこのじょっこ　ねんころり
ばっぱ《婆》まめまきゃ　はと《鳩》ほじく
あみこでかこみ　ひとあんしん

ねんねこや　ねんころり
めんこのじょっこ　ねんころり
みのればだ《誰》ども　えぐ《好》なって
ぽっぽ《鳩》といまは　あっぺろばぁ

ねんねこや　ねんころり
めんこのじょっこ　ねんころり
きみっこ《黍》おがり《成長》　ひげのばす

やまのたぬぎこ《狸》　こっちょりと《忍》
ねんねこや　ねんころり
めんこのじょっこ　ねんころり
せっかくうめぐ《旨》　なったのに
たぬぎにみんな　くわれたど

ねんねこや　ねんころり
めんこのじょっこ　ねんころり
くったたぬぎこ　とらばさみ
ごつんがちんは　むぐつけね《気の毒》

ねんねこや　ねんころり
めんこのじょっこ　ねんころり
やまにくうもの　ねぐ《無》なって
はらへらがして　きただろに

ねんねこや　ねんころり
めんこのじょっこ　ねんころり
いずれあのよさ　いったれば

みんなほじねぐ《無心》　あそぶべし
ねんねこや　ねんころり
めんこのじょっこ　ねんころり
ゆめこさめれば　ありがてな
かあちゃんだっこ　おっぱいじゃ

にぎりだまっこ

おらの家《え》のめんちょこ　真生《まお》
三つになる　愛《め》らしっ子

にぎり飯《だま》っこ
なんぼ好きだべが
できたて　ほやほやのまんま
三角の　オニギリパックンにつめ
かしゃかしゃふると
ほら　できた

海のいわばに　ゆらゆら
にんぎょの髪こみだいな
青のりで　くるみ
ほら　たべてけれ　て
みんなにくばる　こましゃくれ

まおのだまっこ　うめごどなんし
ほめると　気恥《しょし》がて　とびはねた
とびはねすぎだか　だまっこを
ほほばる手こから
こぼしたじゃ

ひょいとひろって　口にいれ
祖父《じいじ》もひろって　口にいれ
ひとつぶだって　もったいねえ
ひとつぶ　せんつぶ　なるほどに

こめこに　めだまこ　ひかってる
まんまは　みんな　わらってる

せんつぶ　まんつぶ　にぎられだ
だまこ　なんぼでも　たべられる
たべて　ますます　丈夫《きつく》なれ
なまはげみだえに　つよくなれ

阿仁のさとやま　雪まんまん
まんまも　ゆきこも　まっしろで
だまこ　じっぱり　こしゃでけれ

春のかみさま　もりよしの
やまのかげまで　来てるべしゃ
おそないだまこ　つくらねば
はやく来るよに　つくるべし
沢山《じっぱり》つくって　もでなしだ

ひがんばな

うしろすがたが　さびしい
らかんさんが
ならんだ

びょういんの　まちあいしつ
いすといすの　あいだは
そこしれない　たにま
たにまに　さく　ひがんばな

かぜにふかれて　ゆれる
らかんさんも　ゆれる

らかんさんは
みんな　たびびと
びょういんに　きたとおもったら
また　あれのへ　でてゆく

たまに　ひかりがさしこんできて
ひとりの　かげをつくる
かげは　ひかりにもよおされ

とびらを　あけ
いくつも　とびらをあけ
はすのへやに
らかんさん　ころんだ

あかく　もえつき
ひがんばなになった

かぎりなく
ひが　くれて
よが　あけて

びょういんから
しゃばへ　かえるひ
らかんさん　わらった

あのよの　かぜ
このよの　かぜに
ひめいをあげて　まわる
まっかな
かざぐるま

からだせんさあ

くるまさ　ばり　のった
ばち　あだったど　としとって
あしこし　いでくなって　（痛く）
たちすわり　ほじねくなってしゃ　（不如意）
なんとか　このいだみこ　とれで
えぐ　なりたい　（好く）
その　いっしんで
こんだの　からだせんさあさ　（根田の伽羅陀仙様）
いだい　あしこし　ひきずり
からだせんさあさ　たもじがる　おもいで　（すがる）
やまみぢ　ゆけば　つりがねそう

かねこ　ならして　むかえでしゃ
やっとこさ　たどりついだ
ふるびだ　おどこの　（お堂）
とびらこ　あけだきゃ　きのこっぱの　（木の木っ端）
てがたこ　なんと　えっぺえ　あるごと　（手形）（いっぱい）

そのながの　てごろなやつで
おらの　あしこし
いでどこ　なでだきゃ　（痛い所）
いだいの　いだいの　とんでしまったや

きの　てがたがら　なんとたまげた
べろが　えっぺえ　でてきて　（舌）
いでどご　みんな　なめてしまったど
おかげで　あしこし　しゃきっとのびでしゃ
なでなでして　なおったならば
あらだな　てがだ　こしゃできて　（新しい）（作る）
からだせんさあさ　おがえしだどよ
なむ　とうだいと　おがむんじゃ　（南無・当体―ありのままの本性）

としとれば　いでどこだらけ
からだせんさあ　まんきんたん　（万金丹、よく効く薬）
きの　てがたこ　つぎつぎと
おどこのながさ　やまどなる　（御堂）（内）

つまれだ　いだみ　まつりこで　（痛み）
おたきあげだて　もやしたど　（お焚き上げ）
もやした　いだみ　はいとなり
はいこ　まっしろ　はなどなり
はなこ　あきには　あがい　みこ
やまいっぱいの　なながまど

牛馬の花

かつて　上杉《かみすぎ》の
八幡神社の裏手に
馬捨場《うますてば》があった

いつも　うすぐらくけむり
伐根《ばっこん》が立ちあがりそうな
沈黙の台地

労役に使えきれなくなった馬は
ここに曳かれてきて
にんげんは　鉞《まさかり》で
脳天を一撃
馬は切り倒された樹のよう地に這い
いなきもせず

直ちに首が切りおとされ
胴体は湯気のたちのぼる

肉のこまぎれとなる
村落の家々にくばられ
戦時中　鬼畜米英をほうむる
八紘一宇《はっこういちう》の祝膳に供された

いつころか
村民は総出で　神明社の境内に
神駒《かみこま》の廟《びょう》を建てた
待ちかねたように　駄馬の
魂たちが蹄の音たててあつまり
白馬の魂魄《こんぱく》となった

屠殺《とさつ》の度に
白馬はおおつぶの涙を流す
涙は点々と台地を流れゆき
草原をいろどる
薄桃色の躑躅《つつじ》花となった

初夏の　とおい宮崎の郷《さと》で
なんと二十九万頭の牛が

にんげんの都合で殺された
えんえんと壕《ごう》が掘られ
解体もされず　つぎつぎと埋められた

無言の白装束が
光をはじく純白の消石灰で
牛の魂を封印した
一束の　百合の花を添えはしたが

掩土《えんど》され　屠殺され
いかなる時季にも
牛馬の花は咲かない
にんげんによって
牛馬の種子は
石ころにもならなかった

鉦

　　かああん
　　かああん

間遠に
葬列の鉦が　鳴る

梵界をじゅうぶん共鳴させ
あらゆる関係をむぞうさにほぐし
ものたちをねむらせ
たえずめざめさせながら

　　かああん
　　かああん

あなたの暖皮肉が
ひょいと　永遠にかくれんぼして
ときおり　ひとびとの記憶の裏側で
ちいさな笛を吹きはじめる

それらはすべて流転する　むなしい
ものでしかないのに

鉦の音は
ものの本源に　つぎつぎとぶつかる

そのしろい抱は
音符のうえをながれ
旋律のはてにきらめき

　かああん
　かああん

みるみる五十億年前の星座にしたたり
やがて地球がもえおちる時をふきしぶき
無辺際に　ふるえる
鉦のひびき
ひびきやまぬ　ひびき
鉦を敲き
葬列はすすむ

つつじがさかりの大野台を
ひたひたと満ちてくる
落日にてりはえ

　かああん
　かああん

光の輪

暁の梵鐘
阿仁盆地にひびきわたり
田んぼの白鳥の群れが
噴水のように競いながら
啼きかわす

いまだほのかな
雪見灯籠に照らされた
如意輪観世音菩薩の

ほほづえの指先から
まろびでる
無数の光の波紋

赤んぼうがわらい
羅漢さまがおどりだし
兵士たちがあくびする

地球の闇を消しながら
あっけらかんと
かぎりなく清めゆく
光の法輪
暁の鐘声に和して

水琴窟

心字池で　白い腹をさらし
生を吐ききった　がまがえる

かけいの水で
死なねばならぬ　口をゆすぐ
どれほどのちがいがあろうか

世俗にまみれた　手を清め
柴折戸の　境を越え
飛び石を　丹念につたって
因業をすこしでも　捨てたい

待合にどっかと　腰をおろす
眼前にひろがる　枯山水の妙
露草の　花から花へ飛ぶ
自在な蝶に見とれる
それでも　無為でありたいと
水琴窟にたどりつく

苔むした巌石を伝い
竹の樋から滴り
地中に伏した甕の
内部に反響し

妙音を発しやまぬ
清冽の水

それは
大自然の移り変りを
尽妙に伝えやまぬ
音曲だけであろうか

心耳を澄ますと
地球の向こう側で
殺しあいの末　残された家族の
涙のしたたる　音

大津波にさらわれた
行方不明者の
見はてぬ夢の
こぼれおちる　音

はては
己れ自身の
わずかに残された絵巻を
めくる　音

水のしたたりに秘められた
なんとかぎりない
無残な証言か

むしおくり

秋の日の
光のしずく　ひろいながら
秋のてっぺんへ
坂道をたどる
阿仁の山は
うめもどき　まっさかり
この世と　あの世を　ちりばめる
朱い実たちの　ものしゃべり

庵の前に　むしろを敷き
老いも若きも子どもも
たむろする
輪になって
百萬遍　数珠まわし

「ことしの稲作　上々だども
かめむしが　むしょうに出てな
いたずらするでば
のうやくかけず　追いださねば
それこそ　むしおくりのでばんだべ」

―なんまいだぶつ　なんまいだぁ
　なんまいだぶつ　なんまいだぁ―

十人ずつが　輪になって
千八十個の数珠玉を
ひとりからみんなへ
みんなからひとりへ
てわたされ　たぐられて

ひとまわりするごと
鉦たたき
百萬遍のなんまいだぁ

「かめむし　えねぐなるように
　ほうねんまんさく　なるように」

水まんだら

晩秋のよわい日ざしに
とけてしまいそうな　肉身
むかしながら
行乞の　あじろ笠の僧形
手甲《てっこう》きゃはんの鈴　りんりん
世音をふるわせながら
街道をゆく
ときたま　走るかんおけと　出あうも

無の法衣は　いちじんの
風となって　はためく

＊

このむらに
百三歳の媼《おうな》がいた

かみすぎの水こ
朝まど　晩げと　飲んだらな
八幡社《やしろ》の大きた杉こ　みだえに
長生ぎしてしまったんじゃ

だが　臨終の朝
顔の白布をめくったら
顔のいろつや　お月さま
しわひとつない　水かがみ

死んでも　しなねえ人だな
いまもほれ

門口に出て　掌《て》こあわせて
おがんでらでねが

＊

上杉半左衛門の
砦《とりで》あとの坂の途中
ちっぽけな祠《ほこら》の下
こんこんと湧く
浄眼清水という

佐竹大和公　浄眼翁が
鷹狩りの帰り
この清水を酌まれた
甘露　甘露と
かさねての所望

獲物《えもの》を捕られた鷹この
鋭《きつ》い眼《まなぐ》から
なみだこ　無限《ほじけなく》こぼれおちだど

その味でねがや

背をまるめて　水を汲む翁に
声をかけたら　ふりむいた
なんと　弓矢にあけくれた
白坂遺跡の
岩偶の　かんばせ

いまも　むがしも
殺生の　喉《のど》ちんこ
うるおしてらべがな

＊

いっぽん柳のだらだら坂
きわまった処に
脳みそいろした　水の流れぐち
ここで
戦国時代のさむらいどもが
敵がた武将の首　あらったという

これまで　ひとは
あらそって
なんぼ　あかい血こ　ながしたべが
ならべた生首　かずしれず
ゆすいだ　水この　きれいだごど

行乞も
鈴のねと　経のこえだけとなり
道がおわり　枯野にたどりつく
どうしようもない
枯野の　小さな　いおり
悲母観音のかたむけた　水瓶《すいびょう》の
さいごの
一滴

どぶろく

すべての樹の　紅葉もつかのま
黄金《こがね》のいちょう　一挙に紙銭《かみぜに》のしとね
北風が修羅をともない　みぞれとなる
かくてみちのくは　観音の白衣ひろがり
見はるかす　清浄のまんだら

《どぶろくの　きせつが　やってきた》

弥生《やよい》の時代から　野のひとは
どぶろくづくりに　精を出す
大地の授かりもの　稲づくりを終え
くだけ米　ざっこくを　もったいないと
桶の中に仕込む　寒中のもろみ
豊潤な恵みは　今もかわらず

そのむかし
小学生の悪がきども　雪原にあそぶ
ふいに足をとられたは　肥《こえ》だめならぬ
どぶろくのかくし場所
えもいわれぬ　かおりとあまみ
あらそって飲むことしばし
ぐでんぐでんによっぱらい
雪上に大の字となる
ところは　八幡さまのおひざもと
「あのときのおみき　うまかったなや」

どぶろくの　上《うわ》ずみは
天と地の　無のしたたり
かがみのよう　日月をうつし
万物と縁をむすぶ

どぶろくの　にごりは
にんげんのまよい
まよいが　ふつふつと熟成し
和らぎの味をもたらす

どぶろくは　天地人のたまもの

こころゆくまで　賞《め》でるとしよう
北の郷《さと》に
生を継ぐものとして

天に駒跳ね　地に人の唄

満月の岸辺
まずは　駒踏み
あい対する八騎
鞍の厚総《あつぶさ》をゆさぶり
月光を砕く　馬首の金環

出陣のたかぶり
蹄を鳴らし　いななきは
太古の森からの
妖しい呼びかけのゆえか
雪の原を駆けぬいた
野性のあばれ馬のよみがえりか

しだいに高まる
笛と太鼓の調べ
いざ　合戦
まつりの幕が　切っておとされ

背旗をはためかせ
飛び　跳ね　入りみだれ
陣形の変わり　めまぐるしく
自在におどりくるう
戦国時代の　落とし子

駒はもはや　人をのみ
人もいつか　駒の性《しょう》
天馬の子孫か　宙を翔け
荒野をせましと　馳せめぐる

やがて
陣太鼓が　ようやくしずまり
ふたたび　地より虫の声

若駒連は　ゆったりと
柄杓のどぶろくを呑みほす

暗闇から
ひとりの媼《おうな》　ぬっとあらわれ
手綱を持ち　魂をしぼり出す
馬子唄　ひとふし
あいの手に　駒のはないき
ひときわあらく

風が出てきた

みな　おしだまったまま
家路をいそぐ

村落のかじろい眠りの中を
肩取威《かたとりおどし》の　小さな鈴の音を
月影のように
こぼしながら

あとがき

ありがたいことに、第五詩集を刊行する。作品のほとんどは、詩誌「密造者」に発表したものが多い。私の場合、初心と中年の時をのぞき所属詩誌は「密造者」しかない。よくも悪くも、ここで鍛えられた。

日本列島のはじっこのアン・コタンに生まれ、ここで詩に出あい、ここを終焉の地として書いた。これ以上のしあわせは無い。

内容は、三つの章に分類した。

第一章は〈詩禅一如〉—詩と禅を、並立的に観るのが普通だが、高橋新吉（著名な禅の詩人）ともまた異なった現代的手法をさぐった。ほんものの、しかも至純の詩は、禅の悟境そのものであるとした立場で、独自な詩趣を試みた。

第二章は〈行脚偶成〉—さいわいにも国内はもちろん、地球上のさまざまな国を見聞できた。そのおりおりの心象風景である。単なる旅の所感ではないつもりだ。

第三章は〈家郷遊化〉—気がついたら、随分あきた弁の詩が多い。自らの生まれ育った風土と、寺院の閑居の立場、つまり自己の脚根地《きゃっこんち》を素材にすると、不思議に泉の如くコトバが溢れだす。なんの気兼ねなしに遊びたわむれるよろこびでもある。

以上は、北東北のこの地に、偏在した所産である。この度も前詩集の後、書かれた詩を、選ぶことなくほとんど収録した。出来、不出来は関係ない。なお読むにたえない詩集かもしれないが、おりふしにご一読たまわれば幸いである。

おわりに、出版にあたって、横山仁氏、装丁の小松春美さん、ともに同じあきた人の知友である。とても品格ただよう本にしていただいた。こころからお礼を申しあげたい。

平成二十七年　師父、鶴壽和尚祥月忌、default照庵にて

亀谷　健樹

第一エッセイ集　ひとひらの禅

（二〇〇一年）

《序に代えて》いのちの脈動

どうも、だんだん人間が軽くなってゆくようだ。
今、最も大事な事が、忘れられていないだろうか。
つまり、どうして生きなければならないか。
物を食い、眠り、仕事をする。畢竟《ひっきょう》、何のためか。
「ひとひらの禅」を有志におくる。
共に一刻なりとも、真の自己について、生き方について
思念しよう。せめて、そのきっかけともなれば幸いである。
丹田《たんでん》に精気を集中できる人間が、品不足というより、稀少《きしょう》である事を嘆《なげ》く。
十二月一日より八日までの早朝、臘八接心《ろうはっせっしん》に入る。
釈尊の成道《じょうどう》に因《ちな》んでの独坐だ。
外《おもて》は寂《じゃく》として雪あかり、みちのくはありがたい。
にんげんの血は、なんとあたたかいことか。
全身心《ぜんしんじん》を、いのちの脈動にゆだねる。三昧《ざんまい》に入る。
「本家郷《ほんかきょう》に帰れ」と、先哲《せんてつ》はさとす。

I　而今《にこん》を生きる

草を取る

道元禅師の著、『正法眼蔵《しょうぼうげんぞう》』現成公案《げんじょうこうあん》の巻に
「華《はな》は愛惜《あいしゃく》にちり、草は棄嫌《きけん》におふるのみなり」のことばがある。
この頃、庭の草取り作務をしていると、本当に、同じ植物でありながら、
どうして花を愛し、散るを惜しみ、
雑草は邪魔なものとして嫌うのだろうか、とふっと考えこむ。
とにかく、近頃〝清濁《せいだく》あわせ呑む〟底《てい》の度量の大きな、茫洋《ぼうよう》たる人物が稀少になった。
生活空間に、時間的にゆとりがなく、目先の利に迷い、
損したとか、儲《もう》けたとか、本物とか偽物とか、あいつは悪者で嫌い、
こいつは善人で好き、と簡単に善玉、悪玉に分けてしまう。
だが、「好き嫌いの多い人は、自分から世の中を狭く暮らすことになる」
といわれる。これも生半可《なまはんか》な解決は、迷いが増大するばかりだ。
そこで、この分別心と徹底して対決してみる。
すると、好きとか嫌いとかにこだわっている世界が見えてくる。
思いっきりぶち破ってしまう。すると、ただ無心に草を取る、
ごく当たり前の日常が再発見されておもしろい。

こころとは

ゆりかごを　動かす手が　世界を動かす。
動物的に母になる（子を生む）ことは簡単だが、
真実の母であろうとするのは難しい。本当に世の中で
なによりも難しい創作は、子供を育てることかもしれない。
トルストイも言う。
〈どんなに機械文明が発達しても、母に優る機械はできないだろう〉
つまり、機械文明では〝人間を創る〟ことはできない、というのだ。
よく言われるように、現代人の心の空虚さは、
社会の仕組みが機械化、部品化されて、
なんでも合理化一辺倒になってしまったからではないか。
いろんな悲劇は、たとえば頭ばかり使いすぎて、手足を動かすのを
怠《おこた》った為に、神経が駄目になったり、次から次と物が欲しくなって、
結局金銭に振りまわされて一生を終わったり……。
みんな、心の存在を忘れてしまったからだ。
だがこの「心」という奴も、ここに出してみろ―といわれたら、
さて、あなたはどうするか。

ゆとり

「ゆとり」のある生活、という。
物に不自由しない生活から得られるもの、と考えられている。
とんでもない。人間の物質的欲望は無限である。
物は、あればあるほど欲しくなるものだ。
「ゆとり」は、心の捉《とら》え方によって自然に生まれる。
—茶の湯がおわって客が帰る。一期一会《いちごいちえ》かもしれぬ。門送する。
席に帰ってきて静かに一服たててふくむ。みじろぎもせぬ孤影《こえい》—
深い雪の底を、かすかに水が流れる。すきまが少しずつ広げられてゆく。
雪野の凍りはきびしいが、水はぬるく、無心に流れる。
「ゆとり」とは、そんなものだ。
ともすれば、様々《さまざま》な現象に振りまわされがちな昨今である。
肚《はら》が出来てないと右往左往する。肚は、頭で考えたり、
人に教えられて得られるものではない。
行《ぎょう》の人になりきることだ。
自ら求めて、真の自己を再発見することだ。
「ゆとり」は、そこから泉のように湧いてくる。

洗心

私たちは静寂を失ってしまった。国道、県道すじにある家など、幼少から静けさなど経験せずに育つ。都市生活者は田舎に帰郷してくると、静寂が怖いという。聴覚が騒音のためにマヒし、ついには頭脳の中枢部まで犯されてしまったのか。

現代っ子はテレビを観ながら、ラジオを聴きながらでなければ勉強できないという。静寂の中で、じっと思索をし、思念を凝《こ》らすこともなく成長する。だから、常にせかせかして、自分のことしか考えられない、哀れな大人になる。

今の世の中には、人間の健全な成長をさまたげる音が、むやみやたらに多い。そんな音の乱入に対して
あまり神経質になる必要もないが、たまに自然の、たとえば朝の小鳥のさえずり、夜の蛙の声の真っただ中に、わが五感をどっぷりと浸す。そんな素朴な洗心の一刻が、私たちにとってどんなに大切なことか。

まさに「洗心」を行じて、静寂をとりもどそう。感性が自然の波動に応え得るように。

観世音

毎日あくせく動きまわっていると、ふいに、とてつもない虚《むな》しさに
おそわれる時がある。年を取るに従って、この亀裂の深さが
見えてくるのだ。猛烈に忙しい人とか、真剣に生きる人ほど、
独りになると、いいようのない焦燥感《しょうそうかん》にかられる。
こんな毎日でいいのか。酒色に溺れ老化してゆく。いずれは死に果てる。
坐禅の時、眼をつぶらず三尺前に視線をおとす。
見るのでも眺めるのでもない。にんげん末期《まつご》の〝眼を落とす〟ように。
三世《さんぜ》の諸相は次々と過ぎゆくのみ。空々漠々《くうくうばくばく》を観る心眼《しんがん》がそこにある。
現代人に、こんな眼を持つ人は滅多にいない。目先のことばかり見て、
一喜一憂する。くだらないことに思い悩む。
現世《げんせ》だけでなく、過去世《かこせ》とか、未来世《みらいせ》とかを通観する、
大きなものの見方のできる人。いや、そんな心を
持とうと努める人が、ほとんど居なくなったのを悲しむ。
鶏小屋の、ひよこが百羽、水を飲み餌をついばむ。
つぶらな瞳は、まさに「観世音」である。
生命がそのままふくらみ、光を放つ。

粗末にする人

食堂に入る。好きなのを注文する。こしらえたてのほやほやが、
テーブルに並べられている。だが少し食べて、もういやだという。
口に合わないという。…こんな親子の食事風景を眼にした。
ふと注意してみると、各テーブルの食器には、意外に余り物が
残されている。それも若い人たちの立った後に多い。
昔は、「食べ物を粗末にするとバチが当たる」といわれた。
それは今でも通用するだろう。食べ物はみなそれぞれ生きている。
生きて人間の口より入り、血となり肉となり得ようと
〝身を捨てて浮かぶ瀬のある〟捨身懸命《しゃしんけんめい》の姿。
そして、人間の生きる活力の源泉となるのだ。
また、この食膳に上るまで、いかに多くの人々の
手数を経てきたことか。その恩恵の深さを想う。
食べ物に限らない。物を粗末にする人は、人間も粗末にする。
親も家族も、祖先はもちろん、他人をも粗末にする。
私がもしそうであれば、死後供養は、当然粗末にされるだろうし、
悲しいことになるので、生き方を大事にしなければ、とおもう。

本来の耳

人類は、文明が進むにつれて、耳の能力がしだいに低下してきたといわれる。アフリカの原始生活を送っている人たちと、現代人のわれわれの聴力とは、大変な差があるらしい。特に、四六時中、騒音地帯に住んでいる人たちの、聴力の衰えは大きい。それは単に耳だけに終わらない。精神集中力に欠けるとか、物事に飽きやすいなどの、さまざまな心の歪《ゆが》みをもたらしている。

都会の人たちは田舎を訪れると、

「あまりにも静かで、夜など恐ろしくて眠れない」という。

それで、早々に、都会の騒音の渦の中に舞いもどり、やっと居心地がよくなるという。

夜の静寂の中で、坐禅をすると、自分でも驚くほど聴覚が鋭くなる。小さな音ばかりでなく、ふだん聞きもらしている自然の、ひそやかな息づかいや、草木のそよぎ、風や雨のうた、生物の鳴き声などが、とてもなまなましく聞こえてくる。

ふだん、機械音に痛みつけられている本来の耳が、生きかえるのだ。そして、ざわついた心が、しだいに静寂を取り戻す。

五感の車からおりて

教育テレビ「宗教の時間」で〝般若心経とわたし〟の放映があった。瀬戸内寂聴尼と横尾忠則氏と某大学教授の鼎談《ていだん》で、良い話がずいぶんされていた。今朝の新聞のコラム〝ビデオテープ〟にも、その一部が紹介されていたが、さらに転載して、われわれの日常生活の見直しをはかる一助としたい。

横尾氏は、次のように語っていた。

「ある老師から、坐禅する時は、ただ黙って坐れ、悟りたいという気持さえ捨てなさい、といわれた。目的とか計算、そういうものを捨てる。そういうものが、如何に自分を、自由から束縛しているものかっていうことをいわれた……」。

私たちは、確かに現代病にかかっている。始終なにかに振りまわされている。それは時間であり、スピードであり、物量である。しかも、自分の心は、勝手にあちこち飛び歩き、その先々から苦しみを運んできて悩みが増える。だから、
心の運転をやめて無に帰り、五感の車からおりて深呼吸する。それが坐禅だ。すると、真実が心の鏡にすっきりと映しだされよう。

大愚の人

「間抜け」とか「間合い」とかいう。人間的に、
間（ま）を感じさせる人は少なくなった。みんな忙しく、
せかせかして、頭がよいとか、やり手とか、口達者な人が
もてはやされる。どうも近頃、小物ばかりになってしまった。
間というのは黙《もく》である。寂《じゃく》、空白、ゆとりといってもよい。
言葉に表せない玄《げん》の妙だ。絵、音楽、文学でも間《ま》は実に重要だ。
しかし、それをたとえば、単に無言などと思ってはならぬ。
生の断崖から、死の淵《ふち》をのぞく、怖ろしい体験に根ざす。
大愚《たいぐ》とか大黙《だいもく》とかいわれる。底知れない風格を感じさせる人だ。
行住坐臥《ぎょうじゅうざが》の一挙手一投足《いっきょしゅいっとうそく》において、にじみ出てくるもの。
対する人を、温かく包んでやまぬもの。
しかも誰もが、大愚者の価値をわかるものではない。
精神的な年輪を広げ、境涯を深めて行く決意を持ち、
しかも心の錬磨を、たゆみなく行ずる人しか理解できぬ。
大器量人《だいきりょうじん》。〈雪に会うては雪、土に会うては土〉。
常に己《おの》れを最高に生かす人だ。

盗人の仏心

どうもこの頃、上京の機会が多い。往《ゆ》く度《たび》ごとに何か面白いことがある。この度も生まれて初めて、お金をちょいと失敬された。上京の時、私はたいてい夜行列車の座席でうたた寝する。その時も、窓の横にあるフック（物掛け）に上衣を掛け、太平楽を決めこんで横臥《おうが》していた。乗客は五人くらいしか乗っていなかった。翌朝、車内販売のワゴン車が来たので、軽い朝食をしようと上衣のサイフを出してみたら、一万円しか入ってない。「あッやられた！」と思った。

約一週間ほどの滞在で、帰りの汽車賃も含め四万円位入れておったのに…である。いささか呆然自失《ぼうぜんじしつ》であったが、苦いコーヒーをすすっていると、良寛さんの〝盗人《ぬすびと》に取り残されし窓の月〟の句を思い出した。今の私の場合は〝盗人の残しおきたる一万円〟ではないか。心が一時に和《なご》んだ。それにしても、一万円をも残してくれた原因はなにか。普通ならばサイフごと持ち去るのに…。私には解る気がした。ポケットのその中にお数珠を入れてあったのだ。私のポケットから、盗人のポケットに移ったのは、お金のみではない。菩提心も移った。私と盗人さんの因縁生《いんねんしょう》も繋《つな》がった。きっと仏心に目覚める日がこよう。

Ⅱ　ひとひらの禅

ただ坐る

ある指導的な立場の人が、おっしゃった。
「禅はたしかに精神修養に有効だと思うが、
今は生活するに手いっぱいだから、とてもそんな時間など……云々」
こんな発想だから、世の中に、眼の色かえて右往左往する人間が、やたらに多くなるのだ。
時間が無い。息を切らして走るだけの人生。何とわびしいことか。
生活する。つまり食って寝て、家族を扶養する。
これだけで人生を終わっていいのか。
生きる土台が、投げやりか、あるいはぐらぐらしておっては、
何をやっても酔生夢死《すいせいむし》だ。また、どだい、禅など、
何の役にも立たないものだ。まして精神修養など、一冊の本を読めば
結構そうなったような気がするくらいの、ばかばかしいものだ。
ここが落とし穴だ。
ただ坐る。理屈は何もない。
〈諸縁を放捨《ほうしゃ》し、万事を休息し、善悪を思わず、
是非を管《かん》することなかれ〉――『普勧坐禅儀』より

坐禅の十徳

一、邪念が起こらぬ
二、慈悲心が起きる
三、外誘を受けぬ
四、物にこだわらぬ
五、智慧が出る
六、五官が静まる
七、忍耐力が出る
八、心が清くなる
九、物に驚かぬ
十、信仰が深まる

以上は、単に坐禅の副産物にしかすぎぬ。だが、坐り続けていると、この「十徳」が自然に身に具《そな》わってくるから不思議だ。

道元禅師は「坐禅は、自己の正体なり」と仰せられた。

身も心も、人間の本来の姿に帰するためであろうか。

坐禅は結局、自受用三昧《じじゅゆうざんまい》である。とにかく、ただ無心に坐るのみ。

もう一人の自己

人間誰しも自分自身に対しては、本当に弱いものである。
言うまいと思うても、他人のかげ口や悪口がひょいと口をついて出る。
人様と争いたくないと思っても、つい、ゆきがかりで口論となる。
酒を飲むとさらに輪をかける。この酒という奴は、
自制心を失わせる最たるものだ。無学祖元は、北条時宗に
「坐禅堂だけでなく、いつ、どこでも、自己の身体と口と意《こころ》とを
整頓するのが坐禅である」と、具体的にその心得を説いたという。
自分の中には〝もう一人の自己〟がいる。仏心ともいう。
私たちはそれが摑《つか》めずに苦労する。特に仕事に追われたり、
酔っぱらった時に、真実の〈自己〉を失い〈自我愛〉で
心のハンドルをとりやすい。その結果、すべてが自分本意で
他に対する思いやりや人の為に尽くすなど、心の余裕がなくなる。
それのみか、人生の酔っぱらい運転で悪業を積み重ねる毎日となる。
私たちは〝自己〟を、声を出して呼ぼう。
時々静かに坐して、わが名を呼び、
自我にまみれた身心を掃除し、整頓しよう。

息は踵でせよ

私たちは日常、無意識に呼吸をしている。
つまり、息をつくのを全く不思議に思っていない。
しかし危険な目にあった時とか、スポーツや芸道の、
ここ一番という時には、息づかいはとても大事な役目を持つ。
広島大の剣道部で、ある実験をしたところ〝気合いをはかる〟ことが、
勝つために必須の条件であることがわかった。
初心者同士の試合では、相手が呼気《こき》であろうが吸気《きゅうき》であろうが
お構いなしの打ち込みがされていたが、上級者同士では七割、
上級者が初心者に対した試合では八割が、
相手が呼気のときであったという。そこである九段いわく。
「剣道は呼吸だ。息を鼻や口からするのは未熟な証拠。昔の名人は
毛穴や踵《かかと》で呼吸した。修業がちがうよ、修業が…」
坐禅でも、息は踵でせよ、聞法《もんぽう》は毛穴からしみ込むという。
さらに坐りつづけると、息をする自分でなく、
万物の吐く息、吸う息に、そのまま添うた自然の息ができてくる。
高い人格形成は、この経験なしには得られないだろう。

一事入魂

この夏、花輪で県北地区〝禅のつどい〟が開催された。

私も講師として参加したが、その後、「参加者レポート集」が送られてきた。この参禅会で、私は〈くらしと禅〉について、できるだけわかりやすく説いた。特に〈一事入魂〉〈なりきる〉ことの大切さを、具体例によって話をすすめた。

以下は、ある高校生の感想の抜き書きである。

「〈一事入魂〉……一つの事を、その時その時、真剣にやりなさいということだ。確かに、二度と繰り返す事のできない時間を無駄に過ごしてはいけない。でも、口で言うほど簡単ではない。理屈では理解していても、実際はなかなか難しい。

今後の課題となるだろう。それからもう一つ得た事がある。

掃除をする事は、自分の心も磨くというのだ。

掃除が得意ではない私だが、この事は、心にしみじみと共感を覚えた。」

禅を身近なものとしてとらえる魂のやわらかさは、
さすがに若者である。どんな時でも平静《へいせい》に自分の能力を出し切るなど、
禅は彼等に生きるコツを与えた。

あるく禅

寒になると、不思議に身体の調子が良くなる。毎朝五時より六時半まで地元の村落を行じて歩く。鈴を鳴らし読経《どきょう》し、巡《めぐ》り歩く。

寒の入りや明けの日以外は、供米《くまい》の人もないので、無心に修行ができる。

ただそれだけの、あるく禅だ。今まで二十余年、寒三十日、風邪ひとつひいた事がない。眼に見えないご加護をいただく。冥加力《みょうがりき》というのだろう。

昔は灯《あか》りがついている家があって、除雪に精《せい》だしている人によく出会ったが、今はほとんど見かけない。省エネルギーとあって、

〝早寝早起きは三百円の損〟と、朝寝を決めこんでも致し方ない。

しかし、夜はテレビなど観ていて、遅くまで起きている家が多くなったのは、どうしたものか。人間の身心は、
早く起き、早く寝る生活の仕方が、活動力を最高に発揮できるようになっている、といわれる。

確かに、早寝早起きは健康保持の妙薬である。

それにしても、寒行の鈴の音《ね》や誦経《じゅきょう》を寝床で聴く人は、異口同音《いくどうおん》に
「ありがたいですな、心で手を合わせます」と。

天地いっぱいに響き渡る、何かを感ずるのだ。

三黙道場

この間、二祖国師七百回大遠忌《だいおんき》参拝団の一員として、大本山永平寺に上山した。往《ゆ》く時はあいにくの風雨で、大客船さくら丸も随分揺れて、中には、とても夕食どころではなかった人もあった。

しかし考えてみると、道元禅師が支那に渡られた時の苦難に比べると、ものの数ではなく、これも修行のひとつと思うと、
有難いことではないかと、正法《しょうぼう》を求める者の心の持ち方を話し合った。

いつもの事だが、大本山では三黙道場《さんもくどうじょう》の説明があった。

食堂《じきどう》・浴室《よくしつ》・東司《とうす》（便所）では、おしゃべりしてはならぬ。

「食べる時は、食べることになり切れ」である。

食事の時は、吉祥閣《きちじょうかく》の大広間に数百人も正座しているのに実に静かだ。

私達は日常あまりにもしゃべりすぎるのではないか。そのために、
物の味をじっくりと味わうという喜びを、失ったのではないだろうか。

それにしても薬石《やくせき》（夕食）の、ごまどうふのあんかけは絶妙の味がした。

説明では典座寮《てんぞりょう》の坊さんが、四時間も練りに練ったものという。

なぜこれほど心を込めて作るのか。食事の仕度も修行である。

あのおいしさは、作る人の味覚の深さと、禅の心の所産である。

むきだし

昨秋、皇太子、妃両殿下が大本山永平寺にご参拝の折、
貫首の秦《はた》禅師様が先導し、諸堂をご案内申し上げた。
その時、一番先に東司（便所）へお連れ申したという。すると、
侍従《じじゅう》始め関係者が、予定のコースと違うと、あわてて制止されたが、
両殿下は歓んで見聞を希望されてお入りになられ、
禅師の三黙道場のご説明に大変興味を示されておられたという。
この記事を読んで、私は、さすが秦禅師の面目躍如《めんもくやくじょ》たるものがあると
思った。われわれ凡人は、あの人は地位が高いとか、金持ちとか、
貧乏だとか、あそこは汚い所だとか、あまりに立派で入りにくい所だとか、
何事にも差別の感情を持ち、それに凝り固まりやすい。これをまず、
木っ端微塵《こっぱみじん》に叩き壊さねばならぬ。つまり、概念砕《くだ》きだ。そうして、
初めて禅の門をくぐることができる。
坐禅会で使う警策《きょうさく》は、ただ眠気ざましに肩を打つのではない。
心の中に凝り固まっている、先入観とか差別観の殻《から》を叩き壊して、
人間誰しもに本来備わる仏心《ぶつしん》そのものを、むきだしにする役目を持つのだ。
だから禅師様も平生《へいぜい》、東司掃除に精魂を傾けるという。

組む

〈天声人語〉に、薬師寺金堂・西塔を見事に再建した棟梁、西岡常一さんの話が載った。終りの方に西岡家に伝わる次の家訓が紹介されている。

「塔組みは木組み、木組みは木のくせ組み、木のくせを組むには人を組め、人を組むには人の心を組め」

私たちが坐禅をするのに、なぜ足を組むのか。組まねばならぬのか。その訳を知るのに大事なかぎが、この話に隠されていやしまいか。

つまり、坐禅の第一番は背骨を立て、足を組むと身じろぎもしなくなる。人間にとって、結跏趺坐《けっかふざ》は、最良の安定した坐法である。

仏塔が数千年も建ち続けるのには、いかなる風雨にも耐えるべき、塔組みが根本となる。それには木のくせを組み、人を組み、人の心を組む。別の言葉で言うならば、木と人の継ぎ目がなくなってしまうのだ。

塔組みも坐を組むのも同じである。私の若い頃、沢木老師の坐に接した時、とてつもない存在感と、空間への無限の広がりに圧倒された。

それは確かに、夕映《ゆうば》えの天に、あたたかく包まれた塔のようであった。

あらゆるはからいを捨て去って足を組み、心を組み、
その組んだことさえ、忘れ去った所に禅の風光があろう。

一足半歩

にんげんに二本の足がある。その足で立つ。その足で歩く。
これは大変なことだ。進化論のみならず、
にんげんがにんげんである根源が、足で立ち、歩くことだ。
にんげんは、足のかわりに馬や牛に乗ったり、汽車や車や飛行機を作った。
現代のにんげんにとって、車は足のかわりだという。
とんでもない話だ。からだが時間と空間を単に移動するだけに過ぎぬ。
足が己れの頭脳に直結していることを知らないのであろう。
老化現象は、足から始まるという。これを意識して、十二分に足をつかう。
つまり、日常生活において、計画的に足をつかう老人は
呆《ぼ》けることを知らない。
つねに、覚めて歩く。この原点が禅の経行《きんひん》だ。
目覚めて立つ。目覚めて一足半歩《いっそくはんぽ》、悠々と歩を運ぶ。
春の花が咲きほころぶように。
秋の月がうながされ、夜ふけの大山《たいざん》が歩きだすように。
生命に、動と静のすがたがあろう。
その動へうつる最初の踏み出しが、経行である。

Ⅲ　季節の中で

魂の餌

太平寺の寒修行は、寒三十日、早朝五時から六時まで歩く。

どんな大雪でも吹雪でも歩く。腰まで没しながら、汗みどろになって部落を巡るのだ。

鈴を鳴らし、大声で読経しながらゆくと、不思議に何とか歩一歩進むことができる。

なにかに支えられ、押されて、無心に仏を念じて、歩を運ぶ。

人間の能力というのは、ふだん出しているのは、わずか二・三割という。

せめて七・八割も出して、その日その日を悔いなく、光るように生きたい。

自分の今の仕事を天職として、社会を構成するひとつの部分の一翼をになっているという自覚があるのか、嫌々《いやいや》やっている仕事か。

その仕事を、経済的にだけ考えると、人間はぬけがらになってしまう。

『パンのために生きる』だけだ。

魂にも栄養が必要なことは、とかく忘れがちだ。

ときどき、魂に餌をやらねばならぬ。

餌とは、雪作務《ゆきさむ》、祖録《そろく》、托鉢《たくはつ》……。

とにかく、本来の己れを取り戻すことだ。

早暁の出会い

寒修行に毎朝五時に出る。
昔は深雪（やぶ）を漕《こ》いで、汗みどろになって難渋《なんじゅう》したものだが、
今は除雪車がきれいに道をつけてくれ、歩きやすい。
この除雪車を運転する人の苦労を想う。朝は暗い中を出動し、
町や村の住民の足の確保に、寝食を忘れて従事する。
朝早い職業といえば、新聞屋さん、牛乳屋さんなどの人達だ。
いつも同じ時刻に急ぎ足で配達して歩く。職業とはいえ、
朝早くから本当にご苦労様だ。誦経しながら、この人たちと出会うと、
お互いに会釈しあう。言葉を交わさずとも温かい心がかよう。
集落を巡ると、いつも一人で家の前の雪かきをしている老人がいる。
子どもたちは遠い所に住み、老妻は入院中だ。朝早く起きて、
ただ黙々と除雪するしかない心中を察して、胸を熱くする。
衲《わたし》の寒行誦経を臥床《ねどこ》の中で聴いて〝もったいない〟という人がいる。
それでいい。鈴の音と清澄《せいちょう》の気と共に、
仏は人々の毛穴からしみ込んでゆく。
私たちは生かされている。

一殺多生

先日、拙寺で鶏霊供養会がおこなわれた。養鶏業者有志が集まって、鶏を生活の手立てとし、さらに殺生《せっしょう》している日常をかえりみて、その霊を回向したいとの事である。私は鶏霊観音御守護符のお札を供え、如法に慰霊と養鶏の息災円満を祈念した。

ところで席上、鶏をつぶす時、「どのような心でやったらいいのか」という話がでた。それには禅門に偈文がある。

「如是畜生《にょぜちくしょう》、頓生菩提《とんしょうぼだい》」と心に唱えながらつぶせば、

「一殺多生《いっせつたしょう》かならず成仏して、来世《らいせ》は好い処に生まれ変わってくるだろう」と話した。単に鶏だけではない。鳥獣虫魚すべてにあてはまる。

息絶える時、苦しいのはみな同じだ。しかしこの世界は、

一方が犠牲にならねば生きられない。天秤《てんびん》みたいなものだ。

人間は、いろんな生類《しょうるい》が、自らを投げ出す、そのおかげで生き伸びる。

だから、殺しっぱなしでは怨念が残る。やむなく殺生する時は、

「一殺多生」と念じ「如是云々」を唱え、必生安楽国《ひっしょうあんらくこく》を祈る。

この、あいすまない懺悔《さんげ》の心が、現代人に特に失われつつある。

雪竿

雪国では、春を、本当に首を長くして待つ。
ところが、春になればなったで、雪崩《なだれ》の危険が生ずる。
新聞で読んだのだが、雪深い山峡を通学する子どもたちは、
一本の竹の棒を持って歩くという。つまり、ふいに雪崩が起きても、
竹の棒が目じるしとなって、万が一にも救出されることができる。
また、自分の家に重病人がいて、この冬はとても越せそうもない場合は、
雪が降る前に、村落の先祖の墓地に一本の竹竿を立てておく。
雪が深いので、死人があってもお墓の場所がわからない。
それで、墓のありかを示す目じるしを、あらかじめ立てておくのだ。
なんと悲しい雪国びとの智恵であろう。
これを「雪竿《ゆきざお》」というのも、あわれである。
たった一本、吹雪の中に、ただ、ひゅうひゅうと鳴り止まぬさま……。
現代に生きる私たちは、「雪竿」を、
いつも心に持ち歩いているだろうか。
いつ死んでもいいと、心の準備ができているしるしの
「雪竿」を、しっかり大地に突き立てているだろうか。

自然のサイクル

この頃、ひまをみては、冬期間にたまった鶏糞《けいふん》を裏の林に運び、
桐や杉の根元に散布する仕事をしている。
百六十羽の養鶏を始めて十五年程になるが、ときどき畠にも施肥《せひ》する。
おかげでナス、カボチャ、白菜、キャベツなど、とても味がよい。
糞尿《ふんにょう》の肥桶《こえおけ》をかつぐのも作務《さむ》だ。昔ながらの天びん棒で、
腰がふらつくと、顔や手にまともに撥《は》ねる。
歌舞伎や能のように、肚が据わった歩き方ができるまでには、
よほど経験を重ねなければならぬ。何事もそうだ。
心田《しんでん》が充実しておらなければ、人間として大成できない。
ところで鶏糞や糞尿は、邪魔者あつかいされて処理される。
かれらを大地に帰すのは、自然の理法にかなうことではないか。
施肥すると、桐や杉は生き生きと育つ。畠もそうだ。
こんなに樹や野菜たちが喜ぶのに、農家の人たちは見向きもしない。
汚いものは見るのもいやだ、とせっせと高価な金肥《きんぴ》をふりまく。
畠は枯れて固くなるのみだ。
自然のサイクルを狂わすような農業は、やがて破滅がくるだろう。

動中の禅

桜の花が満開だ。風もないのに花びらが、一枚一枚散り始める。
五月の蒼《あお》い天を背景に、声もなく散りしきる。
ただ黙然《もくねん》と端坐《たんざ》して、花びらが花冠《かかん》をはなれる時の力を、
散り果てて、大地に横たわる安らぎを、ふと想ったりする。
禅では、物を持つ時は、大きな岩を抱きかかえて持ちあげるように、
と親切心を示す。そのエネルギーは、
花びらが花冠をはなれる瞬間の力と、寸分のちがいはない。
あるいは盃を傾ける時、富士山を逆さにして、
美酒を満たし、心なごやかに飲みほす境涯でもある。
つまり、只管打座《しかんたざ》によって練られた禅定力《ぜんじょうりき》を、
「動中の禅」として生かさねばならぬ。
この「動中の禅」であろうとするためには、
台風の目のように、行動の中心に、
つねに〈無〉が存在すること（自由無礙《むげ》の空間）がポイントである。
いろんな人間の型があるが、禅者《ぜんしゃ》には、常に底抜けの風光が垣間見られる。
そんな人と出会うと、人生は無性《むしょう》に有難い。

鵜飼

永平寺団参の折、長良川《ながらがわ》の鵜飼《うがい》を見てきた。
川の瀬をわたる涼風。夕暮の幾艘《いくそう》もの屋台とぼんぼり灯篭《とうろう》。
黒装束の鵜匠《うしょう》と火の粉を散らすかがり火。鵜の鮎を追うさま。
鮎をふくんだ鵜を間髪を入れず引き寄せ、吐き出させる仕業《しわざ》。
そして、かがり火が消され、去りゆく鵜舟の影と幽暗《ゆうあん》。
今昔《こんじゃく》を流れやまぬ川面に、照り映える時代の灯火《あかり》。

　おもしろうて
　　やがてかなしき鵜舟かな

芭蕉の有名な一句は、まさに実感として
心に深くしみいるものがあった。
現代にはこの〝おもしろうて〟だけが、あまりに追究され
〝やがてかなしき〟心が、残されてあるだろうか。
活動的な享楽面のみを、とめどなく求めつづけるばかりだ。
ものを観る眼に〝やがてかなしき〟――静かな同悲の心が、
現代のわれわれには、
最も欠けているように思われてならない。

停電

毎日の暑さである。
一雨ほしいところだが、人間の勝手な欲というものだ。
自然は文字通り、〝自然《じねん》〟に運行する。
あちこちで、水道の給水制限がおきている。
ちょっと日照りが続くと、すぐお手上げだ。
この間、落雷で電気が消えると何もかもストップしてしまった。
明かりはもとより冷蔵庫が用をなさない。水が出なくなる。
それで風呂にも入れない。暑くとも扇風機がだめ。テレビ・ラジオもだめ。
だが、そのためといっては何だが、ろうそくの揺らぐ灯火の中で、
久しぶりに静寂な夕闇に浸ることができた。
考えてみると、われわれは、いかに文明の器の中に
どっぷりと浸かっている事か。
この間の仙台の地震の時を取り上げるまでもなく、いったん
この器に罅《ひび》が入ると、たちまち私たちの生活は干からびてしまう。
どんな時でも慌てない心を持つために、
最悪時の用意と不断の行《ぎょう》を続けたい。

豊熟を待つ

素晴らしい山野に、どっぷりと浸っていながら、
われわれは自然の移り変わりに、ほとんど無関心に過ごしている。
ただ頭の火の粉を振り払うばかりの日常。それだけ時間や
世事に追われ、本来の己れを見失っているのではないか。
独り黙然と坐して、自然の声を聴く。
坐より立ち、玄関を開け放つや、四季の風物は、
これまた実に新鮮如是《にょぜ》。いま、木々は紅葉が盛りであるが、
いろんな色模様があり、まさに多彩。それぞれの樹木が
息づき、ひそかに冬を迎える準備を始めている。
銀杏《いちょう》などは、これからしだいに黄ばみはじめ、
極点に達すると、一時にどっと葉を落とす。
それに比べて人はどうしてこんなにあくせくするのだろうか。
しかも、己れの内に蓄積する枯葉の必要を感じない。
火をつけて、何でも燃やしてしまう文化。これからは、
己れの底に落葉《おちば》枯葉《かれは》を貯えて豊熟《ほうじゅく》を待とう。そのためには、
やはり、読書とか打坐《たざ》するなどの、実修《じっしゅう》しかない。

いのちと通いあう

冬が来ると、樹木は葉をすっかり落として、
きびしい寒さから自らを守る。だが、それだけではない。
思想の根を深々と張りめぐらし、いっそう純化する時節だ。
人間にも枝葉がある。その年によって異常に幹が伸び、
技葉が繁茂する時がある。だが、調子にのってはいけない。
自らを節制し、己れの内部を常に見つめて生きる。
大地にどっかりとゆるぎなく、根は地中深く張ることだ。
根は眼に見えない。浅いか深いか、誰にもわからない。
しかし、一朝《いっちょう》、事あるとき、たとえば暴風雨の時など、
あまりにも、それは明白な結果をもたらす。
坐禅する心は、まず大地に根を生やす腰の据え方。
頭は天空に突き出て、清浄に満ち、両手は法界定印《ほっかいじょういん》を組み、
あらゆるものの〝いのち〟と通いあう。そして、ごつごつと
打坐する。これを頭で理解し、書によって知るような輩《やから》には、
所詮《しょせん》、無縁というべきだ。つまり、体験しかない。
坐禅は坐ることが第一歩であり、究極である。

Ⅳ　現代の生死

正月に、遺言を書く

正月といえども、広い世間には、
病気や貧困、不運に苦しみ嘆く人たちが
いっぱい居ることを忘れてはならぬ。
われわれは、常にそんな思いやりの深い、
温かい心を失わずに生活しているか、どうだろう。
毎年、正月に遺言を書く人がいる。
いつ死んでもよい心準備ができている。
〈死〉を常に意識している。つまり、覚悟、肚がすわっている。
あまり贅沢《ぜいたく》な衣食住に慣れてしまうと、道を求めるなど、
馬鹿らしくなる。というより、思いがけぬ災難に逢うと、
まったくみじめな死に方をしなければならぬ。
いったん美食に慣れた胃袋は、
粗食ではとてもがまんできない。
「小欲知足《しょうよくちそく》」は、現代の求道者〈真の生き方を求めてやまぬ人〉には、
実に肝要そのものであろう。

死んで生きて、生きて死ぬ

『碧巖録《へきがんろく》』に、
「己れに迷って物を逐《お》う」「物を逐って己れに迷う」とある。
われわれの日常はまさにこれだ。
あれも欲しい。これも欲しいと血眼《ちまなこ》になっている。
物を欲しがらぬ者は、奇妙に名声を欲しがる。
なんでも自己中心的に考える。色欲とか、名聞利養《みょうもんりよう》は、
物欲より、はるかに始末に困るものだ。
いつ死ぬか。一寸先は闇であるし、死んだら白無垢《しろむく》で棺に納まるだけだ。
いくら物や銭があっても、名誉地位があっても、そんなものは、
風呂の中の放屁よりも他愛《たあい》無いものなのに、
迷いに迷い、日夜、心の安まるときがない。
では、迷いの根とは、どんなものか。我執である。エゴである。
これを徹底して放下著《ほうげじゃく》。棄てに棄て、ごつごつと坐る。
坐禅してどうなるのか。どうもならない。なんにも変わらない。
大死一番底《たいしいちばんてい》の消息だ。死んで生きて、生きて死ぬ。それだけだ。
坐ることは、人間に本来の面目、現成《げんじょう》する。

老母の声

いつも寺に遊びに来て、「お寺に来るのが一番の楽しみじゃ」と話していた近所の老婆が亡くなった。その息子さんが初七日の時、「うちの婆さんは、私が会社から帰ってくると『今帰ってきたかい』と必ず声をかけてくれた。それを聞くと不思議に安らぎを得た。もうこれから、それが聞けない」と眼を潤ませていた。小衲《わたし》は、「婆さんの姿は見えずとも、仏壇の内から今までよりもっと澄んだ、声にならない声でもって、お迎えしておりますよ」と話した。

〝帰家穏坐底《きけおんざてい》の消息〟という禅語がある。この頃、会議とか研修とかが大はやりだが、あちこち出歩いて、うんと勉強するのも良い。が、自分の生まれ故郷で自分の生家で、自己の生のど真ん中にどっかり坐る。そして徹底自己を見つめる。これが、まずもって肝要だ。『普勧坐禅儀《ふかんざぜんぎ》』でもこれを説くが、実際のところ、なかなか難しい。

何とはなしに、時代の潮の渦の中に巻き込まれてしまい、真実の自己を失ってしまう。また人間の眼は、外に向けて付いているので、自分の魂は見えない。それが、帰家穏坐すると見えてくる。仏壇の老母の声は、実は、自己の心の声と気づく。

心耳を洗う

人の死ぬる時、まず口が利《き》けなくなり、眼が見えなくなる。
だが、臨終の床に寄り集《つど》う人の話し声は、はっきり聞こえるそうな。
耳だけが実に鋭く生きて、しかも口がきけないもどかしさ。
そのうち次第に意識が朦朧《もうろう》となり……
そんな、すさまじい心象風景についても、只管打坐を重ねるごとに、
似たような精神体験をもつようになるのは不思議だ。
「心耳《しんじ》」という。坐っていると、線香の灰の崩れる音が聞こえるほど
鋭くなる。だが、なによりも、自然のままの、
さまざまな息づかいに、どっぷりと身心をひたす喜びは格別だ。
われわれは「心耳」を、鉄や電波や、いろんな作られた音によって
汚されてしまった。微妙な音に、かすかにふるえる
「心耳」を取り戻すために〝耳を前川《ぜんせん》の清きに洗う〟
という禅語を、今こそ行ずべきであろう。
知人が、「おれは、死ぬ時、ベートーヴェンの
田園第二楽章を聴きながら逝きたいな」と、
洩らしていた言葉が、妙に心に残る。

惚れる

東野英治郎という俳優がいる。〝水戸黄門〟でおなじみだ。
この人に、「役者の極意とは何か」と聞いた。
「簡単なことだよ。この仕事が本当に好きになることさ。女に惚《ほ》れるのと同じことだ。惚れさえしたら、口説くことだってうまくなる。中途半端に好きになること、これが一番悪いな」
そしてまた、「残されたおれの時間はもう少ない。一本一本の舞台を大切にしなくちゃ」とつぶやく。──朝日新聞より
これは、すべてに通ずる。自らの職業を天職として、いのちをかける素晴らしさだ。私たちはこの
〝仕事にのめりこむ〟姿勢を、猛烈人間と誤解しやすい。だがその時、時にのめり込むような仕事っぷりと温和な家庭生活を営むことは両立する。
仕事の鬼であっても、家庭を投げっぱなしにするような熱中であってはならない。要は、その時、その時を、いかに悔いなく燃焼し尽くすかだ。つまり仕事に惚れ、人間に惚れ、今日、只今に惚れて、生きる。

大黙

この度、咽頭ポリープの手術をした。ずっと以前から、喉がかすれ具合で、読経が苦しくてたまらない状態になった。これはきっと、咽頭ガンの徴候だと思うと慄然《りつぜん》とした。他人事ではない。盆前から医師に治療してもらったが、はかばかしくない。専門医の診察でやっとポリープと解ったが、手術をするまでに随分時間がかかった。どだい、あまりにも忙しい日常で予定が取れないのだ。

さて手術は、全身麻酔なので痛くもかゆくもないが、その前の検査・処置の綿密さには驚いた。終わったあと、四日間は全く無言の行。用があれば筆談。これはまさに、仏が与えて下さった絶好の機会と、言葉の無用の世界に存分に遊化《ゆげ》した。十日間、詩作と読書に専念。〝黙《もく》、雷《らい》の如し〟とまではいかずとも、今後、言葉を本当に大事にしたい。

病中つれづれなるままに漢詩のまねごと、次の如し。

無舌人語　(無舌《むぜつ》の人語《じんご》)
只任医方　(只《た》だ医方《いほう》に任《まか》す)
維摩一黙　(維摩《ゆいま》の一黙《いちもく》)
領得病牀　(病牀《びょうしょう》にて領《りょう》し得《え》たり)

小さい棺

春の交通安全週間がたけなわである。
ますます車が増加するばかりだし、どんなに注意しても事故は起きる。
人間のみならず動物の交通事故も少なくない。
車で長距離を走っていると、たいてい犬・猫の轢死体《れきしたい》の
現場を通りかかる。私自身、二回ほど、犬と猫に衝突した経験がある。
向こうからぶつかってきたので、避ける間もなかった。
小さな衝撃を感じて一瞬ハッと思うが、そのまま走り抜けた。
人間の弱さというべきか。先日は、雨の中を走っていたとき、
前の車に、一匹の白い犬がぶつかった。ところが、うまい具合に
車輪の間を転がって路の端に走り去った。思わず、ホッと息をつく。
ある研修会で、若い坊さんが発表された次の話は、
なんとも真似のできない事である。その方は、車のトランクに
常に小さい棺を入れてあるという。犬猫用のものだ。轢死体の現場を
通りかかったら、車を停めて棺に収納する。交通頻繁の国道などでは
命懸けだという。それを、境内の一角にある鳥獣塚に埋葬供養する。
無惨な死骸は目を覆うばかりだが、今では、やらずにおられないという。

熊

先日、研修会があったついでに、登別の熊牧場を観てきた。二度目であるが、痛感したのは、ヒグマが実に肥満して巨大化したことである。オリの中で、人間と同じ美食を食べているらしい。また、色気の方も、あまり季節に関係なくなってきたそうだ。とにかく繁殖力はものすごいらしい。大自然から隔離された、異常な生態である。

さて、その時聴いた話だが、熊の一番の苦手は蛇だという。檻の中に一匹投げ入れると、忽ち大騒ぎだそうな。

だから、昔のアイヌの人達は、山中で熊と出会った時、腰のヒモをほどいて、蛇のようにゆらゆらさせて襲撃を防いだという。

また、野性の熊と出会ったら、絶対うしろを見せてはならないという。逃げると必ず小グマでも追ってくる。だから、熊の眼をじっと見つめながら、後ずさりして、荷物をひとつひとつ置いてくる。その荷物に気を取られている隙に、さっと逃げる。

それしかないそうだ。ところで、そういう肝っ玉を練る方法や、現場で役立つ訓練が、今日ほとんどなされていない。それにしても、現代人は、檻の中の熊のように、悲しい眼をしている。

息をひきつぐ

四十才代で癌《がん》で亡くなった、ある農家の主婦についてのエピソードである。故人は昨年、県主催の中堅農業婦人研修視察団の一員として中国に行った。それは、通常の研修旅行とは違い、いろんな課題を課せられ、レポートを提出するといった本格的な研修であったという。その成果を、まさにこれから、農家経営とか農業婦人のグループ活動とかに積極的に生かそうとする矢先に発病したらしい。葬式の斎席で、遺族が、普及員の方に、「折角、先生が推薦して下さって、本人もやる気十分であったのに、その恩に報いる事もできず、申し訳ない」と、頭を下げていた。

それを傍《かたわ》らで聞いていた私は、つい口を入れてしまった。

「故人は、生まれ変わってくる次生《じしょう》に、きっと、その稔りを見せてくれるでしょう。この世で蒔《ま》いた種は、決して死にませんよ…」と。

みんなは大抵、死ねばおしまいと思っている。だが、この世では無理に完結させず、また生まれ変わってきてその続きをやる。そういう息のながぁい願いは信心である。〈息〉という字は、自らの心、と書く。己れの心を来々世《らいらいせ》まで広げていく、息を引き継いでいく。いわば、いのちが無限に広がる状態だ。

ありがとう療法

炎天下を歩いてきた寺詣りの人は、皆が、「本堂は涼しいですね」という。私も、「天井が高くて広くて、風通しが良いからでしょう」と。それでも団扇《うちわ》をお勧めする。この風通しは、私たちの日常生活にも必要ではないか。あるお医者の話である。その病院では、特に老人病患者に対して〝ありがとう療法〟を行っているそうだ。さまざまな病状を訴える老人で医療的措置を施すまでもない人に対しての、一種の心理療法である。その療法とは、すなわち、

「あなたはこれから生活のすべての場面で、どんな事にでも〝ありがとうございます〟という気持ちで接するようにしてみなさい。たとえば、バスから降りる時、お店で買い物をした時など、こちらから〝どうもありがとう〟とお礼をいう。すると、そのうちに本当に〝有難い〟という心になってくる。ついで、あなたの症状は次第に良くなるでしょう」と。

〝有難い〟というのは、〝いま生きて有《あ》るは難《かた》し〟である。朝、眼が覚めて、夜、眠るまで、なんと多くの恩恵を受けていることか。有難くて、すべてに合掌せずにおれなくなる。心を涼風が吹き抜ける。

Ⅴ　仏心のありか

宿世の縁

出会いというのは、不思議なものだ。
地球の人口は六十億人という。生まれてくる者もあれば、
死ぬ人もいる。その六十億分の一のあなたに向かって、いま話しかける。
〈そで触れ合うも他生《たしょう》の縁〉という。〝他生〟とは含蓄《がんちく》が深い。断じて、
〝かりそめ〟ではない。今生だけでなく、他生から、という世界観の広さ。
〈宿世《すくせ》の縁〉ともいう。偶然の出会いというのは、絶対に無い。
もう、生まれる以前から決まっていた縁、というから大変。
それを、単なる理屈だ、と一笑に付したければそれでもいい。
今は、名声や金もうけに手いっぱいだよ、と
目前の名利《みょうり》に迷うもいいだろう
（迷いに迷うて、死ぬまで眼が覚めない者もいる。）
しかし、〝出会い〟を、本当に不思議なもんだ、大変なことだ、と
心からそう思い、因縁を信ずる人を、たまに見かける。
非情といわれる現代のいろんな人間関係は、
その人の周囲から、温かいものに変わろう。

一行三昧

「一行三昧《いちぎょうざんまい》」なる禅語がある。
何かひとつの事に心魂こめて熱中する、やり遂げる精神をいう。
それは、たとえば、選挙で頑張るというような
名利を伴ったものとか、猛烈な恋愛中などをいうものではない。
古今東西の別なく、人間の心を高めるような、
いわば、〝行を行じて止まない〟ものだ。
大館の菊池礼三氏は、合掌観音を何千体も彫りつづける。
毎朝の行だ。売るものではない。人のためではない。
自分のためでもない。ただ彫らずにいられないもの。
現代の暮らしは、そんな余裕など全くないように、自分でも思い、
忙しい、忙しい、の連発であるが、果たしてそうだろうか。
くだらない時間を忙しく思い、テレビや車、酒食の砂嵐に巻き込まれて、
つい野垂れ死にするような己れ自身を思うと、ぞっとする。
現代人の多忙癖《たぼうへき》は幻影だ。何かに振り回されているだけだ。
ここいら辺で、報恩の何か一つでも始めたい。
「一行三昧」は、結局、ほんものの人間を形づくる。

笑い

この頃、インフレ不況のせいか、真の笑いが無くなった気がする。
否、もしかしたら、現代人がすっかり萎縮してしまったためだろうか。
とにかく、呵々大笑《かかたいしょう》、大口あけて豪快に笑える人物は、
情けないことだが、まず見られなくなった。
それどころか、みんな気難しく、屁理屈ばかり並べる、
口達者なのが、ほとんどになってしまった。
昔、薬山和尚《やくさんおしょう》が、山頂で経行《きんひん》をしていた。
ふと、雲が割れて月が見えた。
薬山は大笑した。その声は、およそ六十キロ四方に鳴りひびいた。
この笑いは、悟達《ごたつ》の境地そのもの。
人間と大自然が一瞬に融けあい、忽ち、絢爛《けんらん》と
開花（爆発）した消息である。
こんな笑いは無理としても、常にユーモア、ウィットを持ちたい。
それは、心に余裕のある人、ものごとに執着しない、
己れと世間を自在に客観できる人物。
『笑い』は、自由人の原点である。

人間家族

家庭とは何か。単なる〈巣〉ではあるまい。家族とはなにか。
天の自動販売機から、ひょいと飛び出した袋物とはちがう。
少なくとも、よほど手の込んだ因果のからくりの末、
今のわれわれの「家族」があるらしい。
この頃、〈ばばぬき〉についての見方が変わってきた。
やはり、どうも、核家族では子どもの精神形成によくない。
祖父母が居ると、家庭に秩序ができて、良い結果をもたらす、
…というように。たしかに、長幼の序列がはっきりして、
おのずから家風が伝えられてゆく。
この「家風」というのを、見落としてはなるまい。
個人の一挙手一投足は、すべて先祖から伝承されたものである。
どんなにうまくいっても、これが己れの力量なんだと、
思い上がってしまうと、途端に真《ま》っ逆様《さかさま》におちてしまう。
要するに、「人間家族」である。
この微妙に入り組んだ因縁に支えられて、
おたがい、生かされている現状ではないだろうか。

人車一如

世界の主な海峡を泳ぎわたることに生命をかけた、中島正一という青年は、
「泳ぎの道をきわめたい。水の心を知り、水と対話しながら、
水に逆らわずに無心に泳ぎたい」と、
五十時間近くも孤独な遠泳を続ける。有名なある登山家はいう。
「未踏のあの高山を、征服したなんてとんでもない。
山の機嫌のよい時に、のぼらせてもらっただけさ」と。
〝山に対するに山、水に対するに水〟という。
まさに、一如の境地であればこそ、
その道を究《きわ》めることができるのであろう。
この、〝道を究める〟という心を取り戻したい。
たとえば車について、レーシングドライバーの話は傾聴に値する。
愛車のその日の調子が、まるで鼓動か、息づかいみたいに解る。
熱によって傷んでくるタイヤのきしりを、
吾が痛みと感じながら、なだめ、元気づけ、
祈りながら、完走することに徹するという。
人車一如《じんしゃいちにょ》は、何事にもあてはまる。

料理道

この度、大本山永平寺に一泊参籠してきた。
帰路、同行した人たちは異口同音《いくどうおん》にご本山の精進料理について、
どうしてあんな味を出せるのだろうか、という。
道元禅師は『典座《てんぞ》教訓《きょうくん》』の中で、台所は立派な修行道場である、
と説かれた。それは特に永平寺のお台所（典座寮）をまかなう
雲衲《うんのう》の心に、連綿《れんめん》と生きつづけ、伝えられているのであろう。
魚肉料理には、それ自体持っている味がある。
そして、多少腕が立つだけで立派に通用する。
精進料理はそうはゆかない。人間が出来てこなければ、
その味が出てこない。料理する人の心が、そのまま味と直結する。
つまり、〝料理道〟ともいえる。味覚に対する徹底した参究《さんきゅう》がものをいう。
どんな事でも、最後には、温かい思いやりが決め手になる。
これがあるかないかによって、人間の価値が決まる。
価値とは名声ではない。貴賤貧富《きせんひんぷ》に関係なく
「味のある人」「味のわかる人」は
本当の生き甲斐を知っている、数少ない人間だ。

仏像について

仏像の多くには、次の三つの特徴がある。処世上の参考にしたい。

第一に、仏眼《ぶつげん》は半眼《はんがん》である。外界《げかい》だけに気を奪われることなく、自己の内面にも注ぐ眼差《まなざ》しである。これは、心を常に整えようとすることの表れであろう。

第二に、仏の耳は大きくふくよかである。これは、流転《るてん》する時代の響き、世間の声に耳を傾けてやまない、豊かな度量《どりょう》をあらわす。また、正しい時代感覚を身につけようとする努力と、確かな判断力を意味する。

第三に、仏の口元は〝きりり〟と真一文字に結ぶ。余計なことはいわない。ただ柔和に微笑んでいる。大慈悲心が全身からにじみでてきて、あらゆる人々を感化してやまない。しかも、「一黙、雷の如し」だ。この消息は、
そういう人物と出会った人でなければ、理解できないだろうが、言葉の枯れつくした果ての世界に遊ぶ、自在底《じざいてい》の人である。

現代人は、あまりにも他に目を奪われ、雑音に正邪《せいじゃ》の判断力を失い、おしゃべりすぎはしまいか。

板画の寂しさ

先日、青森の棟方志功記念館に寄る機会に恵まれた。
さすがに世界の棟方《むなかた》といわれるだけあって、
巨大な板画から発する、生命感と幽幻美に圧倒されてきた。
とにかく現在だけの美ではない。父母未生以前《ぶもみしょういぜん》や死後の世界、
つまり、過去・現在・未来が混然と融けあって、それがまた、
見事に図式化された造型の極致という感じだった。
やはり、ほんものはすごい。
今まで、複製や板画特集本に数多く接してきたが、まるで違う。
まさに、永遠とつながって息づき、脈打っているのだ。
詩人は、神にもっとも近い存在といわれるが、
棟方は昭和十二年の「華厳譜《けごんふ》」の発表を転機に、
早くから宗教的境地に踏みこんだ板画の大詩人である。
彼の作品には、よく「さびしい」という言葉が、
此処彼処《ここかしこ》に差し挟まれていた。生死というのは真実、
さびしいのだ。この寂しさに徹し、きわめつくした所に、
棟方志功の、世界が展《ひろ》がる。

おにぎり募金

いつか、ＮＨＫの「宗教の時間」に、河野進師という牧師さんが出演したが、朝日紙上での紹介によると、その河野牧師が、ノーベル平和賞を受けたマザーテレサの貧民救済活動に共鳴して、一昨年から〝おにぎり募金運動〟を始めているという。おにぎりをにぎるように、心を込めて、その一個分でもいい、無理のない募金を、と全国に呼びかけているが、すでに千四百万円も集まったそうだ。

マザーテレサもそうだが、河野師の顔も本当に柔和で、人間の善意丸出しの感じであり、〝誓願《せいがん》によって顔が創られる〟と、真実思われた。河野さんの詩集に次の詩がある。

〈浅い流れは音が高い／わたしの祈りよ／言葉よ行いよ／音が高くないか／深い流れは音をたてない〉

『随聞記《ずいもんき》』に〝人は必ず陰徳を修《しゅ》すべし〟の教えがあるが、その中で「在来の悪行をやめ、今おこないつつある善事にも安住しないで、仏祖の行いそのまま一生勤めてゆくべし」と説く。

一日一善だけではない。四六時中、仏祖が、

この眼や口や手足を通して、誤りなく働き続けるのだ。

遺意経

先師の喪中うちは、毎朝、心地観経《しんじかんぎょう》四恩抄《しおんしょう》を読経している。
師匠が十年以上も前から
「衲が死んだら、心地観経四恩抄と、地蔵菩薩本願経《じぞうぼさつほんがんきょう》利益存亡品《りやくそんもうぼん》を
遺意経《ゆいいきょう》としたい」と、早々と印施の準備をしていた貴重な経典である。
その中に、次の経文がある。

　無始よりこのかた一切衆生《いっさいしゅじょう》五道に輪転《りんでん》し　多生《たしょう》の中において互いに父母《ぶも》なる　互いに父母となる
が故に　一切の男子は則ち是れ悲父《ひふ》にして一切の女人は則ち是れ慈母《じぼ》なり　昔生生《しょうじょう》の中において
　大恩あるが故になお現在の父母の恩の如く　ひとしゅうして差別あることなし……

考えてみると、世の中には男と女があり、男女の愛憎の底なし沼に、
もがき苦しむことの何と多い浮世であるのか。私たちみんな
地獄、餓鬼、畜生、修羅、人間の五道をさまよい歩く存在であると共に、
誰しも互いに父母となる。それも慈父であり、慈母である、素晴らしい
存在なのだ。こう悟ってみると、さまざまな愛欲、親子、夫婦、嫁姑の
葛藤など水の泡みたいに思われる。どなたの存在の根も、
確かに仏性であるのに、気づかされる。

Ⅵ　日々是好日

浄空禅院

この間、埼玉の浄空禅院に拝登する機会に恵まれた。

私共と同じ認可参禅道場であるが、専門僧堂以上に厳しい日常であるらしい。早朝四時から五時まで暁天《きょうてん》（坐禅）、毎日五時間の作務（労働）、さらに提唱《ていしょう》（祖録《そろく》等の勉学）、托鉢、夜坐《やざ》一時間など。全くの魚肉無しの食事で、寺族ともども弟子九人の修行専心の生活は、徹底していると伺われた。

住持師家《しけ》の浅田大仙老師は、最後の雲水といわれる沢木興道老師の弟子という。

「坐るのは生活なり」「生活が則ち禅そのもの」「禅は知識でも学問でもなく体験である」「自己の中の一番大事なものをとりかえそう」などと、行に裏付けされ、全身心《ぜんしんじん》からにじみでる禅味ゆたかなお話を、まさに、ひとつひとつの毛穴から入ってくるような法悦にひたりながら聴聞《ちょうもん》した。「平常心是道《へいじょうしんこれどう》」が、絵に描いた餅でなく、ひたすら実践されている証拠に、広い境内はきれいに草取り清掃され、廊下など、鏡のように磨きあげられていた。参禅希望者が道を求め、ひきもきらず訪れる。そう聞いて、日本の心はまだ健全、と思った。

百六十羽養鶏

お寺で養鶏をやるなど、おかしな事だが、養鶏の真似ごとを始めて十六年になる。始めから百六十羽で、多くも少なくもならない。卵価は昔も今も十円ほどで、消費者にはまさに金の卵だが、小規模生産者はとても間に合わないので、次々と廃業していった。では、どうして私が、採算のとれないこの仕事を続けているかというと、第一に、ひとりでも多く寺の山門を気軽にくぐって来てもらいたい。卵を買いに来るのは、如来様と縁結びになる。

第二に、農山村地域の寺として、ものを生産する農民の苦労を少しでも理解できるよう体験したい。また、地域に良質の鶏卵（赤卵）を安く提供したい。

第三に、毎日決まった時間に給餌《きゅうじ》作業をすることが、自身の健康管理によいため。また、初生雛《しょせいびな》から産卵するまで育てる事によって、生き物の生誕と、成長する姿に常に接して、日々を新鮮に生きたい。

ある養鶏家が、「仕事を追う人と追われる人がある。追われる人はいつも不平たらたらだが、追う人には余裕と喜びがある」と語っていた。確かに、給餌する時の鶏達の喜びようは、与える者の喜びでもある。

仏音声

昨年の秋、梵鐘《ぼんしょう》を発願して約一カ年たった。拙寺《せつじ》には、今まで鐘楼はなかった。だから、今、なぜ建てなければならないのか。昔は、時刻を知らせるのが鐘の音であった。今は、愛の鐘やチャイムなどで正確な時を報じてくれる。それなのに何故、梵鐘を創らねばならないのか。そんな疑問が説明会で出された。私は、それに対して、こう答えた。

「梵鐘は仏そのものである。鐘の音は仏音声《ぶつおんじょう》で、天地に響き渡り、何ものにも優る仏の大説法だ。貧富とか賢愚をとわず、浸みとおってゆく」……と。

また、お寺から遠くて、とても鐘の音は聞こえないだろうという人には、「肉身の耳には聴こえなくとも、心の耳にはかならず聴こえる。また、生者《しょうじゃ》には福楽を、亡者《もうじゃ》には功徳《くどく》をもたらすことを念じながら、一心に撞《つ》かせていただく」と話した。

梵鐘には、東北の貧寒寺《ひんかんじ》の和尚の懇請《こんせい》を容《い》れられ、大本山永平寺の秦禅師様が、鐘銘《しょうめい》と発願文《ほつがんもん》を案文せられ、さらに、仏名《ぶつみょう》までご揮毫《きごう》していただいた。まことに不思議な勝因縁と喜びに堪えない。これも、只管打坐のもたらした、仏心の現成《げんじょう》か。

鳴鐘悟道

鐘楼が、わが境内に見事に建立された。当初、寄付金がこんなに
集まるとは予期すらできなかったので、雨漏りしない程度の
鐘つき堂で結構、と話し合っていたのだが、やりだしたら、
実に思いがけないほど、素晴らしい出来栄えに変化していった。
本格的な鐘楼造りで、しかも銅板葺きである。金色燦然《こんじきさんぜん》と陽光に映える。
しかも、梵鐘の銘文は、わが宗門最高位の管長様、秦慧《はたえ》玉《ぎょく》禅師《ぜんじ》に
作詩していただいた、直筆の鐘銘と発願文の浮き彫りであるのだから、
地方の小寺としてはまさに、奇跡的な出来事といえよう。総代の一人が
「和尚さん、〝願えばかなう〟というのは、本当ですな」というので、
「全く不思議な気がします〝念ずれば花ひらく〟ですよ」と答えた。
これは、生身である私の人間業ではない。
いたらぬ一介の野僧《やそう》の発願《ほつがん》が、浄財寄進と諸仏菩薩の眼に見えぬ
手助けによって、最善を尽くし得たのである。そう思う時、
私はこれから、どんな形で御恩報謝できるのであろうか。
何もかも一切を放下《ほうげ》して梵鐘を撞く。鐘とひとつになって響き止まぬ心。
「鳴鐘悟道《めいしょうごどう》」を、日常に生かすことしかない。

鐘声

また梵鐘の話である。この頃いろんな所で、太平寺の大鐘の音が聴こえるといわれる。実は、正直なところ、果たして一里四方に聴こえるだろうか、と不安に思っていた。それがどうして、二里半もある鷹巣町まで聞こえたという。二階堂夫妻が、十三日、お盆なので少し早めに起き、雨戸を開けたところ、今まで聴いたことのない、えもいわれぬ妙音が聞こえてきたという。棚経《たなぎょう》に行った時、

「方丈さん、十三日の朝の五時頃、鐘を撞きませんでしたか」と訊かれた事から、この近辺では、毎朝五時に撞くのは私の寺しかないはず、と何度も確かめて喜びあった。遠い木戸石の畠山町長さんにも「毎朝、聴いていますよ」といわれた。朝早い人で、庭の手入れや、草取りに余念がない日課だそうである。中学校の武石先生も、やはり「早朝の鐘声を聴くのは、本当に法悦そのものですな」とおっしゃる。さらに「野に出でよ。されば太平寺の鐘声《しょうせい》聞こえんかな」の一言が強く印象に残った。

〝現代人よ　野に出でよ〟である。されば暁鐘《ぎょうしょう》、昏鐘《こんしょう》は、たとえ幾千キロ隔《へだ》てても、魂の奥に響きやまぬだろう。

花の水

うちの老僧は生前、お酒をただ一つの楽しみとして、酒と共に生きてきた。酒なくして先師を語ることはできない。〝斗酒《としゅ》なお辞せず〟どころか、毎日、朝にコップ酒二杯、夜は三杯。それも冷や酒である。療養二十年。よくも飲んだりだが、最後まで、アル中の気配は全くなかった。

いま、毎朝夕に中陰供養を続けているが、家内が「おじいさんにお酒をお供えいたしたいがどうか」という。そこで、思いだした事がある。

私の若い頃、あるお葬式に出かけた折、檀家の人から「新仏さんに酒をあげたいが」という申し出に、私は、仏になったのだから、お酒は戒律で禁じられており、やめた方がよい―と話した。ところが脇から、ある婆さんが、「和尚さん、それは心迷わすほど、みだりにお酒を飲むな、という事でしょう。お酒は、昔は花の水といって、花が水を吸い上げるように、人々は飲んだものです」といわれ、一本参ったなと思った。

家内は、毎晩コップ酒を供えるが、大寂定中《だいじゃくじょうちゅう》、先師はのどを鳴らして甘露《かんろ》甘露《かんろ》と召しあがっているか、有り難た迷惑と手を横にふっているか―。

それにしても、祭壇の生花籠に、七日ごとに一升ビンで水をさすが、随分飲むものと感心する。

蚊

毎夏、子ども達の楽しみにしている〈子ども禅の集い〉も第十回となり、先頃約五十名の参加を得て開催した。残暑のきびしい日であったが、まじめに坐禅を組んだり、食事当番や掃除などに精を出し、また、肝だめしやキャンプファイヤー、サイクリングを楽しんだ。

その時書いてもらった感想文から…。「四年生からこの会に来ていますが、いちばんきつかったのは、ざぜんです。足がしびれてきて、いやになったときもしばしば。でも、がんばって良かったです」。（小六・女子）

やはり、坐禅は、みんなきついという。普段あまりに〝動〟ばかりで、〝静〟に親しむ機会がないからだろう。とにかく、身じろぎもしないのは苦しい。さらにその夜は、蚊の大襲来があったので、いよいよ大変だったようだ。あまりに、あちこちで、手で打つ音がするので、私は「蚊に刺されたら、そのまま血を吸わせておけばいい。そのうち満腹になってポロッと落ちてしまう。坐禅に打ち込むと、かゆみを感じるひまがない」と、口宣《くせん》をしたが、子どもたちは、やはり、かゆくてどうしようもなかったらしい。それでも、やがて静かになった。

じっと耐えることの体験は、何物にもかえ難い。

野点

米内沢のお寺で宗偏忌《そうへんき》茶会が開かれた。招かれて、久しぶりに本式の茶事に接した。千利休であったか、茶はおいしく飲むのが極意…と言ったそうだが、それにしても、いささかの心得もなしに、席に列なるのは、よほどの勇気がいる。来賓の著名人でも、献茶式が終わると、そそくさと立ち去る方々がいた。祝辞だけ述べて、一碗の茶も服せずに、である。私はそういう社会的地位の高い多忙な方であればこそ、風流をたしなんで欲しいと、いつも思う。

無風流では、味のない日本人で終わってしまう。戦国時代の武将が出陣の時、一服の茶を喫したように、世を動かす人であればあるほど、心にゆとりを持つのが大事で、茶は自己を整える妙薬である。

さて、濃茶席《こいちゃ》に總持寺前貫首岩本禅師の一行書が掛けられていた。「心足身常閑」―心が豊かであると、どんなに繁忙であろうと、立居振舞はまことに悠々とよどみがない―。また野点《のだて》席には、柴野黄梅太玄筆の「竹葉々起清風」の短冊があった。まさに、ツツジの花がかすかに揺れていた。私も、いつか来寺の客にあっさりと茶をもてなしたい。菩提樹のある庭で、野点の席を設けたい。主客の誼《よしみ》を、清風がよぎる。

おもいやりの花

この間、ラジオでこんないい話を聴いた。ある看護婦さんが、病院の外庭の木の葉を拾ってきて、寝たっきりの患者さんの枕元に、季節の移り変わりをそっと知らせるように届けて下さったという。しかも、随分長い間、続けておられるそうである。なんと温かく美しい心だろうか。その患者さんの感謝の気持ちが眼に見えるようだ。

また、目の不自由な女性からの投書であるが、甲府市内に、おいしいお寿司屋さんがあるというので、ある日、タクシーでその店に案内してもらった。運転手さんが、機転を利かしてクラクションを鳴らすと、店員が出てきて手を取り、店に招じて下さった。すぐにメニューを渡されたが、なんと点字のメニューが用意されていたのである。彼女は、初めて、お寿司にこんなに多くの種類があることを知り、その中から好きなお寿司を品定めするという、いまだかつて知らなかった喜びを得たという。この二つの話は、健常者にはわからぬ人生の機微《きび》に通じ、しかも市井の狭間《はざま》で、素晴らしい思いやりの花が、そっとほころび咲き始めたような良い話。まさに、禅機活溌地《ぜんきかっぱっち》である。仏心が、間髪《かんぱつ》を入れず、行動に移される素早さだ。

われ、いま、なにを

例年のように、営農大学校の哲学講座に出講の依頼をお受けした。今年は中国からの研修生が十名加わっている。あらかじめ副校長先生から、中国の学生については、難しい言葉は、ゆっくりと繰り返し話し、できるだけ黒板を利用したらいい、と教えられた。

講義を始めて驚いた。研修生は格段に熱心である。目つきが違う。私は、哲学の基本的な学習はともかく、農業者の生き方、つまり、人生哲学を主に話した。その中で、道元禅師が、中国の天童山《てんどうざん》で修行していた時の、食事担当の僧であった、用典座《ゆうてんぞ》との問答を紹介した。老齢の用和尚が、焼けつくような暑さの中で、椎茸《しいたけ》を干す仕事に夢中である。道元禅師が、「どうして他の若い修行僧にやらせないのですか」と問うと、「他はこれ吾れにあらず」という。重ねて禅師は、「しかし、なぜこのような炎天下にやる必要があるのですか。もう少し涼しくなってからでも――」と尋ねると、「さらにいずれの時をか待たん」と真の生き方を答えられた。今、この時を逃して、いつ修行できるのか……、きわめて厳しい人生観であるが、それは、中国学生の学習態度そのものである。終わるとその中の一人が、歩み寄ってきて「謝々《しゃしゃ》」と言った。

第二エッセイ集

生死のひとしずく

（二〇〇三年）

《序に代えて》生死の鐘

恒例の、除夜の鐘を撞く。もやの中に、人影が浮かび出ては鐘楼にのぼってきます。合掌礼拝してから撞く。そばの私は、その人によって、「軽く」とか「やわらかに」とか「思いっきり」など、撞き方をアドバイスします。同じ梵鐘ですが、撞き方によって音韻《おんいん》が全く違います。一人ひとりの「生死《しょうじ》」が違っているように……。男と女。子どもとおとな。それぞれの音韻です。大切なのは、その人なりに、どうしたら最高の音色をひびかせ得るか、ということです。何年も来ている人は、とてもいい音を出します。じぶんのこころが、仏さまと共鳴する、というより、仏さまの声そのものとなるのでしょうか。今後、自分の事よりも、ひと様の仏心を鳴りひびかせたい。それだけに徹したい。

坐禅するのは、黙って無上の鐘の音を発しているのです。それは全く、自己の問題です。と同時に、全世界に及ぼすことなのです。そんな「坐る姿」から滴り落ちる〈生死《しょうじ》のひとしずく〉。

日頃、お世話になっています、みなさまにお届けしたい……。

私のささやかな願いです。

Ⅰ　禅の風光

山水経

この間、保育施設長研修会を、大野台ハイランドハウスで実施した。
有力メンバーが、泊りこみの熱心な会であった。
私は久しぶりに訪れて、新築された会議室の快適さに驚いたが、
そこの床の間に掛けられていた次の書に、まさに眼を奪われた。
「而今《にこん》の山水《さんすい》は古仏《こぶつ》の道現成《どうげんじょう》なり」。合川町長、畠山義郎《よしろう》氏の揮毫《きごう》である。
これは道元禅師の、正法眼蔵第二十九巻山水経の冒頭の句である。
意味を述べると「今ここにみられる山水は、先覚者たちの悟りの境地を
現している」。さらに説かれた句を紹介すると「山は山になりきっており、
水は水になりきっていて、そのほかのなにものでもない」。私は、
この部屋から見渡す大野台の絶景に、全く適切な書であると感服した。
眺めいっている内に、次のことを思い出した。うちの寺にある書で、
あじろ笠の修行僧のうしろ姿が描かれたのに、賛《さん》として
「己れを生かし他人《ひと》をも生かせ、山に対するに山、川に対するに川」
本城浄福寺惣代《そうだい》、金幸鉄巌《こんこうてつがん》書とある。先日、浄福寺の方丈さんに
呈上したのであるが、前記の山水経の難解さが、これでもって
ようやくほつれかけていくような気が、私にはするのだ。

幼児のざぜん

昨日、東保育園の子どもたちのざぜん会に、NHK大館支局の記者が取材しに来寺した。年長組の入堂から十五分間の打坐《たざ》などを、間断《かんだん》なくビデオカメラに納めていた。夕方のローカル番組での放映では、無邪気な群像の実にいい顔と、薫風さわやかな感じに構成され、さすがと思った。ところで「幼児のざぜんは、どんな効果があるのか」と質問されたが、本来的にいうと、効果を期待して坐るのはよくない。しかし、保育の上でのねらいとしては、背骨をまっすぐに立てる事による健康性、脚を自在に組める柔軟性、息をととのえる精神性、鳥の声や風鈴、筧《かけい》の水の昔に耳を傾ける情操性、手を法界定印《ほうかいじょういん》に組む集中性、がまん強さを養う忍耐性など、いい事だらけである。

また幼児期より、静と動のけじめをしっかり体験させる。遊ぶ時には大いに徹底して遊ぶ。本を読んだり童話を聴く時には、静かにじっくりと親しむ。この頃の中・高校生の多くは、猫背で脚は長いが柔軟性が欠けているという。日本間に坐れないばかりでなく、心の形や中身までゆがんでしまうのは、只事《ただごと》でない。幼児期からそうならないようにしたい。

恩雪

ここ二、三日、急に寒気がゆるみ、屋根の雪が滑り始めた。

そのため軒下の積雪が、屋根に届くほどまでになった。

また、あちこちのガラスがこわれたが、やむをえない。本堂の大屋根は高くて急で、そう簡単に登れない。数年前、雪下《おろ》ししていて、滑走した雪と共に落下したが、あやうく命びろいした経験から、どうしようもなくなるまで、積もるままにしておく事にした。

しかし毎日、屋根の上の雪の量を見る習慣は、いつか阿仁町のお寺の本堂が、雪でつぶされた記憶によるものだろう。

とにかく雪国におると、朝起きると除雪するのが仕事である。

県内の坊さんの手紙に、かならず「雪作務が大変で」云々と前書きがあるのには、どこでも苦労しているな、と思う。しかしこの厳しさに囲まれているのは、幸せというものでないかと、考えが変わってきた。

「闘雪《とうせつ》」から「恩雪《おんせつ》」への転換である。丈余の雪に埋もれる永平寺から、道元禅師の「正法眼蔵《しょうぼうげんぞう》」が生まれた。この積雪寒冷地帯にある事で、私はどれほど精神的に強くなったか。暁天打坐《きょうてんたざ》をしていると、寒気をつき刺すように鴉が鳴く。とても明るい。あれは私自身でないか。

さるすべり

先般山形市に祝言があり、車で行ったおり、帰途、山寺と平泉に寄ってきた。立石寺《りっしゃくじ》は始めてである。時間もなく、体力的にもきつかったので、中腹の開山堂《かいさんどう》で折り返した。

大変な人出であったが、ある親子四人連れが、私達の前になったり後になったりして、あの急な石段をのぼりおりした。その若いお母さんは、二人の男と女の子を連れ、幼児をおんぶして、更にバッグを持ち、子どもが危ないと叱ったり、立ちどまると励ましたり、質問したり説明したり、まさに千手観音様だった。

平泉中尊寺では、特別御開帳の一字金輪仏《いちじこんりんぶつ》と、虚空蔵菩薩《こくうぞうぼさつ》を拝観してきた。特に〝人肌《ひとはだ》の仏〟といわれる、秀衡公《ひでひらこう》の念持仏《ねんじぶつ》の、滴《しずく》がしたたるような眼《まな》ざしと、頬の薄くれないは、以前に拝観した時と少しもちがっておらず、思わず合掌してすわりこんだ。

帰山しての翌朝、地蔵様の傍の、さるすべりの樹を見てびっくりした。枯れたと思ったのに、無数の芽生えが枝々から一気に噴きだし、まさに千手観音の、掌の指のようだと思った。その指のすべてに眼がある。しかも一字金輪仏の仏眼《ぶつげん》のように、雫がにぶく光ってた。

雪国の人

今年の寒修行は、まことに楽であった。雪は少なく比較的、温暖で歩きやすく、一度もヤブ（深雪）をこがなかった、極めて異例な年であった。しかし、何となく寒行の感じがなく、張りあいがないのも確かだ。朝一時間の鳴鈴《みょうれい》巡行《じゅんぎょう》は、行乞《ぎょうこつ》とちがって、まだ暗い雪道をまっすぐ向こうに読経《どきょう》運歩《うんぽ》するのみ。毎日同じ道でも雪景色はさまざま。一瞬、息をのむほど、大自然は至純《しじゅん》の妙をかいまみせてくれる時もある。本当に私ひとり、もったいない、と拝ませていただくのみだ。

先日、秋田で雪国のくらしを考えるシンポジウムがあった。その折の発言の中で、「雪国の人は、冬を耐え忍ぶというイメージがあるが、冬は農作業から解放されて、思索にふける文化の源泉ではないか」との意見があった。その通りで、読書をしたり坐禅に打ち込む、絶好のチャンスと受けとめたい。また風雪に耐える、身心の鍛練《たんれん》も出来る。寒行はその最良の方法であろう。現代人はひよわになりつつある。この間、節分の時、私の寺に豆まきに来た保育園児年少組の、二分の一近くが風邪で休んだ。往復の寒さの故という。抵抗力が無いのは乾布《かんぷ》摩擦《まさつ》をやっていない為でないだろうか、と反省している。

ひとつぶせんつぶだあ

先般、むかいの東小学校の〝収穫感謝祭の集い〟に案内があり、初めてお伺いした。実はうちの裏の畑を学校に貸しているので、毎年ご案内をいただくのだが、今までは都合が悪く、どうしても行けなかった。今年はその時間がとれ、やっと参加することができた。司会進行も生徒たち、という自主的運営で、それぞれの学年の発表会や、餅つきなどがあり、内容も豊かであり、楽しい半日であった。中でも、印象深かったのは、二年生の「ひとつぶせんつぶだあ」で、ひまわりの種の一粒が、どれほど増えたか克明《こくめい》に数えあげ、その驚きを劇的に生きいきと演じ、生命の不思議さを、造形美に表現したのは、とても新鮮であった。四年生の「じゃがいも、だいこん、いろんなかたち」で、感想文朗読の終わりに「もし、やさいさんたちが、にんげんの形をしていたら、思いっきりあそびたい」と結び、野菜の中に、底しれぬ生命力を見出した感受性は、まさに万物同根の透徹した純真さであり、感動した。私たちは、物質文明のモノに覆われている。剥《は》ぎ取って心に触れよう。禅の一超直入如来地《いっちょうじきにゅうにょらいち》とは、これをいう。

心の温かさ

先日、新聞のコラムに、本荘《ほんじょう》駅の待合室のベンチ用に、小さな座布団を寄付された、匿名《とくめい》の婦人のことが載っていた。その方は、前にも八郎潟《はちろうがた》駅に、同様の善行をなしているそうだ。JRで一言お礼を、と探しているが、どうしても不明であるという。ただひとつ、御詠歌の講員である事だけが解っている由。この綿のいっぱい入った、手作りの小蒲団《こぶとん》は、寒風に吹かれて駅にたどりつく人々にとって、どんなに有難いことか。その方の心の温かさは、沢山の人の身と心を、あったためてくれる。人知れず善をなすのを、陰徳《いんとく》を積むという。そうせずにはおれない、慈悲心の発露が、匿名に徹するという、自然な行為となって顕《あらわ》れただけであろう。

私の寺の梅花諸員も、昨年から誰からともなく、屑箱《くずばこ》設置運動を始め、ささやかな地域浄化の一翼をになっている。そのごみも随分たまるそうだ。担当の役割りを決め、たまったごみを処理する。冬期間は、除雪車などによって破損が生じやすいので、屑箱を各自が保管する。また雪が消えると、出てくる。白い塗装のそれが見えるようになると、心の中まで明るく、春めいてくる。

知と行

先般、秋田市の禅センターで、「禅を聴く会・語る会」があった。県内寺院の、総代や護持会役員に、参加を呼びかけて開催された。私は助言者の役で、うちの総代さんなど、三名をともなって出席した。開講式のあと坐禅、ひき続いて写経、講話、質疑応答など、盛り沢山の日程であったが、皆さん方は、とてもまじめに取り組んでおられた。

私はその席で「この多忙な現代生活で、いっときでも打坐し、写経に集中する心を持ち、閑寂《かんじゃく》にひたることのできるのは、まさに醍醐味《だいごみ》である。最高の幸せではないか」と申しあげた。このレベルの高い、知と行《ぎょう》の実践を、一部の禅僧だけが会得《えとく》しているのは、もったいない。門戸を開放して、広く一般人にも享受してもらいたい、というのが、今回の趣旨であろう。また席上、大広間の正面に掛けている扁額《へんがく》〈随流去《ずいりゅうこ》〉について質問があった。―いのちの流れに、身心を任せ去りゆくのみ―との意。この三字は、あとで調べたら、良寛詩集の詩偈《しげ》であるのが解った。

心随流水去／身与浮雲閒

（心は流水に随いて去り、身は浮雲とともに閒《しず》かなり）

なんと至福の身心であろうか。

挨拶

先日、合川《あいかわ》中学校の卒業式に列席した。校長先生の式辞の最後に、ある老町民からの手紙の紹介があった。要約すれば、合中の生徒と登下校の時ゆきあうと、かならず挨拶されるという。するとその日、なにか一つ、トクをした気持ちになって有難い。またこういう合川の子ども達を、一町民として誇りに思う、といった内容であった。合川駅前の通りは「あいさつロード」と名づけられ、親も子も、みんな元気に挨拶を交わす。そんな特色ある町だ。

さてこの〈挨拶〉についてだが、実は禅の言葉である。ものの本によると「挨」は積極的に迫ってゆくこと。「拶」は切りこんでゆく意。修行者が師家《しけ》（禅の指導者）に問答をかけ、本質を摑もうとする。あるいは師家が雲水に対して問いかけ、その力量をはかろうとする。いわば真剣勝負である。それだけに挨拶は、常に相手の琴線《きんせん》に触れる、心のこもったものでなくてはならぬという。

省みると私達は、そんな挨拶をしているのであろうか。やはり今、私とあなたの、出会いと別れ、これが最後かもしれぬと思い定める時、挨拶は、本当に温かい血の通ったほとばしりとなる。

白鳥にまなぶ

昏鐘《こんしょう》をつくあいまに、阿仁川でコウコウと鳴く、かん高い鳥の声が、
鐘楼まで聴こえてくる。白鳥だ。北へ渡ってゆく、しばしの憩いの羽を
休めているらしい。『聯頌集《れんじゅしゅう》』に「陽春の白雪唱えいよいよ高し」と
ある如く、まだ一面の田んぼの残雪が、白鳥と一体になって、
天地いっぱいの啼き声を響かせているかのようだ。さて、
この白鳥の群が、空高くV字形になって、飛んでゆくさまは壮観である。
なぜV字形の隊形を作るのか。新聞で読んだ、外国の学者の
研究によると、めいめいの鳥が羽ばたく時の、空気の流れが、
すぐあとを飛ぶ鳥の揚力《ようりょく》になる。それで七割も飛行距離が延びるという。
その隊形から離れると、すぐ速度が落ちるので、直ちに元の隊形に
復帰する。先頭を飛ぶリーダーは、疲れたら後方に回り、他の鳥が
交代する。しかもその一定の速度を保ち、飛翔し続けねばならぬ
先頭の鳥に、後続の鳥たちは、絶えずコウコウと声をかけて、
励ますのだという。なんとうるわしい共生きと、
助け合いの生態であろうか。私は白鳥の心も純白、透明で、
しかも、大自然の摂理《せつり》そのままであることに、感動した。

Ⅱ　生死のひとしずく

胎児のなげき

数日まえ、若い男女のカップルが来寺した。流産した水子《みずこ》の供養をしてほしいとの事である。まだ婚約中なそうであるが、予定の挙式をひかえた、妊娠五カ月での流産という。私は二人を座敷に招じて、ひとのいのちについてお話しした。せっかく人として、この世に生のともしびを得たのに、ほんの数カ月で消えさらねばならぬ薄幸《はっこう》の、胎児のなげきに耳を傾けよう。またその霊を弔う意義と、これから正式に結婚したら、まず母体を健康にする事、妊娠したら胎教から始める。酒たばこは絶対やらぬこと……など、具体的な心得を説いた。

二人ともいくらすすめても正座を崩さず、耳を傾けていたが、あとで、こういう話は始めてだ、というのに、いささか驚き入った。

わが国では、まだ婚前教育が不徹底である。特に結婚し、妊娠する事の心理的な受けとめ方、さらに胎教とか、夫婦のきずなの精神的な面など、ほとんど教えられていない。だから不純異性交遊とか、離婚件数が激増の一途である。私たちはどう対応したらいいか。

水子地蔵尊の前で供養の時、二人は合掌するのみであった。

まさに「生死はほとけのおんいのちなり」である。

小さな骨箱

この四月中旬、うすら寒い日であった。
役場の福祉課より電話があり、「水子を預かってくれないか」との事。
聴くと、「大野台ハイランドの浄化槽に、十カ月の乳児が
棄てられているのが、汲み取り中に発見され、警察に届けられた。
身元不詳であり、そのままにはしておけないので、火葬にしてどこかに
預けなければならない。どうかお願いしたい」という次第。
その日の夕方、小さな骨箱を持つ課長さんを先頭に、職員の方々が
来寺された。「十カ月といっても、ちゃんとお骨が拾えるものですな」
との感慨をもらす。名前は調書の関係で必要であり、東海林《しょうじ》課長が
名付け親になり〝山本清美《きよみ》〟とつけられた由。なるほど男女の性別が
わからぬので、両方に通じるいい名前だな、と感心する。私はお血脈《けちみゃく》を
授け、水子の葬式を如法《にょほう》にお勤めしたが、追善法話の中で、私の長女が
生後二日目に亡くなった時、どうしてこんなに涙が出るのだろうか、と
ふしぎなほど泣いた親の悲しみ。また縁もゆかりもない職員の、
丁重な供養の心を受けついで、日々お線香を手向《たむ》けたいと話す。
棄てた親に心あらば、こっそり寺に来て、薄命《はくみょう》の霊に一言のお詫びを。

ただ坐る

合川高校のフェンシング団体男子が、全国高校選抜大会で優勝した。なんでも五人対抗で最初の二人が敗れ、あとの三人が勝っての逆転という。このフェンシング男子部が、昨夏私の寺に坐禅しに来た。その直後の全国大会個人戦で二位に入賞した。インタビューで「太平寺で坐禅したのがよかった」とか言ったそうである。坐ったから勝ったわけでなく、試合に臨む心構えが会得《えとく》されたのであろう。今回の逆転勝ちなど、まさに無心に試合ができたから、勝利が向こうからやってきた。只今おこなわれている春の甲子園大会でも、得点を先行したのだが、一寸した心のすきまにつけこまれて負けたチームもある。勝った方は、形勢が不利になってもあきらめなかったのだ。この土性骨《どしょうぼね》が、坐る事によってつちかわれる。坐禅というのは、すべてを放下《ほうげ》してただ坐る。全く無目的なのだが、ふしぎに人間の持つ活力が発揮されるのは、心をむなしくできるからだ。同じ高校生でも、この春卒業式の朝、自宅で急死、冷たくなっているのを弟に見つけられた、気の毒な運命もある。何たる無常か。ただ涙あるのみだった。

坐

ここ数年来、自殺者が急に増えだした感がある。それが経済面での失敗とか、家庭の不和ではなく、何とも説明がつかない。いわば原因不明といわれるのは、どうしたことだろう。やはり急激な生活環境の変化、便利いっぽんやりのせいであろう。どこの家でも自動車がある。テレビがある。そのため歩かない。画面を視るだけで考えようともしない。

私は数年前、インドへ行ってきた。帰国後、日本の生活がすべてに急ピッチで、ついてゆけず、眼がまわる思いをした事がある。この経験からして、私たち誰の心にも加わる現代文明の強い刺激が、ストレスとなって、知らぬ間に心を蝕み、ある日突然、死にたくなり決行してしまう。こういう図式だと思われてならない。

農業を例にとっても、機械化によって、大地から離れて耕作できる。人間が土から離れたらどうなるのか。坐禅の「坐」は、土の上に人が二人、共にすわる。叢林《そうりん》なのだ。誰しも土に帰らねばならぬ。平素から土と仲よくしたい。子どもは泥んこ遊び。大人は土いじり。土に根ざした坐禅。これが生きていく上に、とても大切な事なのだと痛切に思う。

雨ニモマケズ

昨夜、鷹巣町公民館の冬期講座〝自由詩〟の、千秋楽打ちあげ講座があった。月二回、参加人数は少ないが、充実した内容といわれ、担当講師の私としても、毎回やり甲斐のある二時間半であった。今年は作詩の実際と、日本近代詩から順を追うて勉強したが、主要詩人の代表作は、鑑賞の度に新しい感動を生む。昨夜は一番最後の教材として、宮沢賢治の「雨ニモマケズ」を講じた。

これを書いた時、賢治は病床に臥しており、死を予感していたと想像される。それが終結部で、「ミンナニデクノボートヨバレ／ホメラレモセズ／クニモサレズ／ソウイウモノニ／ワタシハナリタイ」という、まさに魂の叫びとなって、時空の囲いの中の私たちを衝撃しやまぬのだ。つまり、詩の形をして詩を超えた世界の浄願《じょうがん》であり、生きかわり死にかわりして、菩薩の行願《ぎょうがん》を貫きやまぬ賢治の純粋さに、私は心を打たれる。現代における仏教者の生きかたとは……。

いま仏道を行ずるとは……。いつも念頭を去来する事だ。この詩は、自分を徹底して捨てている。無心になると、仏性《ぶっしょう》が光り始める。受講者の一人が、「身を捨ててこそ浮かぶ瀬もあれ、ですね」といった。

自然のサイクル

この頃、寺の杉の木立や、境内を遊び場とするカラス達も、
ずいぶんさま変わりした。なにしろ水子地蔵さんの筧《かけい》の水盤《すいばん》で、
餌を洗ってから食するグルメぶりだ。おかげで毎日、石の水盤を
清掃しなければならぬ。小鳥やネズミの羽毛、骨が散乱していたり、
この間なんか、ねずみの肋骨があったり、黒い肝《きも》が残されていた。
今までのように、墓場の供物をついばむだけでは、すまされぬらしい。
弱肉強食は世の常で、カラスやねずみの世界では当り前のことだ。
われわれ人間の側からは、ついねずみを憐れみ、カラスを憎む。
どうも人間の物差しで感じてしまう。昨日は山門の所に、子すずめらしい
死骸が落ちていた。遠くから見ていると、すずめ達がつっついている。
そのうちに無くなった。共食いで残酷だなと思うのは、私の物差しだ。
この現実を直視し、無常をふかく感じられて出家したのが、
お釈迦様である。私たちはこの原点まで立ちかえるべきであろう。
理屈でなく、あるがまま見聞きし、生きるしかない。
真実に生きるのは大変だが、自然のサイクルに任せ、
いのちを最高に光らせるようにしたい。

死を看取る

『母の終焉《しゅうえん》まで』――娘の看取《みと》り日記――を読ませてもらった。壮絶な病魔との闘いと、必死に母を看病し続ける娘二人の献身は、一カ月余と思われた命の火を、九十一日間も燃え続けさせたという、まことに胸をしめつけられるような手記である。亡くなる前の日のこと……

午前八時往診。眉間のシワがなくなっただけ、柔和な顔になった。昨夜の弟の言葉に、姉と二人もらい泣きする。眠り続ける母に「五十数年ぶりに会う父の所へ、迷わずまっすぐ行けよ。五人の子どもは、立派に育てて置いて来たって報告してよ。われわれ五人も、又、そばに行くから待ってて。父親の分まで育ててくれて、ありがとう」と大粒の涙で頬をぬらし、眠り続ける母に語りかけていた弟――。

人間は誰しも、まぎれもなくいつかあの世に旅立たねばならぬ。その最後は、どんな最後であるのか、私など一番の関心事である。これだけは思うようにはいかないのだ。家庭において〈死を看取る〉のが少なくなった。この方のように、家族近親に囲まれ、黄泉《よみ》の国に旅立つのは、幸せに尽きるものといえよう。

寺に棲む

うちの寺には、いろんな生き物がいる。代表的なのは、リスと蛇だ。

リスは、本堂の裏の杉林に棲んでいる。時おり、木登りしているリスを見つけた来客が驚きの声をあげる。先年までは、コーモリもいた。

夕方になると、庫裡《くり》の廊下にまで飛び交うて、うす気味悪いものだった。

蛇は、相当大きな青大将がいるらしい。戸外だけでなく、屋根裏を這いずり回る。書き物などしていると、その音が聞こえてくる。時には鼠が摑まえられ、必死の叫び声をあげる修羅場もくり広げられ、私は「ほう、やってるな」と見あげる。おかげで、鼠はほとんど悪戯《いたずら》しない。

境内にはいつも鴉がいる。いろんな啼き声には感心する。

鴉同士のコールサインであろうか。変な声で啼くと、
人は死の前兆とおそれるが、当ることはすくない。

その鴉の一羽が、裏庭にうずくまっていた。病気か、野鼠駆除の毒入りの餌を食べたのか。その兄弟らしい、二羽の鴉が寄り添うて、時どき、悲しみがほとばしるように啼く声は、あわれであった。

家人《かじん》が、水とカステラをそっと伸べたが、食べずにおわった。

翌朝、山《さん》帰来《きらい》の根元に葬《ほうむ》った。

沈黙と合掌

九月初旬に、檀信徒本山研修会があり、当寺からも私を含め、八名参加した。本年は大本山永平寺を会場に、前後に赤倉温泉と黒部《くろべ》観光がセットされた、硬軟《こうなん》自在の楽しい旅であった。ただ本山での、研修について痛感したのは、以前より無駄口をきく話し声が多かったように思われ、雲衲《うんのう》から再三、注意された。沈黙を守ることが、現代人には次第に困難になったのであろうか。とにかく黙っていることが出来ない。言葉や言いたいことが頭に浮かぶと、すぐしゃべりだす。あたりかまわず、他人の迷惑をかえりみずの人が多くなった。その点、常に坐禅に親しみ、宗教的行《ぎょう》を積んでいる人はちがう。黙《もく》に徹する。黙の重みに耐え得るのだ。私と同行した篤信者《とくしんじゃ》が、この度の大きな心の収穫は、合掌と沈黙であったという。合掌礼拝の基本は、坐禅である。大いなる光に照らされ、同時に自ら光り輝くことだ。ご本山で宗侶《しゅうりょ》が揃って丹羽禅師を拝問《はいもん》した。辞去の時、私は部屋の入口で振り返り、問訊《もんじん》（拝礼）した。禅師は本当に深々と、合掌低頭《ていず》されていた。一期一会《いちごいちえ》を痛感する。これがもしか、最後かもしれぬ、と拝み合う仏の世界は、実に貴い。

鎌原観音堂

先月、教育委員研修旅行で、長野と群馬に行ってきた。

山村留学について研修のあと、浅間火山博物館や、鬼押出し園など観てきた。その途次、天明三年の浅間山の大爆発の時、ほとばしり出た泥流《でいりゅう》に埋没して、多勢の犠牲者を出したある村落の浅間やけ遺跡、鎌原《かまはら》観音堂にお詣りした。そこは小高い丘であったらしいが、今はちょっとした高台にすぎず、石段が少々残されていた。下から五十段の所まで埋没して、地面の色が変わっている。その日、観音様に異変が生じ、それに気づいた村人百数十名が助かったが、他の四百余名は、ついに避難が間に合わず、泥流の下になり、今もそのままという。

ところで近年、その石段を調査していたら、偶然にも、折り重なった二体の白骨が発見された。調べてみると某《ぼう》、姑《しゅうと》と嫁の遺体であることが判った。しかも五十段にあと一歩の所で、姑を背負ったけなげな嫁女は、手をのべたまま泥流に呑み込まれたのだ。阿鼻叫喚《あびきょうかん》の地獄。

観音堂の境内に休み屋があり、お茶と新鮮なきゅうり漬けが、さりげなく置かれていた。私は、姑を助けようと必死の嫁の心情を、香の物と共に深く味わった。

Ⅲ　旅の水の味

底抜けの風光

急に、タイとインドの仏教聖地参拝団の一員として、十日間旅行してきた。この度はまた、大本山總持寺の梅田禅師様の、両国政府表敬訪問も兼ねており、随行団員の委嘱状をいただいた勝縁《しょうえん》も、有難い。とにかくタイの三日間は、いささか物見遊山《ものみゆさん》的な気分で、寺院や史跡を回ったが、インドではカルチャー（文化的）ショックに、完全に打ちのめされた。

ベナレス市の大通りの雑踏を、牛がのんびり散歩している。

高速道路を、羊の群が悠々と横切るのを、車が列をなして待っている。車はほとんど国産同型で、頑強に出来ているらしく、狭い道を猛スピードで追い越し、競争するので、主要道路のあちこちで横転していたが、あまりこわれていない。その中の、鉱石を散乱させた横倒しの車の日かげに、運転手がのんびり昼寝していた。

また郊外では、牛の糞をひろってきて丸く固めて干し、頭上の篭《かご》に入れて運ぶ、サリーの女達、それを壁のまわりに厚く貼りつけて、乾燥させ、燃料作りの作業をしている女や子ども達など、すべてゆったりと流れるガンジス河のように、大らかであった。この底抜けの風光は、大地をはだしで歩き、大自然の精気をもろに摂取して生きる、人間の原型である。

母なるガンジス

ベナレスは、ヒンズー教徒の聖地である。彼等の最大の願いは、この聖なる河、ガンジスで沐浴《もくよく》し、ここで死を迎え、自らの遺灰《いはい》を河水に撒《ま》いてもらうことだという。私たちは早暁《そうぎょう》四時半に起床し、薄明の中を河畔《かはん》に向った。バスは信者の群の中を進み、やがてガードに到着。石段八十あまりをくだって、小船に乗り移った。ちょうど朝日が、対岸に顔をのぞかせた。その巨《おお》きく淡い光に照らされ、信者たちは敬虔な祈りとともに、沐浴を始める。岸にそそりたつヒンズー寺院からは、たえまなく祈禱音楽がラウドスピーカーで流され、喧騒《けんそう》と熱気の、異様な雰囲気をかもしだす。

みんな一心不乱に〝母なるガンジス〟に身心をひたし、罪障《ざいしょう》を洗い浄め、よりよい来世を確信した喜びを、全身にあらわす。すぐ傍を、子どもの屍体《したい》がゆっくりと流れていき、岸辺で火葬された遺灰が流れよってきても、目もくれない。

〝聖なるガンジス〟は、ガンガー女神《じょしん》の現身《うつせみ》であるからだ。

この大自然との一体感は、日本では著しく欠けてきた。そこで山に対するに山、川に対するに川、になりきるのは禅である。

御飯の七粒

去る十一月十八日より十日間、中国の浄慈寺《じょうじじ》鐘楼落慶大梵鐘撞き初《つぞ》め式を厳修《ごんしゅ》されるのに、大本山永平寺不老閣《ふろうかく》禅師様が、大導師をお勧めなされる随行団の一員として、北京《ぺきん》・西安《せいあん》コースを巡ってきた。法要の関係で、やむをえずシーズン・オフの、北京では初雪が降り、おかげで万里の長城は、ついに見ることができない残念さはあったが、とにかくコース班員二十六人、全員なんの事故・病気もなく成田に帰着できた。

中国では、文化大革命の為、仏教寺院は無残に破壊されたと聴いていたが、実際には急速に修築され、お坊さんも天童寺《てんどうじ》に八十数名、浄慈寺には五十数名もおり、それぞれ風格のある方々ばかりで、中国の僧、独特の雰囲気をかもし出していた。

例えば、実にもの静かで、山門の内部に黙然《もくねん》と並び、私たちを合掌で迎え、合掌で送って下さった。それに比して、日本人の一行は、写真やビデオ撮《ど》りに夢中の、何とも恥かしい限りの振舞いだった。

また、仏前に供えられた御飯の七粒（サバ）を、箸でつまんで石段の所に置き、弾指《たんじ》を打っているのを見かけたが、仏餉《ぶっしょう》の小鳥たちへのおすそわけというより、往昔《おうじゃく》の施餓鬼《せがき》の原点であると思われた。

果喰箱

私は旅をすると、歩く途中、紙くずが落ちていると、さっさと拾う習性がある。いいとか悪いとかの問題ではない。そうせざるを得ない、心のままの働きだ。中国では、そんな機会が別の地域に比して、格段に少なかった。ゴミ箱が数多く設置されており、ゴミを無意識に捨てないからであろう。このゴミ箱は「果喰箱《かくいばこ》」とあり、獅子《しし》が口を大きく開けた、瀬戸物であるのは面白かった。

果は因果、果報、善果、悪果であるが、すべての果《か》を喰べてしまう。つまり〝無心になりきれ〟と教えていると思われた。

さて中国の公衆便所に、小用で入ると、大きなポリ容器が並んでいた。ガイドの話では、尿から脳血栓《のうけっせん》の薬を製造するという。私たちの、汚い不用なものという観念を、根本的に変えざるを得ない発想にはおそれいった。ところで日本人の尿に、そんな薬を作り出せる要素が、果たしてあるだろうか。共同便所の前に、身長・体重を有料で計量する、はかり屋さんがおった。

肥満防止の為だろうか。省みて日本人は、ぜいたくを通りこして、肥満果喰箱となった。

天童寺

いま天童寺には、約八十人ほどの修行僧が居るという。一般の観光客にまじって、信者もたくさん見受けられた。拝登してまず感じたのは、地形と諸堂の配置が、わが曹洞宗の大本山永平寺に、非常に似ていることである。長い階段状の回廊《かいろう》によって結ばれている。

如浄禅師《にょじょうぜんじ》の天童寺と同じような伽藍《がらん》に住することによって、道元禅師は、終生《しゅうせい》、師を敬慕し、その教えを受けつぎ、おし広める心を保ち続けたとは言えないだろうか。ここに曹洞宗の、正伝《しょうでん》の仏法が、連綿《れんめん》と続くゆえんがあると思われた。

さて天童寺では、最近復元されたという坐禅堂に入ることができた。内部には一切の仏像など無く、がらんとした正面に、堂頭位《どうちょうい》が設けられてあった。ガイドに「ここは如浄禅師の坐った所、あそこは若き道元様の単《たん》」と教えられたが、堂頭位から右斜めの所にあり、今から七六一年前を想起し、身心がふるえやまなかった。有名な「杜鵑《とけん》（ほととぎす）啼き、山竹裂く《さんちくさ》」は、ここで、月明かりの中で詠《えい》じられたのか。

身心脱落《しんじんだつらく》の歴史的瞬間は、ここに訪れたのか。

チベット僧

この二月十五日、成田を発ってインドに行ってきた。
仏跡めぐりとクシナガラ涅槃園《ねはんえん》（納骨塔）落慶《らっけい》法要《ほうよう》随喜《ずいき》の為である。
服装も前回（五十八年）と同じく和服で道中着。袈裟と大衣《だいえ》は
もちろんトランクに入れた。前には亡父と本師の写真を懐中に
忍ばせたが、今回は更に、実母と家内の母の遺影を加えて、
インドを案内してまわった。前回は猛烈なカルチャーショックを
受けたが、この度はさほどでなかったのは、あまりに
日本人観光客向きに、お膳立《ぜんだ》てが整いすぎていたからか。
現在のインドは、ヒンズー教徒が八三％、イスラム教徒が一一％で、
仏教徒は一％にも満たない。八百年ほど前に、仏教は姿を消したと
いわれるが、仏陀《ぶつだ》のハイレベルの知的な宗教は受け入れられなかった
のだろう。この度、特に印象深かったのは、チベットの僧達が
仏旗《ぶっき》を掲げて、道路際を裸足《はだし》で歩いていた姿である。
釈尊は生涯、とぼとぼと歩かれ教化《きょうけ》されたのだ。その八十年の
み跡《あと》を慕いて、ひたすら巡礼する純粋さに、私は打たれた。
われわれ一行はデラバスで、その脇をほこりを巻いて追い越した。

仏足紋様

クシナガラの涅槃堂《ねはんどう》にお詣りした。
その前に、近くの茶毘塚《だびづか》の周囲をまわり、釈尊をしのんだ。
広々とした草原の、あちこちに樹木が、うっそうと葉を拡げておる中に、
ひときわ高い四十六メートルの、レンガ積みのラマバル塚である。
ここで釈尊を、茶毘に付した史跡ということだけでなく、
二千五百年ほど前の涅槃を、形象として残そうとした仏教者の、
追慕の誠の大きさに打たれる思いがした。事実、付近には沢山の
大塔や僧房《そうぼう》の遺跡があった。往時は、日夜この塚を拝み、
お仕えする、数多くの僧たちがおったのである。
そのすぐ傍に、涅槃堂があり、六メートルの金色の涅槃仏が、
黄の布を掛けて、安置されていた。私たちは仏のまわりを、
舎利礼文《しゃりらいもん》を誦しながら、右まわりして線香をそなえた。
その後、私はひとりうずくまり、おみ足裏の、法輪文様《ほうりんもんよう》を撫でさすった。
八十年間のご生涯、教化一途《きょうけいちず》に諸国を行脚《あんぎゃ》された大恩教主よ。どんなに
お疲れになった事でしょう。そして今なお、世界の迷える衆生のため、
正法《しょうぼう》に導き給う大慈悲心は、なんと広大無辺であろうか、と涙溢《あふ》れた。

洗浄

この度、インドの農家には、トイレが無い事を始めて知った。
そういえば朝まだき、バスの車窓から、沿道のあちこちに小さな缶を
下げて、野や畠を行く人や、うずくまっている人々を見かけた。
ガイドに聴くと、用便の人達だという。その缶には水が入れてあり、
用をたしたあと、左手で洗浄するのだそうだ。右手では絶対やらない。
というのは、右手は食事専用なのである。
バスの乗務員が食事をする場面に、何度か出会ったが、
皿に盛られたご飯とおかずを、実に巧みに指でかきまぜて、口に運ぶ。
箸とかフォークなどは、一般では使わない。ともあれ用便のあと
洗浄するのは、日本でも最近ずいぶん普及してきたが、
インドでは、何千年の昔から既に行われていたのは、興味深い。
正法眼蔵の洗浄の巻に、「大小便を行じた後を、洗うことを
怠ってはならぬ。舎利弗《しゃりほつ》尊者がこの法を行ずる事により、外道《げどう》を
降参させた」とあり、ならびに洗浄の仕方が、事こまかに説かれている。
さらに「心身の解脱《げだつ》の法は、水を以て洗浄し、衆生の為に願うべきである」
など、洗浄が解脱の法、とまで意義づけられている。

山頭火

九月五日から十四日まで、山口県下で特派布教のお勤めをさせて戴いた。さまざまな見聞《けんもん》を得てきたが、特に有難く思ったのは、私が古くから敬慕しやまぬ行乞《ぎょうこつ》の俳人山頭火の、生地と墓地のある防府《ほうふ》市を往訪できたことである。しかもその菩提所、護国寺が会場であった。

私は、つつましい「俳人種田山頭火之墓」にお詣りし、回向《えこう》を手向けた。本年は没後五十年に当り、山頭火記念展が開催されるという。この度、私の法話のあと、多々良《たたら》学園学監《がっかん》で、山頭火研究者でもある方丈さまから「現代の芭蕉《ばしょう》、山頭火」と題して、とても佳《よ》い講話があった。

　生死の中の　雪降りしきる／分け入っても分け入っても　青い山

てふてふ　うらからおもてへひらひら／へうへうとして　水を味《あじわ》ふ

私の泊まったホテルの、すぐ傍の小公園にある

　雨ふる　故里《ふるさと》は　はだしであるく

の句碑は、雨にぬれ、陽がさしていた。その作品は禅味があり、独自で深い境涯を示すが、特に私が最高傑作と思う次の句が、講師と評価が一致して嬉しかった。

　おとは　しぐれか

随流去《ずいりゅうこ》

島根の湯村という温泉場は、私の今まで経験した温泉の中で、最も風雅に満ちた所であった。どこの温泉場でも宿の中に浴場がある。ところが湯村では、宿を出て石段を降り、向い側の建物に入り、さらに階段を降りて、岩風呂にたどりつく。脱衣場など相当古く、板の間は黒光りしている。とにかくすべて枯淡《こたん》であり、どっしりとして、そこふかい。また、戸外へ出て、五十メートルほど歩き、川のほとりにおりてゆくと、天然の露天風呂があった。川の流れに、そこだけ石を積んで、形ばかり囲うているが、底の砂土《すなづち》から、フツフツと湧いてくるお湯は、ちょうどいいあんばい。岩場に着衣を脱ぎ、身も心もかなぐり捨てて、山川草木《さんせんそうもく》のまっただなかに、どっぷりつかる。まさに大自然と一体境《いったいきょう》。「随流去（流れに随って去れ）」という禅語がある。湯にひたりながら川の流れを観ていると、人生は川の流れそのもの。さまざまな出来事に、悩み苦しむ。だが時は去りゆくのみ。この人生にもいつかおさらば。だがそれがいつ来るか、解らぬのが面白い。まさに生死透脱《しょうじとうだつ》した気で、宿に帰る途中、大きなくしゃみ、生身《なまみ》の結び目が、一つ解《ほぐ》れた。

Ⅳ　日常底に立つ

森林浴

久しぶりに、裏山の林の中を歩いてきた。杉の梢からさしこむ光がやわらかい。青葉若葉の雑木林の下地など、腐葉土《ふようど》でまさに厚いじゅうたん。身も心も吸いこまれそう。ただ無心に歩を運ぶのは何者？　という気持になる。

〝森林浴〟という新語を知る。木洩れ日とともに、木々の樹脂《じゅし》から発散する香気が、グリーンシャワーのように降り注ぐ。その芳香を浴びて、心身を鍛えようというのだ。

人間であることに疲れた時、森を散策するのは、森が「国民の総合病院であり、総合体育館である」といわれる効能があると同時に、私たちを、さらに高い境地にいたらしめる事だ。

道元禅師が、『山水経《さんすいきょう》』で「山には山の歩みがあり、山の流れがあり、山が山を生むときがある。山が山を学んで仏となることによって、仏がこのように実現しているのである」と説かれたが、こうなると山が山になりきった自在の境であり、自他のまたとない体験となる。

インドへ同行した乙川マサ刀自《とじ》が、竹林精舎《ちくりんしょうじゃ》で詠んだ歌、

　夢に見し　精舎の跡に佇《たたず》めば　ただ竹の葉の　音ぞかそけき

私もこの竹林の寂《じゃく》の世界で、かすかな風に和す、一片の竹葉でしかなかった。

都合をはずす

保育園の、郵便箱の小さな穴から、小鳥がさかんに出入りしている。中を覗くと、藁くずがあった。「つばめかな」と思っていたら、保母達が「雀だ」と、穴にガムテープを貼ってしまった。私は、どちらも小鳥じゃないか、せっかく巣づくりしたいのだから、提供してやろうや、とガムテープをとってやった。その後、雀はまたたくまに、箱の中いっぱいの巣を作って産卵し、小雀が生まれた。園児たちが、かわりばんこに覗いては、にやりと笑う。それがまた、なんともいい顔だ。

以前、寺の境内に旧園舎があった時、遊戯室の天井の電灯の笠の上に、つばめが巣を作り始めた。糞は落ちてくるし、戸じまりができないし大変なので、やめてもらおうと長い棒で巣を落とそうとしたが、考えなおして、雛が巣立つまでがまんすることにした。

毎日、下に置いた新聞紙をとりかえたり、ときどき白い糞をひっかけられて、大さわぎしたが、結構たのしく、喜々とした日々であった。人間の都合だけ考えると、全く不都合だが、その都合をはずしてみると、世界が少し広くなる。

それは人間のわくを越えた、共生《ともい》きの世界であろう。

人の情け

まだ雪が、本堂の大屋根に届くほど積もっているが、春は確実に地の底から、ゆらめき立ちのぼる気配である。この冬は、こわい目に三度出合った。車のスピンが二回。大野台の坂を下る時と、下杉の林の中を通過中である。対向車や後続車が無かったから、一人相撲ですんだものの、そうでなければ、激突事故をおこしかねなかった。

ところで林の中の時は、車が雪の壁に突っ込んで動けなくなった。そこへ車が二・三台通りかかったが、止まらない。ひとりで苦心惨憺《くしんさんたん》していたら、大館の営業マンらしい方の車が止まって、手伝ってくれた。しかしスリップばかりで動かない。ついで農協の若い職員が車を止めて、スコップを使ったり押してくれたりして、やっと脱出した。

また坊沢の田圃の、まん中を通る町道を通過中、猛吹雪のために立ち往生した時は、本当にどうなるかと思った。運良く二台のダンプによって助けてもらったが、人の情けが、これほど身にしみる時はない。人間には、もって生まれた性《しょう》があるようだ。他人が困っているのを、絶対に見過ごせない人がこの世に存在する。私は掌を合わせて、ただ拝むのみであった。

春のにおい

以前から、ぜひお会いしたいと思っていた、秋田市の詩友を
お見舞いがてら病院にお伺いした。両眼がほとんど失明状態の上、
補聴器《ほちょうき》を使ってやっとという難聴。しかも言葉が
すこぶる不自由という、三重苦の六十余歳の女流詩人である。
手さぐりでお茶菓子等をもてなしされたあと、ゆっくり対話した。
詩の話が主であったが、これまで私の作品等でご存知なのか、
寒行托鉢《かんぎょうたくはつ》や梵鐘《ぼんしょう》の事など聴かれた。そして私の脚にさわり
「毎朝一時間もお経よみながら、これで歩くの？」とか、
「鐘の音が聴けたらどんなにいいでしょう」などと、感慨をもらされた。
お見舞いにと、桜餅など持参したので、すぐ開包《かいほう》してさしあげたら
「ああ、春のにおい」と顔をほころばせた。辞去する時、詩人はわざわざ
廊下まで出てきて、見送ってくれた。私は背に、心の視線を感じ、
なんという温かさだろうと、こみあげてならなかった。
帰る道すがら、ふつうに見たいものが見え、なんでも聞こえ、話せる
という当り前が、どんなに有難いことなのか、と痛切に思われた。
その日、私はたくさんの生きた教訓を得たのである。

おかゆのご利益

先日、森岳温泉のホテルに保育関係の用事で泊まった時、朝のメニューにおかゆがあり、結構おかわりがされていた。この頃全国的に、ホテルのメニューにおかゆが加えられ、なんでも朝食の三割方を占め、中年男性が利用しているそうだ。わが宗門の東京・芝、グランドホテルにはおかゆ定食がある。京都の朝がゆは五年前三千円であった。その利用客の三分の一が、若い女性だという。ダイエット食事でもあるからだろう。今の日本は飽食《ほうしょく》時代である。いつも満腹感に悩まされる。この対策として、自然にお粥が欲しがられるようになった。だがなんといっても最高は、禅寺の朝粥《あさがゆ》だ。その最も代表的といえる福井の大本山永平寺では、毎朝、雲水の約百五十人分を、一時間ほどかけて炊《た》く。米四升に水一斗五升の割合である。御開山道元禅師は、次のようにおかゆの利益《りやく》を説かれる。

（一）顔色をよくする　（二）体力を強くする　（三）寿命を延ばす

（四）心身が安楽になる　（五）舌がさわやかになる　（六）胸につかえない

（七）かぜをひかない　（八）腹がへらぬ　（九）口が乾かぬ

（十）便通がよくなる。私たちはもっとお粥に親しみ、心身共にやわらかく、流れるように生きたい。

有難う

昨日、私どもの保育園に、ひばりが丘ホームの園生たちと指導員が、園庭の草取りに来てくれた。お昼すぎまで、わき目もふらずに草取りする。知的障害の平均四十歳ほどの皆さんだが、その無心無我の仕事ぶりには、全く感心した。中の一人が、道路際の雑草を丹念に抜いていたが、公道はふつう道路関係機関の所管で、どんなに草が茂っていても、通行人は知らぬふりだが、その方にとっては、草は草である。知らぬふりはしておれない、そんな感じだった。おわって帰る時、私はお礼を申しあげるため、立っていた。ところが、向こうから「どうもありがとうございます」と、先に声をかけられてすっかりあわてた。通常、やってもらった人がお礼を言い、やった人がそれを受け、会釈《えしゃく》するのである。生きている喜びが「有難い」という表現であるならば、仕事をさせてもらった、有意義な一日であったという、まさに「有難う」であろう。この世の中は持ちつ持たれつで、障害者から教えられることが、沢山ある。それは生きる原型であり、生みたての卵の黄味《きみ》みたいな、新鮮さである。

康楽館

奥羽の山ふところに抱かれた、鉱山の町、小坂の康楽館《こうらくかん》で先日、三十年ぶりに歌舞伎《かぶき》公演が行われた。梵妻《ぼんさい》の友人がこの町に住しているので、席をお願いし、昼食付きで観劇することができた。さてなによりも「南の金丸座《かなまるざ》、北の康楽館」といわれた開館七十七年の風格に圧倒される。構造は建築当時そのまま、傷んだ所だけを修理したという。階段も柵の手すりも昔のまま、鉱夫達の汗がしみこんだ色、天井のあかりも白熱灯、たたみ桟敷《さじき》など、とにかく六百七名定員の、役者の肉声が、はっきり聴きとれる広さも格別で、まさに〝東北の歌舞伎座〟と称されるにふさわしく、生命感を回復する貴重な文化財である。今回出演の市川団十郎は、「昔通りの芝居小屋で、客席の温かみを感じる。舞台裏がすぐ楽屋《がくや》の造りであるのには、役者は楽屋入りと同時に、舞台に立つ思いがする」と述べていた。その通り、むし暑い日であったが、花道で熱演の団十郎を、お客が団扇《うちわ》であおいでいたのは印象深い。ただここは戦時中、忌《い》まわしい運命に翻弄《ほんろう》された。その歴史的証言者である事を、忘れてはならない。

三角布施行

秋田市の、天徳寺での報恩大授戒会《じゅかいえ》に、説教師の配役でお勤めさせていただいた。戒師大禅師の御示訓《ごじくん》を、仏戒《ぶつかい》を通して説くのが説戒師《せっかいし》であり、それを日常的行動へ、具体的に活かすようにおすすめするのが、私ども説教師である。つまり平常のごくありふれた身の処し方、心の持ち方を、体験的にお話しした。その中で、私の持論であるトイレの布施行《ふせぎょう》、用のすんだ後、ペーパーを三角に折る事、つまり次の不特定多数の人への、思いやりの実行をおすすめした。

ところが、ある方からその後、率直な批判をいただいた。ある新聞の読者欄に、この三角に折ってあるのは、汚れた手でされた感じでいやだ、という意見がのっていたので注意を、との事である。有難く拝聴したが、いつか服装学校の学生の一人からも、同じような事をいわれた。

でも、どうしてそういわれるのか。用をたしてペーパーをひき出し、ちぎってすぐ折ると、この意見は的はずれになる。次の人への折角の思いやりも、否定される。又なによりも、日本の国民性ともいうべき潔癖症《けっぺきしょう》が、あまりにも進行して、病的な社会心理と思われてならないのだ。私はやはり、三角布施行をすすめたい。

悪口

十月の、中旬から下旬にかけて、茨城県内を布教巡回した。
さまざまな出会いがあり、仏縁のもたらす不思議さに、
合掌の毎日であった。その折『正法《しょうぼう》』という寺報を頂戴した。
その中に、作家の宇野千代さんの事が紹介されていた。
現在九十二歳で、まだ元気いっぱい文筆活動をなされている。
その処世観は、「人間存在の総《すべ》ては〈心〉である。〈心〉が身体を動かし
〈心〉が幸福を呼ぶ。そして〈幸福〉が〈幸福〉を招く」というのだ。
また、長生きの秘訣は、(一) くよくよしないこと、(二) 人の悪口を
絶対言わないこと、(三) つねに前向きに、精いっぱい充実した
生活をおくること、この三つを、こころがけているという。
なるほどと思う。特に「人の悪口を絶対言わない」のは、さすがに
人生の達人の感を深くした。人間は誰しも会話の中で、知らず知らずに、
人の蔭口《かげぐち》をいう気持ちがある。ところが人の悪口をいう人は、
必ずだれかに悪口をいわれる。だからそれを絶対やらない人は、
常に青天白日《せいてんはくじつ》の毎日を過ごすことが出来る。故に長生きするのだ。
お釈迦様は、勿論悪口など言われず、憐《あわ》れみ給うたという。

昔話集

阿仁《あに》町戸《と》鳥内《とりない》の故高堰祐治《たかせきゆうじ》という方の昔話集を、野添《のぞい》憲治さんが
出版された。その出版記念会に出席する。いただいた本の内容が、
昔話の語り部そのままに、つまり、阿仁弁《あにべん》で述べられているのは、
ひとつの見識だと思った。方言は、その土地に生まれ育ったもので
なければ、ある程度しか理解できない。文章にすると、ますます
解らなくなる。だが、あえてこの形をとったのは、昔話とは、
その土地に根ざした純粋な伝承文化だからなのだろう。
ただ実際には、阿仁弁といっても、川ひとつ越えるとちがって
しまうのもあって、この本の内容についても、正直なところ
解らない箇所が沢山ある。しかし共通語というブルドーザーによって、
地域の特性がなしくずしに失われ、ローラー化されつつある昨今、
これは大きな警鐘とも言える本なのだ。ところで野添さんは
「阿仁には宝物が、まだいっぱい埋蔵《まいぞう》されている。これを発掘《はっくつ》して、
なんとか世の光りを当てたい」と申された。その宝物とは
昔話だけでない。人間の品性とか、人柄の良さが阿仁びとにはある。
それは出会いによって光り輝く。出会いは、つるはしだ。

Ⅴ　行持する倖せ

有明の月

今朝、寒修行で集落のはずれまで行き、引き返したとき、思わず「おお！」と声をあげた。西の空に、まん丸い月が微笑み光っている。私は無意識に「有明《ありあけ》の月か」と呟いた。帰山してすぐ辞典をひくと、「陰暦《いんれき》の十六日以後で、空にまだ月があるのに夜が明けること」とあった。さらに暦では、ちょうど今日が十二月十六日であるのも、妙《みょう》。そして又、この空のかなたで悲惨な戦争がおこなわれているのも事実。それにひきかえ、月を賞《め》でるゆとりのある私は、なんたる幸せものか、と痛切に思った。なお今朝は、除雪の仕事の手をやすめ、合掌低頭《ていず》して下さる人がいた。ふと想いだす、沢木興道老師から聴いたお話を…。老師が若い頃、あるぼろ寺で終日坐禅をしておった時、近所の老婆が、なにげなし戸を開けて入って来たとたん、興道老師の坐禅の姿を見て仰天《ぎょうてん》し、「興道さんが仏さんになった」と、へたへたと座り、拝んだそうな。さて寒行は、まさに〈歩く坐禅〉だ。拝んで下さるとは、もったいないなどとは思うまい。掌を合わせるのは、あじろ笠に鳴鈴《みょうれい》の、まっすぐ道をゆく、僧に対してだ。私ではない。そういえば、有明の月を、なにごころなく拝む私だった。

涙をあつめて

月の初めに、宿願の水子《みずこ》子育《こそだて》地蔵尊《じぞうそん》を建立した。二日には御詠歌《ごえいか》の
奉詠《ほうえい》とともに、点眼供養をしたが、その後、常夜燈《じょうやとう》や賽銭箱《さいせんばこ》、
つつじ、さわらなどを植樹したり、竹の筧《かけい》から清水を、自然石の
水鉢《みずばち》におとす仕組みなど、環境づくりに心がけた。とにかく石屋さんの
協力もあって、予想以上にすばらしい地蔵菩薩のおでましとなった。
このお地蔵さんは、日本は岡崎の白みかげ石のご尊像だが、幼な子が二人、
ひとりは抱っこされ、ひとりはお足元で指をくわえ、無心にほほえむ。
私は毎朝夕、梵鐘《ぼんしょう》をついたあとで、その赤ちゃんに水をかけ、拝んでくる。
私の長女が生後二日目に亡くなった時、その小さな足を撫でさすり、
本当にどうしてこんなに涙が出るのか、自分でもふしぎなくらい
泣きじゃくった。その時以来、ひそかに心に期していた地蔵様である。
いま私は、世の中の、胎児をおろしたり、幼くして亡くしたりした
すべての親たちの、悲しみの涙を集めた思いで、水をそそぐ。
この頃、小鳥や鴉が水をのみにくる。お詣りの人達ものむ。
仏になると、水を一番喜ぶそうだが、地蔵様の赤ちゃんは、
水をかけると生き生きしてくる。

こころの掛け橋

ことしも毎朝寒修行してまわる。久しぶりに、街なみの松の木やしだれ柳と相見《しょうけん》する。「お前はずいぶん枝切りされたな。寒くないかい」「お前はどこまで伸びるんだい。何を食べてるの」などと、一年ぶりの再会を喜び、心の中で対話しながら巡るのは、楽しい。ところがいつものことだが、あちこちで犬に吠えられる。その一匹に「お前は忘れたのか。私だよ」とささやく。その犬は、寺の裏の畑を耕作している家の飼い犬だ。家人が寺に寄って雑談してゆくが、犬も機嫌よくすごしてゆく。

彼（？）は近くの線路で、汽車にはねられ、右の前足を失った障害犬だ。私にはよくなついている。だが、あじろ笠をかむり、黒衣《くろごろも》で鈴を鳴らし家の門に立つ私を、やはり異様に思って吠えるらしい。ところで、いつも私のあととなり先になったりして、ついて歩く秋田犬がいる。そいつが吠えやまぬ彼の所に、すたすたと近づいていった。

すると、まもなくおとなしくなったのである。その後まったく吠えなくなった。犬にも、ことばというものがあるのだろうか。私が天地有情《うじょう》に話しかけると、すばらしい冬の素顔を見せてくれたように、すべてに、こころの掛け橋をして、往来したい。

寒修行

今年も正月早々、寒行に入った。毎朝梵鐘をついてすぐ、約五十分かけて、
上杉地内を巡る。鈴を鳴らし読経《どきょう》してあるくが、家々の灯火はまだ、
ほとんど灯《とも》っていない。よく「和尚さんの寒修行のお経を、寝床の中で
聴くのはもったいないが、まことにいいものですな」といわれる。
師僧の倒れたあと、引き続いてこの寒行を始めたのは、
昭和三十六年だった。胸を病んだあとだったので、みんなから
無理をしないように、とよく言われたものだが、不思議にも再発せず、
かえってからだの調子がよくなるので、お経の功徳というか、
眼に見えない冥伽力《みょうがりき》を、いつもほのかに感じていた。その頃、托鉢箱の
正面に〈寒行〉と墨痕淋漓《ぼっこんりんり》に書かれてあったが、今はほとんど消えて
わからない。鈴《れい》は鈴玉《れいぎょく》がすりへってきたし、木の柄《え》も短くなった。
網代笠は破れて、二つ目である。やはり〝変ってゆくもの〟と
〝変らないもの〟がある。物の形や世の中はどんどん変ってゆくが、
変らないものを、人々が求めているのも事実だ。

　ただつらぬかんこのつとめ　苦楽は縁に　まかせはて

の聖句がそれである。

明るい仏たち

ことしの寒行はまもなくおわる。鐘をついてから毎朝まわるのだが、除雪車が通ったあとは歩きやすく本当に有難い。しばれて吹雪《ふぶ》く日ほど、いのちが燃えているおもいを強くする。あじろ笠を傾けて、風雪にまともに向かっていくと、まさに生きとし生ける者みな共どもに、鈴を鳴らし誦経《じゅきょう》しゆく感じで、あらゆるものが新鮮に見えてくる。

途中いつも、女子高校生二人に出会う。私は読経《どきょう》をつづけ、ただ片手合掌で軽く会釈《えしゃく》するだけだが、そのうち一人が、ぴょこんと会釈をかえしてくれた。それだけの事が無性にうれしい。また細い雪道でゆきかうのが困難な所で、ずっと向こうでしばらく脇に寄って、私の通りすぎるのを待ってくれる人がおったり、新聞配達の少年が顔をしかめ、足をひきずっていたので「どうしたの？」と訊くと「犬にかまれた」「大丈夫か？」というと「大丈夫、それよりラジオ体操はいつから？」「四月一日からだ、来れるかな」「必ずゆくよ」との会話。

また、山門の所にある地蔵様に、誰かが寒いだろうと、首巻きで頰かむりさせていた事など、たったそれだけの出来事が、ふしぎに心をおどらせる。人みな仏なり。底抜けに明るい仏たちだ。

キャリーする

今年の寒修行は、二日目に発熱して休養。その朝、夢うつつに鈴の音を聴く。なんとも美妙《みみょう》で、生まれる前の世から聞こえてくる感じだ。あとで、梵妻が寺の周辺をまわった鈴とわかったが、地元の人たちが「和尚さんの寒行の鈴の音と読経を、寝床の中でいただくと、本当に有難いですな」と時々いわれる、その心が解るような気がした。

先日ラジオで、指揮者の山田和男氏の話を聴いた。

オーケストラの帝王といわれるカラヤンがその昔、来日した時「指揮者として最も大事なことは」と問われて「楽団をドライブ（運転）するのでなく、キャリー（運ぶ）することだ」と答えたという。

最近山田氏が渡欧《とおう》して、ベルリンフィルを聴いて驚いたそうだが、以前は瞑目《めいもく》して、自在にタクトを振るノーブルさが、今は眼を開き、懸命に棒を振る様がわりで、逆に楽団にキャリーされている感を深めたそうだ。まさに一心同体の演奏といえよう。

寒行の鈴も読経も、私をこの世からあの世へ、又は行ったり来たりを、キャリーする仏のみ声とさとれば、ありがたくなるのは、もっともである。

特派布教

私の人生は、坊さんとして、少しでも世間様のお役に立つよう、また皆さまの心の糧となるようなお話のできる、教化者《きょうかしゃ》としてのつとめが本分であるわけだが、今までなかなか本腰を入れての、布教説法《ふきょうせっぽう》が出来なかった。しかし先般、曹洞宗管長《かんちょう》大禅師様の名代《みょうだい》として、その告諭《こくゆ》を奉じて、布教巡回の機会が与えられ、それこそ純粋にこの道に精進できる、得難い経験をした。

一日だいたい一会場、一時間半ほどの法話をするだけだが、精神をすりへらすほど打ちこんだせいか、体重が二キロも減った。また、不精《ぶしょう》な点では、自他共に許すわたしだが、毎日頭を剃り、下着を替えるような仕業になったのは、吾ながらおかしいほどであった。つまり、形と心が整わねば、正伝《しょうでん》の仏法は説けぬと思うのだ。

ある布教教場で、終始私の拙い話を、静かに聴聞《ちょうもん》して下さった老僧が実は大変耳の遠いお方であったのをあとで知り、仏の教えとは耳で聴くのでなく、身心で受けとめるものである事を実感した。私の法話も、口説《くぜつ》の上手下手を超え、仏祖がこのからだを通して、法輪を転ずるようになるのには、今生《こんじょう》では無理であろうか。

托鉢行

十二月一日、恒例の阿仁部《あにぶ》曹洞宗寺院による、歳末助け合い托鉢行を実施した。合川町東地区を、昨年に引き続き巡回する。「禅道」と書いた網代笠《あじろがさ》をかむり、托鉢用の法衣をまとい、手甲脚絆《てこうきゃはん》を着け、如法に鈴《れい》を鳴らし、経を誦《じゅ》し、間合いをとり、ゆっくりあゆむ。

その僧形《そうぎょう》、巷にひびく読経は、まさに仏道の原型というべきだろう。

決してなにかを得るためではない。捨てるため、限りない放下著《ほうげじゃく》の行《ぎょう》である。托鉢僧にお米やお金を施すのは、人間の仏心の発露《ほつろ》である。

また、善根功徳《ぜんごんくどく》を、その人は積ませていただくのだ。

得難い勝縁というべきだろう。感激したこと二つ。

出張中らしい会社員の方が、路傍に待っていて下さった。高校生が、コーヒー代に予定していたらしい小銭を、頭陀袋《ずだぶくろ》に投じて下さってにっこり。そして掌《て》を合わせての拝みあい。仏と仏の出会い。

俳人山頭火に、「鉄鉢《てっぱち》の中にも霰《あられ》」「うしろ姿のしぐれてゆくか」の句、また、放哉《ほうさい》に「入れものがない両手で受ける」の托鉢句がある。

本当に法施《ほうせ》と財施《ざいせ》の有難さが解る。私どもはその日の内に、町社福協にそっくり寄金した。臘八接心《ろうはちせっしん》始めの日。

こころのハーモニー

晩秋初冬、本荘市で催された〈こころのハーモニー〉を、聴きに行った。梅花流詠讃歌と尺八、琵琶《びわ》、琴との演奏会である。第四回を数える。まさに心を洗われる一刻だった。特に本年は、修証《しゅしょう》義《ぎ》広布《こうふ》百周年に当り、散華《さんげ》の式や、椅子坐禅の指導、短い禅話などの試みもあった。気鋭の宗侶《しゅうりょ》各師が、積極的に山門を出でて市井に進出し、曹洞禅の醍醐味《だいごみ》を一般に開陳《かいちん》するのは、本当に大事なことと思う。大衆がそれを望んでいるのは、毎回、満員の聴衆によって示されていると思われてならない。つまり「禅」とは、心が真の自由を得ることだ。しかし果たして現代、それが得られていようか。当然、さまざまな形で「開かれたこころ」が求められる。それが〈心のハーモニー〉を聴く姿勢にあらわれる。実に真剣であるが、和やかな雰囲気。やはり時空を超えた仏の世界をかいまみて、その楽《がく》の音色を感じとったからだろう。終わってからの反省パーティ。お琴や琵琶の共演者のスピーチが、異口同音《いくどうおん》に「この会のお坊さんは皆、なんと思いやり深く、心温かな人だろう」と。やはり、禅心をひらき、調和に徹した行の人たちなのだ。

糞掃衣

寒修行も終わった。毎年かならず何回か転倒するが、ことしは
一回もころばなかった。滑ってころびそうになっても、
別の足が、とっさに支えてくれる。仏作仏行《ぶっさぶつぎょう》というべきか。
ふしぎなものである。それにしても読経し、鈴を鳴らして
あるくのを長時間続けても、たいして疲れない。山頭火の句、
〈うしろすがたの　しぐれてゆくか〉そのままに、あの世までも
歩いてゆける。私の寒行の法衣は、中学生の頃、出家得度式《しゅっけとくどしき》の時、
授与されたものである。麻衣で、破れ衣そのもの。つぎはぎだらけである。
これも亡き母の糸かがりの慈悲心が、ほうふつとよみがえり、
今は寺族の恩愛《おんない》にささえられている。お袈裟も、三代をけみしている。
糞掃衣《ふんぞうえ》（捨てられたぼろ布を、つづり合わせて作られた袈裟のことで、
最もすぐれた理想的なもの）とまではいかぬにしても、長年月、
朝のお勤めにも耐え、ほころび色褪《あ》せながら、仏弟子の私を守護する。
網代笠《あじろがさ》もそうだ。ずいぶん変形しながら、風雪や雨あられを防いでくれる。
吹雪の時は、自然に前方に傾き、顔を覆うて下さる。かような手助けで、
寒行は年々、禅僧であることの喜びを深める。

Ⅵ　父母の恩徳

寂静の世界

おふくろと幽明境《ゆうめいさかい》を異《こと》にしてから、すでに半月を経て、酒水忌《しゃすいき》を営修した。毎朝夕の読経回向も、十月初めの全国保育研究大会出席のため、しばらく休ませてもらった。本来はひっそりと服喪《ふくも》すべき所だが、大会で助言者をする事になっており、亡母に許しを乞うて出発した。

岐阜市での、全国大会初日の夜、長良川《ながらがわ》で鵜飼《うが》いを観賞した。屋形船での宴会も、季節としては、温暖な川風にもてなされ、篝《かがり》火《び》を炎やし、鵜飼いの舟がつぎつぎと通りすぎてゆく。

鵜《う》はけんめいに水にもぐって、鮎をさがし求め、鵜匠《うしょう》はたくみにそれをあやつる。舟の過ぎたあとは、いっそう濃い宵闇《よいやみ》がたちこめる。まさに寂静の世界だ。私はふと想った。母の一生もこれでなかったかと。

亀谷家に嫁《か》して五十余年間、亡父と師匠と私の三人が、たて続けに病床に臥したのを、看病につぐ看病、小柄な母は、さらにやせはそってゆくのみであった。母の末期《まつご》は「疲れた、疲れた」とつぶやき、寂《じゃく》に身を任せて、実に安らかだった。禅はこの寂静を、生きながらに体験する事ではないか。長良川の悠々のせせらぎと、母の逝った夜半の時を刻む音が、坐る私の心にしみ通る。

観音信仰

年の暮れのせいか、会議とか研修会があると、まず懇親会の一席がもうけられる。飲めない方ではないので、たいがいお付き合いする。しかも幕引きの役目を仰せつかるほど、最後まで杯を酌《く》み交わすのであるが、先日、こういう場所では珍しい会話の一幕があった。宴会のお酌をする人、コンパニオンとかいった、洋装の若い女性である。その席で、たまたま私が僧形《そうぎょう》であったせいか、人生相談みたいに「なにを信仰したらよいでしょう」と聴かれた。

現在アパート住まいだが、どこかでいただいた祈禱札を壁に貼って、ご飯などお供えして拝んでいるという。私は、

「観音様を拝んだらいい。それも木彫《きぼ》りの小さなのを。ともかく自分の眼で確かめ、気に入ったのを求めなさい」と申しあげた。さらに「毎日お水を供えたらいい。仏様が一番喜びなさるそうですよ」と。

私はまた、おふくろの事を話した。およそ世の辛酸《しんさん》をなめつくして、晩年は〈泥中《でいちゅう》に咲く白蓮華《びゃくれんげ》〉そのままの日常は、ひとえに観音信仰の賜物《たまもの》であった、と。その女性は涙を浮かべ、何度もお礼をいわれた。

世の中は、みなこれ道場である。

笛の主

この間、年忌供養に来寺した、関タミヱさんという女人の話から、私が長年、心に留めていたある事実が、やっと明らかになった。

それは三十歳で遷化《せんげ》した師父が、今から五十数年前、結核末期で庫裏の傍の病舎に、独りさみしく臥していた時、裏の田んぼを走る鉄道線路で、毎夜嫋々《じょうじょう》と横笛を吹き、聴かせてくれる人があった。

その時は誰なのか全く解らない。幼い私はおふくろともども、無心に聴きほれたものである。ただ何故かしら涙が、無性にあふれおちたのを覚えている。その笛の主が、今年三十七回忌の、関三太郎さんだったのである。娘のタミヱさんの話によると、私の師父と同級生だった三太郎さんは、なんとか見舞いに行こうと思っても、周囲が許さなかった。うつったら大変である。それで笛の調べでもって、隔離《かくり》病舎の同級生を慰めようと、夜毎線路に立ちつくし、ひたすら笛を吹いたという。

わが師父は、どんな思いでその妙韻《みょういん》に、耳を傾けたのであろう。眼をつむると五十数年たった今も、私には聴こえてくる。病む人や弱い人に対する、あたたかい思いやりは、永遠に響きやまぬのだ。

第三エッセイ集

やすらぎの埋み火

（二〇〇六年）

《序に代えて》ほとけ顔

二月三日、舞鶴の叔父、逝去の知らせあり。翌日の〈日本海〉に乗ったが、乗り換えして東舞鶴に到着まで、十四時間もかかった。でも人間たまには時間を忘れ、車外の風光に見とれるのもいい。北陸地はどこも屋根に雪があった。その下にさまざまな生活が営まれ、窓からもれる灯は、埋み火《うずみび》のように小さく、しかし温かい光を発していた。叔父はまさに、このような北ぐにの、魂の火を、最後まで持ち続けた。まるで「私」が無かった。すべてに他を優先した。他の喜びを自らの喜びとした。

出棺の時、柩の中に近親者たちが、順序に一輪の花を添える時、私も列に加わり、最後の別れを告げたが、実にいいほとけ顔であった。思わず「死に顔は人生の総決算だな」とつぶやいた。私は従来、奥羽の山ふところに生まれ、そして死ぬのを喜びとしている。雪によって浄められ、寒さに耐えた顔は、どの人もみな美しい。叔父は幼ない時、寒修行に歩いた。その時の顔だなと思った。最後まで、もう一度故郷へ帰りたいと言ったという。一ヶ月前お見舞いの時、叔父は涙をためていた。その涙が、いま雪となって、古里《ふるさと》の生まれた寺に降りしきる。

息の章

「息」

ヒトは　なぜ　いきづくのだろう

ゆきの　やまや　さとの
すべてのものが
春にすいこまれていき

すういき　つららとなり
はくいき　ゆきわりそうのめばえ

石や木や　川を
でたり　はいったり

天に生じ
地に死すとも
すこしもかわらず

むげんに　うけつがれゆくもの
あかんぼうが
おおきな
あくびした

◉

ヒトは　なぜ　わらうのだろう

かぎりなく　ふる　ぼたんゆきの
ひとつ　ひとつに
やさしい　めんだま

なかまと　てをつなぎ
おどけながら
つぎつぎと　あらわれ　おちてくる

あかんぼうが
りょうてを　ひろげ
けらけら　わらった

随縁

大病から満三年になる。大腸カメラで定期検診を受けた。別に異常がないとの結果であったが、終わり頃に「おみせしよう」と、内視鏡カメラでとらえた私の臓器の内部を、小さな画面で見せてもらった。実になまなましく活動的な、私の生《しょう》の現場であった。それは腸管のトンネルの内壁を、克明に写しだす。これが私を形成する細胞たちなのか。すべてに血すじがはしり脈動している。それぞれの部所が、なんとせいいっぱい活動しているのか、と私は生命の神秘をかいまみて、ただ驚嘆した。「随縁《ずいえん》」というが、億万の細胞が網の目のようにつながりあって、私という存在を成りたたせている。このつながりが切れたり、はたらかなくなると、病になったり、死の組織に変わったりする。まさに「因縁所生《いんねんしょしょう》」であろう。そして又、これが人間の囲いにとどまらずに、いのちあるものすべてと、いな、花や石や水など、万物とつながっている。そのあらゆる縁に従って、私がいま、ここに生きているのだ。そう思うと、これまでのような好き勝手に食べ放題は、あのお腹の細胞たちを苦しめることになるな、と自省しきりである。

さくら

当地の桜は、いつもより遅れ、やっと綻《ほころ》び始めた。
秋田市周辺は満開だが、花の色は実に鮮やかである。花でも人間でも
苦労すれば、それだけ味わいの深い彩りとなる。先日ＮＨＫで
『さくら』という映画を観た。バスの男性車掌さんが、ガンを患いながらも、
仕事のあいまに桜の木を植え続ける実話である。しかも
「日本海と太平洋を桜で結ぼう」という、遠大な夢の実現に、身命《しんめい》を
賭して努力する姿は、まさに〈みどりの日〉にふさわしい放映であった。
感動的なシーンの中でも、最後の場面、主人公が亡くなった翌年の春、
庭先の手植えの桜が、満開なのを観ていた妻が「お父さんは
桜の花になって帰って来たのよ」と、娘二人に話していた。永遠の
生命のながれをただよい、春には見事な花々と化し、庭先に訪れる。
さらに、映画でも紹介されていた荘川桜《しょうがわざくら》は、四百年の巨木であり、
その満開の桜花は、天地いっぱい、花の精の乱舞するような景観だった。
この大樹に、一人の老婆がすがりつき頬ずりしていた。
桜は一週間ほどの間、いのちをふりしぼって咲き、
まもなく花吹雪と散り果てる。頬ずりせずにはおれないのだ。

竹

先日、本荘市の安楽温泉にて、結婚披露宴があり、その夜、宿泊させていただいた。そこは浴場から竹林が見える、とても風流な温泉宿であった。澄んでまんまんと溢れるお湯につかりながら、太い孟宗竹《もうそうだけ》の林の、どまん中にある感じは格別で、ふしぎなほど生きてる喜びにひたる。自生する竹の北限《ほくげん》の地だともいう。竹林は朝と夕べと夜、雨と風の日、四季などそれぞれに、異なった趣がある。特に、かつて接した雪の朝の竹林は、忍《にん》を形にあらわしたような、息をのむ景観であった。まさに人間の一生の時節と、同じであると思った。いろんな試練を経て、竹は節目を重ねる。しかも内部は常に「空《くう》」であり、無心である。だから打てば清澄な響きを発す。また根は浅いが、縦横に張りめぐらしてしぶとい。今回、新郎は挨拶の中で、親類縁者の有難さについて語った。いろんな蔭のお力添えがあって、今日の二人が存在すると。両家のさまざまな縁を大事にしたいと。ここに気づき感謝するとは、若いのに人間ができていると思った。要するに、竹林の根のように、地下に埋れて見えないものを、観《み》る心である。

寂静の音色

六月上旬、駒大児教部《じきょうぶ》の同窓会で、京都に行ってきた。帰り際、妙心寺境内の退蔵院《たいぞういん》の庭園を拝観した。そこに思いがけず水琴窟《すいきんくつ》があるのを見出し、しばしその妙音に聴き入った。そこは小暗《おぐら》い繁みの中にあり、幽玄な、えもいわれぬ禅的な寂《しず》けさを縫って、絶えまなく微かに、水琴を奏でていた。後日、新聞記事の紹介で、そこは一壺天《いっこてん》と呼ばれているとあり、見晴らしのよい場所の写真も付してあったが、どうも異なる場所の様子であった。ともあれしばし、わび・さびの風情《ふぜい》を味わったものである。さて昨日のこと、比内町中野の全応寺に拝登した。住持の佐藤老師から水琴窟について、うんちくを傾けたお話を伺う。そもそも往昔《おうしゃく》、かわやで用をたしたあと使った手水《ちょうず》が、つくばいの下にしみこんで、伏せられた瓶《かめ》の底の水に滴り落ちるときの残響《ざんきょう》に耳を傾けた、その風流心が始まりとか。つまりごく日常的な出来事がきっかけらしい。それにしても水の滴りの状態によって、音の間合いとか強弱が、千変万化である。老師は水滴の滴りぐあいを、さまざまに工夫しておられた。人間の雫も、やはり喧騒《けんそう》の中でなく、寂静《じゃくじょう》の世界でこそ、確かな音色《ねいろ》を発するのだ。

暗やみ体験

先日、鷹阿《たかあ》教育講演会を聴いた。
〈山村留学をこころざして、二十五年〉の演題で、育てる会理事長の青木孝安氏のお話である。都会と農村の子ども達の交流をめざして、大地に根ざし、四季の優しさ厳しさと、農山村の暮しを、経験させようとする試みは素晴らしい。それは現代の子ども達に、もっとも欠ける体験学習といえよう。お話の中で、
〈暗やみ体験〉という、思いきった試みも紹介された。子ども達をまっくらな山道に、五十メートル間隔《かんかく》で、一人ずつすわらせ、おいてくる。一時間たって迎えにゆくと、森とか星とかの話、なかには「ギラギラ光る二つの点が、すぐ前を通っていったよ」などという子も。つまり大自然の中の一個の、生き物の感覚をよみがえさせるのだ。
私はふと、これは坐禅だな、と思った。ひとりぼっちで、大地に坐し、夜の森の気に包まれる。夜坐《やざ》と同じだ。ところで、残念だったことをひとつ。講演中、私の後ろの席の若い女性二人、私語《しご》してやまず、実に耳ざわりで、たまりかねて注意する。沈黙し話を聴けない習性。沈黙は、人間に必要な静寂の森を保つことなのに——。

わたしをかえせ

梅花流全国奉詠大会に参加の為、秋田県からの皆さんと同行した。大会前日、近くにある広島平和記念公園の諸施設を案内された。この近辺は原爆投下の中心地で、特に焼けただれた肋骨《ろっこつ》そのままの原爆ドームは、まさに〈死の証人〉として、声なき抗議を続けていた。ちょうど修学旅行の生徒たちが、各記念碑の前で、先生の話を聴いたり、二度と戦争を起こさない誓いをしたり、千羽鶴を供え、冥福を祈ったりしていた。平和学習である。私たちも全応寺佐藤師範の発議《はつぎ》で、原爆供養塔の前で、戦災精霊供養御和讃を献詠《けんえい》した。いつもとちがって万感胸に迫る思いは、殉難者の、今なお続く無念さによるものか。

公園の片すみに、被爆《ひばく》したアオギリがひっそりと息づいていた。説明によると、爆心地側の約半分が、熱線と爆風によりえぐられたが、その傷跡《きずあと》を包むようにして成長を続けている、という。

多くのいのちを奪った暴虐《ぼうぎゃく》にも枯れることなく、耐え、しかも青々と葉を繁らせているさまは、何たる生命力であろう。峠三吉の詩『わたしをかえせ、わたしにつながるにんげんをかえせ』は、戦争に対する生きとしいきるものの、痛烈な告発である。

横笛と自然

鎌ノ沢正法院様で「横笛の世界」という、深緑《しんりょく》コンサートがあった。
横笛奏者、鯉沼廣行《こいぬまひろゆき》、その弟子、金子由美子《かねこゆみこ》のお二人による
野外演奏会である。池のほとりで、夕刻七時から始まった。
暮れなずむ禅寺の風光。かがり火が焚かれ、雨あがりのうすもやたなびく
木立の奥から、かすかに笛の音がうたいはじめる。ホールでの
コンサートとは全く別趣《べっしゅ》の、大自然そのままを舞台とした雰囲気は、
本当に横笛にふさわしい演出であった。ふしぎに思ったのは、笛の音と
あい和して、ひぐらしが鳴きはじめたのである。かけいの水の池に
そそぐ音が、見事に協和音をかなでる。また曲目がすすむにつれて、
池のかわずが鳴き、それが実によく調和してひびきあうのだ。
私たち聴衆は、庭に面した座敷にて、息をつめ聴き耳を立てるのみである。
だが、万物のいのちのゆらめき、つぶやきが、笛の音と共にそのまま
伝わってくる感じは、どうしてだろう。人間は誰でも、沈黙の世界から
生じ、幽玄《ゆうげん》の世界に没する。最終の曲「まほろば」を聴き、
この二つの世界から呼びかわす、二管《にかん》の笛は生きていた。
もつれあうも結局、個の精妙《せいみょう》の調べに徹し、おわった。

詩心の復活

〈北東北子どもの詩大賞〉に関係して、五年になる。

毎年、三県の小中高から詩を募集した、大賞、入選、佳作等を選評し、作品集に掲載して、応募者、学校等に、賞状賞品と共に送付する。それには勿論、資金と労力を必要とするが、合川町当局や教育関係者の絶大な支援を得て、そのつど刊行してきた。さて目的は、要するに詩の心の復活である。詩作により創造の喜びを持とう。子ども時代から故里の風土に関心を持ち、感性を豊かにしようとする試みである。先頃のポケモン騒動は、単に情報の大量伝達を享受《きょうじゅ》するだけの状況から生じた弊害《へいがい》であり、自分が創り、自分から発信する状態でなくなった事への、重大な警告と思う。これをいま改善しなければ、大変な世の中になるという危機感から始めた子どもの詩運動である。いろんな事があったが、次のある養護学校の先生の添え書きは忘れられない。「上肢に障害のある児童は、書写《しょしゃ》が大変である。どうしても書けない場合は教師が代筆をした。中には手の指が欠損《けっそん》しているため、足で書いた詩もある。しかも明るくひたむきに〈生〉とむきあった生活である」と。

私たちがかえって学ばなければならない、創造する人間の原点だ。

魂の行く末

十日、西木村上桧《かみひの》木内《きない》の「紙風船あげ」を見にいった。好天に恵まれ、約百二十個の巨きな紙風船が、冬の夜の天空につぎつぎと舞いあがった。なんでも江戸中期に、博物学者として著名な平《ひら》賀《が》源内《げんない》が、この地に宿泊した折、和紙を張り合わせた紙風船に、熱風を吹きこみ飛ばして見せた由来と聴く。それにしてもさまざまな団体、学校、保育園などの関係者が、この日の為に絵を描き、願いごとを大書して製作した紙風船。音もなくふんわりとあがってゆくさまは、人生の終末とか、告別そのままの気がして、もののあわれを感じさせられた二時間余でもある。ましてあの底の部分に吊り下げられ、点火された布玉《ぬのだま》が炎え、光芒《こうぼう》を放ち、しだいに小さくなり三日月の夜空に消える。まさに「魂の行く末」とでもいおうか。こんな風に生死をとらえたら、実に単純で明るく微笑ましい永別であろう。本当に星の一つになるのだろうか。中には舞い戻ってきたのも、炎上したのもあったが、それを失敗として笑ったり、恥だとかという思いは全く無く、みんな心配そうに見ていた。つまり競争の心はみじんもなく、童心だけが、会場いっぱいに満ち溢れていた。

置き土産

三月下旬、岩手県沢内村の玉泉寺様に拝登《はいとう》した。おねはん会《え》の説教師をお勤めさせていただく。沢内村は私の師僧《しそう》の生育の地。玉泉寺様は得度《とくど》のお寺でもある。今までも何度かお伺いして、師父が小僧時代、いかにわんぱくであったかを知り、ほほえましく思う。私自身、幼少の頃、とても内向性の強い、いわば弱虫であった。師父は「人間には時に逆療法が大切」と、自らもやってみせ、私達子どもには、とても厳しい育て方をされた。私がその後いく度か死線を越え、逆境を乗り切ってこれたのも、まさにこの愛の鞭《むち》があったればこそ、と今にして痛感する。師父が晩年、この玉泉寺様の法要に布教師としてお招きをいただいたとき、傍に随侍《ずいじ》して、故里の本堂で、佛のみ教えを説ける事の、法悦にひたる師父の心中をおしはかり、感無量であったのを想う。そのおり辞去の時、師父はわざわざ山門から立ちもどり、玉泉寺様に昆布水《こんぶみず》の飲用をすすめた。この度上山してお聴きすると、方丈様は毎朝五つも昆布水を作られ、寺族様ともども常飲《じょういん》されている由。その時必ず健康を念ずるという。おかげさまで健やかですと。師僧の置き土産が、報恩の花の香りをただよわせていた。

立の章

「立」

ヒトは　なぜ　たつのだろう

いちめんの　わかたけに
三界の　ゆき
ふりつみ
はいつくばって
おもさに　たえる

しばれる　あさ
やわらかな　ひがさして
せなかにつもった
しがらみが
きらめきながら
つるりと　すべりおち

あかんぼうが
はじめて
すっくと　たった

◉

ヒトは　なぜ　あるくのだろう

ゆきのはらに
あしあとは　ない

もりよしの　ぶなばやしを
あにがわの　よしわらを
うらがえしするほどの

じふぶきの
千の手に　あとおしされ

あかんぼうが
はじめて
ゆらり　あるきだした

モッショウセキ

合川町道城《どうじょう》出身の、森岡武子《たけこ》さんを追悼する『絵本への夢』という本をいただいた。一昨年の春、享年四十九才で絵本を創る夢を果せず、急逝した名編集者への、切々たる慕情を綴る。武子さんは学研、講談社、更に出版研究所等で、後世に残る名著シリーズを編集した。この本では「日本の禅語録《ぜんごろく》」の、『大智《だいち》』と『義雲《ぎうん》』の二冊を担当された時の話が紹介されており、興味ぶかい。その当時、故人はよく「モッショウセキ」ということばを、口にしていたという。それは「没蹤跡《もっしょうせき》、鳥が空を飛び、魚が水中を行くように痕跡がないこと」である。つまり禅の無の境地とか、なにものにもとらわれない自由自在の生き方をあらわす。大智禅師は道元直系六代目で、没蹤跡の禅聖《ぜんしょう》である。大智は入寂《にゅうじゃく》の時、遺言で自分の語録類はすべて焼かせた。しかし弟子たちが集めた偈頌《げじゅ》（詩）を収録したのが、『大智』であるという。この境涯に共鳴した女史が、世界中の絵本の資料を沢山、故郷の生家に残されたのは何故か。人間と仕事について、つまりは結果よりそれに至る時々刻々《じじこっこく》を、どれほど懸命に生き、仕事に打ち込んだかが問われよう。

輪

先日の新聞の読者欄に、とてもいい話が載っていた。

六年生卒業の総まとめに、先生が〈心のテスト〉をされた。

「人間のいい者順に並んでごらん」と言いおいて、職員室に帰った。子ども達は大さわぎとなり、中には「悪いとこがいっぱいあるから後ろかな」と悩む子も。そのうちある子が「輪になろう」と言い出し、「みんな良いとこも悪いとこもあるけど、同じ人間だから輪になって同じ方向を見よう」と相談した。先生はドキドキしながら、教室に入ると、みんな輪になっている姿に、思わず涙ぐんでしまった、という。

話は変わるが、来寺した友人の意見である。老人介護のビデオの中に、家族の中の若い人達が、全く出てこないのはどうしたことだろう。いずれゆく先は、同じ様に介護を受ける立場になるのだ。世代をひとつのサイクルと考えると、老いるのは過程にすぎない。老若《ろうにゃく》は円の如く繰り返すことを、もっと強調してもよいではないか――と。

どちらの話も、「輪」について語る。しかもつなぐ紐に、慈愛を組みこんでおり、数珠《じゅず》みたいだ。これを禅では《行持道環《ぎょうじどうかん》》という。生活の中に、継ぎ目のない佛性がある。

もったいない

ただいま埼玉県を、布教巡回している。

あちこちで、まことにありがたい出会いがあった。

高雲寺《こううんじ》の村山老師は、大本山永平寺で典座職《てんぞしょく》六年の、精進料理の大家《たいか》である。老師に「典座の極意は」と問う。答えていわく「無から有を生ずることだ」と。さらにその意を問う。曰く「そこにある、ありふれた食物から風味のいのちをひき出し、最高にいかすのだ」と。一夕《いっせき》、老師と副住さんに案内され、和食のフルコース「四季の歓び」を賞味した。次から次と運ばれてくる品は、数多く、とても皆、いただくことができない。私も老師も残してしまった。すると老師は「もったいない。料理がかわいそうだ。お寺でとっくりと頂戴《ちょうだい》しよう」と、容器を求められ、それに詰められてお持ち帰りになられた。もののいのちを生かすとは、すべてのもののいのちを拝むことだ。残されたもののいのちを、捨てるなど、老師にはとてもできないのだろう。それにしても、終わりの「ごちそうさま」の合掌は、実に良かった。永平寺の現典座《げんてんぞ》、佐藤一彰《いっしょう》老師の色紙に「何がなくとも思いやり」とある。さすがに共通している。

達磨窟

《中国の旅――その一》

去る十月七日から十五日まで、中国へ旅した。

酒井得元《さかいとくげん》老師に随行《ずいこう》して、嵩山《すうざん》少林寺拝登と、敦煌莫高窟《とんこうまっこうくつ》参観その他、僧俗三十八名のツアーである。老師は、八十四才の高齢にも関わらず、黒の不老帽《ふろうぼう》、僧衣に、下駄履きという風姿《すがた》で通された。特に少林寺から一・五キロの山道と、急な石段を登り、高山、達磨《だるま》大師《だいし》坐禅窟《ざぜんくつ》に至る道中は、大変であった。御老体を心配し、カゴに乗っていただく。だが、急勾配の石段では無理で、老師は降りられ、下駄のまま登り降りされた。同行者の半分も、途中でリターンされたのに、流石に禅で鍛えられた法体《ほったい》と気骨《きこつ》よ、と心から感服した。〈やれば出来る〉というのは、第一にやる気があるか。そしてやれる体力があるか、どうかだ。これは毎日の行持の積み重ね、それも坐禅によって、始めてそなわるものであると痛感した。ところで私も、嵩山に登り、達磨窟に至る。狭い洞穴《ほらあな》に入ると、すぐ平らな坐禅岩があり、先は百合の花みたいに、すぼんだ岩室《いわむろ》であった。ここで面壁《めんぺき》九年、慧可断臂《えかだんぴ》の歴史的な展開がなされたのかと、法喜禅悦《ほうきぜんえつ》のとたん、所持した念珠がぷつりと切れ、散乱した。天地いっぱいに。

未知の味

《中国の旅――その二》

当り前のことだが、どこへ行っても中華料理の朝、昼、晩である。食い辛抱の私にとっては、おいしい味覚の連続であった。それに昼と夜は、ビールと紹興酒《しょうこうしゅ》がつく。中国のビールはアルコール分が少なく、飲みやすい。辛い味つけの料理には、水がわりとなる。また杜康酒《とこうしゅ》という振舞《ふるま》い酒も、口当りがよく、とにかくあまり飲み助でない私にも、油っこい料理と良く合うお酒類と思った。帰国して知人に、その話をしたら、以前訪中した彼は、言下に「毎日の中華風にはうんざりだったな」と、相手にされなかった。日本人の好みや、食通にこだわるならば、世界との付き合いは出来ない。狭小《きょうしょう》な島国者で、一生を終るであろう。〈郷《ごう》に入らば郷に従え〉で、その国のすべてに慣れ親しむのは、当然であり、素晴らしい未知の味との出会いではないか。李白《りはく》の詩に

両人対酌《たいしゃく》すれば山花開く／一杯一杯また一杯／我酔い眠らんと欲す／卿《きょう》しばらく去れ／明朝こころあらば／琴を抱いて来たれ

私は旅の僧として、時に独りの琴を弾き、友あらば杯を重ねて禅談風発《ぜんだんふうはつ》。心の花を開く。

龍門石窟

《中国の旅――その三》
中国三大石窟《せっくつ》のひとつと言われる、龍門石窟を拝観する。
二千三百四十五の窟龕《くつがん》、四十余座の佛塔。十万余尊の佛像が現存する。
しかも五世紀の北魏《ほくぎ》時代に開削《かいさく》が始まり、唐時代まで約四百年もの間、
営々と彫り続けられたという。そのエネルギーはどこから生じたのか。
やはり信心の力であろう。まさに誓願につらぬかれた大業といえよう。
中でも摩崖三佛《まがいさんぶつ》など、驚嘆するほどの大佛である。もっとも中核的な、
奉先寺《ほうせんじ》〈びるしゃな大佛〉は、則天武后《そくてんぶこう》がモデルといわれて有名。
なるほど知的でおおらか、とても魅力的な佛面であった。その北壁に
侍する天王、力士像など、実に人間味豊かなお顔で、喜怒哀楽を
そのまま出しておられたのに感心。洞窟には何層にも、さまざまな形の
異なる佛像が彫り刻まれ、千体佛《せんたいぶつ》など各所に見られた。どうして
これほど佛像を彫り続けたのか。また彫られなければならなかったのか。
佛教は偶像崇拝《ぐうぞうすうはい》といわれる。だが自らの佛性を形として表現したい、
理想的人間像を後世に伝えたい、これは偶像とはいわれない。
自分を捨てて大きな自己をめざした世界に、ただ合掌するのみであった。

らくだの鈴

《中国の旅――その四》
この度のおめあては、何といっても敦煌《とんこう》である。
河西回廊《かせいかいろう》の西端に位置してシルクロードの拠点なのだ。双発機から降り立った時、ふしぎな身震いした。三蔵法師が訪印の時の悲壮な決意と、佛法を中国に伝来した時の感激が、今日の私の魂をゆり動かすのだろうか。
まず市内から、南西十キロの鳴沙山《めいしゃざん》にゆく。始めてらくだに乗った。ガイドから、乗り降りする時、鞍にしがみついていないと振り落とされるから、と注意される。なるほどらくだは、後ろ脚を立てて急に立ち上がるから、始めだけ気をつけねばならぬが、あとは実にのんびり、砂漠の海で舟を操《あやつ》る感じだ。月牙泉《げっかせん》までゆく。そこには二千年以上も、泉がこんこんと湧き続けていた。またちょうど夕暮れで、鳴沙山の稜線が、金色に縁どられる景観は、たとえようもない浄土出現の美しさであった。日の沈む間際に帰って来る途中、私は、らくだひきの娘子《じょうし》から、鈴を渡された。鳴らすとらくだは、気分良さそうに歩む。その小さな鈴の妙音は天の声であろう。鳴沙山の砂は、強風に舞うと管弦の音色《ねいろ》を響かせるとか。砂漠の歌を奏《かな》でる鈴の音《ね》。

莫高窟

《中国の旅――その五》

今回、見聞きした中でもっとも衝撃を受けたのは敦煌《とんこう》の莫高窟《まっこうくつ》である。いな私の生涯でも最高であろうと思う。敦煌の東南、鳴沙山《めいしゃさん》の東の断崖に開かれた石窟《せっくつ》である。約千年もの間、営々と刻まれ、描かれた佛教美術の粋《すい》。唐時代には一千余の窟龕《くつがん》があったそうな。現在は時の流れと共に、洞窟は四百九十二。壁画は四万五千平方メートル。塑像《そぞう》は二千体余りとあったが、実に膨大。私達は現地の、文物《ぶんぶつ》研究所のニヘイ女史に案内され、特別未公開の窟など貴重な所を選び、二十二窟を鑑賞することが出来た。まさに難値難遇《なんちなんぐう》の勝縁そのもの。一日がかりで回ったが、すべて撮影禁止。内部に照明など無い。手提電灯《てさげでんとう》に浮かびあがる、いま眠りから醒めたような佛像や壁画の、荘厳精美《しょうごんせいび》さに接した時の感動。息をのむ連続であった。さて十月十七日の朝日新聞に、芸大学長の平山郁夫氏が、法隆寺金堂壁画のルーツは、敦煌の石窟云々と。しかも二二〇番窟のその壁画だけ、宋代《そうだい》にしっくいが塗られ、その上に千佛が描かれていた。八百年間も覆われていたのを剝いだ所が、比類のない玄妙《げんみょう》の線と色彩の佛の絵が出現したという。

得度式

新田寺《しんでんじ》の得度式《とくどしき》に参列した。大心《だいしん》君（小五）がお坊さんになる式である。
つまり出家であるが、現代では菩薩行《ぼさつぎょう》に生きようという意味が強い。
つまり一般民衆のなかに飛びこみ、いわば泥沼の中に没して、
白蓮華《びゃくれんげ》を咲かせる根になろうと、決意することだ。さて大心君は、
師僧さまより、剃刀《かみそり》を頭に安《あん》ぜられ、身心ともに清浄となる、
最後の一結《いっけつ》（ひとつまみの髪）を除くとき「汝許すやいなや」と、
三度問われる。その度に「許す」と、はっきり答えた。これは今後、
坊さんとして生きようとする、自己決定の意思表示である。
この頃、世間のいろんな人生を見ていると、あいまいな、どうでもいい
生き方が多い。目的とか理想が無い。だがこの「許す」は、
佛僧を選んだ生き方だ。さらに懺悔《さんげ》し衣鉢《いはつ》を頂戴して、戒律を
授かるとき「汝今身《なんじこんじん》より佛身に至るまで能《よ》く保つやいなや」と三辺、
念をおされた。大心君は「よく保つ」と、力強く応答した。
その日、近くの田んぼにたむろしていた白鳥の群が、飛びたった。
どうして遠いシベリアを目指すのか。同様に人は皆、なぜ佛のめざめを
願うのか。得度式で、初発心《しょほっしん》をあらためて、わが心にも問う一日だった。

頭陀袋

十二月一日、禅道会《ぜんどうえ》恒例の、歳末助けあい托鉢をおこなった。ことしは阿仁の比立内《ひたちない》の里を巡る。私ども宗侶《しゅうりょ》と共に、耕田寺《こうでんじ》の三男、小学三年生の宗純《そうじゅん》君も同行した。黒い衣を着て網代笠《あじろがさ》をかむり、頭陀袋《ずだぶくろ》をさげ、大きな声で誦経《じゅきょう》。それはまさに、寒空をつぎつぎにめくるいきおいだ。友だちがぞろぞろ後にしたがうが、まったく意に介しない。ポチも一緒だ。軒並みに家の前に立つ人々から、浄財喜捨《じょうざいきしゃ》される。可愛いいお坊さんにほとんど集中するのも、ほほえましい。托鉢行《たくはつぎょう》は、寺院の私たちに、本来の生き方をよみがえらせる、不思議な力がある。すべてを捨てて、雲の如く水の如く、鈴を鳴らし流れゆく後ろ姿。暖衣飽食《だんいほうしょく》の現代では、かならず立ち戻らねばならぬ原型だ。宗純君にとっても、これからの人生に、貴重な経験となろう。托鉢の途上、一軒の家の前に佇《た》つ。今日、忌明《きあけ》のご法事が営まれたという。全員で振鈴《しんれい》、読経《どきょう》する。家人および斎席《さいせき》の皆様そろって合掌、感動して涙ぐむ人も。終ってそれぞれにお布施、お菓子、缶コーヒーを供養される。「比丘《びく》の口はカマドの如し」というが、頭陀袋はカマドのように、そのすべてを呑みこんだ。

行の章

「行」

小寒に　脚を踏み入れ
鐘楼にいたり
暁鐘《ぎょうしょう》　九声

あじろ笠に　黒衣と　頭陀袋《ずだぶくろ》
鈴《れい》を鳴らし
経を誦しあるく
なんの不思議もない

経典の
文字の　ひとつひとつが
天から舞いおちるような
ささめ雪

松の大枝から

ゆきしずりして
大般若《だいはんにゃ》てんぽんのごとく
だいやもんどだすとの
息をのむ　きらめき

その時どきの　風光を
時のぬすびとは　足跡にきざみ
ときに　寒修行の　笠をかかげ
虚空《こくう》に問う

ひとはみな
どうして生きなければならぬのか
死んだら　どこへゆくのか

あとさきは　どうでもよい
しだいに　影かたちも無くなり
ただ鈴《れい》の　ねいろだけが
鮮やかに
やがて　消えゆく
立春のむこう

歩行禅

ことしも早暁《そうぎょう》、寒修行に出る。いま生きて動けるは有難し。
しかも佛の行を如法《にょほう》に修せるのだから、無上の喜びである。
本年も沢山、賀状をいただいたその中に、このはがき禅を、
眼が見えない、耳も聴こえない入院中の方に、友人が
「補聴器を用いて読み聞かせている」というのがあった。その人は
「私もこれが楽しみです！」と書き添えられてあった。その療養者を、
いつかお見舞いに訪れたとき、たまたま寒行の話が出た。
すると、にっこりして私の足にぜひ触れさせてほしい、という。
寒三十日、集落を鈴を鳴らし廻り歩く足とは何か。私は突然、本当は
自分のものであって、自分のものでない脚だと知った。戴きものの
双脚《そうきゃく》。否、この身体すべて戴きものではないか。天地自然の身心と
いってもよい。ただこれを如何に使いこなせるか、が問われよう。
少しでも佛法にかなうのは歩く事、つまり寒行の源流は、
歩行禅である事を教えられた。昨年から弟子と二人で巡る。
毎朝出会う新聞屋さんは、自転車から下りて合掌。かならず
供米《くまい》する家もある。歳が変わっても、変わらぬ風景。平安な正月。

掃除の五徳

舞鶴の叔父が重態というので、急ぎお見舞いに行った。
まもなく八十歳の叔父は、話しかけてもほとんど反応を示さなかったが、掌をにぎると、かすかににぎりかえす痛ましさであった。
晩年は、実家である太平寺に、よく帰山《きさん》された。そしてぞんがい長く滞在された。しかもその間、ただのんびり過ごすわけではない。境内の草取り掃除や裏の林の草刈りにあけくれた。ある時など、愛用の草取り用具を持参し、一ヶ月以上もかけて、寺の内外を見ちがえるような、清浄域《しょうじょういき》と化してくださった。佛典に、掃除に五徳《ごとく》ありという。

一に自身清浄《じしんしょうじょう》（自分の身も心も清浄になる）、
二に他身《たしん》清浄（他の人びとの身も心も清浄にする）、
三に衆魔《しゅま》退散（もろもろの魔性、わざわいが除かれる）、
四に諸佛来臨《しょぶつらいりん》（沢山の佛様がたが喜んでおいでになる）、
五に浄土出現（光り輝く佛の国の雰囲気になる）。

また庭園鑑賞の目安は次の順序という。一掃除、二石《せき》、三水《すい》、四木《ぼく》、五花《か》
つまり何よりも掃除が行き届いているか、である。叔父は在家ながら黙々と禅の洒掃《しゃそう》を行ずる菩薩であった。私は拝謝して永別の掌を握る。

水琴窟

比内町中野の全応寺《ぜんのうじ》は、山ふところに抱かれ、四季の彩りに満ち、静かなたたずまいの禅寺だ。山の清水が豊かで、境内と中庭に池があり、噴水も工夫されている。私は時おり拝登《はいとう》するが、その度に、住持の佐藤仁鳳《にんぽう》老師の手がける、作庭《さくてい》の精進力《しょうじんりき》には敬服しやまない。それを口に出したら、楽しみながら、独りこつこつやるだけよ、と淡々たるもの。この春、久しぶりにお伺いしたら、今度はなんと〈水琴窟《すいきんくつ》〉を造ったという。早速土の中の妙音を聴かせていただく。流水の滴りが、カメの中に反響し、変幻自在の微かな調べをかなでる。まさに「水を聴く」素晴らしさ、〈水のいのちの滴《したた》り〉——

水は宇宙の大生命の根源といわれ、その滴りは妙声そのもの。禅語に「一滴の甘露、あまねく大千をうるおす」という。一人の佛者が、佛の道を行ずることによって、天下の万民が心の渇《かつ》をいやすことができるの意。全応老僧は願を発し、水ためを造り、三百メートルの水路と配管を、独力で布設した。その工夫と実行の、経過にこそ価値がある。単に水をひいただけではない。佛道を行じたのだ。しかも水琴窟は日夜、禅を提唱《ていしょう》し続けてやまない。

梵鐘

梵鐘《ぼんしょう》レクイエム『秋田の梵鐘』というCDを拝掌した。県内八十四の寺社などの、梵鐘を網羅《もうら》し、二声あるいは三声を録音している。昨夜拝聴したが、なるほどそれぞれ特色がある。ただ撞《つ》き方にもよるだろうが、音の割れを感じたのもあるし、自動式の撞木《しゅもく》の、鎖《くさり》の音がまじっていたなどは、いささか残念な気がした。高岡の老子《おいご》製作所の作が圧倒的に多かったが、すべて音色が異なり、一つとして同様なものがなかったのは不思議なくらいだ。同じ鋳造師《ちゅうぞうし》であっても、銅と錫《すず》の割合い、その質とか量、あるいは季節とか寒暖などが、微妙に影響するのだろう。そしてまた梵鐘は、鐘楼《しょうろう》に吊されたあとも成長し続けるのか。録音の中に、せみや虫、郭公《かっこう》の鳴き声がまじる。雨や水の音に人の声、足音なども鐘声の合間に聴こえてくる。つまり大自然の中に存在する梵鐘であり、その音調にさまざまないのちが溶けあって、ほとけの妙声となるのだ。先師は、一里四方に聴こえるように撞け。また撞くことにより、鐘が活きてくる、とも云われた。梵音《ぼんのん》によって、生きる喜びをもたらす、鐘つき僧に徹したい。

北帰行

数日前、わが宗門の人権学習研修会が開催された。そのおり、
ハンセン病療養所を、参加者一同往訪、見学いたし、関係者から
貴重なお話をお聴きした。昨年三月「らい予防法」が廃止されたが、
私達が今までこの事についてどんなに無知であったか思い知らされた。
つまりそれまでの「隔離法《かくりほう》」により、患者さんたちが、いかに
非人道的な扱いを受けてきたか。その体験を実に淡々と、謙虚《けんきょ》に語られた。
中でも「十六歳の時、二・三年したら治癒《ちゆ》して帰郷できると信じていたが、
今まで一度も帰るどころか、ここに終生お世話になるしかない」と
心情を述べられた。まさに治った後も、封じ込めの犠牲の生涯と
いえようし、世の中の無理解と非情さを今更に痛感した。
ここでは平均年齢、七十二歳。毎年十人近くの方が亡くなるという。
施設内の納骨堂にお詣りし、一同読経《どきょう》回向《えこう》。生前「せめて骨だけでも
故郷へ」と言い残されても、受取りを拒否されたり、電車の網棚《あみだな》に
放置される事もある由。園内の池に、白鳥が無心に遊んでいた。
いずれ北帰行《ほっきこう》の日が来よう。そのとき患者さんも、どんなにか
共に帰郷したいことか。それが出来ぬ無念さをおもった。

植樹祭

久しぶりに林を散策してきた。赤坂の東小学校教育参考林はいま、深緑に山つつじの朱《しゅ》が点々と混じりあい、山のいのちの合唱の真最中であった。平成元年と八年に植樹した、ブナとケヤキの幼木《ようぼく》も順調に生育しており、道路側にはあらたに桜の苗木が植えられ、添え木によって支えられていた。実はこの間、関の沢の翠雲《すいうん》公園での、植樹祭に参加したが、ことしは、いろは紅葉と、いろは楓《かえで》が植えられた。私もあらかじめ掘られた穴に、教えられた通りに植え、黒土で根固めしたのだが、添え木に麻紐《あさひも》の使い方が解らず、適当に固く結んできた。ところがあとで、苗木と添え木はきっちり結ばず、少々間合いをおいて結ぶのだと知った。それは苗木の成長に合わせる心づかいという。私は直ちにやり直しをしてきた。なるほど、木でも教育でも同じである。あまりきつい躾《しつけ》や助言は、子どもの成長を押さえる。強風や雪に倒れぬよう支えてやるべきだが、ゆきすぎると、陽光や慈雨の恩恵を生かすことにならぬ。だがブナやケヤキやモミジが大木となり、日本の秋の主役となるように、子ども達も、色とりどりの個性を発揮されたい。

雨ニモマケズ

〈宮沢賢治を語る会〉の、講師を依頼された。とても無理と思ったが、強い要請に、ついお受けした。忙中閑《ぼうちゅうかん》あり、賢治をひもとき、久しぶりに賢治にあいまみえた幸せと、喜びは大きかった。

今回は「野の師父」「雨ニモマケズ」妹の死を悼んだ三篇を、朗読を中心に話した。特に「永訣《えいけつ》の朝」など、誦《よ》んでいる私自身、こみあげてきて声がふるえた。参会者からあとで、涙が溢れ出てどうしようもなかった、との感想を聴く。死を迎える全ての人への哀歌《あいか》ともいえよう。

また有名な手帳の「雨ニモマケズ」について、私は調停委員在職時「北ニケンクワヤソショウガアレバツマラナイカラヤメロトイヒ」をいつも調停者の心構えの根にすえたこと。「南ニ死ニサウナ人アレバ行ッテコハガラナクテモイヽトイヒ」を、宗侶のもっとも大事な役目だと思っているが、実行は難しいと述べた。これは自らの生死観が確立して、始めて出来る言葉かけなのだ。更に「ミンナニデクノボートヨバレ」については、要するに「ホメラレモセズ、クニモサレズ」の、平々凡々の人間像は、きわめて東洋的な、しかも菩薩の行願《ぎょうがん》を、形にあらわした名称、と話す。

グリーンプラン

韓国を、小さな旅する機会に恵まれた。天馬塚古墳《てんまづかこふん》、佛国寺《ぶっこくじ》、景福宮《けいふくきゅう》、民族博物館など訪れる。日本の文化は、大体この国を通過してきた事実を会得《えとく》する。どこでも庭園の手入れ、掃除がゆきとどいて心地よい。だからほんの紙くずでも拾わずにおれなくなる。

拾ったものを捨てるカメのくず入れが、各所にあるのも有難い。すぐ処理できる。佛国寺の玄関口で、幼児が大人達の履物《はきもの》の乱れを、いっしょけんめい揃えていた。母親は黙って見ている。

これが家風の、最初のしつけだろうと感心する。毎食事の箸《はし》は、金属製か水牛の角だ。これだと洗えば繰りかえし使える。またホテルの歯みがき用品は有料で、使い捨ては無かった。五年ほど前から、環境保護の立場からこの運動が実施されたという。また、照明は一般的に随分暗かった。電気の節約が徹底しているらしく、無駄なエネルギー消費はない。宗門のグリーンプラン運動も、提唱だけでなく、どこへ旅するにも洗面道具持参とか、トイレの手ふきペーパーを使わず、自分のハンカチ使用などを呼びかけるべきでないか。それでこそ現代に、佛法をよみがえさせる《行《ぎょう》》と言えると思うが、如何《いかん》。

平和の泉

福岡の梅花流全国奉詠大会に参加した折、長崎の平和祈念像をお詣りした。以前にも何度か訪れたが、今回は秋田県の一行ともども「平和祈念御和讃《ごわさん》」を奉詠し、感慨ひとしおであった。

巨大な尊像は、五月晴《さつきばれ》の中天に浮かび、上方を指した右手は、原爆の脅威《きょうい》を示し、水平に伸ばした左手は平けく安らけくと、平和をすすめる姿であるという。広島、長崎被爆《ひばく》のその後は、全世界のどこにも原爆が投下されていない。それは尊い犠牲者に、今もって花束が実に多く供えられ、ひたすら冥福《めいふく》と平和を祈念する私たち始め、諸外国の人々の願いの賜物《たまもの》と思われてならなかった。

また広場の一角にあった〈平和の泉〉は、噴水の立ちのぼるすずやかな風光であったが、そこにあの日の一少女の、手記が彫られた碑《ひ》がある。『のどが乾いてたまりませんでした／水にはあぶらのようなものが一面に浮いていました／どうしても水が欲しくて／とうとうあぶらの浮いたまま飲みました』――清水《しみず》が一瞬に油水《あぶらみず》と化した恐ろしさ。それにおののく少女の思い。この碑に同行の梅花講員達が、みな水をふりかけて拝んでいた。存分に飲ませたいと。

龍山寺

台湾の代表的な名刹《めいさつ》、龍山寺《りゅうざんじ》に拝登《はいとう》した。山門から入ると、

善男善女で大変な混雑だった。まず前殿《ぜんでん》の石畳《いしだたみ》に、小さな机と椅子を

用意している。そこで誦経《じゅきょう》したり念珠をまさぐる信者の、数におどろく。

傍らでお聴きすると、まさしく般若心経、大悲咒《だいひしゅ》、観音経など。

観光客など全く意に介せず、読経三昧《どきょうざんまい》の姿に打たれる。また廟《びょう》の

境内は、大きな火のついた線香三本を持った人で、ごった返す。

これはあとで知ったのだが、一種の占いを求める儀式。擲交《てきこう》という

方法で、神佛の教示を仰ぐという。その後、五体投地する至純の姿と

あいまって、信仰の原点を見せてもらった思いである。このお寺の

本尊様は、観世音菩薩という。だが「龍山寺神々の集会所」といわれる

ように、道教の神様も、百体以上祀《まつ》られている。かつて日本統治下の

迫害の名残りという。それにしても、この信に徹した無我の境の

たちいふるまいは、私に出来るだろうか。省みて恥かしい。さらに

経典の、無料頒布にも驚いた。それが、実に立派な装丁《そうてい》である。

私は「地蔵菩薩本願経」他二冊を頂戴した。まさに法施というべきで、

最高の布教だ。経典は佛縁を結ぶ、絆《きずな》そのものであるといわれる。

住の章

「住」

寺に棲《す》む

ほとけが　ほとけになった
一見明星の暁から
どれほどの　月と日を
ないつづけてきたのが

真言律宗　寒相寺が
曹洞の　四海山太平寺となって
三百八十有余年
佛祖の命脈《めいみゃく》が
七十七伝して　衲《わし》にいたる

この寺をひたす
縁起のせせらぎ

春は　まよいの花いかだ
秋は　げだつの野点《のだて》杓《しゃく》
よもなりといえども
自己とはなんぞや
やすらぎとはなんぞや
といって
古井戸の無を
のぞこうともせず

本堂の大間《だいま》に
夕闇をはこぶ　こうもり
八尺間《けん》に昼寝の　あおだいしょう
杉木立を遊びほうける　りすたち

もろもろとたわむれながら
あっけらかんと
むさぼる
今日という
じかん

わらい岩偶

おおみそかまで、ほとんど雪が無かったが、元旦になったとたんに
雪が降り続き、まさに北の風土らしくなった。年賀の檀信徒《だんしんと》も、
寒さが増したのに、「どうやらお正月らしくなりましたな」と、
みんな笑顔である。旧蠟《きゅうろう》、新津《にいつ》の観音寺さまから、
深井和子作の絵皿を受贈した。満面の笑い大福に「笑ってまいにち、
うふふのふ」と賛《さん》が添えられている。まったく〈笑う門には福来る〉の
気分そのものである。ところでそれが、わが阿仁部の白坂《しろざか》遺跡から
発掘された〝わらい岩偶《がんぐう》〟と実に良く似ている。岩偶の
調査書によると「表面は、頭・両目・口の三要素からなる獣の頭部に
見え、ひっくりかえすと、口が大きく三角状に上を向く魚（鮭？）の
ように見える」とある。つまり五千年前の縄文人《じょうもんじん》は、獣と魚と人間は、
みんなおんなじ表情であり、ないたりわらったりすると考えて
いたようだ。現代の私たちはこれを忘れてしまった。
岩偶のように、全身心《ぜんしんじん》を挙げて哄笑《こうしょう》することがあるのか。
長い人生には山や谷が必ずある。それを越えて歩み続けるために、
世の中の暗雲を吹きとばすほどの、笑いをもとう。

慈眼愛語

ある檀家から、内佛点眼《ないぶつてんげん》の依頼を受けた。

お釈迦さまを、家庭の中心にお祀りしたいという。かつてその家では、姑《しゅうと》さんが、ご祈禱する祭壇を特に設け、熱心に拝んでいた。私が棚経《たなぎょう》で伺っても、よその宗旨の、ご絵像など飾られていて、何とも妙な気分の供養であった。ところがそこの嫁さんは、どうも気持がしっくりしない。とうとう思いきって、姑さんに話したそうだ。

「私は家業はひき継ぐけれど、よその信心は、菩提寺《ぼだいじ》の教えとはちがうから継ぐことはできない。私は檀家として、先祖から伝わるお釈迦さまと、その教えを拝んでいきたい。なんとかできないでしょうか」と。

そこでじっくり話しあった末、姑さんはついに本来の姿に同意した。

私はこの度、お伺いし、佛間に入って驚いた。お札や祈禱《きとう》佛具などなにもない。白木彫《しらきぼ》りの本尊様を中心に、香華《こうげ》灯燭《とうしょく》供物《くもつ》など五供《ごく》が整えられ、すっきりしている。嫁と姑の関係は、昔も今も難しい。

特に世代のちがいは、価値観の開きが著しい。これを見事に克服したお二人の心根は〈慈眼愛語《じげんあいご》〉であろう。回向のあと姑さんは、欄間《らんま》を見上げ、「先祖の写真が微笑《ほほえ》んでる」と、つぶやいていた。

飛騨の里

「花持った方からよける小路《こうじ》かな」という句がある。

これと現実に出会った。先日、本山研修会の帰途、高山市の飛騨《ひだ》の里に寄って来た。高山陣屋を出て、古い町並みを散策していた時である。生花の束を抱いた娘さんが、雑踏《ざっとう》を縫うて歩いていた。行き交う観光客とすれ違う時、どうしたのか、そっと脇によける。なんとも謙虚《けんきょ》な振る舞いに、私は冒頭の句を想い出した。

ガイドの話では、この飛騨の人達は非常にきれい好きで、通りにはゴミひとつ落ちていないという。心ない観光客が落としたゴミを、あとでちり取りと箒《ほうき》で、そっと片づける。実際朝のバスの窓から、そんな姿をあちこちで見かけた。花を持つ少女のように、心が優しく和やかだから、自然にそうするのだろう。

この日頃から風雅に親しむ生活の究極の形は、『さすが飛騨の匠《たくみ》の技と心』といわれる高山祭りの、豪華絢爛《ごうかけんらん》たる二十三台の屋台となり、大輪《だいりん》の花を咲かせるのである。ものの始まりはいつも小さな事だ。花を愛《め》で、大切に扱う謙虚さと、風流を解《かい》し、自然の心に通じているゆとりだが、一朝一夕にはできない。

受け皿

この間、植樹祭に参加した。たしか染井吉野《そめいよしの》であったと思うが、あらかじめ準備していた苗木と、添え木する材料などで、何人か共同して植える作業をした。ところが数ヵ所植えて気がついたのは、根元に土盛りの時、苗木の周りを雨水がたまるように、くぼみをつけなければならないことである。そこで一番最初の所は、ただ土を盛りあげたままであったのに気づき、急いでそこへ行ったら、ちょうどベテランが手直しされており「このままでは枯れてしまっただろう。これで一本、生き返ったな」と笑っておられた。私は穴があったら入りたいと、不明を恥じたものである。いわば受け皿が必要というのは、人間の心でもそうだ。天の甘露《かんろ》を受けることである。そのためには、心をむなしゅうして、大自然のいのちをふんだんに頂戴する。たとえば私の場合、一日の始まりは暁鐘《ぎょうしょう》を撞《つ》く。打坐。朝課《ちょうか》。子供たちとラジオ体操。ジョギング。シールをカードに貼る。ジャータカ読み聞かせ。お誓い。

ひとこと法話、と型通りだが、すべて受け皿だ。

毎日がとても新鮮で感動がある。天地いっぱいの受け皿だ。

待つ姿勢

第二十六回檀信徒本山研修会に同行した。今年は大本山總持寺《そうじじ》である。当寺関係者は七名だが、異口同音に、とても充実した研修で、心の糧《かて》になったと、参加した事を心から慶んでいた。私も久しぶりに總持寺に拝登したが、夜と朝の参禅は、なんと本山の坐禅堂で、本格的な坐禅指導がなされた。しかも参加者全員に驚策《きょうさく》を与える（肩を打つ）即ち、連策《れんさく》を下さったのには、全く二重のおどろきであった。

本山当局の一般参籠者《さんろうしゃ》に対する、本式の禅の体験をしてほしいという願望の現れであろう。こういう事は初めてという方が多かった。

みな得がたい禅のめざめと、生きてゆく大きな力を授けられた。

夕べと朝の食事の時にも、素晴らしい出来事があった。食前のお唱えの前に、食事作法の指導係の知客《しか》和尚さんから三つの注意があった。
①お話をしない　②食器をかならず持つ　③静かにいただく
全員それを守ったが、食事の早い遅い人がある。ところが
一番遅い人が、食べ終わるまで、しばらく待って食後のお唱えをした。
〈待つ姿勢〉が今の世では珍しい。ひとりより集団を重視するからだ。
ひとりを大事にするのは、すなわち人間を尊ぶ心である。

鎮魂のことば

十七日の阪神大震災は、日本中に、いな全世界に対して烈しい衝撃を与えた。連日の被災地からの報道で、私たちは居ても立ってもおれない衝動《しょうどう》に駆られた。それは忘れかけた〈無常迅速《むじょうじんそく》〉という哲理が、現代にそのまま当てはまるのを、あらためて突きつけられたからだ。全国からボランティアが殺到したのも、無常だからこそ、お互い助け合わねばならぬことに、それが一番大切なことに目覚めたからであろう。新聞で、外国の記者が、「給水を受けるのに四時間も並んでいる時、行政の対応のまずさを誰ひとり非難する人はいなかった。少なくとも生き残った。それがすべてであり、これほどの災害を生き延びて誰が文句をいえよう、と被災者が話していた」と報じた。亡くなった五千有余の人々に対して、何という鎮魂《ちんこん》のことばであろうか。人と人とのつながりの中に私達は生きているのだ。

また外国であれば当然の、暴動とか被災した商店からの略奪《りゃくだつ》などの行為が、まったく無かったことに驚嘆《きょうたん》した由。誰でも有事《ゆうじ》になると、本性がむきだしになる。それがこの度は、実に美しく崇高《すうこう》な慈悲心であることを、世界に示した。

位牌を抱く

三月六日は阪神大震災、被災犠牲者四十九日忌にあたる。
全国各寺院では正午に洪鐘《こうしょう》を撞き、弔意《ちょうい》を表した。私の寺でも檀信徒の
皆さんに、犠牲者への黙禱を捧げ、心から冥福を祈るよう広報に努めた。
その日、うちの梵鐘を戸外に出て聴いた、梅花講員のひとりは、
涙が止まらなかった、ただ合掌するのみだったという。亡き人の心を
いやす、追弔《ついちょう》の誠。それからまもないある夜、七時のテレビで、
被災地の現場にて、老女が位牌を抱きしめ「おじいさん有難う」と
泣きじゃくっているニュースに、私はくぎづけになった。その方は
一月十七日の早朝、佛間に就寝していた。突如、家の梁《はり》や天井が
落ちてきた。ところが佛壇によって支えられ、下まで落下せず、
わずかな空間が出来、老女は奇跡的に一命をとりとめた。その後
数時間して救助されたが、あまりのショックで、連れあいの
おじいさんの位牌を取り出すことも出来ずに過ごした。その日
やっと縁者の手によって掘り出され、胸に抱くことが出来た。
夫婦愛とは、この世とあの世に分かれても、確かなきずなは絶つことが
できない。それは信心によって、いよいよ強くなるものと、痛感した。

お彼岸とは

当寺の〝おねはんえ〟も無事厳修《ごんしゅ》し、明日から春のお彼岸である。お彼岸というのはどういう意味か、とよく聞かれる。されば昼と夜の長さが同じになるのが春分の日であり、それをはさんで七日間がお彼岸といわれる。向こうの岸——つまり争いや悩み苦しみのない世界へ、渡りきるための六つの方法を、自ら務め励む実践期間である。それは、

一、ほどこし　二、いましめ　三、たえる

四、つとめる　五、しずけさ　六、めざめ

の六つをふみおこなう。そしてお寺とお墓に詣《まい》るのは、それを如来様やご先祖にお誓いするためであり、生きている内に、佛の世界に渡ろうと決意し、一つでも実行する事だ。さきごろ、阿仁町の老人クラブの皆さんが、道路のゴミを追放したという、とても良い話をお聴きする。それまで、すいがらや空き缶のポイ捨てをやめさせようと、大きな看板やあの手この手の掲示をこころみたが、さっぱり少なくならなかった。それで道路の際《きわ》に花壇を作り、いつもきれいな花を絶やさぬよう努めた。するとほとんどゴミが捨てられなくなったという。ふくよかな花の心が、迷いの凡夫《ぼんぷ》をめざめさせたのだ。

竿燈

昨夜、秋田市内でたまたま竿燈《かんとう》の練習風景にまみえた。

八月初旬、東北四大夏まつりの一つとして、有名な竿燈。その日に備えてのけいこらしい。一本のポールの両側に、灯をともした四十六個の提灯《ちょうちん》がぶらさがる。遠くから見ると、まるで稲穂のすずなり。近くで観ると、米俵《こめだわら》のようでもある。要するに豊年万作の、暗夜にただよう光りの祝宴《しゅくえん》なのだ。差し手（演技者）は、重さ五十キロ（中若《ちゅうわか》三十キロ、小若《しょうわか》十五キロ、幼若《ようわか》五キロ）、長さ十二メートルの竿燈を、片手で揚げたり、腰で支えたり、はては額に乗せて自在にあやつる。

バランス感覚と体力がなければとても出来ない。更に極度の集中力と、禅の腹構えが土台となる。もちろん相当の稽古《けいこ》を積み重ねての、強い意志を柱とした妙技だ。ひとり初心者らしい若者が、何回も倒したり、電線にひっかけたりしていた。しかし誰も叱責《しっせき》する人はいない。かえって「さっきより良くなった」などと励ます。失敗にめげず、何度も挑戦するから成功する。また横笛と太鼓の囃子方《はやしかた》は、女性だった。地域まるごと参加の伝統芸能。秋田でしか見られない、天地への感謝と祈りの祭りが、やがて始まる。

鑑真像

〈国宝、鑑真和上《がんじんわじょう》展〉を拝観する、勝縁を得た。
唐招提寺《とうしょうだいじ》金堂《こんどう》を大修理するために、内部の佛像その他を、
全部搬出する必要から、東京都美術館で開催できたという。
まず一番おめあてであった和上像は、正直な所、期待したような
お顔ではなかった。芭蕉の有名な、『若葉して御ん目のしずく拭《ぬぐ》わばや』
のイメージで無いのは、やはり展示の置かれた場所の故だろう。
この句は、緑陰《りょくいん》の頃、金堂の内部で仰ぎみたからこそ生まれたのであろう。
木彫物《きぼりもの》は特に、季節とか天候によって微妙な変化が生ずると思う。
それにしても鑑真像の、両眼の淡い桃色のくまどりは、どうしたのだろう。
痛ましい感じであった。それは、いまもって見えないものを
見ようとする、和上の意志のあらわれか。あるいは見えない世界を、
あきらめてしまった現代人への、嘆きであろうか。しかし
ひきもきらぬ雑踏《ざっとう》の中に、ぽっかりと温かい空間があった。
車椅子の方に、周囲の皆さんがそっと小さな空間を作り、
観やすいように気くばりする。日本人の心には、まだ
「御ん目のしずく…」の篤《あつ》い思いやりの心根《こころね》が、残っていた。

坐の章

「坐」

くらやみを
手さぐりで　室中の間に
一炷《いっちゅう》の香をくゆらし
止静鐘《しじょうしょう》　三打

ただ　黙念と　坐す

本堂の　大屋根に
雪まんまん
重さを支える丸柱と
ひとつになり
土性骨　ようやく　つったつ

かつて

天井裏の　生きものと
ひとつになって
ゆらめいた灯火《ともしび》も　しずまり

鴉の啼きかわす　暁と
ひとつになり
いちにちが
息づきはじめる

とつぜん
伽藍《がらん》をすべりおちる
雪のとどろき
もろともに　六道《ろくどう》の境界
あとかたもなく

魂のいろりに
やすらぎの　埋み火
迷いの　灰くずれ
わずかなぬくもりと
かすかな　光

ねはん雪

昨夜、久しぶりの白雪。だが今日は春彼岸。忽ち溶けてしまった。

一昨日は、おねはん会。斎席《さいせき》で檀家さんから、とてもいい話を伺う。

その中から二つ。昨秋、秋田市で駒沢大の鈴木格禅《かくぜん》老師の講話があった。題して〈死ぬという事、生きるという事〉。

聴講した、うちの寺役員の一人が「実に骨身にしみた話で、今もなおその事を考えつづけている」という。またいつか、自性院《じしょういん》方丈をお招きして、尺八と法話を聴聞《ちょうもん》したが、やはり参席したある人が「一芸に秀でた方の説法は、すごく広い世界の、いろんな消息に通じておるという事が、にじみ出てくるものですな」と話していた。

私自身の経験だが、あるお寺での法話が終わってから、聴衆の方から、話中《わちゅう》の道歌《どうか》をぜひ書いてほしいと紙をのべられた。さっそく求めに応じたわけだが、それは
「明日死ぬかあさって死ぬか来年か、ずっと死なぬか今夜か今か」。

この頃そんな心の問題に、真剣に取り組む人が多くなった。死は、ねはんともいうが〈煩悩の焔を吹き消す〉状態。同様に三月の雪、即ち涅槃《ねはん》雪は、雪を消す雪といわれる。雪は雪により生滅《しょうめつ》す。

随聞記

この頃あちこちで、こころの問題に関心を持つ人に出会う。

〈財多ければかならずその志を失う〉という世の中の風潮を示す実際の例が、いやというほど毎日報道されるためでもあろう。物質主義では、心が平安になることは絶対ありえないのだ。迷いが深まるだけだ。

ある会で、勇退する校長さんと会話した。先生は最近、岩波の『正法眼蔵《しょうほうげんぞう》』を読み初めている。だが難しくて解らない。友人から「それは当然だ。やはり『随聞記《ずいもんき》』から入っていったらよいだろう」とアドバイスされた、という。それで近いうちに、『随聞記』の輪読会《りんどくかい》を開きたいから、ぜひ指導してほしい、とのこと。私は、喜んで参加いたしましょう。私自身の勉強にもなるから、と申しあげた。

あるお寺で、毎月二回、参禅会をやっている。

常連の中の社長さんは、毎年お寺でもって新入社員教育をやっている。若者に、いのちにめざめ、心を整える生き方を体験させるためだ。

そのために随聞記は、具体的な方法を示す。

〈道を学ぶに、是非とも貧しく生きる事を学ばねばならぬ。貧しい生活を経験したのち、初めて佛道は身近なものになる〉と。

蜂の骸

東保育園の子ども達が、毎月ざぜんに来る。
今日もやってきた。短い時間だが、実にいい姿勢で足を組む。
背骨をまっすぐ立てる。入園の頃の猫背からは見ちがえるほどだ。
小さな掌に心を置く。調息《ちょうそく》とまではいかないが、腹式呼吸の基礎を教える。
この子達が大きくなるにつれて、さまざまな障害物《しょうがいぶつ》がたち現れよう。
その時、このざぜんの経験が、かならず活かされる。生きる土台だ。
さて終ってから、一匹の蜂の骸《むくろ》を見せた。本堂の廊下に横たわっていた
カメバチである。私はこの蜂が、仲間といっしょに、どんなに苦労して
巣を作ったかを話した。またいっしょに落ちていた、一枚のコスモスの
花びらを見せて、これもせいいっぱい咲いて、散ったことを述べた。
「蜂は、いたずらをする人間には刺すのでこわいが、ふだんは花たちと
とても仲よしなんだ。お地蔵さんの花壇にはよく遊びに来るよ」と
いうと、子ども達はみんな、にっこり笑った。帰りがけに
「その蜂見せて」という。私は「こわい針も使えないし、遊ぶことも
できない。可哀想だね」というと、悲しい顔をした。
みんな、けんめいに生き、そして死ぬ。それが解ったようだ。

はだしと時計

先ごろ大本山總持寺に拝登《はいとう》した。檀信徒本山研修に随行《ずいこう》したのである。その折、参禅指導が夜と朝の二回おこなわれた。そのとき、全員、時計を腕からはずさせられ、はだしになって坐禅堂に向った。その途次、同行者から「なぜ、はだしになり、時計をはずすのか」と質問された。指導の雲水《うんすい》ではなく私に対してだったので、それなりの返答をしたが、考えてみると禅に入門する者の、大事な条件であり心構えである。はだしで想い起こすのは、俳人山頭火《さんとうか》の

〈あめふるふるさとは　はだしであるく〉の一句だ。ここでは故里の大地とじかに触れたい。はだしで歩かずにおれない本来の人間性が、そのままほとばしり出る。現代人は、靴下という文化で足をくるみ、靴という文明で土からカクリされるようになった。それだけ精神もひよわになったのではないか。時にはすべて脱ぎすててどっかと坐るべきだ。『坐』という字は、土の上に佛と二人すわってる字形であることをおもう。時計をはずすのは、時間にとらわれず、じっくりと生命と永遠を見つめよ、との教えだ。山頭火の一句

〈ここにわたくしが　つくつくぼうしがいちにち〉、時を忘れ果てた世界。

生き地蔵さん

由利郡大内町、折渡《おりわたり》千体地蔵尊にお詣りする。
ふもとの祠《ほこら》の傍の、シートに坐した二人の老女の、素朴な微笑みに
迎えられた。祠の前には、絶えまなく万灯《まんとう》の燭《しょく》がともされ、香煙が
たなびく。尋ねると、いつもここへ来て、遠近《えんきん》からお詣りの人達に、
灯燭と線香を提供し、かたわらこの霊域《れいいき》を清掃しているという。
私は上の〈千人隠れ〉の岩穴や、頂上のひろしま、おきなわの殉難者《じゅんなんしゃ》
供養地蔵様にお詣りした時、路上で拾った菓子の包み紙を、
捨て所なく困っていた。それをめざとく「どうぞ私へ」と手を伸べられ、
渡すとチリトリへひょいと入れられた。それが実にあっさりとした仕草で、
何のためらいもない。このお仕事はきっと誰にも頼まれもしない、
いうなれば老人ボランティアだろうが、信心に裏打ちされた姿は、
いぶし銀のように貴く、まさに南無能化《なむのうけ》である。千体地蔵尊を常に
お守りするお二人ではあるが、それがいつのまにか、娑婆《しゃば》世界の辻々に
立ち往生し、さまようばかりの私たちに、救いと安らぎをもたらす、
合掌地蔵の化身《けしん》となるのではあるまいか。日暮れどき、
生き地蔵さん二つの影は、老人車を押して、山を下りていった。

こども禅

八月の末に、《子ども禅のつどい》を開催した。今年で二十四回目になる。三年続けてきた子が五名おり、恒例の小さな賞状とごほうびを呈した。これが参加する子ども達の魅力となっている。年々学校行事との関係が難しくなってきたが、今年も野球部、ミニバスの試合のため、夕食ギリギリに半数ほどが遅れてきた。よって予定が変更され「きもだめし」が中止となり、子ども達はおおいに不満だった。私共の働きかけ不足もあるが、どうにかして週末を徹底したゆとりとこころを豊かにする日、と明確に出来ないものか。特定の宗教宣伝は論外だが、坐禅とか食作法《じきさほう》は、人間形成の根幹をなすものである。それに本堂内、境内を狭しとばかり、奇声を発して遊び戯れる子供達の姿は、その日常がいかに拘束《こうそく》されたものであるかの、反動であるような気がする。お寺は子どもにとって、いわば現代の自由奔放の空間といえよう。これが今、ほとんど活用されていないのは、なんとも悲しく淋しい。それにしても二日目のお昼、「ソーメン流し」は大好評だった。樋《とい》を流れてくるソーメンをすくいあげる童たちと坊さん。ともどもにおいしい禅を、ぞんぶんに味わう。

老成の世界

先日ある会合があり、お二人の老僧にお会いした。以前から、どことなく深い精神性と、おおらかな人格を感じていたが、お聴きするとやはり、毎日の暁天打坐《きょうてんたざ》を欠かさぬという。すっきりした姿勢、血色のいいお顔、無駄口をきかず、発言の時ははっきり筋を通す。常に簡潔《かんけつ》で厳しく、また温もりがあるお二人から、私はいつもどうしたわけか、白雪の山に接する感じがするのだ。昨夜テレビで〈武原はんの至芸《しげい》〉を鑑賞した。究極《きゅうきょく》の「日本の美と芸」である。九十五年の生涯は、舞ひとすじという。しかも九十才を過ぎてなお、一期一会の舞い姿を研究しやまぬ、勤《ごん》精進の日常に感動した。私はこの頃「老熟、老成の世界」こそ最高だと思っている。特に芸術では、老いてますます心技体が円熟する。年と共に美しさを増す典型を、武原はんの芸の中に見た気がした。佳人《かじん》は雪の李《き》に生まれ、雪の節《せつ》に亡くなった。更に「雪に舞う心は恋の故里に」の句を遺された。まさに老梅の境地である。〈梅は寒苦を経て清香《せいこう》を放つ〉の、禅語そのものの生涯は、白皚々《はくがいがい》の天地に、紅一点を観るおもいだ。雪は人間を限りなく浄化し、生きる喜びを与えるらしい。

水源地

ご法事のあとの法話で、先祖供養について、こんなお話をした。随分まえのことだが、近くの阿仁川で、鮎がほとんど捕れなくなった。原因をさぐつたら、大昔から水源地の森吉山麓に、ブナ林がひろがる。ブナの葉は大きく肉厚で、腐葉土《ふようど》がうず高く蓄積《ちくせき》する。天然のダムといわれ、大量の水をたくわえた。そこから流れでるプランクトンを含んだ水が、阿仁川の豊かな流域となり、水ごけが付着し、これを鮎が食べて生育してきた。ところが戦後、営林署の採算重視のブナ伐採がすすみ、しだいに阿仁川の水質が変化し、水ごけがつかなくなり、鮎が激減したという。〈先祖供養〉とは、私たちのこころの水源地を大切にすることだ。この恩恵を忘れ粗末にすると、自分の生きるよりどころを忽ち失ってしまう。眼の前の利害得失に惑わされずに、遠い祖霊《それい》の双手《もろて》を握り、山河大地の叫び声に耳かたむけることが、どんなに大切か。そして又、子々孫々の幸せのために信心の種をまき、日々の行持をおろそかにせず、まじめに精進することが、先祖への報恩となる、と申しあげた。水源地は、一朝一夕には出来ない。

外国人第一座

六月から七月にかけ、県内のお寺に於いて江湖会《ごうこえ》があり、拝登随喜《はいとうずいき》した。この度は特に、続けて外国の方の法戦式《ほっせんしき》があり、実に堂々たる第一座の、禅問答と所作進退ぶりに、全く感服した。ひとりはノルウェイの三十六歳の方、もうひとりはイタリアの五十歳の方だが、共に武道の達人で、そこから禅の道に入り、ついには出家し、曹洞宗の僧としての階段を、のぼり始めたのである。お二人に共通する第一は、抜群の気迫とまじめさである。求道者《ぐどうしゃ》の心と形のすごさに、烈しく打たれた法戦式であった。第二は、言葉の問題を見事に乗り越えた点である。通常の日本語でさえ話すのが難しいだろうに、さらに漢文を習得し、それを暗誦《あんしょう》したのである。お一人など、外国人として禅の道を志した意をあらわす、新作禅問答であった。第三はお二人とも、母国に帰り、武道を教える道場を兼ねたお寺を、生涯かけて建立したい、願心《がんしん》を持っている事だ。二人は共に今の宗門を代表する方、お師家さまを本師とする。有名無名を問わず、ほんものの禅僧に心服《しんぷく》し、そのお弟子となる。時や国を超え、人から人へ伝えられる佛法は、まさに人間宗教だ。

知性と長寿

いつもユーモアをとばして、はつらつと全くお年を感じさせない老僧に、健康と元気のひけつをお尋ねした。いわく「毎日の日課を十年一日の如く続けているだけよ」。老師は毎朝四時半起床、五時から坐禅、朝課、行茶《ぎょうちゃ》。しかも暁天坐《きょうてんざ》に、道俗《どうぞく》の衆が数人来寺するので、玄関をあけ、冬は暖房を準備する。それがたいした苦もなく出来るようになりましたよ、と笑顔でおっしゃる。カントという有名な大哲学者は、お釈迦様と同じ八十歳の生涯を終えられた方だが、朝五時に起き、夜十時に就床される時間を、終生寸分の狂いもなく続けられたという。こうした生活習慣は、他から押しつけられたのでなく、自分から選びとった身心のリズムであり、生命のリズムと正しく重ね合うために、知性と長寿がもたらされるのであろう。さて、寒修行は明日でもって終りだ。毎朝、若和尚は梵鐘を撞き寒行《かんぎょう》に巡る。小衲《しょうのう》は暁天打坐し朝課を勤める。おかげで体調はよく、道心につらぬかれる。禅はとにかく行ずることだ。大本山永平寺、百歳の宮崎禅師様は、まず佛壇の前にお坐りなされ、と勧められる。身《しん》・心《じん》・息《そく》を調《ととの》えて、一日を始めるのだ。

臥の章

「臥」

眠れないときは
過ぎし日の無為《むい》を　掘るのみの
病む床では
暗闇に　かすかな光を求め

肺をわずらった　四年間
着のみきのまま
看とりして　給仕くださった
千手観音の　おふくろ

がん手術の　翌朝
麻酔からさめたとき
のぞきこむ　草木や　花のかお
ほとけ　ぼさつの来迎《らいごう》か

生まれ育ちは　この里の
おのれの樹が　切り倒され
根株となっても
かたわらに　新芽が萌え
たちまち伸びる　みなもとは

ままよ
三毒　五欲にもよおされ
業《ごう》の寝床に
夢のかけらを　積むばかり

ひっきょう
ついのすみかは
阿仁の里
死ぬも生きるも
四季の流れに　身をまかせ
寝釈迦《ねしゃか》をまねて
半眼《はんがん》の
老いの　　日おくり

小さなカメ棺

先日、教育委員の東北大会が、青森市で開催され出席した。その折「縄文の都・三内丸山《さんないまるやま》」と題した講演があり、引き続いて、遺跡の発掘現場を見学した。なるほど今までの縄文人のイメージを、根底からくつがえす埋蔵《まいぞう》文化である。今から四千五百年も前、これほど高度な〈木の文明〉が、北の最果ての地にくりひろげられたことに、ただ驚嘆した。ここで、ひとつだけ取り上げるとすると、やはり子どもを埋葬した時の、カメ棺《かん》についてである。

それはおとなの墓地と異なる場所に、つまり集落のすぐ傍の、道路の下に葬られてあった。子を亡くした親たちが、多数の人に踏まれることによって、早く生きかえってほしいと願う、日本特有の風習の始まりであろうか。棺にはまた、下か脇に穴があけてあった。それはそこから魂が外に出るように、いわば再生願望のためだろうとの事。棺の底にはどれにも丸い石が、一個か二個あった。何を意味するか不明だが、副葬品《ふくそうひん》としてのおまじないか、おもちゃ代わりなのか。平均寿命三十歳の時代、早く子を亡くした親の逆縁《ぎゃくえん》の悲しみが、カメ棺から、今もなお溢れやまぬ気がした。

デクノ坊

本城の柴田清之助翁《せいのすけおう》が亡くなって、その葬式に招かれた。翁とは生前しばしばお会いしたが、とにかくいつも短か着物を着て蓬髪《ほうはつ》の、身なり構わぬ人であった。そして大変なもの知りで、信心ぶかく、ぼくとつな話しぶりの好々爺《こうこうや》であった。

弔辞の中で翁を、現代の妙好人《みょうこうにん》（佛に帰依する行者）であるとか、『ふるさとの心とくらし』という本を刊行した事を讃えていた。

また喪主《もしゅ》のお礼のあいさつでは、宮沢賢治の《雨ニモマケズ》を、驚いたことに全部暗唱され、「親父はその〈デクノ坊〉のような生涯であった」という意味のことを述べた。その喪主も、七町歩余の稲作を経営する、近郷《きんごう》きっての篤農家《とくのうか》である。

まさに〝この親にしてこの子あり〟と、つくづく思う。ところで「デクノ坊トヨバレ、ホメラレモセズ、クニモサレズ、サウイフモノニ、私ハナリタイ」という賢治の願いは、今の世では風化されつつある。

賢治が生前、羅須地人《らすちじん》協会の玄関に、「ウラノ畑ニオリマス」と小黒板を出していたように、信心と農作業の行が練り合ってこそのデクノ坊だ。貴重な明治の人、知行一加《ちぎょういちにょ》の翁は、ウラノ畑ニ。

求道者

先日の朝日「惜別《せきべつ》」欄に、佛教学者・故玉城康四郎《たまきこうしろう》先生の、行実《ぎょうじつ》について紹介されていた。先年、駒大宗学大会で始めて先生の研究発表に接し、非常な感銘を受けた。若い学徒にまじって、実に初々《ういうい》しく情熱をこめて、ダンマ（法）について説く姿は、まさに生き菩薩であり、私は生きた佛法に接した歓喜《かんぎ》に、万感溢れやまぬものを禁じ得なかった。先生は『ダンマの顕現《けんげん》』について、『大爆発』を体験した悟入《ごにゅう》の人である。つまり単なる学者を越えた世界に、純粋で、しかも一求道者として生き抜かれた。いうなれば、法そのものが先生の全人格であり、先生とお会いするすべての人は、佛智慧《ぶっちえ》と大慈悲心をいただいたのである。私にとってまさに〈一期一会〉であったが、本当に貴重な出会いで、それこそ合掌礼拝せずにはおれなかった。ところで先生には、こんなエピソードがある。「自分の七十歳前に書いた本は駄目だ。解っていなかった。解らないまま教えた。学生諸君には悪かったよ」と述懐《じゅっかい》された。こんな事は普通、とても出来ない正直一途《いちず》の、生涯、真実を追究しやまぬ学道の人であった。

第四エッセイ集

みちのくの風骨

（二〇一二年）

「布施」

暁の鐘を撞き
上堂　室中に灯をともす
『佛や祖師の教えでもっとも肝要なのは
　ただ坐禅である』
大智禅師の発願文《ほつがんもん》は
身心を　つらぬきやまず
これに徹せんと　暁天坐《きようてんざ》の足を組む

澤木興道老師「うちかたやめえ」
徳武文爾《とくたけぶんじ》師家「竹をみならう」
梅田信隆禅師「流れにしたがう」
たぐいまれな師との出あい
怠惰なおのれを打つ
警策《きょうさく》の音　いまもなお

おさないころ
父　鶴壽和尚《かくじゅ》の　あぐらにどっぷり
母　千代の　乳をたらふく
阿仁の山水と　たわむれあそぶ
なににもまして
三十歳でみまかった和尚の枕元に
遺意《ゆいい》であったか
新調したばかりの　坐蒲《ざふ》ひとつ
まんまるの禅

六十年の歳月をへるも
なおわが生死《しょうじ》の　根っこであり
おんぼろの老骨をうち立てる土台

瑩山《けいざん》さまの
《坐禅は　はかりしれない功徳がある
　ことごとくすべてに　施しやまぬもの》
おおいなる
布施の行を信じ
今日も愚直に
打坐《たざ》す

達磨を生きる

正月に、青山氏から達磨《だるま》の一幅を受贈した。氏は、太平寺増改築の設計者であり、永安寺総代、第十八教区護持会長を勤める、篤信者でもある。以前から達磨禅画を、本格的に学んでいる。早速床の間に飾った。賛に「一期一会」と示すが、筆勢がある。やはり達磨の気迫が、乗り移るのであろうか。私はかつて、中国に旅した折、少林寺に拝登した。すぐ裏道から、嵩山《すうざん》に登り、達磨窟《だるまくつ》をたずねた。〈面壁《めんぺき》九年〉というので、壁面かと思っていたら、ごつごつした洞穴《ほらあな》で、雪舟の、達磨と慧可《えか》相見《しょうけん》の絵と、同じと思った。平べったい盤石があるだけだ。慧可がここで、左のひじを切り落とし、呈して、弟子相続《そうぞく》が許された事を思うと、感無量であった。すると突然、私の念珠が切れて、珠が四散した。その数珠玉《じゅずだま》は、今もそこにあり、永劫に残るであろう。それは慧可の鮮血と同じ様に、達磨と現代の私を結びつける、禅の絆である。絆とは、ただ坐ることだ。それは坐禅のみならず、私の生活すべてに、禅心がいきいきと及ぼされる。また、二度とくり返すことの出来ない、本日只今、すなわち一期一会に、徹してこそ、達磨を生きる事が出来よう。

あっけらかん

禅の始祖である達磨を、尊崇するのは当然だが、自分の生き方に警策《きょうさく》を入れてもらうため、常に達磨の眼光を、感ずるようにしている。東成瀬《なるせ》村の、龍泉寺様から、手作りの大きな木彫りの達磨を、ある役職のお祝いに頂戴した。七転八起《しちてんはっき》は私の人生そのものであるが、以来、佛間に置き、不撓不屈《ふとうふくつ》の日常でありたいと、拝伏する。払子《ほっす》を持つのは、特異であるが、これはあらゆる人の、迷いを転じて、悟りを開かせずんばなるまいという、大師の深い慈悲と、誓願の現れであろう。

愛媛県の楢崎通元老師に、達磨図の大幅《たいふく》を、揮毫《きごう》していただいた。珍らしい真正面を向く風貌《ふうぼう》は、いつも何をくよくよするのかと、にらみつけられて、得心《とくしん》すること、しばしばである。また「廓然無聖《かくねんむしょう》」と賛した老師の、達磨色紙も書斎に掲げている。この意味は、聖なるもの、真なるもの、とか、聖人と凡夫などの、区別は無いのだと。常にあっけらかんとした、空の世界。いついかなる時、行住坐臥、すべてが生きいきした、まっさらな日常。今朝も吹雪の中、寒修行に出る。網代笠《あじろがさ》の達磨が、鈴を鳴らして、集落をめぐる。

撃ち方やめい

雪が消えて、待望の散策にでかけた。ふと春の夕陽が、山際に
かくれる荘厳さに、思わずみとれ、立ちつくした。あの光明に満ちた
西方浄土で、戦争が起きているとは、とても信じられない。
ふいに天上から、妙なる音楽が降ってきた。見ると、二羽の白鳥が
啼きかわしながら、北の方に飛んでゆく。めおとだろうか、
おやこだろうか。まさに平和まるだしの、音の風景である。
いつか、沢木興道老師から「禅とは、戦場で、激しい銃声がとだえ、
静まりかえると、草むらの虫の声が、またしげく、天地に
満ちるようなものだ」と、お聴きしたことがある。
いわば〈撃《う》ち方やめい〉の消息だ。撃ちあっている間は、
憎しみのかたまりであり、悪鬼の形相、そのものである。ところが、
撃ち方を一切やめてしまうと、佛菩薩の慈眼《じげん》が、みるみるもどってくる。
人間は本来、そのような不思議なこころの、構造を持つものである。
戦争を、一刻も早くやめてほしい。そして天空を、沢山の鳥たちが
飛びかい、虫の音が地上に、響き渡るようになってほしいという、
世界中の人々の願いなのだ。そう思いながら、また歩き始める。

慰霊碑

五月二十六日、男鹿《おが》、加茂青砂《かもあおさ》の海辺に建つ、殉難《じゅんなん》の碑、慰霊式に、関係者多数と共に、参列した。合川町南小学校児童、十三名のみ霊の前に、ふかぶかと合掌礼拝、導師の正法院様、侍者さんに随い、ねんごろに、読経供養させていただいた。あの悲しい、日本海中部地震の日から、今年は、二十年目にあたるという。碑の足元の、小さな歌碑——〈十三の　み霊《たま》とともにたわむれん　光あふるる今日の浜辺に〉——この度も、日本海の波がしらに、陽光がきらめき、ひろがりやまぬ初夏の、強い日射しがふりそそぐ。そそりたつ、黒色の慰霊碑《いれいひ》は、実に爽やかに磨かれていた。地元の真心奉仕の念が、そのまま、いぶし銀の光を放つ気がした。式のあと皆様と語りあったが、海に生き、漁をなりわいとする質朴《しつぼく》さは、今の世では、まことに珍らしい。それにしても、現地の海蔵寺というお寺は、位牌場のみ残して今は無く、裏山の小学校も廃校となり、風だけが通る淋しい風景。子ども達の故里、鎌の沢正法院境内にある次の碑は、痛切極まりない。

〈緑の山と　清らかな川のある故郷に育ち　紺碧《こんぺき》の海にあこがれ楽しむことなく　波間に消えた御魂《みたま》よ　やすらかにおやすみください〉

茶室開き

全く無謀《むぼう》な話だが、お茶室を造築した。茶の湯についてはほとんど素人なのに、そんなお金など無いのに、やり繰りして、やっと建てたのは何故だろう。これは古希《こき》を過ぎた、年齢のせいかもしれぬ。ある本に『茶の湯の亭主は隠者《いんじゃ》。暮らしは不如意《ふにょい》であっても、志の高い生活をするのが隠者の営み。隠者の身になって客をもてなすのが、茶の湯の営み』とあったが、そんな気持ちが高じたからであろう。花鳥風月を、友とできる茶室。さて設計の段階で、とにかく使い易い、雨天でも雪降る季節でも、利用できる、またある程度、正式のお茶会を催すことも出来る、造りを考えた。その為、流水手水鉢《ちょうずばち》や腰掛け待合、にじり口など設けた。それと利久の〈侘《わ》び茶〉風より、小堀遠州の〈書院〉様式の茶室にして、遠景を眺望出来る、円窓《えんそう》などを試みた。ところで、浄福寺御夫妻のご援助により、形ばかりの「茶室開き」を終えた。痛感したのは、席入りの時の床《とこ》、釜拝見の形式は、今の時代に必要だろうか。道具への品定めは、本来の茶の湯の心とは、かけ離れたものでないだろうか。私は茶の湯と全く縁の無い人達に、一期一会《いちごいちえ》の、一服の茶を供したい、それだけである。

断法のつぐない

師父、天應鶴寿《てんのうかくじゅ》大和尚、七十回忌を営修した。私が七歳の時の朝、母が寝間へ来て、泣きながら父の死を告げた。そして父は、『断法《だんぽう》』を最後まで嘆き、悲しみ、男泣きに泣きくずれ、永眠したという。

その時私は、何の事か全く不明であった。長ずるに従って『断法』とは、お釈迦様の佛法を、弟子に継がせる事が出来ない。つまり、法が切れてしまう事と知った。療養八年の果て、三十歳で遷化《せんげ》した人生では、弟子相続など、無論不可能であった。しかし、法脈の切れてしまう無念さの、何と深く重たいことか。その後私は、父の悔しさを、決して忘れずに過ごし、五十回忌の時、地方の一寒村の、小寺としては破天荒《はてんこう》の試み、禅師拝請《はいしょう》の、報恩大授戒会《じゅかいえ》を修行、多くの戒弟に、正伝《しょうでん》の血脈《けちみゃく》を授与して戴いた。孝行の〈孝〉の字は、子が老いた親を、おんぶした形という。私はいま精神的に、その真似事をさせてもらっている。

父から私に残された、坐蒲《ざふ》一箇。父の唯一の遺志と思い、共に暁天打坐し続ける。私の小学一年の絵を、とても褒《ほ》められ、病室に、死後も貼られていた事を、母から聴く。父は肺病末期で、お話できず、七十年たった今、やっと〈孝〉の字のごとく、おんぶの父と、会話する。

冬越しの金魚

まだ池の周囲に、雪がもっそり、積もっていた某日、なにげなし、水面を眺めていたら、なんと赤い幻影が、二つ動いた。わたしは、寺族を呼びに走った。「金魚だ。金魚が生きていた！」

昨秋、檀家のひとりが「これは、ふなみたいな金魚だ」と、五ひき持ってきて、池に入れた。その後全く餌を与えず、野放しのまま冬を迎えた。流水式でなくため池なので、雪が積もると息が出来ないだろうと、ビールケースを、池の中に置いてみただけである。冬中、縁側から、雪漫々《まんまん》の池を見ていた。金魚はどうしたのかな。生き続けてほしいな、とおもってすごした。やはり金魚と、私の何かが繋《つな》がっていたのだ。さて、その後四ひきになった。

あと一ぴき、小さく弱そうだったから、やっぱりダメか。

あきらめて約一週間たった朝、なんと、五ひき揃って泳いでいるではないか。これはまさに奇跡である。あの酷寒《こっかん》を生き抜いてきた、いのちのしぶとさ。そして自然というものは、ちっぽけなはかない生を、なんとか手助けしてやろうと、思議《しぎ》を絶した営みを続けている、事実を観たおもい。これにくらべて、人間はなんとかよわい存在か。

いのちの味

この頃、どこへ行っても、斎席《さいせき》は仕出しであり、手作りの味など望むべくもない。たまに精進料理などによばれると、その美味しさは、たとえようもなく、生きている喜びさえ、こみ上げてくる。
それは、道元さまのいう『一粒《いちりゅう》の実、一茎《いっけい》の草を手にとり、一丈六尺の佛身として活かす』からであろう。つまり果実野菜の妙味は、ひとの真心によって、一粒一茎の佛さまが、最高に活かされ、つながりあったからだ、と思われる。かつてうちの寺で、大授戒会を修行した時、本供養の後の上げ膳をいただいた子どもから「こんなにおいしい料理は、始めてです。どうして作られたの」とたずねられた。私は
「食材は今朝、近くの農家の人達が、持ち寄った物だが、料理長の、佐藤老師という坊さんが、心をこめ工夫して、食材のもっともすぐれた味を、ひきだしたからでしょう」と話す。更に、この一彰典座《いっしょうてんぞ》さんは《献立て料理を作る時、海、山、里に想い寄せ、天にのびる葉菜《ようさい》や、恵まれ育った実の類《たぐ》いと、それを支える根の友に、献立て料理に悩むとき、皆に語ると野菜達、自然に仲間が集いよる》と詠む。その子は、いのちの味、ネットワークを直感したのだ。

僧堂体験

大菩薩山の、僧堂での体験について、更に述べたい。まず堂内正中《しょうちゅう》の、聖僧《しょうそう》さまは、等身大の僧形《そうぎょう》の文殊菩薩。まみえて、おのずから正身端坐《しょうしんたんざ》する気になる。坐禅のみでなく、僧堂の展単上《てんたんじょう》に臥し、一夜をすごした。木枕を用いる。折りたたみ式で、木肌あらわなので固い。伝統の臥具《がぐ》というが、とにかく古風を慕う一念で、頭をのせる。何とか眠れた。弁道法《べんどうほう》には、眠る姿勢についても、細かい教示がある。要するに《頭北《ずほく》、面西《めんせい》、右脇側《うきょうそく》》、右脇を下にしてやすむのは、涅槃像《ねはんぞう》のおすがたである。私も寝にくいときには、この臥法《がほう》をとるが、不思議に、安眠することが出来る。朝の粥展鉢《しゅくてんぱつ》は如法で、応量器《おうりょうき》を使っての所作は、本山などと異なり、ゆっくりである。玄米粥と梅干し他を、誰一人残すことなく、頂戴する。思うに、調理された山野のいのちを、味わい尽くすのは、世界の食料危機を、打開するカギではないのか。またエコライフの、典型というべき『マイ箸』は、当然であり、繰り返し大事に扱う食事用具は、今日《こんにち》的に見直さねばならぬ。要するに、現代人の生活に、既に失われて久しい宝物が、この山中に、秘蔵《ひぞう》されているのは、確かであった。

てふてふの生態

初冬の今どき、珍しく蝶がいっぴき、庫裡《くり》の風除室《ふうじょ》に迷いこんだ。小春日和の陽気に、誘われたのだろうか。そのひらひらを、少しでも長びかせようと、追い出しにかかった。孫の晃宗《こうしゅう》も一緒になって、やっと自由の天地に帰してやった。それにしてもなんと、たおやかな生きものだろうか。だがその生き様《よう》はすごい。

この間、ある会で、有名な安西冬衛《あんざいふゆえ》の、一行詩が紹介された。〈てふてふが一匹韃靼《だったん》海峡を渡って行った〉――紹介した方も、想像であろうと思っていたらしいが、海を越える蝶が、実際にあると知り、驚いたという。また本の孫引《まごひ》きになるが、『海を渡る蝶』という本に、一九五五年、種子島《たねがしま》付近、海上十メートルの紋白蝶《もんしろちょう》大群に遭遇《そうぐう》。また海面に、白い敷物のように浮いているのを、蝶の死骸と思ったら、一方の羽を海面につけ、もう一方をヨットの帆のように、直角に立てて休息していたと、漁師の話。信じられない蝶の生態だ。俳人山頭火も、大本山永平寺で次の一句を詠む――〈てふてふひらひらいらかをこえた〉そそりたつ伽藍《がらん》の、大屋根を越えてゆく、蝶になりきった山頭火。

――私どもも、ひらひらと、今生《こんじょう》を越えようか。

道しるべ

正法眼蔵《しょうぼうげんぞう》といえば、難解《なんかい》本の中でも特に、難解な宗教書といわれる。まして昔から正法眼蔵は、読むものではなく、拝むものだと、常什《じょうじゅう》の床の間に、飾ってあった。だが、畏れ多くて読まないのは、道元禅師の御示訓《ごじくん》を、無にするばかりではなく、『正伝の佛法』を、形骸化《けいがいか》することではないだろうか。この為、秋田県宗務所・禅センター研修部は、駒大の石川力山《りきざん》教授を講師に《祖録《そろく》に親しむ》、正法眼蔵十二巻本を参学した。その後、先生の急逝により、同僚の石井修道先生に継続していただき、今回、二十八巻本「生死」をもって、講義の幕をおろした。のべ、十六年の講座である。小衲は有難いことに、ほとんど欠かさずに、受講できた。宗務所役職であったのも、幸いした。よく「教外別伝《きょうげべつでん》、不立文字《ふりゅうもじ》」という。だが、禅師はぼう大な著述を残した。それは道孫《どうそん》に、佛道を歩む道しるべを残したい、大慈悲心のあらわれであろう。又ここ数年、受講者が原文を輪読《りんどく》する。眼蔵はその当時としては、平易でしかも格調の高い文章だ。音韻《おんいん》だけでも、心に沁みる思いは、「言霊《ことだま》」なるが故だろう。末孫《まっそん》として、常に座右に置き、看読《かんどく》したい。

太平の詩

宿願の、水琴窟《すいきんくつ》が出来あがった。禅寺全応寺《ぜんのうじ》で、初めてその妙音に接して以来、何とかしてうちの寺でも、開設できないだろうかと、思い続けた末、ようやく夢の花がひらいた。ありがたい事である。水琴窟は、ものの本によると、江戸時代の茶人、小堀遠州《えんしゅう》の「洞水門《とうすいもん》」から生まれた。陶器のカメを伏せ、上部に穴をあけ、土中に埋める。手水鉢《ちょうずばち》の捨て水が、水滴となり、底の水溜まりに落ち、反響する。かすかなポチャンピョロンと、えもいわれぬ、水琴の音が生ずる。絶妙な水の音楽だ。これを竹筒で拾うと、かなり鮮やかに聴こえる。うめもどきと紅葉楓《もみじかえで》の、木陰の下、庭石に、石蕗《つわぶき》を植生し、石灯龍を置く。黒みかげの『水琴窟・太平の詩』の、標柱《ひょうちゅう》も添えて、自然の盆景《ぼんけい》の風流。ところで、一番先に訪れたのは、お寺たんけん学習の東小一年生十六名である。ひとりずつ耳を傾け、聴いた。後で全員から、感想の礼状をいただいた。「すいきんくつの、おとをきかせてくれて、ありがとうございました。とてもいいおとでした」とある。それぞれ新たな発見と、興味をもったという。水琴窟は、心と体に、大自然のひびきと、やすらぎをもたらす、いわば大地の鼓動、太平の詩だ。

「愛語」

鶴壽和尚《かくじゅ》　昭和十一年に遷化《せんげ》して
禅法和尚　同十二年に入寺
母千代と結ばれ　わが養師父となる

稀代《きたい》の酒豪にて
かずかずの逸話あり
正法院の酒宴では
柔道猛者《もさ》の巨漢和尚と
争論のすえ　取組みあいとなり
池水の底にねじふせた

小学校運動会の留守居とて
某総代と酌みかわし
酔いつぶれたのを　さみしかろうと
羅漢さまを抱かされた

癇性《かんしょう》つよく　時おりもうれつに折檻《せっかん》された
おそろしい親父であったが
四十九歳で卒中に倒れる
脳の最深部に出血して　半身不随
さらに強烈な視床痛《ししょうつう》をうったえ
それをやわらげるためにと
新政《あらまさ》二級酒　朝冷やで二合
夕食の時　熱燗《あつかん》で三合
毎日五合を「花の水」と称し　愛飲《あいいん》
—花は水がなければ枯れるからな—

二十年もの間　ぽっくり死にたいと
その念願成就も間近な朝
私を病床に呼びよせ
「お前を憎くて折檻《せっかん》したんじゃない
『鉄は熱いうちに打て』
お前はな　みどころがあるから
なぐったのじゃ」

《愛に徹した言葉は　天をひっくりかえす
力あることを学ぶべき》　愛語とは

梅花十徳

書斎から、見はるかす風景は一面玲瓏《れいろう》の世界。石塔の群れが、どれも白い腰袴《こしばかま》をまとって、今にも歩き出しそうな。

今日は珍しく、春陽さんさん。雪が、プラチナのようにきらめき、まぶしい。庭の梅の蕾も、ようやく目を覚したようだ。

ところで、梅といえば、うちの梅花講も、ここしばらく冬眠状態であったが、この頃、眼に見えて出席講員が多くなった。五月に、大館で開催される、全国大会の影響らしい。なんとかして、梅の花がふくいくたる香りを、ただよわすほどに花数を多くしたい。

さて、北海道の大徳《だいとく》師範が「梅花十徳」を、発表されているので紹介したい。一、邪念が起こらない。二、いい出会いがある。三、老化防止になる。四、家庭が明るくなる。五、安心を覚える。六、慈悲心が起こる。七、見聞《けんもん》が広まる。八、いい顔になる。九、正しい生き方を知る。十、信仰が深まる。とても解りやすいが、私ならば、重複の所を、次とさしかえてみたい。一、ご先祖さまが喜ぶ。二、子孫が幸せになる。

要するに、梅花講は、全く良い事づくめである。佛様の教えを、詠讃歌《えいさんか》としてお唱えし、聞法《もんぽう》できる幸せを積み重ねよう。

鶯と水

男鹿の、清松寺様が遷化《せんげ》せられ、お悔みに拝登《はいとう》した。お寺の場所を
忘れたので、路傍で、花壇の手入れをしていた女性に、道筋をお尋ねした。
すると気軽に、私が車で案内しましょうと、先導していただいた。
なんとまあ、親切な方であろうか。そして不思議なほど、
この町の人が、みんな温かい心の持ち主に思われた。
さて、本堂での御回向《ごえこう》の後、一服頂戴していたら、突然、鶯《うぐいす》が鳴きだした。
亡き方丈の丹精込めた、八年にもなる老鶯《ろうおう》という。お話によると、
鶯や鳩を何羽も飼育《しいく》したが、最後は、みんな水の器にくちばしを入れ、
こと切れていたそうだ。それはまさに、天寿を全うした姿という。末期
の水というが、どうして生き物はこうも深く、水と関係あるのだろうか。
話は飛ぶが、『水からの伝言』という本によると、水はものを見分け、
音を聞き分ける能力を持つ。入れ物のビンに「ありがとう」と書き、
顕微鏡《けんびきょう》で見るときれいな形象。「ばかやろう」と書くと、ゆがんだ結晶に
なる。優しい言葉をかけると、美しい造型になり、悪口雑言《あっこうぞうごん》をかけると、
醜い形になると、写真で証明された。先述の、道案内や、鶯の鳴き声は、
六角形の結晶となり、無限の拡がりをみせよう。佛心の波紋である。

さぎ草と聖者

地蔵さまの、かけいの前に、さぎ草の鉢がある。この夏は、ほとんど花をつけなかった。でもたった一つ、随分長く咲き続けて、たおやかでありながら、白さぎの優雅《ゆうが》な雰囲気を、ただよわせていた。その花の形に、どうしたわけか、お釈迦さまの行道《ぎょうどう》の姿を、連想した。この花は、どれも下向きである。釈尊はいつも大地に、慈しみの眼をそそがれ、ゆったりと歩をすすめる。洗いざらしの着衣は、野の花に似て、すがすがしい。しかもその白衣は、糞掃衣《ふんぞうえ》という。人々が捨てたぼろ布を洗い、つづりあわせて作った、僧衣《そうい》である。

それはまた、カトリックの修道女、マザー・テレサを想いおこす。「神の愛の宣教者会」を設立し、生涯を病む人や、ひん死の人達のために、光明を与えつづけた。やはり終生《しゅうせい》、そまつな白衣の、無一物《むいちもつ》で通された。洋の東西を問わず、偉大な聖者は、一輪の花に、永遠を観ると共に、生活が極めて簡素であった。

かえりみて、現在の私たちはどうか。あまりにも名利《みょうり》にこだわり、捨てようとしない。自由があっても、自在ではない。さぎ草は、やがて枯れるだろう。消滅ではなく、来年に備え、球根《きゅうこん》を育《はぐく》むのだ。

五島美術館

首都圏合川会に、出席した翌日、世田谷区上野毛《かみのけ》の、五島《ごとう》美術館を訪れる。館蔵《かんぞう》、茶道具取り合せ展開催中を、新聞の催し欄で知り、やっとたどり着いた。五島慶太翁のコレクションというが、よくもこれほど、名品を収集したものと感嘆する。重文の伊賀水指《みずさし》、千利久作、二組の茶杓《ちゃしゃく》とか、茶道具の他、小鉢、徳利、茶碗など、好事家すいえんの逸品が、約六十点展示されていた。ガラスケースの中のそれらを、観て廻ったが、率直な話、いささか虚しい感じにおそわれた。茶碗といっても、美術品だ。生活用品では無い。日常、絶対使われない器は、わび、さびに、まみれすぎてはいないか。敷地内の庭園を、観てまわった。沢山の石灯籠《いしどうろう》があり、名札で型を教えられる。夜、もし灯がともったら幽玄そのものだろう。また富士見亭《ふじみ》、古経楼《こけいろう》茶室は、流石にすばらしい造作《ぞうさく》であった。しおり戸、つくばい、飛び石、にじり口など、世俗をつぎつぎと脱落して清浄の世界にたどりつく露地《ろじ》は、見事であった。ただ茶室は、立ち入り禁止で入れない。時には、現代人の苦悩を少しでも癒《いや》すため、ここを活用できたらよいのに、と自坊の、黙照庵《もくしょうあん》の在り方を、思いめぐらした。

土空予科練《つちくうよかれん》

終戦直前、太平寺は、土浦航空隊予科練習生の、食事その他一切の世話する、古参兵の宿舎であった。その時の話を聴きたいと、深谷《ふかや》市からわざわざ見えられた。その方の父上は、土空予科練の教官であったという。先年、長寿を全うされたが、戦中の出来事は、一切話されなかったそうだ。その方のいうには、不思議なことに、予科練とか特攻隊についての隊員、本人の告白は、ほとんど発表されていないという。

なぜ人生の、最も貴重な一時期を、完全に自ら封印してしまったのか。私自身も、旧制大舘中学において、終戦の日を迎えた。今でも残念に思うのは、その夜、本堂の鳴り物、鐘、木魚などが乱打され、無残に割られてしまった事だ。彼らにとって、ぶっつけようのない、憤《いきどお》りであったのは解るにしても、軍国主義の、正体を見た気がした。

今日から三月。また白鳥が飛来する。六十年前、向いの小学校に三カ月宿泊。大野台で、中級滑空機の訓練をした予科練習生は、私達にとってまさに白鳥の、清澄さに接する憧《あこが》れであった。九百名の若者たちは、終戦によって、平和の使徒に変身した。先述した〈無言〉は、不戦《ふせん》の決意の固さであろう。白鳥の風景が、永続してほしい。

鳥の歌

男鹿市ハートピアという、イベントホールで、
「音楽と詩の朗読の夕べ」という催しがあった。ささやかな
詩情溢る会であった。個展もあり、詩の朗読や、フォルクローレの
演奏もよかったが、この度は、特にチェロの名曲「鳥の歌」を聴き、
今まで気づかなかった発見もあり、ひとしお深い、感動にひたった。
この曲は、スペインのチェロの神様といわれた、パブロカザロスが、
晩年、国連会議場で演奏したといわれる。カザロスは、母国のフランコ
独裁《どくさい》政権成立後、自由を求めて亡命した。そして世界に平和をもたらし、
共存を希う曲として、カタロニア民謡「鳥の歌」を独奏《どくそう》した。
私はそれを、テレビで視聴し、故しれぬ感涙にむせんだおもいがある。
ところでこの度、チェロの主奏《しゅそう》曲の、序と終結に、ピアノ伴奏が、
可愛らしい小鳥の鳴き声を、奏《かな》でるのを知ったのだ。うちつづく世界の
動乱をしずめるのは、大自然の、小鳥や川瀬や草花の、声と願いしか
ないという、カザロスの心である。やはり、ナマで聴く音楽は、そんな
極妙の機微《きび》をもたらす。人間とか世界の安らぎも、山河大地や、
生きとし生けるものの声に、耳傾けることかなと思ったものである。

和して同ぜず

在日韓国人二世の方が、亡くなり、お葬式があった。お若い頃、子どもさんが保育園に入っていた関係で、ＰＴＡその他で活躍され、人望もあった。とても明朗闊達《かったつ》であったが、二十年程前に脳卒中となり、その後、埋み火の人生だった。

さて葬儀《そうぎ》の前、お戒名に、本名である韓国名の一字を、出来たら考えてほしいとの、申し出があった。私は、音韻《おんいん》と意味の通ずる字を選んで、おくり名した。故人の名前を、今まで日本名でばかり呼んでいただけに、母国の本名を、如何に大事にしていたか、を思い知らされた。

私は追善法話の時、故人の思い出は勿論、戒名について、その字句の意味するところを話す。また、新聞の惜別《せきべつ》欄に載っていた、在日韓国人の弁護士第一号、金敬得氏についても触れる。国籍についての、さまざまな扉を押し開いた初一念は、故人の生涯にも相通じよう。

弔辞の時、孫代表が「お祖父《じい》さんは絶対、他人の悪口を言わなかった。僕はそれを見習います」と霊前に誓った。これは、実に貴重な置き土産だと思った。故人は金氏と同様、日韓《にっかん》の架け橋となった。《和して同ぜず》という通りかもしれないが、言語に絶するものがあったろう。

長生きの法

この間、市公民館講座『現代詩』の受講者、二十名が来寺した。いつも講座室なのだが、たまにゆっくりと〝詩のピクニック〟で、館外研修をしたらどうか、との提案の実現である。それで、北欧の杜《もり》公園散策、お弁当。午後から、うちの寺に来て、佛像鑑賞、庭園遊行《ゆぎょう》、お茶会、広間で詩の勉強など、盛り沢山であった。当日は、さわやかな秋日和《あきびより》。みんな喜々として、詩の花を摘んでいた。

ところで、今回の詩の教材に、私の新著『やすらぎの埋み火』の、「行茶一服」欄の、拙詩を引用した。「息《そく》」と「立《りつ》」の二篇。〈ヒトはなぜいきづくのだろう〉から始まる、自作自解だが、生きるとは、息づくことである。息がとまると死だ。息をし続ける働きの、不思議さ。『健康で長生きする一日の法』がある。〈日に一回、自分をほめる〉〈十回大笑いする〉、〈百回深呼吸する〉、〈千文字を書く〉、〈一万歩あるく〉を続ける。この中の深呼吸とは、腹式呼吸。いうなれば、坐禅の呼吸法。だから長寿法だ。この世に出生《しゅっしょう》して、吸う息、吐く息を調《ととの》えるのが、どんなに大切かを説いたのは、講座の皆さんに、文学を越えた永遠の生命に、詩の手でもって、触れてほしかったのだ。

N響の名演

秋田では珍しい、N響を聴く機会を得た。少年時代、いとこの家の
電蓄《でんちく》の前に、どっかとあぐらをかき、終日、クラシック音楽に
入りびたった、桜花爛漫《おうからんまん》の季節を思い出す。その後、昭和三十年代、
病が癒え、上京した数年、東京交響楽団の正会員となり、定期演奏会を
聴く喜びを、得たのも束の間、師僧の急病で、帰秋をよぎなくされる。
四十年代に、全国保育協議会副会長となり、上京のつどN響の特別会員
である、知友に誘われ、本邦最高の名演にひたる、至福の時を得た。
その頃の演奏と、現代とは、格段の差があるが、今回特に金管楽器は、
世界的にも一流とおもわれる音色《おんしょく》を、響かせた。終って指揮者が、その
奏者達を起立させ、褒めたたえたのは、それこそ我が意を得たりであり、
大いなる拍手を重ねた。ところで、聴く私自身にも変化があった。
茶の極意は、「五感を殺す」ことといわれる。五感を殺して、始めて
得られる無の世界。茶や坐禅によって、もたらされ、新たによみがえる
感性こそ本物だ。しかも今生きて、チャイコフスキーの最後の名曲、
『悲愴《ひそう》』の旋律に、身心をゆだねるよろこび。終楽章の、
消えゆく音調の行く果ては、まさに涅槃《ねはん》の境である。

フジコ・ヘミング

四月中旬に、秋田県民会館で、フジコ・ヘミングのピアノで、モーツァルトのピアノ協奏曲を聴く。リトアニア室内管弦楽団との、共演であるが、東京文化会館と同様のプログラムの、音楽会というから、またとないチャンスであった。家内と共に、その神がかりともいえる、演奏に接しえたのである。曲目の解説に「緩徐《かんじょ》楽章はまるで、天上の音楽のように、澄んだ美しさを見せる」とあるが、まさに技巧を越えた、絶妙な音色はすごい。私は、晩年聴力《ちょうりょく》を失った、ベートーベンの再来と、思われてならなかった。彼女も若くして、風邪のために、聴覚《ちょうかく》を患う。耳に頼らず、魂で音をつむぎ出す、魂を揺さぶる音楽は、人間界を越えたものであった。舞台衣装も素朴ながら、たぐいまれなセンスに、満ち溢れたものと見受けた。誰も真似できない、誰にも左右されない、フジコカラーの評は、もっともである。彼女は、米国同時テロの被災者とか、アフガニスタン難民の救済に、チャリティ活動を展開。また、犬や猫を愛し続ける無類《むるい》の優しさは、私達を魅了しやまず。演奏会終演のアンコールは、「奇蹟《きせき》のカンパネラ」。拍手が鳴りやまなかった。

酵母やもろみに歌を

新聞の、〈歌でパンがおいしくなるんだ〉という、コラムを読む。
パン屋の工場内で、歌声がひびく。聴かせる相手は、パンを発酵《はっこう》させる、
酵母《こうぼ》である。パンの発酵促進剤は一切使わず、自然に任せるが、歌を
聴かせると、バランスよく発酵する。しかも父親ゆずりの、食品添加物
無しにこだわる。するとコッペパンが、冷めても焼き立ての、温かみが
あるというから、これも歌の余韻《よいん》かもしれぬ。清酒の醸造元《じょうぞうもと》でも、
もろみにクラシック音楽を聴かせると、格別な美味になったとか、
チューリップの芽に、水掛けの時「早く大きくなぁれ」と、子どもが
その度に声をかけたら、ずばぬけて早く、大きな花が咲いた、などの話。
これらで、世の中には、人智を越えた仕組みがある。と、気づかされる。
音楽とか言葉かけが、どうして物の成熟《せいじゅく》に、こんなにも好影響を
もたらすのか、これは理屈で考えても、解るものではない。
坐禅を行ずると、この消息に没入できる。すべての計らいとか、
しがらみから、解き放されるからだ。詩の言葉とか苦楽は、
これからも、さまざまな思議《しぎ》を絶した現象を見せるだろう。
それはパンの酵母に、歌を聴かせる、禅の風である。

佛の声

初めて、イタリアに旅する、機会を得た。単なる観光では無い。初の邦楽演奏公演が、主目的である。ラヴェッロ国際フェスティバルに、『乱《らん》と静《せい》――禅の真髄』の演題で登壇《とうだん》。尺八と琴、横笛、打楽器に謡《うたい》、詠讃《えいさん》などの共演。野外音楽会は、実に風流であった。私は声明《しょうみょう》と詠讃のパートだが、メンバー三名の声が、会場の後方まで聴こえたと、あとで知らされ、いささか役目を果したと、安堵《あんど》する。とにかく「禅の真髄《しんずい》」と、銘うたれたからには、〝只管《しかん》詠讃〟でゆくしかない。天と地と響きあう心境で、「散華《さんげ》荘厳《しょうごん》」を声明《しょうみょう》し、「紫雲《しうん》」「浄光《じょうこう》」を詠唱した。そこに人間の声とか、節の巧拙《こうせつ》は捨てて、ただ妙なる佛の声が、ほとばしるような感覚であったのは、禅の消息であろうか。

さて演奏中、不思議なことがおきた。客席をおおう大傘松《おおかさまつ》の、葉の重なりから、たくさんの小禽《ことり》の囀りが、降ってきた。また、会場を囲む花壇の、テチュニアの花たちが、そよ風に小さな手を、振っている様に思われた。きわめつけは、近くの教会の鐘が鳴り出したのだ。日本の禅と、カトリック教の東西霊性《れいせい》交流が、こんな形で演出されるとは。眼に見えない因縁の、得も言われぬ、果報というべきか。

利行《りぎょう》の章

「利行」

龍の口がようやく閉じた
梅雨空のある朝
善蔵さんが　寺に来た
「お寺の境内が　雨ふるごとに水びたし
おらに水はけの工事させてもらえねべが」
「ありがたいが　予算もないしな」
「いや　いっさいおらが負担するからぜひ」

それからトガとシャベルで
こつこつと排水溝の作業
寺の庭から県道まで　堰《せき》を掘り
下水管を埋める

ひとりで数日かけ　みごとにやりとげた
それでおしまいでない

それから雨降るとかならず
一輪車に　砂と砂利を積んできて
水たまりを丹念に穴うめする　雨合羽

ある雨の日
老僧を診療所におくる　車中
境内をとおりかかると
「ちょっと　とめれ　あれはだれだ?」
「しおやのぜんぞうさんだす」
「また　きてけでらのが
　ありがたい　ありがたいなあ」
半身不随でかじかんだ左手に
右手をすりあわせ　おがみつづける老僧
それをひょいと見つけた　善蔵さん
おもわずシャベルをおとし　合掌
おがみ　おがまれるすがた
まさに　菩薩と菩薩のめぐりあいか

《利行は　真実のはたらき
　自己の利のみでなく　あまねく
　他をも利益《りやく》しやまぬもの》　利行とは

ぶなを植樹

ことしの植樹祭は、大野台の、北欧の杜《もり》公園地内が会場であった。
ふるさと緑化の原点から、ぶなの苗木であるという。何故、ぶなを
植えるのか。大昔、つまり縄文の時代は、ここいらは、すべて
ぶなの森林であった。それが文明開化によって、しだいに追いつめられ、
今では森吉山麓とか、白神《しらかみ》山地に残るのみとなった。その後、
ぶなの自然における、絶大な影響力が説かれ、広葉樹林の見直しの、
きっかけとなった。人間は、水なくしては生きられない。
その水の源は、森・落葉樹・広葉樹の林である。特に、ぶなの
保水力は抜群であり、その根の底には一年間に、約八トン、つまり
一アールの田圃《たんぼ》に、一年間使用できる水の量という。
また現今、急激に増えている、空気中の二酸化炭素問題を、
なんとかくいとめる為にも、ぶなの植生《しょくせい》は肝要である。たしかに、
ぶな林に歩をすすめると、まさに、グリーンシャワーをあびる感じだ。
これこそ現代人の身心の、癒しの最たるものであろう。さてこの度、
必ず根づいてほしいと、念じながら植樹した。雨水がたまる、
くぼみをつけ、添え木にゆわいつける。縄文の遺産よ、巨木になれ。

閑寂の庭

かねてより念願の庭づくりを、六月から始め、お盆前に出来あがった。施工は、十二所の殿村工務店、設計は伊達《だて》国雄翁である。

もちろん和風庭園だが、実に雅趣《がしゅ》に富んでいる。設計者が華、茶、書、絵などの道、すべてを能くする風流人だけあって、ひと味ちがった茶庭となった。たとえば、回遊式の小径に灯明石《とうみょうせき》を、ここかしこに配置。夜は雪洞《ぼんぼり》をおく。松の下蔭に、杉の丸太輪切りの腰掛け、一対、清談を誘う。松、竹、梅、蓬莱島《ほうらいじま》（亀の形）、七五三の石組み。庭木と巌石《がんせき》の、絶妙な組合せ。枯山水の白砂など、予想以上の出来映えである。

また庫裡の、離れ座敷の内庭に、心字池をつくった。かけいの水がそそぐつくばいの、すずやかな水の音、まさに魂が洗い清められるようだ。池の中におとしを設け、睡蓮《すいれん》を植える。まもなく見事な花を咲かせた。こんな句がある。〈睡蓮の開花の刻《とき》の水しなふ〉朝になると開き、夕方には閉じる。この世とあの世の、出入口かもしれぬ。極楽の蓮池につながっていると思うと、死を怖れることはない。あくせくする毎日であるが、この閑寂《かんじゃく》の庭に端座《たんざ》。天地自然《じねん》の気を頂戴する即今。何とも有難い。

秋田内陸線

いま、秋田内陸線の存廃《ぞんぱい》が問われている。昭和十一年に、阿仁合《あにあい》線開通。昭和六十一年に、悲願の角館《かくのだて》まで、全線開通して以来、現在、年間約三億円の赤字を出し、空気を運ぶだけだと、悪口を言われる。だが、沿線の住民の約六割は、存続を希望した。中には、お金を払ってでも残したい方が、大多数というから驚きだ。

個人的な話になるが、私は旧制大館中学通学の為、阿仁合線で五年間、汽車通学した。想い出は語り切れないが、今でも鮮明なのは、走行中、登りのきつい所では、のぼりきれずに、何度もやり直すのどかさ。速度の落ちた所で飛び降り、しょんべんしてから、また飛び乗るという猛者《もさ》もおった。さらに機関車のカマタキや、運転士席にすわり汽笛を鳴らすなど、どえらい経験をさせてもらった。

内陸線は、太平寺から百メートルの所を走っている。七十年近く、汽車の音で育ってきた。それが聴けなくなるのは、生活のリズムを失う。この土地に眠る先祖の霊も、永遠の安らぎをおびやかされよう。生者も死者にとっても、過疎《かそ》地を走る気動車は、魂の銀河鉄道なのだ。やはり《乗って残そう内陸線》で、乗車率を少しでも高めねばと、切実に思う。

茶庭の石組み

ここ両三年にわたり、寺庭、茶室、茶庭づくりを、生き甲斐としてきた。お蔭様で、予想以上の出来映えとなり、喜んでいる。寺庭は、日高石による三尊石組み、男鹿石による五行石組み、蓬萊島の枯山水、さらに心字池、五重石塔、木の根灯籠を配した、本格的な造園である。

茶室は、八畳の書院風で、障子のほねは竹、北側に丸窓をしつらえ、向い山の杉木立、鎮守の森を借景《しゃっけい》とする。ところが、その窓の下は、一面の雑草とやぶであり、見苦しいので、茶庭を造ることにした。

たかだか三間四方ほどを、竹垣で囲い、秩父石の、五行具足石組みを中心に、大ぶりの丸雪見灯籠《とうろう》を置いた。茶室にすわると、石組みを支える日照り苔と、枯山水の白砂が、まさに一幅の絵として、丸窓に描かれる趣向《しゅこう》である。さて、石組みもさまざまで、佛像の名が付されることも多い。庭石の前に、黙然《もくねん》とすわると、その佛の境涯に取り込まれ、自ら石佛のひとつに、化してしまう様だ。

石組みは、人組みであろう。人の心を組むことによって、娑婆《しゃば》世界を悠然と遊び、苦難を乗り超えられて、生きる希望を与えられよう。

ともあれ雨の日など、石が青光りしてくる、変化がこたえられない。

サンライズ観光

ことしの元旦は、冬将軍の、連日の雄たけびもやみ、実におだやかであった。除夜の鐘つき参拝者の、足もとを照らす小雪洞《しょうぼんぼり》の灯火が、参道になおも、ひっそりとともっていた。旧《ふる》い年から、新しい年に生まれかわるというのは、単に朝日によって、夜の闇が溶け去る無限の営みの、節目に過ぎないが、元朝の雪のともしびは、その聖なる結び目ともいえる程、美しく感じられた。

ところで、昨年十一月の末、カンボジアに旅をした。アンコールワット遺跡めぐりである。到着した、翌日の早朝、早速、サンライズ観光にでかけた。つまり遺跡を背景に、顔を出す、日の出を拝む催しである。ただそれだけなのに、大勢がつめかけ、待ち構えていた。時いたり、暁闇《ぎょうあん》をしだいに明るく、彩り始める荘厳さは、絵というより、ドラマである。刻々とちがった自然を演出する。古代の人達は、真《まさ》に合掌礼拝して、この典儀《てんぎ》をつかさどったのであろう。

帰国の航空機上でも、日の出を迎えた。黒闇《こくあん》の雲海上を、徐々に照らし始め、ついに大火団となり、億万の光を放つ。小さな窓から射す光芒《こうぼう》に、私は貫かれた。朝を迎えるとは、何たる幸せであろうか。

ため息

岡山の、長田《おさだ》暁一《ぎょういち》老師が『ちょっといい話』という新書版を、
五冊も、立て続けに刊行された。これは、笠岡ロータリークラブ
記念事業の、催しの際、来賓にお土産として、差し上げられたという。
また、市内の病院、スーパー、公民館などで利用され、大変好評とのこと。
一冊一五〇ページほどの中に、心温まる話が、いっぱい。
題字やイラストのバランス、文字も大きく、読みやすい。
たとえば、次の話、著者が大学生の時、澤木興道老師との出会い。
「先生、禅とは何ですか」と問う。「ため息だ」との答え。ため息をつくと、
たまっているものが、ため息と一緒に外へ出ていく。それが禅だ。
まさに《最後の雲水》との、禅問答の一端。私も策励《さくれい》を受けた一人だが、
さすがに、人間くささと同時に、人間を捨てたものを吐く。
ところでこの度、私もエッセイ集、三冊目を出した。なぜしょうこりも
なく出版するのか。おこがましいが、道元様の正法眼蔵《しょうぼうげんぞう》、著述の意図と
同じでないか。長田老師であれ、私であれ〈禅〉をいかにして、
宣布せしめようかという一点で、共通する。いずれにせよ
〈禅〉に、魅せられたものの、ため息にすぎないのは、確かだ。

あきた弁の詩

秋田文化出版社の創始者、吉田朗《ろう》さんが逝去された。そのお別れの会に、参席した。私の第一詩集『柩《ひつぎ》』は、氏のおすすめで、やっと日の目をみたものである。それまで詩作は、単なる趣味の範囲に過ぎなかったが、それからは、にんげんの詩を書こうと、本腰を入れるようになった。とにかく、亡くなる直前まで、同人誌・レジャー誌、豆ほんこなど、幅ひろく、温かいご交誼《こうぎ》をいただいた。とにかく誉《ほ》め上手な方で、出会いはいつも、ほめ言葉から始まった。ほう髪をかきあげ、破顔一笑。いつも大声の秋田弁は、どこでも〝日だまり〟の、縁側のざぶとんみたいな、きわだった存在であった。さてホールの正面に、遺影《いえい》が飾られていた。生前のエピソード、追慕《ついぼ》の言葉が、切々と語りかけられた。

感動的だったのは、有名な新井満訳の《千の風になって》を、故人が秋田弁に〝翻訳《ほんやく》〟した、詩の朗読である。

「おらの／はがしょのめゃで／泣がねでたんせ／そごにおらだの／えねんだすよ／はがしょでだの／ねでなんかえねんだすよ／千の風だすよ／千の風になって／あのひれえ空どご／吹きわだって／えるんだから》――朗さんは、あきた弁の、千の風になった。

霊場恐山

昨年にひきつづき、下北半島の霊場恐山《おそれざん》に、参拝する。今回は、檀信徒やその縁故の方をふくめ、総勢三十一名の団参。レンターカーのバスと、私の乗用車を使い、極力経費を切りつめた。片道約五時間、制限速度をきっちり守ったので、至るところで、ぶりこつなぎの車列。今の時代、いかに法定速度を守ることが、難しいかを痛感。私たちは日常、法律を犯し、平気で生きているのだ。さて、恐山の入り口から、一丁ごとに石柱があり、霊気がただよう。途中に霊水、冷や水があり、私は、どこの湧水《ゆうすい》よりも、甘露だと味わう。されば、〈一杯飲めば十年寿命がのび、二杯飲めば死ぬまで生きる〉と、みんなボトルにつめる。午後四時すぎ到着。ただちに霧雨けぶる霊場を、一行のガイドをしながら巡る。点在する、佛塔や尊像。沢山の風車がまわるさまは、後生車《ごしょぐるま》か。誰でも、来世の安楽を願う。またあの世からの、語りかけかも。血の池地獄や、賽《さい》の河原の石積みは、どうしようもない、人間の業《ごう》を説くのか。道傍に、戒名や俗名を刻む、小さな石板、遺品の数々は、死者への、尽きせぬ愛着《あいちゃく》の、あらわれだろうか。久しぶりに、イタコの口寄せによらず、あの世の消息に、触れえた。

掛け物

十月下旬、わが黙照庵において、〈月見の茶会〉が催された。本来ならば、中秋の明月を愛でる、茶趣《ちゃしゅ》であるべきだが、月遅れの、立ち待ち月の一夜。お団子とすすきを飾り、茶庭の石灯籠《どうろう》に灯し、行灯《あんどん》と手燭《てしょく》だけの、明かりの下で、繰り広げられる茶事は、いちだんと雅趣《がしゅ》に富み、至福の時ともてなしの空間であった。さて、初座の席入りしたおり、床の間の掛け物は、思いがけない勝縁をもたらした。盛岡の報恩寺、徳武文爾《とくたけぶんじ》老師の『竹・万里の清風誰に付与《ふよ》す』である。私は報恩寺専門僧堂で、老師晩年の策励を受け、送行《そうあん》の時、この書をいただく。ところで、茶会次席の夫人は、なんと老師が、名付け親であったとのこと。その奇《く》しき因縁に、全く驚き、喜びあった。私は往昔《おうせき》、老師の室に入り、独参の禅問答で、無の境地の入口に、たどりつく。坐禅堂での警策《きょうさく》により、禅僧の旅立ちとなる。夫人としばし、徳武老師の在りし日を偲ぶ事ができた。千利久《せんのりきゅう》の「掛け物ほど第一の道具はなし」は、真実である。特にこの『竹』は、おおらかで淡然《たんぜん》、清閑と爽快を与える。老師遷化《せんげ》されて、四十数年、こよい茶室の竹の書は、何事も、無心に行ぜよとの遺訓《いくん》と、更に自らをいましめる。

生きる喜び

旧臘《きゅうろう》、気にしていた、法友の病気見舞いにゆく。病室にて、疾患のため、片方の下肢《かし》不能を知る。だが、義足をつけて、リハビリに立ち向かう法友は、不屈の笑顔であった。帰途、秋田市のアトリオンで、音楽会を聴く。ベートーベンの第九交響曲（合唱付）、東京で何回か聴いたが、この度は、吾ながら驚くほど『歓喜《かんぎ》の歌』に、酔いしれ感動した。東京交響楽団演奏と、秋田県を代表する合唱団。さらに〈音楽ホール〉と、呼称するほどの、抜群の音響効果。それらの相乗作用の故だろう。指揮者の解説で、初めて知ったが、ベートーベンの音楽は、たいてい短調から始まり、長調で終わる。つまり暗い悲しみから、明るい喜びに変わる。

この第九も、三十年近くをかけ、最後は聴力を失いながら作曲された、魂の旋律として有名。まさに『生の讃歌《さんか》』である。

前述の法友が、今もなお療養に、生きる意志《臥《ふ》して禅を行ず》を保ち続けていた。さまざまな人生があるが、第九の第四楽章の、歌詞の中の「あらゆるものは、自然の乳房から歓喜を飲み」生き方こそ、肝要だと思う。生きるのは喜びそのものだと。

食《く》い初《そ》めの式

昨夜、孫娘真生《まお》の、《食い初め》をおこなった。生まれて百日目の、行事である。赤飯とお頭《かしら》づきの、魚を用意した。現在三年生の晃宗《こうしゅう》の時に、求めた名前入れの、食器一式を利用した。母の恭子がめんこい口もとに、箸で食べさせる仕草をする。あとで、それは、姑がするのが、本式と知った。姑のように、丈夫で長生きしてほしいのだ。真生は、それよりお乳がほしいと、しきりに口を動かしていた。

それにしても、秋田の冬の祭りは、子どもを主人公にした行事が多い。横手の《かまくら》は、雪洞《ゆきあな》に水神様《すいじん》を祀《まつ》り、通行人に「おすずの神さん　おがんでたんせ」と、声をかけ、お餅や甘酒でもてなす。かまくらは、お母さんの胎内《たいない》であろう。雪は冷たく厳しいが、内部は実に暖かい。水神様の灯明もまた、安らぎと、幸せを照らし続ける、願いでもある。湯沢の《犬っこまつり》も、そうだ。

昔は米の粉で作った犬っこを、十五日の夜、物置の入口や窓などに、飾ったのが始まりらしい。つまり番犬の、神格化であろう。雪像《せつぞう》のお堂に鶴亀、餅・甘酒を供えて拝む。平安の祈りである。孫の成長は、家族にとって一番の願いだ。メルヘンを喜ぶ、女の子になってほしい。

千年を貫く禅

映画『禅――ＺＥＮ』を観賞する。よくぞ、道元禅師の行実《ぎょうじつ》を描いたものである。空海、親鸞、日蓮のように、波瀾万丈《はらんばんじょう》でない。ドラマ性とは相いれぬ、ただ黙念と坐せよ、と実に単純なテーマだ。それを主演の中村勘太郎は、見事に演じた。とにかくその坐相が佳《よ》い。新聞の読者欄に「凛《りん》として清らかな孤高の精神――その姿に佛様と出会った気持になり涙を流す」と、感動が綴られていた。現代人に欠けている、信と行。あれもこれもに迷うのでない。千年を貫く、棒の如き禅に、真の生き甲斐を直感したのだ。さて、映画ストーリーで思った点、率直に。道元禅師の史実に基づくが、やはり微妙にちがう。入滅の場所は、京都の覺念邸《かくねんてい》であるが、本山のような設定であった。鎌倉で、時頼との対話の場面《二つの月》は、瑩山《けいざん》様と峨山《がざん》様の、問答のはずである。また典座《てんぞ》教訓にある『佗《た》は是れ我れにあらず』、『更に何《いず》れの時をか待たん』は、最高のエピソードだが、画面にあらわれず。用語も難解であった。感心したのは雨の日の、尼僧が子ども達に、ざぜんを組ませる場面。一人が法界定印《ほっかいじょういん》の、片手を上にかざす。佛様がぬれないようにと。大慈悲心が、時を越え溢れでていた。

カンナの花

先日テレビで、『死の国の旋律・アウシュビッツと音楽家』という、ドキュメンタリー名作選の、放映があった。第二次大戦中、ナチスドイツによる、ユダヤ人虐殺《ぎゃくさつ》の折、シャワーさせるといつわり、ガス室へ送り込む時、音楽演奏させられた、老婦人の懺悔録《ざんげろく》である。その収容所敷地に、一面のカンナの花が、犠牲者の、真っ赤な血の叫びのように、咲き乱れる場面は、強烈であった。私は前にも、視聴したが今回さらに、戦争がいかに人間の魂を、おしつぶしてしまうか、また霊性の危《あや》うさを知った。その時、ふと思われたのは、今の日本で起こりつつある、鶏インフルエンザで、殺処分された数百万羽、また、口蹄疫《こうていえき》で数十万頭の牛の、無残な埋葬である。すべて悪疫のまん延を、防止する為であるのは、理解できるが、いのちを抹殺《まっさつ》する所業であるのは、鶏や牛と、アウシュビッツの悲劇と、変わらない。これを必要悪と、居直っていいだろうか。マスコミはこの事に、一言も触れていない。牛や鶏の断末魔《だんまつま》の叫びは、収容所のカンナの花と、同様ではないか。慰霊の実施と共に、食文化を根本的に変えねばならぬ。それにしても大量飼育により、家畜《かちく》はこれほど残酷な仕打ちに会うとは。

同事の章

「同事」

昭和十一年の早春
七歳のわたしは　母とともに
庫裡《くり》の出窓に寄りかかり
無明を吹きわたる禅風《ぜんぷう》のような　笛のねに
耳をかたむけた
ただ無性に涙がこぼれおちた　思い出

そのごろ師父は　肺病末期
寺の畑に隔離《かくり》病舎あり　ひとり臥し
わずかないのちの火をともす
そこに毎夜　おなじ時刻
造坂《つくりざか》川をわたる鉄橋の線路から
じょうじょうとしのびよる　笛の調べ

誰が吹いているのか

まったくわからぬまま
春がすぎ　その年もくれ
五十年もたった　ある日
たまたま上杉の関三太郎氏　五十回忌
供養に来寺の娘さんの話から
笛の主がわかった
「うちの親父《おど》の笛だすべ
おどは同級の和尚《のの》さんをお見舞いしたいが
肺病にうつるから近づくなというがら
せめて笛をきかせてなぐさめたのだすべ
おどは今夜もいってきたど　て
云っておったがらしな」

昭和十一年の六月二十六日　夜半
臨終の師父のまぶたに　涙があふれていた
笛のねが　あったかいしずくとなって
今なお　わたしの魂に
したたりおちる

《にんげんの如来は
にんげんそのもの　きわまりなし》　同事とは

遺　影

あるお寺の、結婚披露宴に出席する。型どおり会場入口に、関係者が並び、招待客を迎える時、新婦のお母さんが遺影《いえい》を胸に抱き、挨拶を交わしていた。御夫君らしいと思ったが、定かではない。式の進行にしたがって、それは、やはり四年前、四十八歳でお亡くなりになったという、花嫁のお父さんであった。その後、にこやかなお顔は、終始、披露宴の華やかさを慶び、愛娘《まなむすめ》の前途を、祝福しているように思われた。おわり頃に、ご両親への花束贈呈、新郎新婦の挨拶、出席者を見送るセレモニーの時、お写真は、今度は新郎のお父さんに、しっかり抱かれ、微笑んでいた。子を思う親の心は、幽明界《ゆうめいかい》を異にするとも、変わらないな、と私は、こみあげるものを禁じ得なかった。

ところで新郎さんは有髪《うはつ》であった。宴の終りに、ご本人は「このあと頭を剃り、身も心も坊さんになります」と決意表明された。

なぜ浄髪《じょうはつ》するのか。道元さまは

〈髪を断ずれば、愛根《あいこん》を断ずるなり。愛根わずかに断ずれば、本身即ち露《あら》わる〉と示す。もろもろの人生の、しがらみに埋没する生き方から、無上菩提《むじょうぼだい》を求める、心と形が露われるのだ。

カヤの実

この度、大本山永平寺に、焼香師として拝登した。
道元禅師七百五十回大遠忌《だいおんき》期間中という、身に余る大役である。
本年は、先師の二十三回忌に当たる。師僧は、内向性の私を禅的気迫で、
徹底的に矯正《きょうせい》して下さった。いま法堂《はっとう》で早暁《そうぎょう》諷経《ふぎん》を厳修《ごんしゅ》す。
いささか佛祖の正脈《しょうみゃく》、師の慈恩に報い得たであろうか。感無量。
「吉祥山《きちじょうざん》の暁の光は、実に新鮮そのもの。半杓《はんしゃく》の水を返された清流に、
この現身《うつしみ》をどっぷり潤《うるお》す。御開山様の尊像の御前に拝伏《はいふく》して、
香一炷《こういっちゅう》を捧ぐれば、永平寺の山色風光《さんしょくふうこう》は、自ずから天真である」と
いう意の、香語を唱える。そしてどっしりと重たい、茶湯器《ちゃとうき》を献供《けんぐ》する。
ところでこの度、挙経《こきょう》や回向の維那《いのう》役は、ちょうど大遠忌随喜《ずいき》中の、
比内町全応寺老師がお勤め下さった。先師と宗福寺で同随身《どうずいしん》という、
不思議な勝縁だ。老師は終ってまもなく、控室へお出でになり、
カヤの実七粒をご持参下さった。献粥《けんしゅく》諷経に、お供えされたものという。
御本山では、御開山様が毎朝、薬味《やくみ》されていたカヤの実を、遷化《せんげ》の
あとも変わらず侍真《じしん》和尚が、七百五十年お供え続けている。今この実を
捧持《ほうじ》すると、風韻《ふういん》を発する。私も生々世々、孝順心《こうじゅんしん》に徹したいと念じた。

千年杉

この頃、旅をする時、森や林を観るのが楽しみになった。そこの地域によって、随分手入れがゆき届いている所、投げやりな所の、ちがいがある。きれいに間伐がされ、枝打ちされている林に出会うと、樹木が斎々《せいせい》と、天をめざして伸びてる最中の感じがして、嬉しくなる。しかしそうでない森林が、あまりに多すぎる。これは木の価格が長く低迷し、反面、造林費、つまり労賃が高くかかりすぎるから、林の手入れをするだけ損だ、という考えからきている。

その根底に、そろばん勘定《かんじょう》だけの、国の林野政策が、いまだに続いているのを見逃してはならぬ。いつか佐竹藩、初期の家老、渋江政光《しぶえまさみつ》の卓見《たつけん》を眼にした。「国の宝は山なり、しかれども、きりつくすときは用にたたず、尽きざる以前に備えを立つべし、山の衰えは、すなわち国の衰えなり」と。だが現状はどうだろう。

ところで、大本山永平寺の千年杉は、私達に、不思議な活力を与えて下さる。なぜだろうか。大杉に抱きつき、樹液の音、命の流れに耳澄ましたい。杉は朝夕、読経《どきょう》を聴き、鐘声に触れて育ち、大自然の、禅家《ぜんけ》たらしめているからだろう。

禅の源流

久しぶりに上京した。ちょうど国立博物館で、
〈鎌倉——禅の源流〉展が開催されており、観賞してきた。
建長寺創建七五〇年記念、特別展という。昨年はわが道元禅師、
七五〇回大遠忌だったので、まさに同時代の国宝、重要文化財の数々を、
拝観できたのは、幸せであった。今までの佛教文物《ぶんぶつ》展と、ひと味
異なった感じだった。それは開山の蘭溪道隆《らんけいどうりゅう》を始め、写実的な木像が、
実に多く出展されていたからだろう。今なお我々に、語りかけてくる、
迫真の肖像は、さすが鎌倉期を、代表する禅僧と感嘆した。
特に、蘭溪と同じように、中国から渡来して、建長寺五世を経て、
円覚寺《えんがくじ》の開山となった、無学祖元《むがくそげん》の坐像には、息をのむ気持ちで、
立ちつくした。その風貌《ふうぼう》と眼光の鋭さは、やはり、中国最盛期の禅を、
日本に伝えようとする、不惜身命《ふしゃくしんみょう》の気迫であろうか。眼は心の窓と
いうが、容貌《ようぼう》は、精神のレベルを現わす彫刻である。鼻すじと口元は、
きりりと真一文字、耳は大きく、世音《せおん》に開く。とにかくどの像も、
坐禅に培《つちか》われた姿と顔で、雨竹風松《うちくふうしょう》と一如《いちにょ》である。ひるがえって
現代に、この様な顔はあるか。私達は、自己の顔を鍛えねばならぬ。

スリランカの宗師

三月六日から十一日まで、スリランカに旅してきた。瑞慶山永雲寺《ずいけいさんえいうんじ》入佛開眼《にゅうぶつかいげん》、本堂落慶《らっけい》法要に随喜する為である。現地の人、ヴィジター師は、二十九歳の時に来日し、名古屋大学日本語科に入り、永平寺丹羽廉芳《にわれんぽう》副貫首《かんしゅ》の、お弟子になる。その後、駒大仏教学部博士課程まで履修。大本山永平寺に安居《あんご》。丹羽禅師に就いて入室伝法《にっしつでんぽう》。宗学の研究と、錫僧瑞雲《しゃくそうずいうん》和尚として、修行された十四年間。まさに、曹洞宗侶の範《はん》と称しても過言ではない、新命《しんめい》和尚さんである。師は、今から十年前に、永平寺よりスリランカ最高の寺院佛歯寺《ぶっしじ》に、秘宝を防護する装置一式を寄進された。その法要導師の副貫首に、随行の折、発願したという本堂を見事に建立、落慶された。上座部仏教の地に、初めて曹洞宗の寺院を設立する偉業《いぎょう》である。私ははしなくも、法要両班というお役を頂戴した。当日朝、如法に行列を整え、日本でいえば、安下処《あんげしょ》の地点から約百メートル、民俗衣装をまとう十人ほどを先頭に、横長の太鼓と、鉦《かね》などの鳴らし物、更にお祝いの歌と、華麗《かれい》な踊りをまじえて、ゆったりとすすむ。異郷の地で、故禅師《こぜんじ》が長い白眉《はくび》のお眼をしばたいて、お慶びの様子が、うっすらと見える気がした。

浄土の原風景

スリランカから帰国し、言われたのは「危険を感じなかったか」という事だ。二十年もの間、内戦が続き、七万近い犠牲者が出たといわれるのだから、その心配は当然であろう。しかし私共に、現地の人達は実ににこやかで、友好的だった。それは、この国の七八パーセントが、佛教徒であり、その要請《ようせい》による和平という。また、街の道すじの至るところに、御堂《みどう》が祀られていた。夜になるとお灯明《とうみょう》がともされ、闇の中に佛さまがくっきりと浮かぶ。まさに浄土の原風景である。つまり、〈慈悲と寛容〉が、昼夜を分かたず、娑婆世界を見守って下さるのだ。それにしても、この国の交通システムは、常識をくつがえすものであった。とにかく交通信号機が、首都コロンボに少し設置してあるだけで、他地域ではほとんど見られなかった。車は、小は自転車・三輪タクシーから、大はダンプまで、街中に溢れんばかりである。しかしめったに事故は起きないという。これは運転する方が、他の車の運転者の心の動きをとらえるセンスが、鋭敏である事と、み佛の冥加力《みょうがりき》の賜物《たまもの》であろう。佛教の平和な心と、他者への思いやりが、政治紛争と交通地獄を、見事に解決した。

鎮魂の曲

正法院さんで『横笛のひびき』演奏会があった。二十年も前から、十一回程の開催であるが、そのつど聴かせてもらい、神韻《しんいん》びょうびょうの世界にひたった。庭園のかけいの水、噴水、いちいの、円《まろ》やかな重なりの奥から、秋の虫の声など、笛の妙なる音色《ねいろ》と相和し、私たちは、浮世の塵を、洗い流される気がした。「万灯火《まとび》」の曲の時、生後たった一日で、この世を去った娘のことが、よみがえった。

このお寺の、丈六《じょうろく》地蔵様の法要のさなかに、死にじらせを受けた。病院から、小さな遺体を抱えて、自宅にもどり、小さな柩に納めた。その時、本当に小さな両足を撫でさすると、涙がとめどなく、流れ落ちた。肉親の情とは、かくも深いものとは。地蔵菩薩御和讃に

「幼き児らをひきよせて、つつむ法衣の慈悲の袖」という一節がある。いま二管の篠笛《しのぶえ》が、呼応《こおう》し合う曲に、池の辺りのかがり火の、小さくはじける音にまじり、私と娘が、この世とあの世との、結界《けっかい》を越え、呼びあっている、不思議な感覚にひたった。「万灯火《まとび》」は、日本海中部地震殉難《じゅんなん》児童に捧げる、鎮魂《ちんこん》の曲である。位牌堂の遺影《いえい》は、いつも変らぬ面影で、聴いている。横笛は、生死を越える、いのちの響きだ。

アンコール遺跡

カンボジアまで、直行便で五時間十五分。アジアの至宝といわれる、アンコール遺跡を探訪。九世紀から、十五世紀にかけて建立された、クメール国都城《とじょう》寺院だ。ひとつの尖塔《せんとう》のてっぺんに、カジュマル樹の緑が、まるで生きたかんざしのように、揺れていた。どうしてあんなに高い所まで伸び、しかもそのつる根を断ち切らないで、このままにしておるのか、不思議でたまらなかった。とにかく、人間の築いた石造《せきぞう》寺院が、果てしない密林と手を組みながら、伝説の神々や菩薩を、あたたかく抱きかかえている。中でも、アンコールトムの《バイヨンの微笑》は、観世音菩薩の、巨大な四面佛《しめんぶつ》である。その豪快な石組の果て、どうしてこんなに和やかで、高貴な顔立ちが出来たのか。瞑想《めいそう》からにじみでる、大慈悲心の権化《ごんげ》であろう。名もない工人達の、佛教信仰の深さがしのばれた。このカンボジアも、二十世紀は、ポルポト政権の大虐殺《ぎゃくさつ》という、不幸な出来事があった。極左思想による狂気である。今なおその傷痕が、現地に残る。未処理の地雷の恐怖。しかし、永遠の平和を願い、中立政策を取る。まさに四面佛観音菩薩に象徴される、佛教国なればこそだ。

古都ウドン

カンボジアで、もっとも印象深かったこと。それは、旅の三日目、古都ウドンを訪れた時。そこは十七世紀、シャムの侵入を逃れるため、プノンペンに都を還《かえ》すまでの間の都。歴代の王の、卒塔婆《そとうば》や王族を守護する、寺院の遺跡である。長い石段を、息を切らしてのぼる。するとどこからか、みすぼらしい身なりの子ども達が、雲のように集まってきた。手に手にうちわを持っている。私ども観光客の、脇についてまわり、一生けんめいあおぎつづけるのだ。小高い丘に、寺院の廃墟《はいきょ》があった。石柱の間に、佛陀の巨大な頭部が安置されていた。空襲により、胴体その他、すべて破壊されたという。戦争の傷痕《きずあと》が、あちこちに見られ、荒涼とした風景だが、点在する廟《びょう》の入り口に、野の花が供えられ、線香の匂いがたゆたう。日暮れどき、丘をくだる途中、日本から寄進されたという廟に、日の丸の旗が掲げられていた。一面カンボジアさくら、プロンメリアなど、平和と幸せを祈る、花のトンネルをくぐった。さて、子ども達の大サービスに、私共は、心を鬼にしてチップをやらず、車に乗り込む。今も心にトゲが残る。この恩恵にいずれ、どんな形にしろ、報いねばならぬ。

禅体験

関東から、山歩きのメンバーが来寺、一泊参籠《さんろう》された。私の弟夫婦など『山楽会《さんらくかい》』十一名である。研修を兼ね、宿泊体験したいという。勿論、受け入れ態勢など万全ではないが、「参禅道場」の看板を掛けている手前、希望に応えることにした。正直な話、一泊子ども禅は、三十年余続けているが、年長者、しかも夫婦の方々を迎えるのは、始めてである。まず到着後、近くの湯宿《ゆやど》で夕食。寺に帰り、方丈で禅の夜話《やわ》。大広間で就寝。暁鐘《ぎょうしょう》と共に起き、直ちに朝の坐禅、経行《きんひん》（歩く坐禅）。ラジオ体操。朝課、先祖供養。掃除、小食《しょうじき》。茶室で行茶等。

始めて坐禅した方が、ほとんどだが、実に真剣な打坐で、息を整え、茶の湯で心を解放する、清々《すがすが》しさは格別という。

そのあと、白神山地のブナ林や、十二湖の神秘的な色に、一同驚嘆《きょうたん》し、大歓声をあげたりしたのは、これまで無かった由。まさに禅体験により、心眼が洗い清められ、純真になりきった故の、感動であろう。

また朝のお粥も、ずいぶん賞められた。作り方は、大本山典座《てんぞ》（食事長）の直伝である。これからも、最高の長寿食といわれるお粥を食べ、百六歳の宮崎禅師にあやかろうと、みんなの顔は、実に福々しい。

黙照光

『黙照天心禅師』、永平寺の故、宮崎禅師の号である。まさに〈名は体を表す〉である。新聞によると、昨年秋まで、全国を巡錫《じゅんしゃく》されていたが、体調を崩され、入院約一ヵ月。まさに眠るがごとく、淡然《たんぜん》と入寂《にゅうじゃく》されたという。私はこれまで、何度か拝問する機会を得たが、いつも何か、大山《たいざん》のごつごつとした風格でありながら、大海《たいかい》の底知れない慈悲心に、かかえこまれる安らぎを感じた。それは、やはり偉大な禅匠《ぜんしょう》の、全人格から発する、黙照光《もくしょうこう》とおもわれた。それにしても、個室でもって、最後に発したという「短い一声」は、何であったか。遺偈《ゆいげ》がある。

《慕古《もこ》ノ真心《しんじん》　叢林《そうりん》ヲ離《はな》レズ　末期《まつご》ノ端的《たんてき》　而今《にこん》ヲ坐断《ざだん》ス》

この本日只今を、坐でたちきる。その覚悟は、生々世々《しょうしょうせせ》を坐りぬくことでもあろう。この一声は、宗侶すべてへの「喝」と、受けとめたい。かってお仕えした、若い僧にお聴きする。

禅師の食事は、朝はお粥。お昼は普通食。三時に抹茶と菓子、それに三ツ矢サイダー。夜は、いなにわうどんという。

これはいつ、どこでも続けられた。もはや天心のおもむくまま、任運自在《にんうんじざい》の老古佛《ろうこぶつ》は、長寿のひけつまで、教え示された。

大震災と日本人

三月十一日の、東日本大震災は、千年に一度という、計りしれない天変地異であった。死者行方不明者は、一万九千人におよぶといわれるが、ただただ冥福を、祈るのみである。当地でも、被害は無かったが、長時間の停電はこたえた。戦時中の、灯火管制を思い出す。これまで如何に、電気の恩恵を受けていたか。その後伝えられる、原子力発電所の事故などで、私達の生活は一変した。流通関係はマヒし、交通手段も制約を受けて、動きが取れない。今日の、朝日新聞に書かれていたが、未曾有《みぞう》の危機的状況にも、大衆は整然と並び、順番を待つ。パニックにならない。もちろん掠奪《りゃくだつ》など皆無だ。日本以外の国では絶対見られない光景と、外国の人に言われるとの、特派員の記事だ。全く、その通りである。テレビで、都内の駅の入口に、数百メートルにも並び、乗車の順番を待つのを見たが、すごい忍耐だ。現在、交通・電力関係は、間引《まび》きの状態だが、裏を返せば、今まで如何に原子力発電に、頼り切っていたかの現れだろう。いずれ必ず復旧する。これを機会に、電気や食事の無駄を排し、本来の、質素な生活に戻りたい。生活のぜい肉を切り落とす、天の試練《しれん》と受け止めよう。

奉仕活動と水仙

前回紹介した、若手宗侶による、女川《おながわ》町保福寺《ほふくじ》避難所での奉仕活動は、その後、報告書が出された。印象深いので、抜き書きしたい。

午前十一時に到着。直ちに、きりたんぽ鍋を調理。ふだんは味噌《みそ》味《あじ》が多いらしく、醤油《しょうゆ》味《あじ》の本場仕込みは大好評で、殆どスープまで平らげられた。残った食材は夕食に、スープは翌朝、きりたんぽうどんにして、おいしかったそうな。なによりも、被災者の笑顔を見て、本当に来て良かったと、心から思った由。午後一時に、震災命日追悼法要。保福寺関係でも、七十名程の犠牲者。須弥壇《しゅみだん》に、いくつかのお骨箱を奉杞《ほうし》。如法衣で、厳粛に営修。すすり泣きの声、しきりであった。終って八巻《やまき》住職は、感謝と復興への、強い願いの挨拶を述べたという。

話は代わるが、一昨日のテレビで、皇后様が、被災地をお見舞いの折、避難所の女性から、水仙の花数本が、呈上《ていじょう》された。瓦礫《がれき》の間に咲いていた花とか。それを皇居まで、大事に持ち帰られた場面も、放映された。これは震災遭難物故者《そうなんもっこしゃ》のみ霊《たま》が、水仙の花となり、感謝の意を表したのであろう。それを宝物のように、受け取られた皇后様は、なんと花の化身《けしん》であることか。まさに感応道交《かんのうどうこう》である。

禅道に生きる詩人

山形　一至

　このたび亀谷健樹氏が『詩禅集』という、あまり耳馴れない著作集を刊行された。
　内容は、第一詩集から第五詩集まで、すべて網羅しているほか、エッセイ集も加わり、戦後七十年を節目とした氏の思想、全人格が、広く周知される機会となった発刊だけに、誠に喜ばしいことと言わなければならない。
　これを時系列的に見てみたい。
第一詩集『柩』（一九七一年）
第二詩集『しべぶとん』（一九九一年）
第一エッセイ『ひとひらの禅』（二〇〇一年）
第三詩集『白雲木』（二〇〇一年）
第二エッセイ『生死のひとしずく』（二〇〇三年）
第三エッセイ『やすらぎの埋み火』（二〇〇六年）
第四詩集『水を聴く』二〇一〇年）
第四エッセイ『みちのくの風骨』（二〇一二年）
第五詩集『杉露庭のほとり』（二〇一五年）
　第一詩集から第二詩集までの間、二十年の歳月が流れているが、二〇〇一年から今日までの十五年間では、七冊の著作を世に送ったことは精力的な活動というべきだろう。
　印象的な表現になるが、第一詩集は、禅僧としての風格をもち、作風も斬新で未来を予見する価値観を示す。作者の平衡感覚なのだろう。
　第二詩集は、風土に根差し昭和史的な重みを検証、そして縄文の形態にも挑む姿勢に共鳴する。
　第三詩集は、最も円熟期を迎えた頃で、第一エッセイ（「はがき禅」）もスタートした。魂の揺さぶりを感じさせる。
　この詩集の『白雲木』が、第二十七回（平成十三年度）秋田県芸術選奨を受賞している。
　これは「秋田の風土に深く根ざした経験からにじみ出るいのちの声が全篇を貫いている。宗教詩を超えた絶妙さで、人間のみならず万物の生死を取り上げて独特の詩の世界を構築している」と高く評価された。現在もこの詩魂に変わりはない。

第四詩集の、『水を聴く』は「水琴窟」に大地まるごと耳を澄ます作者は、水のいのちを静寂の中で聴いている。のちに自ら太平寺の庭にも造りあげる、その感動が伏線となっている。四季の遊化《ゆげ》に自在性を見る。

第五詩集は、意欲的な作品が並ぶ。寒修行の厳しさ、そして行脚偶成《あんぎゃぐうせい》で、詩的感覚が佳品を生み出す。見えないものを感じさせ、いのちを表現する力量。

著者は、曹洞宗四海山太平寺二十九世の住持であり、曹洞宗秋田県宗務所長を歴任、また、一九九九年から三期六年、秋田県現代詩人協会会長を務めた。亀谷老師の言行は明晰であった。「私はこの頃『老熟、老成の世界』こそ最高だと思っている。特に芸術では、老いてますます心技体が円熟する」（「老成の世界」）と。後年の作品が確かにこれを証明していると言えるだろう。

凡そ仏の道には遠い俗人の筆者には、至境に迫るには些か心許無いことだが、それでも読み進むにつれ、天空が晴れ渡るように、詩人のもつ孤高の精神に謁見できそうで、まさに僥倖に恵まれたといわなければならない。

山水みな仏の形であると表明してもよい。老師の作品を安易に引き寄せてはいけない。もっと正しい距離をもって読解に努めるべきであろう。時には思念が吸い取られてしまう。俗人には追随できない詩風であり、魂の詩篇を書き続ける詩人なのである。

これはエッセイ集を読んだ後に、再度詩集に触れて、作者の筆さばきの心得に少しは近づけたように思っている。

老師の言行録とみてよい表現主張に、禅語としても多く学ぶところがある。例えば自身の詩集を『無舌語』だとしている。「はったりやおべっかで舌ばかり発達した現代人とは無縁の独白」であると語る。また「生とか死とかの差別を越え、一切が空に帰する時点に生ずるほんものの詩」を求めている。

「入棺」「火葬」「骨壺」と続く中から、「骨壺」の全文を取り上げてみたい。

骨　壺

縄で紋様をえがいたのは

ついさっき、といった顔つきの陶工に
さいけでりっくなでざいんの
壺をひとつ
二千年後のものずきな史家の、おんために
焼いてもろうた

骨壺

無表情に、血をしたたらす

蓋をとると
阿仁川の川水が、音たてて ながれこむ

すこし捨てて
草花を活けようか

四季の大野台《だい》を、あっさりと活けよう

無為の暦を、たんねんに剝ぎ
やがて、わたしの骨を入れる日

花々は、いつのまにか引潮のように消えさり
からっぽの壺

はじめてしのびよる
太古の
風声

サイケデリックなデザインを、角のないひらがな書きで通すなど、意図した信念と、自らが最後に入る部屋のデザインを必要とする。観念としてのイマジネーションが鋭い。詩人は死との出会いを見つめ、いのちの末路を透視予見する。さまざまな現象を捉える知覚、比喩が表現を越えて自らに問いかける。感性が対象物に応えている。

詩集を総覧しても、殆ど変わる姿勢は見られず一貫して生死にかかわる仏教思想が流れている。

（略）「ときたま、風のぐあいで／死霊がぶつかりあう、にぶい音」「きみょうに業苦のにおいがしない肉屋の店頭」（「寓話」）また「鼠と私」のなかの「音」は達観している。「ものを喰らう／噛む音／齧る音／

太古からの音」なのである。（略）「すでに　わたしの来世の位置は／契約ずみだ／ここいらへんにわたしの亡骸が埋められる／わたしの寝棺の上に　近親者が／小さな木の鍬で土をかけるだろう／その後は人夫のスコップで無雑作に――／やがて／わたしはまったく地上と絶縁する」（後略）自己の魂との闘いなのであろう。生き変わり死に変わりの輪廻転生。私の筆はなかなか先へと進めず、この場所に止まっている。「鼠」の一部分。（略）「わたしはいつのまにやら／鼠の形相をていし／さかんな生殖作用と／未来をかたっぱしから齧じりはじめるかもしれぬ／（略）だが　無明をかぎりなく墜ちてゆくのは／　わたしの魂ではなかったか。」自己の中に棲みこむ一匹のネズミ。この言説のような作品には余韻があり、また生を見詰める余裕すらある。時折の「心象風景」が多くの作品に反映している。「いのちの余滴」であり「生死すなわち風土」としての作品群のひとつである。

陰喩、比喩、レトリックの力学が肉体を揺さぶる。禅の教えが、徐々に染み込んできたのだろうか。だが、仏教思想を直接詩に取り入れているわけではない。詩に昇華させ世に問うているのである。詩の行間には大切な沈黙が隠されている。作者は「寂」の境地を重んじる。言葉の力を信じるが故に、言葉と真剣勝負しているのだろう。

「囲」を読む。（略）「ずぼり川に浸けたねずみとり／南無帰依三宝／やれやれやっと／死んでもらったわい／／などとほくそえんだは早合点／鼠は死の囲／和尚は生の囲のなかにあり／なんとか噛み切らねば／とかぎりなく狂う／このありさま」人間も俗界から抜け出さない限り囲いの中で終わってしまう。鼠のいのちに己を照射し、死を供養する僧侶としての務めの所信である。生の距離を見定められないから、人間は悩み苦しむ。多くの時間が流れたと思っても、いのちの長さとは人も他の生きものも儚いもののうえに立って過ぎ行くのだ。だから全詩集ではいのちの存在を問う。鼠、うさぎ、蛇、山羊、鶏、カラス、とんぼなど、自然界のいのちを捉えている。また、同じように草花に親しむ姿勢も鮮明だ。ゆきわりそう、ざぜんそう、さるすべり、白蓮、紫陽花、白鷺草、鬼百合、曼珠沙華、秋ざくら、千両、野あざみなど、何れの詩篇も視点が瑞々しい。

亀谷老師は、太平寺二十九世の法灯を二〇〇九年にお弟子に引き継がれ、住持職から東堂に変わられた。「東堂」とは禅寺で前の住職の居所《きょしょ》に変わる意で、一般社会でいう第一線から退いたことである。

そのためというわけではなく、要職もからんでの旅の詩も多く、国内はもとより世界に向かっていのちの旅をする。単に旅行記ではなく、見渡せば宗教哲学に近似したような作品である。インド、中国、アフガニスタン、カンボジア、ブータン、ヨーロッパなど仏法、思念を磨く旅なのである。

名詩の成立には、秋田県の北に位置する太平寺の自然環境が、いのちの調和を生み、功を奏している。日常、山からの鶯、山鳩、境内では雀の大合唱、筧《かけい》の水の絶え間ないささやきなどを聞いて生活する。自然に浸るところに生活の質がある。鐘楼に立つと森吉山の残雪も見える。

ある時は、詩友たちが集まって、新しく寺に造られた茶室で濃茶《こいちゃ》や食事をいただき、野点席での、庭石の鑑賞、水琴窟の風流で絶妙な音の世界を楽しんだ。そして野の花を摘んで、皆で本堂に思い思いの形で活けた花を前に、東北を襲った大地震、津波の犠牲者の霊に、老師が読経、参加者焼香で御霊に追弔の祈りを捧げた。

私は一度、太平寺の鐘楼に上り梵鐘を撞かせてもらった。その時は強くたたいたせいか音の余りの大きさに驚いた。もっと柔らかに撞くべきだった。心に乱れでもあったのだろうか。「梵鐘は仏そのものである。鐘の音は仏音声《ぶつおんじょう》で、天地に響き渡り何ものにも優る仏の大説法だ。貧富とか賢愚を問わず浸みとおってゆく」と。「鳴鐘悟道《めいしょうごどう》」を日常に活かすことだと教わった。この日、老師からいのちの湧水を戴いたのだった。

「禅道」は坐禅の道であるという。亀谷老師の「坐禅」についての、いくつかの詩作品や考えが示されている。「眼をつぶらず三尺前に視線をおとす。見るのでも眺めるのでもない。にんげん末期《まつご》の〝眼を落とす〟ように。空々漠々《くうくうばくばく》を観る心眼《しがん》がそこにある」また「息は踵《かかと》でせよ、聞法《もんぽう》は毛穴からしみ込む」「心耳《しんじ》という、座っていると線香の灰の崩れる音が聞こえるほど鋭くなる」など含蓄ある言葉は大きい。

坐
暁《あかつき》の鐘を撞《つ》き
上堂　室中に灯をともす
『佛や祖師の教えでもっとも肝要なのは
　ただ坐禅である』
大智禅師の発願文《ほつがんもん》は
身心をつらぬきやまず
これに徹せんと　暁天坐《ぎょうてんざ》の足を組む

澤木興道老師　「うちかたやめえ」
徳武文爾師家　「竹をみならう」
梅田信隆禅師　「流れにしたがう」
たぐいまれな師との出あい
怠惰なおのれを打つ
警策《きょうさく》の音　いまもなお
（以下略）

私はある時、亀谷老師から書軸をいただき、今も大切に床の間に掛けている。それが曹洞宗大本山總持寺、梅田信隆元貫首の書による漢詩である。「水自茫々花自紅」（水は自ら茫々として、花は自ら紅《くれない》なり）である。これは坐禅中の無心の状態を指しているようで、すべてはあるがままである、ということなのだろう。ここに登場する梅田禅師が曰く、「流れにしたがう」が、私の眼に飛び込んできた。まさに紙上での邂逅である。亀谷老師は、梅田禅師との出会いがあり、のちにタイ、インドの聖地巡拝団として随行されている。作品を通じ何かご縁を感じる。

老師は、身近な素材を題材化する手腕をもち、これを現代詩という形式に収めている。それが人間の肉体部分を「縄文の一滴」として、顔、頭、眼、骨、髪などに目を向ける。また、地元「阿仁の山水」としての白津山、小阿仁川、大野台、太々良峠、大沢の里、丹平河原、大覺野峠、本城渡し守りなど、実に視野に富み、生きものとして息を吹きかけている。

一方では社会批評としても鋭い作品を残しているのは健全な行為である。「時代のゆがみを鋭く告発し、証言しなければ現代の詩人とはいえない」と明言している。そして「記録性も、詩を書く時の大事なエレメントである」と。綿密に社会の実相を描いているのだ。

太平寺の継承についても詩に託し、次世代（法孫）

に伝える時を刻むことができた。その喜びは譬えようもなく、地元語を使うなどして詩集後半部に素直に表現されている。

この世は諸行無常、「是《ぜ》生《しょう》滅《めっ》法《ぽう》」なのである。その思想を受けて詩は成り立つ。そして追善の供養によって現世との間をとりもつ。ここに詩と禅が合体したものとして受けとめている。

老師は言う。「行《ぎょう》の人になりきることだ」つまり修行の人でなければならない。そして「静寂」を求める詩人なのである。単なる宗教詩ではなく、禅僧の詩で、人間の詩、仏の詩なのである。

亀谷老師がまだ大学生の時の先輩の話で「ため息」を読む。やはり澤木興道老師との出会いであった。

「先生、禅とは何ですか」と問う。「ため息だ」との答え。ため息をつくと、たまっていたものが、ため息と一緒に外へ出ていって空となる。それが禅、というだ。

私もいま、ため息をつきながら、少しは禅に近づいたのだろうかと自問している。

（秋田県現代詩人協会名誉会員）

『亀谷健樹詩禅集』を味読して

――余人のなせぬ独自性の風光と音色を鳴らす仏教禅詩人の消しえぬ魅力

石村　柳三

（一）

人との縁ということを思う。それは、『亀谷健樹詩禅集』が五百ページを超える一書として、この度出版されるという。

その〔解説〕を書いて欲しいという話が、出版社の代表であり、編集者である鈴木比佐雄さんからあった。それは多分、私の書く詩や文章にも、仏教的な傾向の作品もあり、その匂いを感じ取っていたからであろう。そのような編集者鈴木さんの感性が、私に書かせたのであろう。

なぜなら、この亀谷健樹さんの詩集やエッセイ集には、仏教詩人、それも道元禅師の法脈や血脈をひく曹洞宗の禅僧であり、するどい詩人の呼応（感応道交《かんのうどうこう》）をからめた作品群であり、その思想がうかがわれるからだ。

私は亀谷健樹という詩人が、もともと禅僧（出家者）とは知らず、この大部の作品を校正ゲラで拝見、大きな興味と関心をもち味読した。

むろん亀谷健樹という詩人の名前は、数年前から詩誌「密造者」で知っていた。それは確か山形一至さんから送付されて来ていたと思う。

かようなごときそもそもの縁は、コールサック社の鈴木比佐雄さんからの紹介や話しから、「密造者」同人の秋田県合川町の町長詩人畠山義郎さんを知り、詩集やエッセイ集、さらに防雪林に関した一般書を進呈たまわっていた。もちろん、畠山さんも、亀谷さんも私には面識はないが、なぜか身近に感じた詩人でもあった。同じ陸奥《みちのく》の出という親近感があったからかも知れない。

だが今回、『亀谷健樹詩禅集』校正ゲラを読むことによって、確か第二エッセイ集の『生死のひとしずく』（二〇〇三年）「山水経」に町長詩人畠山義郎のことを語っている。それも隣り地区の詩人で、ある年「保育施設研修」を大野台ハイランドハウスで行われたとき、その床の間に掛けてあったのが、合川町長畠山義郎の揮毫した道元の「而今《にこん》の山水《さんすい》は古仏《こぶつ》の道現成なり」の言葉。大著『正法眼蔵』の「山水経」の冒頭の一節だといわれる。

この他にもう一度、禅僧の四海山太平寺の梵鐘が新しく造られ、その鐘が撞《つ》かれるとき畠山義郎は、太平寺の鐘のひびきを聞いたという話題《エピソード》。

阿仁地方でも古刹と知られ、由緒（歴史）ある禅寺らしい。禅寺として二九世の代になるらしい。その前の寺の縁起《ルーツ》は、真言宗の系譜にあったようだ。

そうした町長詩人との思い出などを語り、かつ仏教者の禅的精神の風光を詩想し、この阿仁の風土の暮らしの声とか、人生の音色をうんだ詩篇やエッセイが多い。仏教的心情の詩言語も、私には身近な共感として捉えられているからだ。

それは、宗派がちがうが私も山深い山梨県の身延山の仏教学校に学び、出家者のまねごとらしき事を体験しているからだ。やがて東京に出て立正の史学科に学び、僧侶になるより、詩文学や評論の世界に興味を抱き、仏道から離れて行くことになる。私は在家の出なので自ら三界火宅の俗人に走ったのであろう。「但惜《たんじゃく》無上道《むじょうどう》」ならぬ「但惜文学道」を迷いつづけた歩みでもあった。多少は求道的な心情の音色をつつみ、一念三千の宇宙的現世と、大自然の散華されている風雪を少しばかり歩いてきた。

そういう立場というか、思念というか、感性のありようとしての業《カルマ》を自分の首に、ぶらさげてきた。

禅寺の禅詩人として求道する菩薩禅としての世界を往く、亀谷健樹師の一念三千の今生現世と大自然のからみつく、業苦の音色人生の感受の風光の甘露も、彼の坐禅、それも「歩く禅」の姿からかがやく音色を放っているのかも知れない。

鎌倉仏教を改革し、もしくは革新した道元や親鸞、日蓮、一遍らの祖師たちも、それぞれの時代の位置や立場から仏教者としての歩みをしたが、道元の坐禅の水脈には、仏典『法華経』の思想が流れているともいわれる。

『正法眼蔵』の哲学には、法華経の風光、いのちの風光の、感応道交（法華経）の感性もあるといわれている。「法華転法華」の禅の風光の呼応。それは換言すれば、詩の世界にも通底しているであろう。道元は禅の精神として「只管打坐《しかんたざ》」「放下《ほうげ》」することの大事さも説いている。この「放下」して観心する詩想や詩心こそ、禅詩人、亀谷健樹の願ったというか、批評性の詩となった「無舌語」の感情、さらには「人間をうたう」詩の大切さ、その人間のいのち風土の声。あるいは「詩禅一如」の人間と自然の一体の音色を、この阿仁の風土に住む人びとの喜怒哀楽の詩群やエッセイ群として、さけび、うたったのであろう。自然や人々の音色をつつんだ、風光のいのち詩。

いのちの風土の詩や禅の感性の詩として、エッセイとして言葉にしたのが、これらの「詩禅集」のさけびであったといえようか。

そこで、禅詩人亀谷師の作品群を少しばかり覗いてみたい。

（二）

『亀谷健樹詩禅集』には、既刊詩集五冊と四冊のエッセイ集が所収され成っている。そしてこの「詩禅集」には、作品出来《しゅったい》の特徴がある。

たとえば、この太平寺の仏像や羅漢《らかん》、地蔵尊などの長閑《のどか》さ。そこに雑多な植物が咲きみだれ、野うさぎや、ねずみ、蛇、りす、虫などが躍動し、生きる物のいのちをうみ、見せる年輪風土の古刹。これらの風景や風雪を感受した、大自然パノラマの心の音や風土の人々の生活音がつつまれ、捉えられているリズムがあるからだ。またもう一つ大事なことは、詩人としての亀谷詩禅集を手にした読者は、そこに仏教精神、それも道元という偉大な仏教禅の法脈、血脈の風光というか、人間的、詩人的、哲学者的匂いを把握するであろう。

亀谷健樹という詩人は、その道元の宗門の薫習《くんじゅう》の日常にあって、感性を学び育まれてきた。そうした出自の日常茶飯事の暮らしから、かつ苦労した生き様から、「生きている風土」のいのちの心音や自然の音色を、詩想し、呼応、感応道交させ、前述した業と喜怒哀楽の火宅を表現してきた。

それをこの詩人は《禅の風光》と呼び、耳や目を澄ませば、仏教禅の甘露《かんろ》の風光やいのちの声が吹いていると暗示させてくれる。道元の宗教的思想の流れに回帰する、「法華経」の風光をもつつんでいるといわれる。エッセイ集のなかに出てくる「感応道交」の呼応の感性は、その仏典の言葉である。ついでに記せば、エッセイの型をもつリズムに、良寛さんのことをつづっている一文もあるが、その良寛さんの系譜も法華経の教えをふくんでいるという。

道元は「法華転法華」の禅の風光、その人間的な感性を大事としたようだ。

『亀谷健樹詩禅集』の本書も、そういう意《こころ》というか、立場から一般的詩人と多少ニュアンスの異なる詩風というか、大切な感性というか、独自性のある彼自身の自受用三昧《じじゅようざんまい》の言葉で、味のあるというか、味を噛み、それを一気に吐いた禅性風味の心境で書いたのがこの『詩禅集』と申し上げてもいい。

そうした角度というか、視点から拝見、味読してみると、その格調ある詩風と詩言語に、読む者が心が洗れ、あるいは人間の必定でもある「生死の風光」に引き込まれ、吸いよせられるような共感と魅力を覚えるであろう。

この『詩禅集』の数多くの詩篇にあって、うーむとうなり、留眼する作品もやたら目につく。でもここでは個々の各詩篇ともいえる作品を、いちいち引用できないのが残念だ。

それでも何篇かの詩を上げれば、「またぎ抄」「しべぶとん」「寒修行」「獅子吼《ししく》」、さらには「詩「同事」」「水琴窟」「杉露庭《さんろてい》のほとり」。まだあるがこれぐらいにしておこう。無明の調べをかなでたり、自らの二日間の生きた娘の死をうたった「杉露庭のほとり」の一篇は、私も謐《しずか》なる涙をおとした佳品である。もう一篇、ふかく留眼した詩に第五詩集に収められてある「風土」がある。

その「風土」の引用は、最後の筆を擱くときに引用したい。

とまれ、もう記したかも知れないが、この彼の詩禅集は、彼の禅僧としての人格をからめた人間的さけびの時代の記憶としての心音でもあり、禅の薫習ある日常性からの、人生の音の詩とエッセイの感性のリズムだ。そのことを忘却してはならないであろう。

秋田県阿仁地方の風土や風景、その人々の姿まで浮かんでくる描写に感嘆し、頭を下げている私がいる。それは、この詩人の才筆であろうと思う。かくして、この禅詩人はこの四季を美しく彩る阿仁風土に生まれ、死んで往く生涯を感謝しているとも語る。仏教の一大《いちだい》事因縁《じいんねん》を享受しているからであろう。だから自由自在に天や地の宇宙である一念三千世界に遊戯《げ》し、これらの勝《すぐ》れた詩文集を残せたのであろう。

　自然という摂理（掟）に共存し、悩める禅人として素直に、真面目に、真剣に自己直視をしてきたやさしい禅僧ともいえよう。そのイメージがあり、その知性の歩みの人性《にんしょう》をぶら下げている詩言語が散華されているからだ。私はこの禅詩人の詳しい来歴は、校正のゲラで見ていないので知らないが、作品中から窺い知れるのは旧制の大館中学から、駒澤大学（文学部社会学科）に学んだと思われる。禅のことや、仏教学の泰斗であった玉城康四郎先生の教えも受けたようだ。

　その他に、禅の大家であった沢木興道老師の禅話として、禅は知識でも学問でもなく、体験である。もしくは、禅はため息を一気に吐く心情《こころ》であると。ふかく面白く、学ばされる話だ。もう一人駒澤大学の鈴木格禅師もあった。玉城先生は仏教学の大家でありながら、求道者でもあったと亀谷詩人は述べてもいる。私も玉城康四郎博士や、老師の沢木興道の名前は、宗派は異っていても、本で読みその活躍や仕事は知っていた。だからこのエッセイ集も親しみをもって味読。そうそう宮沢賢治の「雨ニモマケズ」や「デクノボー」についても語っている。

　道元禅の祖師道元については、私は専門に勉強した者ではないので論じられないが、『正法眼蔵』は岩波の原文で目にし、「山水経」や「現成公案」の「華は哀惜《あいしゃく》にちり、草は棄嫌《きけん》におふるのみなり」の言葉が印象にある。それに数冊の道元禅師に関する本も読んできた。

　哲学や詩性のある名句が、あちこちに散見できる。私の好きな道元の言葉は「愛語」である。「愛語は回天の力をもつ」という、東京教育大学の先生の本を読んだことを思い出す。

　感性のある愛語は、独自性の詩言語にも脈するともいえようか。

　面白いと感じた禅語には「耳を前川《ぜんせん》の清さに洗う」という話。エッセイの「心耳を洗う」にある。その他「大黙する」ことの大切さ。「末期の眼」の失われた現代の悲しさ、「宿世《すくせ》の縁《えん》」の薄くなった社会の世相観。

そうした現代の日常を捉え、詩想として人間家族のありようまでも思念し、詩心をうたいあげているのもこの禅僧の精神でもあろう。

見える物も、見えない物の大切さも、詩言語し、散文詩化し、何べんもくりかえし大自然や現代の生死を表出しているのが、独自性のリリシズムと人間性の感性をかもし出している亀谷詩人の大特色の内在の色であろう。仏教者で禅僧らしい「誓願によって顔をつくる」生き方の姿と、歩く禅の修行僧の願いを持っている禅詩人と、私は断言したい。そうしたイメージを私はもっている。

(三)

つまり、それは菩薩道を歩む仏教者としての合掌精神の詩道の歩みでもあろうか。禅をやり、禅詩をうむ誠の風光のいのち詩人としてだ。亀谷健樹という禅詩人の立ち位置は、そこにあろう。余人のなせない遊行、遊化詩人でもあるといっていい。生死のひとしずくを語る、詩心をなして――。

また加言すれば、この詩人は現代人のセンスやスタイルばかりを求める生き方にも、「人間の生きるとは」の人生音色もひびかせているのだ。思念の重要を内在してだ。〈思念をもとう〉詩行《フレーズ》の、詩語を放つ詩も収められている。人間存在の思念詩人としての面目もうずく。

禅詩人である彼の主張した詩風というか、風光詩は、言葉だけの詩をつくることではなく、「人間をうたう」修行詩人でもあり、そのための寒修行や行乞、三・一一の大地震での祈り行脚《あんぎゃ》、供養などの行為も含まれている。「自受三昧」や愛情こめた感情やさけびの心情を呼応された《詩禅一如》の詩想の願いをもって、愛語の精神を背負ったリズムのフォームを創ってきたはずだ。「坐禅は自己の正体なり」と信じてやまない、ひとりの禅僧。ひとりの人間。ひとりの詩人の行脚の存在人として。

その大事となす「詩禅一如」の詩心。二つは、「行脚偶成」の詩心、三つは「家郷遊化」。

これらの彼の人生から、彼の宗門の中で、この詩人は禅僧としても活躍し、行動してきた立派な仏教者であるのだ。坂村真民という仏教詩人（一遍の捨離の思想を受けた）や、ダダイズム禅の高橋新吉も有名だが、私は風光の禅詩人亀谷健樹もその系列に加えて欲しいと願う。

その、禅の法脈の祖が日本仏教に足跡した鎌倉時代の改革僧、道元であり、禅以外の親鸞であり、日蓮であり、一遍であり、それより旧くは高野山の空海、天台宗の最澄であった。これらの僧たちはいずれも知性も感性も鋭敏であり、求道者でもあった。就中、親鸞、道元、日蓮、それに一遍は遍歴の多い仏教者であり、かつ著作も遺した詩人的精神を内包した独行者でもあった。まして言うまでもなく感性鋭敏な宗教者であった。もっと鋭く言えば詩人でもあった。

いずれにせよ、この『亀谷健樹詩禅集』を手にして、禅語や仏教語が苦手である人は、あの『広辞苑』にも、仏教語はまあまあるので辞《ひ》いて、理解することも大事で必要なことであろう。日本文化や文学を学ぶ自分《おのれ》として、仏教に関する本を目にすることも大切であろう。詩人の読者も詩作するとともに学ぶ事も当然の大事となるからだ。

探求し、努力することも詩人の姿だ。詩人が求道者と呼ばれる意味は、学び求める姿も含まれているだろう。

確かホイジンガという学者が「詩人は知識人」であり、「予見者」でもあると言った言葉を思い出す。

読者の理解力や創造力も、詩や文学を味読するために忘れてはならないと思う。

さて、それからもう一つ述べておきたい私の感情は、亀谷健樹という禅詩人についての、〔解説〕を執筆する立場からであったが、その数多くの詩作・エッセイ文に出会い、ふかく共感し、感動して読ませて頂いたことである。私はそうした私の立場から、この詩人のポエジーのハーモニーと、感性の音を放つ大自然と人生のつつまれた詩想詩語に感謝したい。

禅語に《相逢《そうふ》》と言葉があるという。そして『亀谷健樹詩禅集』に相逢《であう》ことができたのは甘露の喜びでもあるのだ。

あっ、そうだ、思い出した。もう一言つけ加えておきたい禅文学者の言葉がある。

それは、この『詩禅集』の作者も、主調音として記していたが、この著作を血脈する詩心の方法というか、詩語には「霊性《ことたま》」の精神というか、神秘性も包括されていると。

　このような神秘を含んだ学説を唱えた禅仏教学の高名な先生、鈴木大拙博士の『霊性物語』のあることを申し上げておきたい。

　既に述べていることだが、この拙文を擱筆するに於いて、私が味読した名詩として引用したいのが、「風土」という、第五詩集に収められている詩篇。やはり、この「風土」の詩も、哲学・倫理学者で仏教にも自らの学説を唱えたことのある、和辻哲郎博士の名著『風土』や『古寺巡礼』を頭に浮かばせている。

風土

大般若会《だいはんにゃえ》
黒衣の僧たちにより
六百の経巻が転翻《てんぽん》される
わきあがる　般若の風
「ノウボ　バギャバディ　ハラジャ
　ハラミタエィ　タニャタ」

風が　まちやむらを
阿修羅《あしゅら》のように　わたりゆく
土のひふに　しがみついた　災厄を
むしりとり　はぎとり
しかも　いつくしみにみちた
ふかしぎな　風
「シッレィ　シッレィ　シッレィ
　シッレィ　サイソワカ」

業風が　ふきすさんだ被災地に
だいずや　なたねをうえよう
そだったまめと　あぶらに
毒がないとは　いかなるしくみか

さらに
うつりかわる　にっぽんの

はる　なつ　あき　ふゆ
おどろくべき　いれかわりの　からくり
陽のてのひらで　縁をととのえ
雨のしたさきで　穢土《えど》をあらい
雪のあしぶみで　沃土《よくど》となる
《吉祥なる人　吉祥なる風
　吉祥なる土　さいわいあれ》

大般若の風
白い天の花ふらせ
魔障《ましょう》を　のぞきさり
春がきて　山川草木は
いっせいにあわだつのだ

息づきやまぬ
土に　四季やどり
人が　耕しつづける
風土とは

（『亀谷健樹詩禅集』より。）

〈平成二十七年猛暑なる八月三日稿なる〉

［追記］
『亀谷健樹詩禅集』の校正ゲラが届き、その中にこの詩人の略年譜も同封されていた。その年譜によると二十歳（昭和二十四年）のとき結核をわずらい、駒澤大学社会学科を休学、昭和三十四年、駒澤復学を期して上京。その時期、神田寺友松円諦先生の随侍となる。友松先生は宗派にとらわれない新仏教運動者の僧侶として知られ、戦前、戦中、戦後多くの若者の僧や一般人にも人気があった。昭和の混乱にあった世相にラジオや講演会で『法句経』の仏説をかたり人びとのささえとなった。その友松円諦師の随侍であったことを知り、おどろいている。
友松円諦先生は仏教者でもあり、学者として知られている高名な仏教人物。〈二〇一五・九・六〉

詩の道と禅の道との一体感のなかで
——その道は果てなくいまも続く——

磐城　葦彦

いま私は手元に届いた『亀谷健樹詩禅集』の厖大な部厚い校正紙を目の前にしてどう読み取って解説できるのかと、おのれの力量をもってまともに対処し得るのかと、正直言って迷いもあったが、曹洞宗の開祖道元の「禅の教え」の「而今の山水は諸佛の道現成なり」の言葉を思いおこし、長くお付き合いをしてきた亀谷健樹（本文中敬称略）の人徳にそっていけばその目的を達成できると確信して論評を加えることとした。

よく多くの人は『詩選集』を編まれるが、このたびの壮大にして重厚な亀谷健樹の著作の集大成は『詩禅集』であり、まさしく詩の道と禅の道との融合した結晶とも言えるので、まずもって合掌することから始めなければならなかった。

この五百頁近い頁数にまとめられたのは、第一詩集『柩』第二詩集『しべぶとん』第三詩集『白雲木』第四詩集『水を聴く』第五詩集『杉露庭のほとり』の他、長く今日まで持続してやまない「はがき禅」のエッセイを何度かにわたって一冊にまとめられた『ひとひらの禅』『生死のひとしずく』『やすらぎの埋み火』『みちのくの風骨』のエッセイ集四冊からもあますことなく網羅している。

「はがき禅」は秋田県の県北の合川に曹洞宗太平寺の住職として仏教の徒の「日々の感慨」を毎月欠かすことなく綴っては、一枚のはがきを近在近郷の人々に配布し、仏の教えを込めて布教を広めている。私も毎回読ませて頂いているが、そこには「日日是好日」の「月にむら雲、花に風」の森羅万象のかかわりの生活をいとしむことをもって「愛別離苦」の実態であろうとも「かけがえのない一日を過せ」との悟りをも語っても語りつきない思いが数えきれないほど一言一言盛られている。その教えは尊くて奥が深い。

亀谷健樹は一九二九年生れだから、齢八十六歳、いまだ意気軒昂にして創作力は旺盛で衰えを知らない。

ここに、これからまだまだ続けられるだろうところの創作の領域に一つの大きな区切りをつけられるために「人生のまさしく集大成ともいうべき詩禅集」を出されたのか、あるいは「おのれをふりかえっての峠の頂き」を極めたのか、私の推測をもっては測り知れないが、八十六歳までの道程の記録としては十分に「著者の願い」は果たされていることは間違いがなかろう。

　まずは、詩作品の幾つかを選んで説いてみよう。なにしろその数は多いので、私の好みもあるが、そこは容認してほしい。

　その前に著者は「朝、本堂室中の間に独座して後、私はいつも柱にかかった次の漢詩に心眼をこらす。良寛の詩を天龍枯木という人が書いた木簡だが、この詩のもつ幽幻の美に驚歎する。たった拾の漢字がかもしだす詩情、何百年も人知れず、韻々と詩魂を吐露し続ける太平寺の室中。今この禅寺の二十九世の住持であることに、私は故しれぬよろこびを感ずる。ここに披露して、ともに詩の極の世界に遊行したいと念ずるものである。」と詩集の「序文」に述べられて「花　落　風　猶　香　鳥　啼　山　更　幽」の詩を引用して花落ちても風香りきて鳥啼いて山さらに幽かなりの心境に感じ入っているが、この著者の太平寺に住んでの詩作の姿勢の一貫しているのをうかがわせて誠に興味深い。今日も明日からも亀谷健樹の詩魂がそこから放たれていくと私は眞底から疑わない。

わかいころ人を殺した　おとこ
だそうだが、きのうおんなの腹の上で鼻いびきひと
つ
したとおもうたら、はや
火葬場の柩のなかに
ちんまり黒く焦げかかっている、おとこ
にお経をあげている、わしはけさ
ねずみとりにはいった鼠
を川に漬けて
殺した
(第一詩集『柩』より作品「柩」を引用)

寒にはいると
わしはしべぶとんを用いる
よるはどっぷり
杉根っこみたいにぜんごふかく

五千年の稲の堆積は
わがししむらを
両のてのひらに水を掬するがごとく

やがて
萌えでるものがある

雪と土の息がまじり
むげんにひろがりやまぬもの
（第二詩集『しべぶとん』より作品「しべぶとん」を引用）

この二篇は本文の枚数の関係もあって短い作品としたが、「柩」は死への「いのちの余滴」との作品であるし、「しべぶとん」は北秋田の阿仁地方の「生死すなわち風土」と位置づけた著者の気持が「時代の証言」として反映されている。消えていくものの系譜をさぐりだしていくとの詩的感性と強い批評性が詩集には満ちている。

大本山總持寺の
長い参道の石畳をささえているものを
ふいにおもう
両側の樹木の新芽は
天の肌から玉ばしるいきおい
ゆきかう人びとへ、地の気をいざなう
（中略）
庭の泉水が、たえずそそぎやまず
そのまったただなかに、老師は
　そそりたつ巌松無心
　梢をわたる風声を聴く

欅の小卓にうかぶ
金沢の和菓子と、黒楽茶碗
ただ黙念といただく
　「白雲木をごぞんじかのお」
ぽつりと、老師
（中略）
老師と衲のあいだ

あいだをうずめつくす
ひややかな唇に似た、はなばな
はなにくわれっぱなしの、ながいじかん
むきあう骨の、かげぼうし

やがて、しだいに
白雲木は、葉の落ちた風情と化し
するどい枝えだの先から、ほとばしりはじめ
むげんに天地をうるおしやまぬもの。
（第三詩集『白雲木』より作品「白雲木」を引用）

大本山の清閑な静かさにいのちはそこはかとなく存在している。老師との会話と白雲木の枝が脳裏に浮かんでくる「情景」が見事に描かれている。そういえば亀谷健樹宅の庭の水琴窟と茶室を思い起させてその二つが重なって見えてくる。「寺に棲む」という棲みついてきた「いのちのありよう」が詩集『白雲木』には詩人と住職の生の原形とそこにつながった心象風景が星屑のように散らばっている。

橋をひとつ　渡ると
杉木立に抱かれた　庵《いおり》
庭の公孫樹が　どっかと坐し
中天におおあくび

御嶽《みたけ》がのっしのっしと
あるいて来る
青葉若葉の雑木林から
ふきだす樹液
霞と化して　山肌をよそおい
（中略）
ふかい土の底の　水がめに
一滴　また　一滴
ひそかに共鳴する　山川草木《さんせんそうもく》の
みなもとのおんがく
（中略）
指さすかなた
旅びとのふるさと　奥羽のやまなみ
はかりしれない時を
伏流しきたり

いままさに　太古が
したたりおちる

水のいのちを
無心に聴く

（第四詩集『水を聴く』より作品「水を聴く」を引用）

柴折戸《しおりど》を開け
五月闇の中に踏みこむ
飛び石の迷い道をたどり
うめもどきの諦めの花にかくれる
（中略）
水琴窟《すいきんくつ》のしずく　したたり
親にさきだって　みまかり
五十回忌もおわったのに
どうして涙があふれやまぬのか
こぼれおちた涙が
どうして冥界にこだまするのか
（中略）

千変万化のにんげんの悲喜こもごもが
ここにきわまり
限りない
無明の
調べ
（第五詩集『杉露庭のほとり』より作品「杉露庭のほとり」の「すいきんくつ」を引用）

これらは、第四と第五の詩集の表題となったものから選んだが、二篇共に宗教詩という分野におさまりきれない「日常茶飯事によこたわるものたち」を「にんげんの詩」と定義づけた著者亀谷健樹その人の人間性のほとばしりだと私はとらえたい。改めて感銘を深くした。

同人詩誌「密造者」の編集人兼発行人として畠山義郎が亡くなられてからすべてを受け持っているが、詩集に収録された作品のほとんどの初出は「密造者」を拠点にしたものばかりである。その労についてはただ頭が下るのみである。説ききれなかったことがたくさんあって自戒しているが、この『亀谷健樹詩禅集』は詩の道と禅の道が一体となって、まだまだこの先にも通じていく重い一里塚だと、私は思ってやまない。

合掌。

右ほとけ　左はわれと　合わす手の
中にゆかしき　南無のひとこえ

「而今《にこん》」の精神で永遠の今を生きる人

『亀谷健樹詩禅集』に寄せて

鈴木比佐雄

1

亀谷健樹さんは北秋田市の太平寺で長年住職を務め上げ後継者に寺を引き継ぎ、今も一人の禅僧として早朝から始まる坐禅、鐘撞き、寒行など一期一会を禅的な精神で、生きておられる求道者だ。その意味で亀谷さんは修辞に取り憑かれた現代詩の詩人ではなく、「行」と言葉を一致させる、永遠の今を生きて根源的なものを求める詩人と言えよう。そのような禅僧でありながら詩人であるからこそ、『全詩集』ではなく、『亀谷健樹詩禅集』でなければならないのだろう。『詩禅集』は五冊の既刊詩集一七九篇、四冊のエッセイ集から選ばれた二〇七編のエッセイ、エッセイの前の十数篇の詩で構成されている。

自年譜によると亀谷さんは一九二八年に太平寺に生まれ育ち、戦後は上京し駒澤大学に入学し、駒澤竹友寮の友人に影響を受けて詩に関心を持ち詩作を開始したそうだ。二十歳の頃その仲間たちと長期間の四国巡回の旅をしていて胸を病み、大学を休学することになる。そして国立本庄療養所に入院した際に、詩人の安《あん》部《べ》英雄《ひでお》と知り合いになり、詩誌にも投稿するようになった。亀谷さんにとって詩作とは、大学の寮生活や結核病棟などの友人たちと語り合った重要な課題だったのだろう。そのような生涯をかけて追求した詩とエッセイが今回の『亀谷健樹詩禅集』である。

一九七一年の四十二歳の時に第一詩集『枢』は刊行された。冒頭の序文「無舌語」の二連目三連目は亀谷さんの詩思想の発端とも言える文章であり引用してみる。

> 禅とはカオスである。大いなる混沌である。音も形もなく、すべてをまきこんでしまう悠久のカオスの、まっただなかに、常に身心をおきたい。
>
> 詩を書く時「小さな完成より大いなる混沌」をねがった。へたでもいい。己れの内部にあるいのちの原流、生死の渦の轟きを文字にしたかった。さらにすすめて、生とか死とかの差別を越え、一切が空に帰する時点に生ずるほんものの詩。もはや発想、形式、言葉、など、水泡のように消えてしまった詩の海のなぎさの風景——そんなユニークな、混沌たる作品など、さかさまになっても書けないが、一生涯

にせめて一篇なりともと、ねがった事は確かである。

この第一詩集序文の言葉で亀谷さんは、「禅とはカオスである。大いなる混沌である」と自らの精神的な価値を禅の「大いなる混沌」のただ中に「常に身心をおきたい」と願っている。さらに願うだけでなく「悠久のカオス」を常に感じて生きることを実践し続けたいと自らに言い聞かせるように次のように語るのだ。「己れの内部にあるいのちの原流、生死の渦の轟きを文字にしたかった」。この「生死の渦の轟き」を言葉に宿すことが亀谷さんの詩であり、それは表層の言葉ではない、深層の言葉を発見する試みこそが、詩作の根本的な動機だったに違いない。禅思想の「不立《ふりゅう》文字《もんじ》」とは、表層の言葉で真理を伝える不可能性を言うことだけでなく、実践を通して本来的な「深層の言葉」を探し伝える行為だと解釈するなら、禅と詩とはある意味で非常に近いことを、亀谷さんは二十歳の頃に肺を病み生死をさまよいながら四国を巡回した行為から学んだのではないか。そして禅と詩とは本来的には同じであるという実践的な確信を得たのかも知れない。けれどもそれは言葉と行為の逆説的な関係を自らに課して、その問いに答えるべく六十年以上の時空間を生きてこられたのだろう。序文の後半でこの詩集を「一片の反故紙の堆積」であり「言葉の柩」であると語り、読者がつまらないと思ったらゴミ箱やストーブの火の中に投げ捨ててほしいと言い、表層で取るに足らない言葉なら焚きつけにしてほしいと自らの言葉への執着を絶っている。そして、最後に寺に掛けている木簡に記された良寛の次の漢詩を引用する。

花落風猶香　花落ちて風なお香ばしく
鳥啼山更幽　鳥啼いて山さらに幽かなり

亀谷さんが理想とする根源的な詩とは、良寛のような世俗の人びととの慎ましさや生きる悲しさを思い描きながらも、自然のただ中に身を置き、和歌、漢詩、狂歌、俳句、俗謡などを作り、子どもたちの純粋な心に触れて遊ぶことを理想としているようだ。亀谷さんは二十四歳の頃に太平寺に戻り静養を続け、二十六歳の時に太平寺本堂に託児所「杉の子幼育園」を開設しその主事となり、三十歳の時には町立合川東保育所を太平寺境内に建てて所長代行となった。亀谷さんは、自らの生き方を良寛や太平寺・報恩寺での禅修行や若い頃の生死の体験などから学んでいたのだろう。

Ⅰ章「奥羽の阿仁に偏在する」には十六篇が収められており、冒頭の六篇は「またぎ抄」と名付けられて雪の銀世界の中で、「四六時中に熊を追う」またぎの姿を描いているのだが、読者はいつしか雪山を分け入りまたぎの銃口の視線になり、「いのちの波／またぎはついに熊になりきり」という殺生の瞬間に連れて行かれるのだ。最後の詩「山」を引用したい。

山

無始劫来
深雪の底を　ひそかに流れやまぬもの
獲物を追うまたぎの
烈しい息づかい
雪崩の跡の踏のとうに　陽ざし
　それらすべて
　さざめきながら
　　生々流転
こよい　森吉山は
漆黒の天に
　吠える

冒頭の「無始劫来」は仏教の言葉で最も古い太古を辿ることだが、序文の中に出てきた「大いなる混沌」は「無始劫来」のことを示しているのかも知れない。そのただ中で、「生とか死とかの差別を越え、一切が空に帰する時点に生ずるほんものの詩」を試みたのだろう。北秋田の雪深い世界の中で熊の命を得て生き延びざるを得ないまたぎの存在は、北国に生きるものたちの修羅の世界を象徴的に物語っていた。その後の十篇は、森吉山の裾野に広がる集落の人びとの生死を生々しく描いている。

Ⅱ章「鼠と私」四篇では、冒頭の詩「音」で寺に生息する鼠の齧る音を聞いていると、自分が死んだ後に鼠が死骸の脳をどのように喰らっていくかリアルに書き記している。そして最後の詩「一匹の鼠」で「そう、すでに二十万年のむかしから／どの頭にも／一匹の鼠がひそむ。」と脳が妄想によって侵されていく実存の在り方を感ずるのだ。

Ⅲ章「おふせがみに書いた作品」八篇では、禅問答のような根源的な問いを発する詩「時間について」、「思想について」、「宗教について」などは、私たちの通俗的な時間や空間を打ち砕き太古の時間や三界というこの世の欲望世界の重層性を開示している。また詩「民衆について」は、腹が減る民衆たちのために豚買いが豚を殺そうとすると、豚が「精悍な猪のように／襲いかかる姿勢」になる命の叫びが記されている。最後の詩「寒行」では、「寒にはいると／まいあさ　おお／おお　吠えあるく／わしはいっぴきのけだもの」というように寒行を行う禅僧の心構えが記されている。このⅢ章を読めば亀谷さんの存在の在り方が理解できると思われる。

Ⅳ章「業にかんする詩篇」五篇では、多くの命を見つめ、その命の儚さを知る僧侶もまた鼠を殺すことの理不尽さを感じて生きていることを率直に語っている。

青年時代からの二十年を掛けて作られた詩集『柩』には、その後に展開して詩作の源泉になる多様な試みがなされているだけでなく、亀谷さんの詩思想が詩篇から浮き彫りになっている。

2

第一詩集から二十年後の一九九一年に刊行された詩集『しべぶとん』では、Ⅳ章三十六篇が収録されていて、そのあとがきで「北奥羽の山水に、身心ともにまみれているかがわかる。〝生死すなわち風土〟といえよう」と語っている。Ⅰ章八篇は「白津山、小阿仁川、大野台、太々良峠、大沢の里、丹平河原、大覺野峠、本城渡し守り」のような北秋田の大野台周辺の山河を巡り、二千二百年の米作りしてきた人間と自然との激しく交感する在りようを記している。

Ⅱ章「縄文の末裔」九篇の中の詩集題になった詩「しべぶとん」では、寒にはいると「藁布團」である「しべぶとん」で眠ることによって五千年もの太古の「縄文の末裔」を感じようとしている。Ⅲ章「昭和の証言」十二篇やⅣ章「縄文の一滴」七篇では、昭和時代が終わり、北秋田の人びとの暮らしも変容し、廃村で去ったり出稼ぎから戻ってこなくなった人びとの顔つきを想起し、その表情の中に縄文人を重ねたり、その心情を思いやっている。

二〇〇一年に刊行した第三詩集『白雲木』章分けの無い二十二篇から成り立っている。詩「寺に棲む」などは「千年も寺に棲む」老松の裂ける音を聞き、「無数の胎児」などの声が甦ってくる千年もの旅から始まる。その後の詩「えづめ」（嬰児詰）や「さんだわら」などの水子を悼む詩篇は、亀谷さんが長女を生後一日で亡くしたこともあり、子を亡くした親の悲しみが乗り移ったものになっている。また父、養父、母を偲び感謝の思いを記した詩篇も収録している。さらにタイやインドなどの民衆や生き物の姿を焼き付けた旅では、家族への鎮魂を抱きながら、異国の場所の千年もの時間が甦ってくるのだ。詩「白雲木」は、大本山總持寺の老師との対話から成り立っている詩だ。「白雲木をごぞんじかのお」と老師がぽつりと呟く。「白雲のたゆたうごとく」に「しろい花が、いのちのちいさなばくはつをかさね／一挙にさきひろがるという」。亀谷さんと老師の禅問答は「むげんに天地をうるおしやまぬもの」を感じさせるのだ。

二〇一〇年の第四詩集『水を聴く』三十三篇では、Ⅲ章に分かれⅠ章「四季の遊化」十一篇の冒頭の詩「岩偶のわらい」の一連目二連目は次のように始まるのだ。

おおむかしの人は
森吉の山を
あおぎみるとき
獣のように　わらったのだ
阿仁川の
せせらぎにひたっては
かじかにまけず　なきかわす

いま　わたしの生のみなもとで
なおも　おおぐちをあけ
わらいころげる
白坂遺跡の
岩偶《がんぐう》

土偶は縄文人が粘土で妊婦の姿や鼻は大きく広がった顔などをデフォルメし製作した有名な人形だ。岩偶は加工しやすい凝灰岩《ぎょうかいがん》質の泥岩などで作られた人形で、両者は素材の違いはあるが、テーマは共通し豊穣を祈り愛情に満ちた縄文人の精神性を暗示させてくれる。この詩で触れられている岩偶は、一九九三年に亀谷さんの暮らす北秋田市にある白坂遺跡から出土されたものだ。

私は前詩集の詩「白雲木」の老師との禅問答の詩から、亀谷さんの詩が厳しく自らの実存を問い詰めて、北方の過酷な風土の中で生きる民衆の悲しみを背負って書き記す姿勢に変化が現れてきた思いがした。この『水を聴く』でどんな過酷な体験を経ても「獣のようにわらい」、「かじかにまけず　なきかわす」ような「そこぬけのあかるさ」を詩に表現しようと試みているように思われた。その象徴が「笑う岩偶」なのだろう。この第四詩集は悲壮感を突き抜けたような連綿と続く民衆の生命の継承の実相を垣間見せてくれる。その意味では戦後の現代詩に欠けていたそれぞれの地域の民衆の笑いを取り込んだ詩を、亀谷さんは軽々と書いてしまったのだ。詩集題の詩「水を聴く」では、寺に「水琴窟」を作り、「奥羽のやまなみ／はかりしれない時を／伏流しきたり／いままさに　太古が／したたりおちる／／水のいのちを／無心に聴く」と、日々の中に「命の源流」を聞き取ってそれを生きようとするのだ。

二〇一五年に刊行された第五詩集『杉露庭のほとり』五十五篇は、冒頭の「水の息」で水子や大津波にさらわれて未だ見つからない子どもたちを思いやり、水の音に耳を澄ませていると、その音は仏の言葉に変わってくるのだ。次の「杉露庭のほとり」では水琴窟の音を聞いてくると五十回忌を過ぎても長女の死を想起し涙ぐむのだ。亀谷さんはたったこの世に一日しか生き得なかった存在と共に今を生きて、その存在によって生かされて、そのような儚い命を水音から汲み上げていくことの大切さを伝えてくれている。詩集はⅠ章「詩禅一如」Ⅱ章「行脚偶成」、Ⅲ章「家郷遊化」に分かれる。亀谷さんの詩と禅は、感受性と思索が融合した前人未到の詩的精神が表現されている。詩集題の詩「杉露庭のほとり」は、そんな亀谷さんを論ずる際に詩作の代表作として読まれ続ける詩篇だろう。

3

亀谷さんは檀家や友人・知人たちに月に二度ほど「はがき禅」を出している。この解説を書いている二〇一五年九月にも二回届いた。最新のものは「はがき禅　第八九三信　平成二十七年九月十五日」で地元の合川小学校での「東京フィルハーモニー交響楽団」約八十名の「ウィリアム・テル」などの演奏と、子供たちと触れ合った校歌の合唱やボディパーカッションなどを紹介している。亀谷さんは子供の目線でその驚きや感動を伝えている。八九一信では、今年で四十一年続いている「あいかわ保育園年長組」の「こどもざぜん会」で子供たちが静寂の中で十五分間を過ごす体験を、一休さんとダブらせて温かく見守っている。日常の中にも、禅の精神が人びとの行為や言動に満ち溢れていることを亀谷さんは気付かせてくれるのだ。暮らしの動の中に、静である禅の精神が息づいていることの不思議さを感じさせてくれる。私はこの「はがき禅」のバックナンバーを妻の実家で長年読んでいた。義父と亀谷さんは従兄弟であり、音楽や仏教思想、随筆集、哲学書などを愛した義父は、年下の亀谷さんに若い頃に影響を与えたと聞いている。亀谷さんは義父の住まいを訪ね、よくクラシックを聴いたそうだ。優れた音楽は聴くものに静寂を意識させ、人が自分でものを考える思索力を促してくれる。亀谷さんの今を形作っているものは、北秋田の山河・自然の音と同時に、人類が作り上げてきたクラシックを含めた音楽や絵画や詩歌などの芸術の力であったろう。それらの根源的なリズムが詩や「はがき禅」となって反復されてきたのだ。

　この『詩禅集』が刊行される二〇一六年一月にはきっと九〇〇信を越えているだろう。月に二回とすると四十年近くも「はがき禅」を書き続けてきた。人間が本来的なものに立ち還り本来的な自己を求めていく行為は全て禅なのだろう。それを淡々と亀谷さんは実践してきた。その「はがき禅」を収録したものが、『ひとひらの禅』（二〇〇一年刊）、『生死のひとしずく』（二〇〇三年刊）、『やすらぎの埋み火』、（二〇〇六年刊）、『みちのくの風骨』の四冊のエッセイ集だ。その中の約二〇〇編の中から『ひとひらの禅』の「I　而今《にこん》を生きる」の冒頭の「草を取る」を引用してみる。

草を取る

道元禅師の著、『正法眼蔵《しょうぼうげんぞう》』現成公案《げんじょうこうあん》の巻に
「華《はな》は愛惜《あいしゃく》にちり、草は棄嫌《きけん》におふるのみなり」の
ことばがある。
この頃、庭の草取り作務をしていると、本当に、同
じ植物でありながら、
どうして花を愛し、散るを惜しみ、
雑草は邪魔なものとして嫌うのだろうか、とふっと
考えこむ。
とにかく、近頃〝清濁《せいだく》あわせ呑む〟底《てい》の度量の大き

　な、茫洋《ぼうよう》たる人物が稀少になった。
生活空間に、時間的にゆとりがなく、目先の利に迷
い、
損したとか、儲《もう》けたとか、本物とか偽物とか、あい
　つは悪者で嫌い、
こいつは善人で好き、と簡単に善玉、悪玉に分けて
しまう。
だが、「好き嫌いの多い人は、自分から世の中を狭
　く暮らすことになる」
といわれる。これも生半可《なまはんか》な解決は、迷いが増大す
　るばかりだ。
そこで、この分別心と徹底して対決してみる。
　すると、好きとか嫌いとかにこだわっている世界
が見えてくる。
思いっきりぶち破ってしまう。すると、ただ無心に
　草を取る、
ごく当たり前の日常が再発見されておもしろい。

「而今《にこん》」とは道元が中国の禅僧である如浄から学んだ禅思想をさらに発展させた『正法眼蔵』に記された言葉だ。この「而今」は「今の瞬間を全力で生きる」という意味で使われているが、存在が時間であるというハイデッガーの『存在と時間』の「根源的時間」や「時間化」という考え方と共通性を持っている。『存在と時間』は二十世紀の初頭に刊行されたが、八百年も前に道元は思索し先取りしていた。有限の「死に臨む存在」である「現存在」が本来的な実存を生きる為に、「根源的時間」を生きようと、自らの未来や過去や現在の重層性を引きうけて、実存の時間を豊かに「時間化」していくのだ。「而今」は「今の一瞬」を生きることであるが、それは未来や過去から呼ばれて現在を豊かに創造していることになるのだろう。亀谷さんのエッセイは、道元の禅思想を現在に生かし、今を淡々としかも精一杯生きる知恵の宝庫だと感じられる。このような詩と禅を創造していく『詩禅集』が北秋田の地から誕生したことは、稀有で誇るべきことだ。このような画期的な『詩禅集』が多くの「今の一瞬」や「永遠の今」を精一杯生きている人びとに読み継がれ広がって行くことを願っている。

亀谷健樹・略年譜　昭和四年〜平成二十七年

昭和四年（一九二九年）
九・二八　秋田県北秋田郡上大野村上杉、四海山太平寺二十七世、父亀谷鶴壽和尚、母千代（鷹巣町坊沢、永安寺藤原天随四女）の長男として出生。

昭和十年（一九三五年）　六歳
四月　上杉尋常小学校に入学。

昭和十一年（一九三六年）　七歳
六・二六　父、鶴壽和尚、肺結核にて八年間の療養の末、遷化（行年三十歳）。
一〇・二六　祖母、亀谷ツネ死亡、行年五十九歳。

昭和十二年（一九三七年）　八歳
養父師、北島禅法和尚（後に亀谷に改姓）を迎える。

昭和十六年（一九四一年）　十二歳
上大野小学校を卒業、県立大舘中学校に進学。

昭和十九年（一九四四年）　十五歳
養父師北島禅法和尚、関東方面に応召。

昭和二十年（一九四五年）　十六歳
六・一九〜　土浦航空隊予科練習生、補給部古参兵の宿舎として、寺のすべて開放し提供。そして終戦。
八・一七

昭和二十一年（一九四六年）　十七歳
三月　宇都宮高等農林学校を受験するも不合格。
四・八　太平寺二十八世大雄禅法和尚に就いて出家得度。

昭和二十二年（一九四七年）　十八歳
三月　大館中学五年生卒業、四月駒澤大学予科に入学。
五・五　叔母、丸山トミヱ死亡。

七・一七　太平寺二十八世大雄禅法大和尚晋山結制、立職する。

昭和二十四年（一九四九年）　二十歳

四・一　学制改革により、文学部社会学科に編入、予科の時から学友会の児童教育部に入り、児童教化研修に専念。駒澤日曜学園、後に池袋の祥雲寺日曜学園開設により配属される。駒大竹友寮約一年の後、神宮外苑前の小屋に、秋田県横手の小原、四国愛媛の内藤両兄と共に自炊生活。その時から内藤豊州兄に詩作の影響を受け、現代詩を書き始める。

昭和二十五年（一九五〇年）　二十一歳

六月　夏期伝道班主任、出発時からの体不調をおして、四国全域を約五十日間巡回の末、半死半生の状態で帰山。胸部疾患が悪化し、即時入院、米内沢近藤医院から秋田市内病院を経て、大館公立病院にて療治、当時ようやく輸入された新薬と気胸療法により、やっと回復に向う。大館の結核病棟では、療友の創作活動に刺戟され「保健同人」誌文芸欄に投稿。始め短詩型であったが、のち現代詩一本にしぼる。やがて国立本荘療養所の安部英雄と交流。詩誌「なぎさ」に投稿。また詩誌「貘」同人に加入する。

九・三〇　駒澤大学社会学科三年にて休学を届ける。（病気療養のため）

昭和二十八年（一九五三年）　二十四歳

ようやく病気回復し退院、自宅にて静養。

昭和三十年（一九五五年）　二十六歳

四月　師僧、禅法方丈と協議し、太平寺本堂に「杉の子幼育園」託児所を開設。その主事となる。

昭和三十一年（一九五六年）二十七歳

一〇・二〇　合川文芸集団結成、「風土」創刊号を出す。

昭和三十四年（一九五九年）三十歳
四月　認可町立合川東保育所として太平寺境内に新築、所長代行となる。
一〇・三一「風土」を「文芸風土」と改称、編集を永井隆一郎に託す。この年に駒大復学を期して上京、神田寺友松円諦先生に随身。

昭和三十五年（一九六〇年）三十一歳
三月　駒大に復学手続き中に、師父禅法和尚、脳卒中発病の報に急遽帰郷、そのまま寺務を引き継ぐ。
八月　太平寺住職亀谷禅法に就いて立身。
一〇・二　同じく亀谷禅法の室に入って伝法。

昭和三十六年（一九六一年）三十二歳
七・二九　阿仁町飛沢奥松二女、敬と結婚。

昭和三十七年（一九六二年）三十三歳
四・一　司法保護司を拝命。
四・一三　盛岡市北山報恩寺専門僧堂に掛搭。堂長、徳武文爾老師の策励の勝縁を得る。大接心、独参等禅道実究は、自坊の檀務の為、一年間の修行中、しばしば中断の止むなきは痛恨の極み。
八・二四　長女　康子、生後一日にて死亡。

昭和三十八年（一九六三年）三十四歳
一・一　「文芸風土」14集刊行、以後休刊。
五・七　一六〇羽養鶏を始める。
八・二八　次女　道代出生。

昭和三十九年（一九六四年）三十五歳
一〇・一五　太平寺二十九世として、晋山結制冬安居初会修行、緋衣被着を許される。

昭和四十年（一九六五年）三十六歳
五・二一　長男隆道出生。
八・一　寺報「自灯明」を発行。（以後お正月とお盆の二回定期刊行）
八月　詩誌「密造者」創刊、同人参加。（畠山義郎発行人・奥山潤編集人）

昭和四十一年（一九六六年）　三十七歳
四・一　合川東保育園長に就任。
　北川冬彦の詩誌「時間」会員。
昭和四十二年（一九六七年）三十八歳
七・二三　秋田県保護司連盟会長表彰。
昭和四十三年（一九六八年）　三十九歳
四・一　合川南保育園長兼務。
八・二五　秋田県保護観察所長表彰。（実務）
九月　合川東保育園々歌、作詞発表。
昭和四十四年（一九六九年）　四十歳
七・二八　秋田県保護観察所長表彰。
　長田恒雄の詩誌「現代詩研究」同人。
昭和四十五年（一九七〇年）四十一歳
三・三一　合川南保育園長兼務を解任。
四・一　合川北保育園長兼務。合川保育研究会の初代会長。
五・六　合川町社会福祉協議会長表彰。

昭和四十六年（一九七一年）四十二歳
一〇・二五　秋田県社会福祉協議会長感謝状。
一二・一　第一詩集『柩』（秋田文化出版社刊）
昭和四十七年（一九七二年）四十三歳
一・一　家事調停委員、民事調停委員、裁判参与員を拝命。
昭和四十八年（一九七三年）四十四歳
一・二〇　詩誌「密造者」第七集より編集同人（以降年三回のペースで発行）
三・三一　合川北保育園長兼務を解任。
八月　第一回一泊子ども禅の集い（りんかん学校）開催。その後、毎夏実施、現在に至る。
一二・一　はがき禅第一信発行。
昭和四十九年（一九七四年）　四十五歳
四・一〇　曹洞宗太平寺梅花講長に任ぜらる。
七・一〇　曹洞宗認可参禅道場師家に任ぜらる、参禅会は月二回、当初能代方面より多数来山するも次第に減少。

昭和五十年（一九七五年）　四十六歳

六・三　徒弟隆道の得度式「大圓隆道」と安名す（十歳）

八・二七　曹洞宗秋田県管内布教師を拝命。

昭和五十二年（一九七七年）　四十八歳

七・二四　秋田県知事感謝状。

昭和五十三年（一九七八年）　四十九歳

一〇月　咽頭ポリープ手術、大館病院にて。

昭和五十四年（一九七九年）　五十歳

楼閣山門造営、庫裡増築。

七・一　東北地方保護司連盟会長表彰。

昭和五十五年（一九八〇年）　五十一歳

四・八　緋恩衣被着許可。

八・一　鐘楼堂落慶、大梵鐘撞ち初め式。鐘銘は秦慧玉禅師御親筆。

九・一　秋田県社会福祉協議会評議員四期、合川町社会福祉協議会評議員三期、合川町公民館運営審議会委員二期、合川町社会教育委員二期、合川町青少年問題協議会委員二期等歴任す。

一〇・三　太平寺二十八世大雄禅法大和尚遷化（七十歳）約二十年半身不随にて闘病す。

一〇・一四　全国保育協議会長表彰

昭和五十六年（一九八一年）　五十二歳

三・二九　二ツ井町清徳寺涅槃会布教、以後毎年依頼され拝登、今日に至る。

四・一　大野台営農大学校特別講師（哲学）以後閉学まで。

四・一〇　『子どもの言い分』（秋田書房刊）

昭和五十七年（一九八二年）　五十三歳

一〇・五　永安寺藤原興道初会晋山結制にて隆道立職。

一〇・二四　水子子育地蔵尊建立。（長女、康子供養発願）

昭和五十八年（一九八三年）　五十四歳
二月　タイ・インド佛教聖地巡拝団、梅田信隆禅師に随行、十日間。
九・一三　東北地方更生保護委員会会長表彰。
一一・一二　大本山總持寺御征忌焼香師。

昭和六十年（一九八五年）　五十六歳
五・三　秋田地方裁判所長表彰。
六・六〜一〇　報恩大授戒会修行、曹洞宗管長、梅田信隆猊下御親修。（約二五〇名戒弟、六〇名の随喜寺院）
八・七　曹洞宗保護司連合会長表彰。
一一・一〇　合川町文化功労賞表彰。

昭和六十一年（一九八六年）　五十七歳
三・三一　司法保護司任期満了により退任。
三・三一　法務大臣感謝状。
一一・五〜六　当寺にて第一回梅花講員一泊講習会開催、以後数回。
一一・一八〜二八　中国浄慈寺鐘楼落慶、大梵鐘撞き初め式、丹羽廉芳大禅師に随行。

昭和六十二年（一九八七年）　五十八歳
二月　中国天童寺、兵馬俑観光に参加。
三月　インド佛跡巡拝、余語老師に随行。
三・一　秋田県梅花流師範会長に就任、以後二期務める。
七月　合川北保育園々歌・合川南保育園々歌・合川西保育園々歌を作詞発表。

昭和六十三年（一九八八年）　五十九歳
三・三一　秋田県管内布教師退任。
四・一　曹洞宗特派布教師拝命。（以後七年間、全国を巡回布教）
九・二〇　保育関係すべての役職を退任。
一〇・一　合川町教育委員を拝命。（以後教育委員長となる）
一〇・六　秋田県社会福祉協議会長表彰。

平成一年（一九八九年）　六十歳
二・一五〜二九　インド仏跡巡拝団、不老閣大禅師に随行、クシナガラ涅槃苑落慶式に随喜、茶毘塚側塔企画に参加を決意、その後建立。拙僧遷化せしあとは、必ず分骨し、納めるよう遺言す。
三月　梅花流秋田県師範会長就任。
四・一四　権大教師「黄恩衣被着」に昇補。
一一・一　県梅花流師範会機関紙「同行」創刊。

平成三年（一九九一年）　六十二歳
三月　大般若経六百巻志納。（開山鉄岑本牛大和尚三百五十回忌記念）
四・八　第二詩集『しべぶとん』（私家版刊）

平成四年（一九九二年）　六十三歳
四・一八　次女道代、金子英樹と東京グランドホテルで結婚式。

平成五年（一九九三年）　六十四歳
九・二五　あきたさきがけブック『毒鼓を打つ』（秋田魁新報社出版）

平成六年（一九九四年）　六十五歳
二・一　「北東北子どもの詩大賞」畠山義郎氏と共に創設。以来毎年刊行、現在に至る。
二・五　叔父亀谷鶴俊死亡。
一〇・七〜一五　少林寺、敦煌、莫高窟、龍門石窟参観。（酒井得元老師に随行）
一二・一〇　曹洞宗秋田県宗務所副所長に就任。

平成八年（一九九六年）　六十七歳
一二・一　本堂増築、庫裡新築引き渡し式。

平成九年（一九九七年）　六十八歳
九月　大腸ガンを手術、一ヶ月余入院加療。

平成十年（一九九八年）　六十九歳
一二・四　「あきたの文芸」選者。（以後三年間）
一二・一〇　曹洞宗秋田県宗務所長に就任。

平成十一年（一九九九年）　七十歳
四・一　秋田県現代詩人協会長に就任。
六・五　法嗣隆道、木村恭子と佛前結婚式。

平成十二年（二〇〇〇年）　七十一歳
三・二一　孫長男、晃宗出生。
三・二一　民事調停委員表彰。
一一・一〇　韓国、天馬塚古墳、景徳宮、佛国寺巡拝の旅。

平成十三年（二〇〇一年）　七十二歳
九・二〇　第一禅エッセイ集『ひとひらの禅』（青山社刊）
一一・一一～一四　台湾、大魯閣峡谷記念館等観光。
一二・一五　第三詩集『白雲木』（青樹社刊）

平成十四年（二〇〇二年）　七十三歳
二・一二　第三十七回秋田県芸術選奨賞受賞。（詩集『白雲木』）
六・二九　高祖道元禅師七百五十回大遠忌焼香師。（献粥調経）
一一・一　宗務所・禅センター十五周年記念表彰。
一一・一〇　曹洞宗秋田県宗務所長退任。

平成十五年（二〇〇三年）　七十四歳
五・二八～二九　第56回梅花流全国奉詠大会、大舘樹海ドームにて開催。（所長時代に企画、大会誘致）
九・二一　あいかわ保育園々歌作詞発表。
一二・八　第二禅エッセイ集『生死のひとしずく』（青山社刊）

平成十六年（二〇〇四年）　七十五歳
二・一　住職四十年表彰。
八月　境内舗装、伽羅陀仙堂移転、六地蔵堂改築等。
八月　お茶室（黙照庵）造築、小堀遠州書院風。

平成十七年（二〇〇五年）　七十六歳
三・二〇　町村合併により教育委員退任。

五～一〇　各流派の茶会席を催す。

平成十八年（二〇〇六年）　七十七歳

一月　大授戒会修行三十周年記念石塔建立。

三・二一　秋田県現代詩人協会長退任。（三期）

四・二三　秋田県現代詩人賞選考委員。（以降十年間）

九・一五　第三禅エッセイ集『やすらぎの埋み火』（青山社刊）

平成二十年（二〇〇八年）　七十九歳

一月　さきがけ詩壇選者に就任。（以降三選者、三ヶ月毎に担当）

一一・七　孫長女・真生出生

平成二十一年（二〇〇九年）　八十歳

五月　秋田県梅花流の歌、作詞発表。

八・三〇　第一回太平寺一日檀信徒生前授戒の会、戒弟二十八名。

九月　如意輪観世音菩薩石佛建立。

一〇・三　太平寺二十九世大法健樹退董上堂、禅問答一場。

一〇・四　太平寺三十世大円隆道晋山結制冬安居初会、記念誌『太平寺四百年の風光』を上梓。

平成二十二年（二〇一〇年）　八十一歳

四・六　定例参禅会「黙照会」再開、月二回実施。

五・一八　日本現代詩人会に入会。

七月　イタリア「ラヴェッロ国際フェスティバル音楽祭」に出演。ポンペイ遺跡、サンピエトロ大聖堂など参観。

九・一〇　第四詩集『水を聴く』（青樹社刊）

九月　「あきたの文芸」詩部門選考。

平成二十三年（二〇一一年）　八十二歳

五・二六　「水琴窟」完成。

六・一五　詩集『水を聴く』祝う会、記念茶会、野の花献花展。大震災供養会併催。

平成二十四年（二〇一二年）　八十三歳

一・一六　「心ふれあいサロン」講師（以降三ヶ所巡講）

一・三〇　妻敬、脳梗塞発病、市民病院森岳温泉病院

四・八　でのリハビリ効果なく、もりよし荘にて介護療養。
　　第四禅エッセイ集『みちのくの風骨』（青山社刊）

平成二十五年（二〇一三年）　八十四歳
五・一一　日本詩人クラブ秋田大会、シンポジューム「詩に向き合う―いわゆる地方と中央」のパネラー。
五・一三　曹洞宗秋田県布教師の会長就任。
七・三〇　日本詩人クラブ入会
一一・一二～一四　四国新居浜、瑞応寺拝登。琴平町金刀比羅宮参拝。
一二・二四　山門楼上に善財童子、月蓋尊者像を奉安。

平成二十六年（二〇一四年）　八十五歳
二・二三　〈やすらぎの国、ブータン寺院交流八日間の旅〉に参加、一行十五名
九・一　『秋田現代詩選集』刊行委員会代表。
十月　『精華集』刊行。（北東北子どもの詩大賞、全作品集。）
　　国文祭文芸部門、現代詩大会企画副委員長、応募作品選考委員。
　　北秋田市市民歌制定委員会代表。

平成二十七年（二〇一五年）　八十六歳
三・一四　北秋田市立合川東小学校閉校記念実行委員長。
四・七　孫晃宗、北鷹高等学校に入学。
四・八　孫真生、合川小学校に入学。
六・二六　第五詩集『杉露庭のほとり』（書肆えん刊）
一〇・一二　日本現代詩人会、東日本ゼミナール秋田大会で、自作詩朗読。

平成二十八年（二〇一六年）　八十七歳
一・一三　『亀谷健樹詩禅集』（コールサック社刊）

いっぷく

今生という、みじかいあゆみの中で、自己の詩とエッセイを総括するというのは、なんというしあわせであり、よろこびであろうか。しかも『詩禅集』という、人生の総まとめができた。こんなしめくくりは、僥倖というしかない。

おもうに私の場合、非器にもかかわらず、〈禅を行ずる〉を志し、その足跡として詩やエッセイで表現する方法をさぐった。これは「不立文字」の立場からすると、本来的禅者の在り方とはいえず、邪道かもしれぬ。

だが詩人として、禅をきわめようとした例は、中国禅の韻文の基本といわれる永嘉玄覚の「証道歌」とか、ダダイスト高橋新吉の代表作〈るす〉などがあろう。高橋などは「私の詩は、言葉を否定し、詩を否定する」とまで詩を断罪した。

私はこれとはちがった形で「詩禅」を、言葉や文字を越え、現代の感性で土着の詩賦たらしむべく、さまざまな方法を模索した。その集大成がこの一冊である。

詩集の部は、私の五冊の詩集、全篇をそのまま網羅した。エッセイの部は、これまで刊行した四冊の禅エッセイ集から、鈴木比佐雄氏が選び、凡俗の日常底を露わにした。

また解説は、山形一至、磐城葦彦、石村柳三、鈴木比佐雄の四氏が執筆の労を厭わず、丁寧な論考を添えていただいた。さらにコールサック社のスタッフ各位の、献身的な制作業務のお陰でこの本が出来た。併せて衷心より深甚の謝意を申しあげるものである。

おわりに。

なんといっても、この世に生きた証しを残すことができた。特に「年譜」作成は、私のこれまでの人生行路を概観することが出来た。これを称して〝詩人は背中に眼をつけて、前にすすむ〟とは卓見だな、とおもった。

だからといって、これでおしまい、〈末期の端的〉ではない。これからも、与えられた光陰を、愚直にあゆむしかない。それは老いと共に、詩と禅がようやく円相と化す最高の時間かもしれぬ。

さらに、ひとこと。
いつのまにやら、米寿をむかえ、その記念に出来た。これからが本領発揮する時とおもえば、今まさに、その前の〝茶の湯、いっぷく〟というべきか。
あるいは、客人をおくりだしたあと釜の湯を汲み、一盌の茶を独りたしなむ「余情残心」の終《つい》の風流も、またかくべつ。

――米寿記念と、太平寺御開山報恩忌のちなみに――

亀谷　健樹

石炭袋

『亀谷健樹詩禅集』

2016年1月13日　初版発行
著　者　　　　　亀谷健樹
編集・発行者　　鈴木比佐雄
発行所　株式会社 コールサック社
〒173-0004 東京都板橋区板橋2-63-4-209
電話 03-5944-3258　FAX 03-5944-3238
suzuki@coal-sack.com　http://www.coal-sack.com
郵便振替　00180-4-741802
印刷管理　（株）コールサック社　製作部

＊装幀デザイン　杉山静香

落丁本・乱丁本はお取り替えいたします。
ISBN978-4-86435-234-5　C1092　¥5000E